MORD IM PICCADILLY PLAYHOUSE

CLEOPATRA FOX MYSTERIES, BAND 2

C.J. ARCHER

Übersetzt von

ANNETTE SPRATTE

CJARCHER.COM

Mord im Piccadilly Playhouse, Cleopatra Fox Mysteries, Band 2
Originaltitel: Murder at the Mayfair Hotel © 2021 C.J. Archer

Aus dem Englischen übersetzt von Annette Spratte

KAPITEL 1

LONDON, JANUAR 1900

„Das war fantastisch!“ Flossy applaudierte laut, während die Lichter im Zuschauerraum des Hippodroms angingen. „Ich weiß nicht, welcher Teil mir am besten gefallen hat.“

Floyd blinzelte in der plötzlichen Helligkeit. „Ich mochte die Akrobaten.“

„Natürlich. Die Mädchen hatten kaum mehr als Unterwäsche an.“ Flossy packte plötzlich ihre Mutter am Ellenbogen und deutete mit dem Kinn auf zwei Frauen, die ihre Aufmerksamkeit erregen wollten. „Sieh nur, da ist Susannah mit ihrer Mutter.“

Tante Lilian hatte ihre Freundinnen bereits entdeckt und machte sich auf den Weg zu ihnen. „Wir sollten mit ihnen reden. Kommt, alle mir nach. Lasst euch nicht zerquetschen.“

Flossy verlor den Arm ihrer Mutter aus ihrem Griff. „Du schwimmst gegen den Strom“, jammerte sie. „Wir werden sie nie im Leben erreichen.“

„Unsinn. Das schaffen wir.“

Flossy wandte sich an ihren Vater. Onkel Ronald schien sich der Meinung seiner Tochter anzuschließen, dass es hoffnungslos war. Die Zuschauermenge war einfach zu dicht und alle drängten in eine Richtung—nach draußen.

„Wir treffen sie im Foyer, Liebes“, sagte er zu seiner Frau.

Tante Lilian winkte ab und tauchte in die Flut von Menschen

im Gang. „Entschuldigung, Entschuldigung", sagte sie, während sie sich zu ihren Freundinnen drei Reihen weiter durchkämpfte.

„In die Richtung gehe ich nicht", sagte Floyd. „Wir sehen uns alle im Foyer."

Flossy und ich folgten ihm, aber Onkel Ronald wartete in unserer Reihe, bis die Flut seine Frau wieder zu ihm schwemmte.

Wenn Flossy meine Hand nicht fest umklammert hätte, hätten wir uns verloren, aber so kamen wir mit Floyd sicher im Foyer an. Er befahl uns, uns nicht von der Stelle zu rühren, während er unsere Mäntel aus der Garderobe holte. Wir hielten Ausschau nach seinen Eltern. Einige Zuschauer verließen das Theater umgehend, die meisten blieben jedoch, um mit Freunden zu plaudern, sodass im Foyer bald dichtes Gedränge herrschte.

Da wir jetzt einen Moment Atempause hatten, wollte Flossy über die Vorstellung reden. „Ich glaube, mein Lieblingsakt waren die Eisbären, die von der Bühne ins Wasser gerutscht sind. Was hat dir am besten gefallen, Cleo?"

Es war schwierig, lediglich eine Sache aus dem Abendprogramm herauszupicken—das zu allem Überfluss auf Seide gedruckt war. Noch nie hatte ich etwas Vergleichbares wie diese Vorstellung gesehen. Flossy war zwar eine der am leichtesten zu begeisternden Personen, die ich kannte, aber heute Abend fühlte ich mich genauso aufgeregt wie sie, nachdem ich die Premiere von Londons neuester Show miterlebt hatte. Es eine Show zu nennen, wurde dem nicht gerecht. Es war ein Spektakel. Vor der Bühne war ein großer Platz frei gelassen worden, wo keine Zuschauer saßen. Die Schausteller hatten sowohl diesen Platz als auch die Bühne voll ausgenutzt. Wie bei jedem Zirkus hatte es Schlangenmenschen, Akrobaten und Hochseilartisten gegeben, ebenso wie dressierte Hunde, Ponys und Löwen.

Doch der zweite Teil der Vorstellung war noch aufregender gewesen. Der Boden der Arena war abgesenkt und aus Messingrohren mit Wasser gefüllt worden. Auf dem See war ein Theater mit weiteren Zirkustieren, Gesang, Tanz und Clown-Nummern aufgeführt worden, dazu Schwimmer in eng anliegenden Kostümen. Hell erleuchtete Wasserfontänen waren im Takt der Musik in die Luft geschossen. Fährmänner hatten Schauspieler von einer Seite auf die andere gerudert und sie sogar absichtlich ins Wasser geschubst, sehr zur Freude des Publikums.

Die gesamte Produktion war wundervoll und der brandneue Veranstaltungsort spektakulär. Ich hatte mich daran gewöhnt, im Mayfair Hotel an jeder Ecke Luxus zu sehen, doch die Opulenz des Zuschauerraums im Hippodrom war noch lebhafter. Die vergoldeten Verzierungen sowie die in Rot, Blau und Gold gehaltene Decke wäre auch in einem Palast nicht fehl am Platz gewesen.

„Ich kann mich nicht entscheiden", sagte ich zu Flossy. „Ich habe alles genossen. Danke für die Einladung."

„Warum wolltest du nicht mitkommen? Du gehörst zur Familie. Wir hatten extremes Glück, fünf Karten zu ergattern. Es ist eine Schande, dass sie nicht im ersten Rang waren, aber Floyd sagte, Mr Hobart hätte sein Bestes gegeben."

Wenn es dem Direktor des Mayfair Hotels nicht gelang, Karten im ersten Rang zu bekommen, dann bezweifelte ich, dass es sonst jemand konnte. Laut den Angestellten konnte Mr Hobart den Gästen und den Bainbridges alles verschaffen, was sie sich wünschten.

Tante Lilian und Onkel Ronald stießen zu uns, eine Gruppe von Freunden wie eingesammeltes Treibgut im Schlepptau. Wir Damen warteten, während die Herren die Mäntel holten, und plauderten über den großartigen Abend, den wir erlebt hatten. Einige aus der Gruppe erkannte ich vom Silvesterball wieder und sie behaupteten, sich an mich zu erinnern. Zum Glück wusste niemand, was ich an dem Abend getrieben und in welcher Gefahr ich geschwebt hatte, als ein Mörder sich mir mit dem Glockenschlag um Mitternacht zu erkennen gegeben hatte. Sollten sie es je herausfinden, würden sie mich nie mehr im gleichen Licht betrachten. Es war besser, dass sie es nicht wussten, und auch Tante Lilian wurde darüber im Dunkeln gelassen.

Ich war froh, dass meine Tante keinen blassen Schimmer hatte. Sie wäre entsetzt, dass ich in Gefahr gewesen war, und noch entsetzter, dass ich mir meine Hände mit Ermittlungen in einem Mordfall schmutzig machte. Bainbridge Frauen waren nur dazu da, hübsch auszusehen und sich mit den Gästen zu unterhalten.

Ich hatte häufig protestiert, dass ich keine Bainbridge war, sondern eine Fox, doch das war auf taube Ohren gestoßen. Jedoch wollte ich den guten Willen meiner Tante und meines Onkels nicht auf die Probe stellen, indem ich auf dem Argument herumritt. Sie hatten alte Familienverletzungen beiseitegeschoben und mir nach dem Tod meiner Großmutter ein Zuhause gegeben, da ich sonst niemanden mehr auf der Welt hatte. Dafür würde ich ihnen immer dankbar sein.

Tante Lilian war heute Abend in einer ihrer energiegeladenen Stimmungen. Sie war so quirlig wie Flossy und ebenso redselig. Ihre Stimmungen schwankten zwischen himmelhochjauchzend und zu Tode betrübt. Während der trüben Phasen blieb sie in ihrem Zimmer und lehnte jeden Besuch ab. Sie litt auch unter grässlichen Kopfschmerzen. Das Einzige, was half, war das neue Medikament ihres Arztes.

Die Männer kamen zurück und reichten den Damen ihre Mäntel und weitere Winterausstattung. Inzwischen hatten sich die Reihen der Zuschauer gelichtet und man hatte im Foyer etwas mehr Luft zum Atmen. Wir blieben allerdings nur, bis Onkel Ronald die Freunde auf einen Drink ins Hotel eingeladen hatte.

Aus Sorge, sie könne müde werden, beobachtete ich Tante Lilian genau, doch sie wirkte begeistert, die Gastgeberin für eine späte Party sein zu dürfen. In ihrem marineblauen Samtkleid mit cremefarbenem Spitzenbesatz sah sie höchst elegant aus. Wenn sie glücklich und gut gelaunt war, erinnerte sie mich an meine Mutter. Die vermisste ich immerhin schon dreizehn Jahre, weswegen es bittersüß war, die Ähnlichkeit zu ihrer Schwester zu sehen. Manch einer hielt fälschlicherweise mich für ihre Tochter, nicht Flossy, da ich im Aussehen nach meiner Mutter kam und, wie einige behaupteten, auch im Charakter.

Obwohl ich meine Mutter nur als junges Mädchen erlebt und meine Tante Lilian gerade erst kennengelernt hatte, wusste ich in Momenten wie diesen, wenn Tante Lilian Hof hielt, dass sie die lebhaftere der beiden gewesen sein musste. Meine Mutter hatte eine zurückhaltende Art an sich gehabt. Nicht ernst, aber niemand, der gern im Mittelpunkt stand, auch wenn sie einen klugen Sinn für Humor gehabt hatte.

Wir traten in die kalte Nachtluft hinaus und entdeckten die Kutsche des Mayfair Hotels in der langen Reihe von Gefährten, die auf ihre Herren und Herrinnen warteten. Zu fünft stiegen wir ein und machten uns auf den Heimweg. Flossy und Tante Lilian redeten über die Show, während Onkel Ronald, Floyd und ich es für überflüssig hielten, uns einzumischen. Onkel Ronald und Floyd starrten aus verschiedenen Fenstern, scheinbar abgelenkt von den Lichtern.

Tatsächlich waren es so viele Lichter, dass es taghell war. Natürlich waren alle Straßenlaternen an, aber das Licht strömte zusätzlich aus den Fenstern der Theater und Konzerthallen. Kräftige Lampen erhellten Werbeschilder und ein wahrer Fluss von Kutschenlaternen reichte so weit, wie ich gucken konnte. Dadurch wirkte die Dunkelheit, die das Piccadilly Playhouse einhüllte, fehl am Platz; eine Zahnlücke, die ein strahlendes Lächeln ruinierte.

„Gab es im Playhouse heute Abend keine Vorstellung?“, fragte ich.

Floyd wirkte dankbar für das Gesprächsthema, während seine Schwester und Mutter ihr fröhliches Geplauder fortsetzten, ohne auf meine Äußerung zu achten. „*Katz und Maus* sollte aufgeführt werden.“ Er schaute an mir vorbei auf das dunkle Theater. „Wie merkwürdig, dass keine Vorstellung gegeben wird. Ich glaube, es ist sehr beliebt.“ Er lehnte sich zurück, als das Theater außer Sicht war. „Ich werde Rumford fragen. Der wird es wissen.“

„Lord Rumford? Ist er ein Theaterfreund?“ Seine Lordschaft war Gast im Hotel. Auch wenn ich nicht alle Gäste mit Namen kannte, so bemühte ich mich doch, mir die wichtigsten zu merken und mich ihnen vorzustellen.

Floyds Lächeln sah in der schummrigen Kabine schelmisch aus. „Könnte man so sagen.“

„Floyd“, bellte sein Vater, was bewies, dass er uns doch zuhörte.

Der scharfe Ton brachte Tante Lilian und Flossy zum

Schweigen und den Rest der kurzen Fahrt sagte niemand mehr etwas.

Die Kutsche lieferte uns am Haupteingang des Hotels ab. Der Nachtportier begrüßte uns in der Reihenfolge unserer Wichtigkeit, erst Onkel Ronald und ganz zum Schluss mich. Die Kronleuchter im Foyer strahlten und einige Gäste waren entweder auf dem Weg zum Fahrstuhl oder zur Treppe, nachdem sie einen Abend in Londons Theaterwelt verbracht hatten.

Der neue stellvertretende Direktor sagte etwas zu dem Mann, der bei ihm stand, und näherte sich uns. Mr Hirst war nicht annähernd so gut aussehend oder so jung wie Harry Armitage, den er ersetzt hatte, aber er war genauso charmant. Laut dem Direktor Mr Hobart lernte er schnell und hatte sich nach zehn Tagen bereits in die Abläufe des Mayfairs eingefunden. Da er zuvor als stellvertretender Direktor in einem anderen Luxushotel in London gearbeitet hatte, kannte er die Rolle und Erwartungen. Zweifelsohne hatten Mr Hobart und Onkel Ronald ihn aus genau diesem Grund ausgewählt, damit der Übergang so geschmeidig wie möglich verlief. Da das Hotel derzeit nur halb belegt war, war es die beste Zeit, um neues Personal einzuarbeiten, wie Floyd mir erklärt hatte. Auf diese Weise würde es im Frühjahr keine Stolperer geben, wenn die feine Gesellschaft zur Eröffnung des Parlaments und den vielfältigen Vergnügungen der Saison in die Stadt strömte.

„Guten Abend, Sir Ronald, Lady Bainbridge“, sagte Mr Hirst.

„Wer ist der Kerl, mit dem Sie geredet haben?“, fragte Onkel Ronald und schielte zu dem anderen Mann hinüber. Der hatte uns inzwischen den Rücken zugekehrt und ging eilig zum Treppenhaus. Ich hatte jedoch einen Blick auf sein hakennasiges Profil erhascht, ehe er sich umgedreht hatte.

„Ein Gast“, sagte Mr Hirst, während der Mann die Treppe hinauf verschwand.

„Welcher?“

„Mr Clitheroe.“

Onkel Ronalds gerunzelte Stirn glättete sich. „Sah nicht aus wie er.“

Tante Lilian klopfte ihrem Mann auf den Arm. „Deine Sehkraft ist auch nicht mehr das, was sie mal war, mein Lieber.“

Mr Hirst winkte den Nachtportier heran, damit er uns unsere Mäntel abnahm. „Wie war die Show?", fragte Mr Hirst, derweil wir ihm die Mäntel reichten.

„Wunderbar", sagte Tante Lilian atemlos. „Einfach herrlich."

„Waren die Plätze im Parkett adäquat?"

„Adäquat, ja", brummte Onkel Ronald. „Der erste Rang wäre besser gewesen."

Mr Hirst sah gequält aus. „Ich bin mir sicher, dass Mr Hobart sein Bestes gegeben hat und sehr unglücklich wäre, sollte er Sie enttäuscht haben."

Ich runzelte die Stirn. Er drehte Onkel Ronald die Worte im Mund um. Nicht, dass Onkel Ronald Mr Hobart in Schutz genommen hätte. Er musste noch immer einen Groll gegen den Direktor hegen. Seiner Auffassung nach hatte Mr Hobart ihn betrogen, indem er seinen Neffen, Mr Armitage, vor Jahren eingestellt hatte, obwohl er wusste, dass der in seiner Kindheit ein Dieb gewesen war. Dass mein Onkel die Wahrheit herausgefunden hatte, war meine Schuld gewesen. Mr Armitage hatte daraufhin seine Anstellung verloren. Mir zog sich noch immer jedes Mal das Herz zusammen, wenn ich daran dachte.

„Wir waren überhaupt nicht enttäuscht", fühlte ich mich verpflichtet zu sagen. „Die Plätze waren perfekt. Wir waren ganz nahe an der Arena, aber nicht zu nahe."

Mr Hirst neigte den Kopf. Onkel Ronald und die anderen schienen mich gar nicht gehört zu haben. Sie hießen ihre Freunde im Hotel willkommen.

Sobald die Mäntel weggebracht und aller Schmuck wieder sichtbar war, schlug Onkel Ronald den Herren vor, ins Billardzimmer zu gehen, während die Damen es sich in der kleinen Lounge gemütlich machen konnten. Während sich beide Lounges im linken Flügel des Hotels befanden, war die größere für den Nachmittagstee reserviert, während die kleinere etwas Privatsphäre bot.

„Sobald wir uns eingerichtet haben, dürfen Sie Feierabend machen", sagte Onkel Ronald zu Mr Hirst.

Der verbeugte sich. „Danke, Sir. Und gute Nacht."

Mr Hirst wohnte im Hotel, ebenso wie die anderen unverheirateten leitenden Angestellten. Der einzige Verheiratete war Mr

Hobart, der mit seiner Frau auswärts lebte. Der Rest des Personals lebte in einem Wohnheim in der Nähe. Während nachts der Nachtportier sowie eine Notbesetzung der Angestellten inklusive der Köche Dienst hatten, begannen die meisten vor Tagesanbruch.

Die Gentlemen machten sich gut gelaunt auf den Weg ins Raucher- und Billardzimmer. Tante Lilian führte die Damen in die kleine Lounge, wobei sie mit ihrem Programmheft wedelte, um uns voranzutreiben.

„Mein Programmheft!", sagte ich und blieb stehen. „Ich habe es in meiner Manteltasche gelassen."

„Es wird morgen noch da sein, Cleo", sagte Flossy.

„Ich wollte es noch einmal durchlesen."

Sie lächelte. „Du bist so hinterwäldlerisch."

Ich unterließ es, sie darauf hinzuweisen, dass ich aus Cambridge stammte, nicht vom Land. Für Flossy wäre es egal. Alles, was sich außerhalb von London befand, war für sie „hinterwäldlerisch" und damit entsetzlich langweilig. Nur London und seine endlosen Vergnügungen konnten ihre Lebenslust befriedigen.

Tante Lilian kam zu uns und bat Flossy, ihr die Flasche Medizin von ihrem Schminktisch zu holen. Flossy zögerte.

„Jetzt", schnappte Tante Lilian.

Flossy senkte den Kopf und eilte davon.

Ich ging in den Gepäckraum zurück, der gleichzeitig als Garderobe diente und durchwühlte die Taschen meines Mantels, bis ich das Programm gefunden hatte. Auf dem Weg durch das Foyer bemerkte ich den hakennasigen Mann, der mit Mr Hirst gesprochen hatte. Er trat aus dem Treppenhaus neben dem Fahrstuhl, sah sich um, entdeckte mich und zögerte. Ich lächelte und er berührte die Krempe seines Bowler-Hutes zum Gruß, ehe er zum Ausgang ging.

Spontan sagte ich: „Mr Clitheroe."

Er ging weiter.

Nach einem Blickwechsel mit dem Nachtportier öffnete dieser ihm nicht die Tür, wie er es für einen Gast hätte tun sollen.

Ich gesellte mich zu meiner Tante, meiner Cousine und ihren

Gästen in der kleinen Lounge, mochte mich aber nicht am Gespräch beteiligen. Mr Clitheroe gab mir zu denken. Es war nicht nur die fehlende Reaktion, als ich seinen Namen gesagt hatte, oder sein verstohlenes Verhalten, sondern auch seine Kleidung. Er trug einen gut geschnittenen Anzug, der tagsüber nicht auffiel, aber abends nicht in ein Luxushotel gehörte. Alle männlichen Gäste waren in Frack, Fliege, gestärkte Hemden mit Kragen sowie elegante Westen und Zylinder gekleidet, doch Mr Clitheroe trug nur ein einreihiges Jackett mit Weste und eine einfache Krawatte. Die Art Gast, die im Mayfair abstieg, würde das Hotel abends nicht im Tagesanzug verlassen.

Was bedeutete, dass der Mann mit der Hakennase gar kein Gast war.

* * *

„HABEN Sie die Zeitungen heute Morgen gesehen?" Harmony stand im Türrahmen, der mein Schlafzimmer mit dem Wohnzimmer verband, eine gefaltete Zeitung in der Hand.

Ich setzte mich auf und blinzelte verschlafen. „Wie viel Uhr ist es?"

„Acht."

„Ich hatte Sie gebeten, mich heute um neun zu wecken."

„Haben Sie? Daran erinnere ich mich nicht."

Ich legte mich wieder hin und zog mir die Bettdecke bis zum Kinn. „Kommen Sie nachher wieder. Es war gestern Abend spät und ich bin müde."

„Ihr Frühstück wird kalt."

Mein Magen knurrte. Ich warf die Bettdecke zurück und nahm den Morgenmantel, der über einer Stuhllehne hing. „Ich schätze, Sie wollen alles über die Show erfahren."

„Oh ja, wie war es?" Harmony ging voraus ins Wohnzimmer und legte die Zeitung auf den flachen Deckel des Tabletts, wo ich sie nicht übersehen konnte. Dann schüttelte sie die Sofakissen auf, bis ich sie auf eine Tasse Kaffee einlud.

Sie gab es auf, so zu tun, als würde sie aufräumen, und setzte sich auf den anderen Stuhl am Frühstückstischchen. Es war eine kleine Scharade, die wir jeden Morgen aufführten. Sie kam mich wecken, üblicherweise um acht, und leistete mir beim Frühstück Gesellschaft, während sie eine Tasse Kaffee genoss. Eigentlich hätte sie meine Suite putzen sollen und soweit die Hausdame wusste, war es auch genau das, was sie tat. Allerdings hielt ich meine Zimmer selbst in Ordnung. Nach dem Frühstück blieb Harmony oft, um mich zu frisieren. Diese Morgenroutine hatte es uns ermöglicht, uns anzufreunden, jedenfalls in dem Maße, wie es für eine Frau und ihre Zofe möglich war. Meistens redeten wir wie Gleichgestellte miteinander. Harmony hatte schnell gemerkt, dass ich mich nicht aufspielte und kein luxuriöses Faulenzerleben gewohnt war wie meine Tante und meine Cousine. Ich wiederum hatte erkannt, dass sie clever und wissensdurstig war, und hatte es mir zur Gewohnheit gemacht, Bücher aus der Hotelbibliothek auszuleihen, damit sie sie in ihrer Freizeit lesen konnte. Nicht, dass sie viel Freizeit hatte.

Ich reichte ihr das Programmheft der Eröffnungsvorstellung des Hippodroms und beschrieb einige der spektakuläreren Aufführungen. Obwohl sie die richtigen Geräusche von sich gab, wusste ich, dass es sie nicht sonderlich interessierte. Also fasste ich mich kurz und wandte mich dem Frühstückstablett und der Zeitung zu, die ich lesen sollte.

Ich musste noch nicht einmal umblättern, um zu sehen, was ihr Interesse geweckt hatte. Es stand direkt in Fettschrift auf der Titelseite: Schauspielerin stürzt im Piccadilly Playhouse in den Tod.

„Wie furchtbar tragisch“, sagte ich, während ich den Artikel las. „Deswegen lag das Theater gestern Abend im Dunkeln. Hier steht, dass die Vorstellung nach ihrem Tod am Nachmittag abgesagt wurde.“

Harmony stellte sich neben mich. „Sie reden von Selbstmord.“

Laut dem Artikel war Miss Pearl Westwood vom Balkon des zweiten Ranges gesprungen. Ihre Leiche war vom Theaterpersonal bei der Vorbereitung der Abendvorstellung gefunden worden.

„Die arme Frau.“ Ich faltete die Zeitung zusammen und legte sie neben die Kaffeekanne und Tassen.

„Armer Lord Rumford.“

„Warum?“

Sie warf mir einen merkwürdigen Blick zu. „Sie war seine Geliebte. Wussten Sie das nicht?“

Ich starrte sie an, wobei mir bewusst war, dass mir der Mund offenstand. „Lord Rumford, der Gast, der zurzeit im Hotel wohnt? *Der* Lord Rumford?“

„Genau der.“ Harmony setzte sich wieder und schenkte Kaffee aus. Eine Tasse reichte sie mir mit einem frechen Blitzen in den Augen. „Wenn Miss Bainbridge Sie jetzt nur sehen könnte. Sie würde Sie hinterwäldlerisch nennen, weil Ihnen nicht klar ist, dass Gentlemen Mätressen haben.“

Ich schloss den Mund und machte mich über mein Frühstück her, das aus gekochten Eiern und Toast bestand. „Ich bin lediglich etwas überrascht. Ich habe Lord Rumford kennengelernt. Er wirkt nett, hat mir sogar erzählt, dass seine Frau lieber auf dem Land bleibt, weil ihr das schnelle Leben in London nicht mehr zusagt.“ Lord Rumford musste um die sechzig sein. Laut der Zeitung war Miss Westwood erst sechsundzwanzig.

„Wie praktisch, dass Lady Rumford das ländliche Anwesen vorzieht“, sagte Harmony und verzog den Mund. „Gibt seiner Lordschaft die Freiheit, seine Geliebte zu sehen, während er in London verweilt. Was er häufig tut.“

„Sie kam doch sicher nicht hier ins Hotel?“

„Manchmal schon.“

Keine Ahnung, warum es mich schockierte. Ich wusste, dass Gentlemen Mätressen hatten und sie manchmal herbrachten. Ein ausländischer Graf hatte sogar mit seiner Geliebten in seiner Suite gewohnt, als wäre sie seine Frau, während seine tatsächliche Frau zu Hause in Russland war. Aber er war vom Kontinent gewesen und dort handhabte man die Dinge anders. Von einem englischen Lord hatte ich nicht erwartet, dass er seine Geliebte öffentlich in dem Hotel vorführte, in dem er abstieg, während er in der Stadt war.

Harmony überflog erneut den Zeitungsartikel. „Ich frage mich, warum sie es so beendet hat. Sie schien alles zu haben, was man sich wünschen kann. Ruhm, Geld, schwärmende Fans und einen ebenso schwärmenden Liebhaber.“

„Das sind wohl kaum die Dinge, die einen erfüllen und

glücklich machen", sagte ich. „Und woher wissen Sie, dass Lord Rumford für sie schwärmte? Vielleicht stand er kurz davor, die Beziehung zu beenden und sie hat sich aus Verzweiflung vom Balkon geworfen."

Harmony schüttelte den Kopf, wobei sich eine der dunklen Korkenzieherlocken löste, die sie hinter das Ohr geschoben hatte. Sie fiel ihr ins Gesicht und sie schob sie wieder weg, obwohl ich wusste, dass sie dort nicht bleiben würde. Die widerspenstige Locke gehorchte nie lange. „Ich habe von Peter gehört, dass er sehr mitgenommen ist."

„Woher weiß Peter das?"

„Er hat Mr Hobart heute Morgen mit sehr ernstem Gesicht hin und her eilen sehen, um Blumen und Nachrichten an die Zeitungen zu organisieren. Und er hat Kleinigkeiten zu Lord Rumfords Zimmer geschickt, um ihm das Mitgefühl des Hotels zu zeigen."

„Das ist sehr nett von ihm." Es war typisch für Mr Hobart, sich so um einen Gast zu kümmern. Der Direktor stellte sie immer an erste Stelle und schien zu wissen, was sie brauchten, noch bevor sie danach fragten. Laut Floyd war es bezeichnend für einen exzellenten Hoteldirektor.

„Ich finde, Sie sollten ermitteln", verkündete Harmony plötzlich.

Ich verschluckte mich an meinem letzten Stück Toast und hustete mit tränenden Augen in meine Serviette. Als ich mich erholt hatte, begegnete ich Harmonys Blick. Sie meinte es ernst. „Wovon reden Sie? Was gibt es da zu ermitteln?"

„Vielleicht war es kein Selbstmord." Sie zuckte mit den Schultern. „In der Zeitung steht nicht, warum Miss Westwood sich vom Balkon gestürzt hat."

„Wahrscheinlich, weil sie entweder nicht wissen, was sie zu so einer Verzweiflungstat getrieben hat, oder weil sie ihre Privatsphäre schützen wollten."

Harmony schnaubte. „Kein Journalist wird sich um ihre Privatsphäre scheren. Sie ist ein Star. Die Öffentlichkeit will alles über ihr Leben wissen, insbesondere über ihren Tod. Die Zeitung, die es als Erstes herausfindet und veröffentlicht, wird Tausende Exemplare mehr verkaufen als die Konkurrenz."

„Also glauben Sie, sie wurde ermordet?“ Bei Harmonys Nicken schüttelte ich den Kopf. „Wenn es so ist, wird die Polizei den Mörder finden.“

„Vielleicht.“ Sie nippte so erwartungsvoll an ihrem Kaffee, dass ich wusste, sie hatte noch mehr zu dem Thema zu sagen. Das erwies sich als korrekt: „Aber die haben sich nicht gerade mit Ruhm bekleckert, als es um Mrs Warricks Mord hier im Hotel ging.“

Ich öffnete den Mund, um Detective Inspector Hobart in Schutz zu nehmen, schloss ihn aber wieder. Sie hatte recht; der Inspektor hatte recht lange gebraucht, den Mörder zu entlarven. Seine Gründlichkeit hatte ihm dabei im Weg gestanden. Andererseits hatte er dadurch nicht den falschen Mann beschuldigt—so wie ich.

„Harmony, ich werde nicht wegen Miss Westwoods Tod ermitteln.“

„Aber wollen Sie denn keine Detektivin sein?“

Ich kaute innen auf meiner Unterlippe und bereute, dass ich ihr von meinen Erwägungen erzählt hatte, ins Privatdetektiv-Geschäft einzusteigen. „Schon“, sagte ich vorsichtig. „Aber das hier ist nicht der richtige Fall. Zunächst einmal gibt es keinen Klienten und kein Klient bedeutet keine Bezahlung. Und zweitens wird die Polizei ermitteln, wenn es ein Mordfall ist. Ich werde denen nur in die Quere kommen und das wird Detective Inspector Hobart nicht gefallen. Er hat mir gerade erst meine Beteiligung an den Ermittlungen von Mrs Warricks Mord verziehen.“

Ihre Augen glänzten wie poliertes Pech, während sie mich über den Rand ihrer Tasse hinweg beobachtete. „Oder Sie wollen nur nicht dem Vater des Mannes auf die Zehen treten, in den Sie verliebt sind?“

„Ich bin nicht in Mr Armitage verliebt! Wie kommen Sie auf die Idee?“

„So, wie Sie ihn ansehen.“

Ich köpfte mein Ei mit solchem Schwung, dass es den Teller komplett verfehlte und auf dem Tisch landete. „Jede Frau schaut ihn so an. Er ist sehr angenehm anzuschauen. Leider besitzt er die Persönlichkeit eines Mannes, der von sich weiß, wie angenehm er anzuschauen ist. Er ist arrogant und ziemlich rüde."

„Ich fand ihn immer charmant."

„Kann er sein."

Mr Armitage hatte sich auf jeden Fall seines Charmes bedient, als er im Hotel gearbeitet hatte. Doch sobald er gegangen war, war der Charme verflogen und seine wahre Natur zum Vorschein gekommen. Natürlich konnte das auch nur bei mir der Fall sein. Immerhin hatte ich ihn um seine Anstellung gebracht.

Harmony warf einen Blick auf die Uhr und sprang auf. „Wir sollten uns besser um Ihre Haare kümmern, damit ich mit meiner Arbeit weitermachen kann." Sie sammelte das dreckige Geschirr ein und stellte es auf das Tablett. Dann scheuchte sie mich ins Schlafzimmer, obwohl ich mein Ei noch nicht aufgegessen hatte.

Ich setzte mich an den Schminktisch und überließ mich ihrer Fürsorge. Danach zog ich mich an, während sie im Wohnzimmer aufräumte. Als ich aus dem Schlafzimmer kam, balancierte sie das Tablett auf einer Hand und war auf dem Weg zur Tür.

„Wir reden später noch einmal über Miss Westwood", sagte sie. „Vielleicht ändern Sie Ihre Meinung."

Allerdings hörte ich kaum hin. Ein Gedanke war mir gekommen. „Wissen Sie, wie Mr Clitheroe aussieht?"

„Wer?"

„Er ist hier Gast."

„Welche Zimmernummer?"

„Das weiß ich nicht."

Sie zuckte mit den Schultern. „Tut mir leid, ich kenne die Gäste nur nach Zimmernummern, nicht nach Namen. Warum?"

„Nur so."

Ihre dunklen Augen wurden schmal. Sie glaubte mir nicht, wollte aber auch nicht nachhaken.

Ich machte mich auf den Weg nach unten und lächelte Goliath an, der mit versteinertem Gesicht neben einem Gepäckwagen wartete, auf dem ein riesiger und zwei kleinere Koffer sowie drei Hutschachteln gestapelt waren. Er erwiderte mein Lächeln flüchtig, was jedoch erstarb, als Mr Hirst ihn mit einem rügenden Blick bedachte. Laut dem neuen stellvertretenden Direktor sollten Pagen so unsichtbar wie möglich sein. Wie jemand, der so groß und gut gebaut war wie Goliath, unsichtbar werden sollte, war mir nicht klar und ich hatte Mr Hirst gegenüber diesbezüglich mal einen Witz gemacht, über den er auch gelacht hatte. Allerdings hatte es aufgesetzt geklungen.

Der Portier Frank bedeutete Goliath, das Gepäck zur wartenden Kutsche zu bringen. Die Gäste schlossen noch ihren Check-out bei Peter an der Rezeption ab, während ich an ihnen vorbei zu den Büros der leitenden Angestellten ging.

Mr Hobarts Bürotür stand offen und er sah aus, als wollte er gerade gehen. Anders als bei Mr Hirst war sein Lächeln echt. Wir hatten zwar keinen guten Start gehabt, nachdem ich für die Entlassung seines Neffen gesorgt hatte, aber er hatte mir zum Glück bald vergeben. Egal, wie beschäftigt er war, er nahm sich immer Zeit für mich und drängte mich nie.

Heute spürte ich jedoch seine Eile. „Guten Morgen, Miss Fox. Kann ich etwas für Sie tun?"

„Ich wollte Sie nach einem Gast fragen, einem gewissen Mr Clitheroe."

Seine klaren blauen Augen verengten sich kaum merklich und seine Eile verschwand. Er war sehr neugierig, warum ich mich für Mr Clitheroe interessierte, schien aber unsicher, ob er mich fragen sollte. Auch wenn er beschlossen hatte, mich zu mögen, war ich doch immer noch die Nichte seines Vorgesetzten und damit niemand, von dem er Antworten fordern sollte. „Was würden Sie gern über ihn wissen?"

„Wie sieht er aus?"

Die Frage erwischte ihn auf dem falschen Fuß. Welche Frage auch immer er erwartet hatte, diese war es nicht. „Mittlere Größe und Statur, braune Haare. Recht typisch für einen Mann Ende dreißig."

„Hat er besondere Merkmale?"

„Zum Beispiel?"

„Zum Beispiel seine Nase? Ist sie ziemlich stark gebogen?"

Seine Mundwinkel hoben sich leicht, ehe er seinen Gesichtsausdruck in den Griff bekam. „Manche würden sie als etwas hervorstehend bezeichnen."

„Aber Sie sind zu diplomatisch, um so etwas zu sagen."

Das brachte sein Lächeln zum Vorschein. „Gibt es sonst noch etwas, Miss Fox?"

„Das ist alles, danke."

Wir gingen gemeinsam aus dem Büro und er schloss die Tür hinter sich. „Darf ich Ihnen eine der Hotelkutschen vorfahren lassen?" Angesichts meines fragenden Blicks deutete er auf den Mantel und die Handschuhe in meinen Händen. „Sie scheinen ausgehen zu wollen."

„Ich werde ein Taxi zum Bahnhof nehmen. Wie es der Zufall will, möchte ich nach Ealing, um Ihren Neffen zu sprechen."

Er blieb abrupt stehen. „Nun, das ist eine nette Überraschung. Ich bin sicher, er wird sich freuen, Sie zu sehen."

Das bezweifelte ich, lächelte aber trotzdem.

„Sie werden ihn dort nicht finden, fürchte ich. Er ist ausgezogen, was meine Schwägerin sehr enttäuscht hat. Sie hat es genossen, ihn in den letzten paar Wochen zu Hause zu haben. Aber es war an der Zeit für ihn zu gehen. Ein Mann in seinem Alter kann nicht lange bei seinen Eltern leben, insbesondere, wenn er viele Jahre von zu Hause weg war wie er. Wenn ich Ihnen seine neue Adresse nenne, behalten Sie sie oder soll ich sie Ihnen aufschreiben?"

Dass er sie mir so einfach geben würde, hatte ich nicht erwartet. Dabei hatte ich ihm noch gar nicht gesagt, warum ich mit Mr Armitage reden wollte. „Ich werde sie mir merken."

Er nannte mir eine Adresse in Soho, nur fünfzehn Minuten Fußweg vom Hotel. „Und jetzt", sagte Mr Hobart schwer seufzend, „muss ich mit einem zutiefst trauernden Mann über Beerdigungsarrangements sprechen."

„Lord Rumford?"

Er nickte. „Manchmal ist diese Arbeit entmutigend. Aber Sie genießen bitte Ihren Tag, Miss Fox. So eine traurige Geschichte braucht Sie nicht aus der Fassung zu bringen."

Es war nett von Lord Rumford, die Bestattung seiner Geliebten zu organisieren. Andererseits hatte sie vielleicht niemand anderen. Hoffentlich fand seine Frau es nicht heraus.

Bei dem Gedanken schüttelte ich den Kopf darüber, in welche Richtung mein moralischer Kompass zeigte. Vor drei

Wochen war er noch so gerade gewesen wie ein Pfeil. Jetzt schien er nicht mehr zu wissen, wo der richtige Weg lag.

Ich nahm von Frank einen Schirm entgegen und ging los. Meine Gedanken drehten sich zunächst um die „traurige Geschichte", wie Mr Hobart es bezeichnet hatte, wandten sich dann jedoch der Aussicht zu, Harry Armitage wiederzusehen. Zweifelsohne würde mein Besuch ihn überraschen.

Mein Vorschlag, dass wir Partner in seinem neuen Privatdetektivunternehmen werden sollten, würde ihn noch mehr überraschen. Nachdem er sich davon erholt hatte, würde er mit einem energischen Nein antworten.

Aber ich wusste, wie ich ihn davon überzeugen konnte, dass es eine gute Idee war.

KAPITEL 2

Meine Hoffnungen, Mr Armitage davon zu überzeugen, mich als Partner in seinem neuen Unternehmen aufzunehmen, wurden zerschlagen, als ich an der Adresse ankam, die sein Onkel mir gegeben hatte. Es war nicht Mr Armitages Zuhause, sondern seine Geschäftsadresse und ARMITAGE UND PARTNER: PRIVATDETEKTIVE war bereits auf die Tür gemalt worden. Wie schwierig würde es wohl sein, es zu ARMITAGE UND FOX zu ändern? Vermutlich genauso schwierig, wie ihn davon zu überzeugen, dass er eine Partnerin brauchte.

Eingeklemmt zwischen einem Friseursalon und einem Café war die Tür leicht zu übersehen. Während beide Läden saubere Fenster besaßen und respektabel wirkten, deuteten die Übersetzungen unter der englischen Schrift auf die ausländische Herkunft der Betreiber hin. Die italienischen Worte auf dem Fenster des Cafés erkannte ich, nicht jedoch die Schrift auf dem Fenster des Friseurs.

Soho war die arme Verwandtschaft des angrenzenden Mayfair und war bis vor einem Jahrzehnt ein Slum gewesen. Sein unkonventionelles Herz und die Nähe zu den Wohlhabenden bedeuteten, dass es der ideale Standort für Theater und verschiedenste Restaurants und Cafés war, die auf den Hauptstraßen wie Pilze aus dem Boden schossen. In Soho herrschte eine Energie, die in Mayfair nicht vorhanden war. Es war, als würde die Gegend sich auf die Möglichkeiten freuen, die das neue Jahrhundert mit sich brachte, während Mayfair zu sehr damit beschäftigt war, im Glanz vergangener Jahre zu schwelgen, um zu bemerken, dass die Welt sich weitergedreht hatte.

Mr Armitages Büro lag nicht an einer der geschäftigen Straßen in Soho. Die schmale Gasse wirkte, als kämpfte sie noch darum, ihre Slum-Wurzeln hinter sich zu lassen. Die Farbe an den Gebäuden war entweder verblichen oder blätterte ab und Müll fegte über die Straße, wann immer eine Windböe kam. Doch trotz der dreckigen Rinnsteine und mangelnden Straßenlaternen waren die Stufen des Eingangs saubergefegt.

Ich stieß die Tür zu Armitage und Partner auf und stieg die Treppen in den ersten Stock hinauf, wo eine weitere Tür mit Mr Armitages Namen beschriftet war. Die Farbe roch frisch.

Zögernd klopfte ich. Die Tür wurde umgehend von einem lächelnden Mr Armitage geöffnet. Das Lächeln verschwand, als er mich sah.

„Sie sind es", sagte er trocken.

„Tut mir leid, wenn ich Sie enttäusche."

„Ich hatte gehofft, es wäre ein potenzieller Kunde."

„Vielleicht bin ich das."

Mr Armitages Augen wurden schmal. Er glaubte mir eindeutig nicht, trat jedoch zur Seite und bat mich herein. Ich schob mich an ihm vorbei, wobei mir seine Nähe äußerst bewusst war. Harmony hatte recht gehabt mit ihrer Behauptung, dass ich ihn attraktiv fand. Das tat ich. Die dunklen Haare und das fein geschnittene Gesicht gepaart mit seiner Größe und den breiten Schultern machten ihn zu einem beeindruckenden Mann.

Mehr als eine körperliche Anziehung empfand ich jedoch nicht.

Das kleine Büro war so maskulin wie der Mann selbst mit den halb vertäfelten Wänden und den klobigen Möbeln. Den Schreibtisch und Sessel musste er gebraucht gekauft haben. Beide wiesen Kratzer auf und das Leder des Sessels war zu einem mittleren Braun verblichen. Abgesehen von einer Uhr waren die Wände komplett leer. Es gab noch nicht einmal ein

Bücherregal, auch wenn ein Aktenschrank hinter dem Schreibtisch stand.

„Sie sollten ein Bild Ihrer Eltern aufhängen", sagte ich. „Das macht den Raum etwas freundlicher. Und besorgen Sie sich ein Regal und Bücher. Ein bisschen Dekoration wären auch nicht schlecht, aber stopfen Sie den Raum nicht voll."

Er knallte die Tür zu, was meine Nerven strapazierte. „Sind Sie hergekommen, um mir Einrichtungstipps zu geben?"

„Ich versuche lediglich zu helfen. Wenn Sie möchten, dass Kunden sich wohlfühlen, sollten Sie noch einmal Hand anlegen. Sie wollen Ihre Kunden nicht einschüchtern, aber eine Atmosphäre von Kompetenz schaffen. Ihre Möbelwahl suggeriert, dass Sie schon eine Weile im Geschäft sind, was für die Authentizität wichtig ist." Ich strich mit der Hand über die Rückenlehne des Sessels. „Der ist schön. Sehr gemütlich."

Seine Augen verengten sich noch mehr. „Angeln Sie nach einer Kommission?"

„Wie bitte?"

„Ich habe von Damen gehört, die ihre Dienste als Dekorateurin anbieten."

„Grundgütiger, nein. Dann müsste ich einkaufen und darin bin ich nicht sonderlich gut. Flossy hätte Spaß daran, aber die würde Ihr Budget ignorieren und in den teuersten Läden einkaufen. Nicht, dass es ihr gestattet wäre, ein solches Unternehmen anzufangen."

„Natürlich nicht. Bainbridge Frauen arbeiten nicht."

So, wie er es sagte, hatte ich den Verdacht, dass er mich mit Flossy in einen Topf warf. Ich ahnte schon lange, dass er und alle anderen glaubten, ich wäre wohlhabend. Der Irrtum lag nahe, da meine Mutter und Tante Lilian die einzigen Kinder eines reichen Geschäftsmanns gewesen waren. Nur wenige wussten, dass Tante Lilian alles bekommen hatte, nachdem mein Großvater meine Mutter wegen ihrer Heirat mit meinem Vater enterbt hatte. Mein Vater war Akademiker an der Universität in Cambridge gewesen und damit nicht die Sorte Mann, die meine Großeltern für ihre Tochter als Ehemann guthießen. Anfangs hatte ich mich darüber gewundert, dass niemand begriff, wie arm ich war, wo ich doch bei meinem Onkel und meiner Tante einziehen musste. Mit der Zeit hatte ich erkannt, dass sie schlicht annahmen, ich wolle Gesellschaft. Woher sollten sie wissen, dass mein einziges Einkommen der Unterhalt war, den Onkel Ronald mir monatlich zahlte?

Ein Teil von mir wollte Mr Armitage aufklären, doch nur ein kleiner Teil. Meine finanzielle Situation war meine Angelegenheit und ging weder ihn noch sonst jemanden etwas an.

Mr Armitage bot mir den Besucherstuhl an und setzte sich hinter den Schreibtisch. „Sie sagten, Sie hätten einen Fall für mich."

„Nein, ich sagte, *vielleicht* bin ich eine potenzielle Kundin."

Er legte den Kopf schräg. „Also ... sind Sie es nicht?"

„Nein."

Er seufzte. „Warum sind Sie dann hier, Miss Fox? Bitte fassen Sie sich kurz, ich bin ein beschäftigter Mann."

„Oh? Haben Sie bereits einen Fall?" Möglicherweise war es etwas grausam in Anbetracht der Tatsache, dass er sein Geschäft gerade erst eröffnet hatte, aber seine brüske Art ging mir gegen den Strich. Ich hätte nie gedacht, dass ich den charmanten stellvertretenden Direktor, den ich bei meiner Ankunft im Mayfair Hotel kennengelernt hatte, einmal vermissen würde, doch heute tat ich es. So aufgesetzt dieser Charme auch gewesen sein mochte, er beruhigte meine gereizten Nerven.

„Das habe ich, wie es der Zufall will." Er setzte ein gewinnendes Lächeln auf, als meine Gesichtszüge entgleisten.

Ich fasste mich jedoch schnell wieder. Dies konnte ein Vorteil für mich sein. „Das ist wundervoll. Sie werden einen Partner brauchen, um Ihnen bei der Last des Falls zu helfen."

„Bisher ist es wohl kaum eine Last, aber hoffentlich wird es zu weiteren Kunden führen."

„Das wird es ganz sicher. Sie sollten sich jetzt schon darauf vorbereiten."

„Indem ich einen Partner einstelle?" Er schüttelte den Kopf. „Ich muss erst laufen lernen, bevor ich renne. Abgesehen davon will ich keinen Partner."

„Das werden Sie, wenn der richtige Partner auftaucht."

Er lehnte sich im Stuhl zurück und betrachtete mich. „Miss Fox, haben Sie jemanden im Hinterkopf?"

„Das habe ich tatsächlich."

„Dann informieren Sie ihn bitte, dass ich keinen Partner suche. Sollte ich feststellen, dass ich Hilfe brauche, wenn ich mehr Fälle bekomme, kontaktiere ich Sie, um mehr Details zu erfahren. Dann werde ich ihn interviewen. Allerdings kann ich nichts versprechen, da ich seine Qualifikationen nicht kenne."

„Sie ist äußerst qualifiziert. Sie hat einen Mordfall gelöst."

„Sie?" Er lachte, verstummte jedoch bald. „Bieten Sie sich selbst als Angestellte an?"

„Nein. Als Partnerin."

Er lachte wieder, brach ab und bellte dann zu guter Letzt noch ein Lachen heraus. Ich rutschte auf meinem Stuhl herum und flehte mein Gesicht an, nicht rot anzulaufen. Unglücklicherweise betrog es mich.

Ich schaltete mein Köpfchen ein und ging zum Angriff über, denn ich war nun einmal hier und es war zu spät, um einen Rückzieher zu machen. „Warum finden Sie das so amüsant? Sie können unmöglich jemanden kennen, der qualifizierter ist als ich und bereit ist, mit Ihnen ohne Bezahlung zu arbeiten, bis der Kunde seine Rechnung beglichen hat."

Wieder legte er den Kopf schräg und studierte mich. „Sie meinen es ernst, nicht wahr?"

„Würde ich mich Ihrer demütigenden Reaktion aussetzen, wenn ich es nicht täte?"

Er zuckte kaum merklich zusammen und hob die Hände. „Es tut mir leid. Meine Reaktion war unangebracht." Es war schön zu sehen, dass er in meiner Anwesenheit doch noch wie ein Gentleman agieren konnte. Allerdings verdarb er den Eindruck mit den zuckenden Lippen, während er mühsam ein Grinsen unterdrückte. „Bitte gestatten Sie mir zu erklären, warum ich Sie nicht als Partnerin akzeptieren kann, selbst wenn ich eine suchen würde. Erstens kommen wir nicht miteinander aus."

„Das könnten wir, wenn Sie mir vergeben würden, dass ich für Ihre Entlassung aus dem Hotel verantwortlich bin."

„Das habe ich Ihnen vergeben. Was ich Ihnen nicht vergeben habe, ist die Verzweiflung meines Onkels aufgrund der Entlassung aus einer Arbeit, die ihm sehr am Herzen liegt."

Jetzt war ich an der Reihe zusammenzuzucken. Ich bereute

jeden einzelnen Moment im Büro meines Onkels, als er sowohl Mr Hobart als auch Mr Armitage dafür hinausgeworfen hatte, dass sie Mr Armitages Verhaftung verheimlicht hatten. „Ich habe ihm geholfen, seine Stelle zurückzubekommen, indem ich bei meinem Onkel ein gutes Wort für ihn eingelegt habe." Es klang kläglich. Ich schluckte und schaute auf meinen Schoß.

Mr Armitage seufzte. „Und zum anderen würde Ihre Familie dem nicht zustimmen."

Ich sah ihm in die Augen. „Das lassen Sie meine Sorge sein."

„Ich möchte nicht, dass mein junges Unternehmen von einem so mächtigen Mann wie Sir Ronald Bainbridge auf die schwarze Liste gesetzt wird. Nicht, wenn ich das Hotel als Quelle für meine Klienten nutzen will, jedenfalls anfangs. Und schließlich werde ich niemals einen Partner haben."

„Dann lassen Sie mich Mitarbeiterin sein."

„Nein."

„Aber Sie haben doch schon ‚Partner' auf die Tür geschrieben. Warum schreiben Sie es dorthin, wenn Sie gar nicht vorhaben, jemanden einzustellen?"

„Das habe ich vor, nur jetzt noch nicht. Es gibt nicht genug Arbeit. Und darf ich Sie *erneut* darauf hinweisen, dass ich *Sie* nicht einstellen würde."

Ich zog es vor, den letzten Teil der Aussage zu ignorieren, und stürzte mich auf den ersten. „Es wird genug Arbeit geben, wenn ich Ihnen von einem möglichen Fall für einen zahlenden Kunden erzähle. Dann wären es zwei Fälle. Sie können unmöglich an beiden gleichzeitig arbeiten."

Er lächelte nur, doch in seinen warmen Augen lag ein Glanz, der zuvor nicht da gewesen war. Ich hatte sein Interesse geweckt. „Was für ein Fall?", fragte er.

„Das sage ich Ihnen erst, wenn Sie mich einstellen."

„Erpressung, Miss Fox?" Er schnalzte mit der Zunge. „Was würde Ihre Familie dazu sagen?"

„Mein Onkel würde mir gratulieren, dass ich an dem Ziel festhalte, das ich mir gesteckt habe. Er ist schließlich ein Geschäftsmann."

Er beobachtete mich unter diesen langen, dunklen Wimpern heraus. Die Wärme war aus seinen Augen verschwunden und es war schwer zu sagen, was er dachte. Der stetige Blick machte mich nervös und ich senkte meinen auf den Schreibtisch. Die Oberfläche war sehr sauber. Es gab keine Notizen, keine Akten, nur einen leeren Notizblock, Bleistifte, Füller und Tinte.

Als ich den Blick wieder hob, studierte er mich noch immer. Ich versuchte, mir nicht anmerken zu lassen, wie sehr er mich entwaffnete. „Es gibt keinen Fall, nicht wahr?"

Er blinzelte und brach damit den Bann. „Wie bitte?"

„Wenn ich die Schubladen dieses Aktenschrankes dort öffnen würde, wäre nichts zu finden außer dem Mietvertrag für dieses Büro, stimmt's?"

Jetzt war es an ihm wegzusehen.

„Sie haben noch keinen Fall, nicht wahr?", hakte ich nach.

Er atmete tief ein und ließ die Luft langsam entweichen. Ich hatte seinen männlichen Stolz angekratzt, indem ich seine Lüge aufgedeckt hatte, aber ich musste ihm zugutehalten, dass er sich davon nicht unterkriegen ließ. „Dieses Spiel können zwei Leute spielen, Miss Fox."

„Welches Spiel?"

„Das Ratespiel."

Also hatte ich recht. Er hatte bezüglich des Falles gelogen. „Und was werden Sie über mich erraten?" Vielleicht hatten seine Fähigkeiten im Schlussfolgern ihn erkennen lassen, dass ich unmöglich so reich sein konnte wie die Bainbridge-Familie, da ich in der altmodischen Kleidung einer gewöhnlichen Frau im Hotel angekommen war.

Er verschränkte die Arme und richtete sich mit einem zufriedenen Gesichtsausdruck auf. „Ihr Kunde wohnt im Hotel. Oder vielleicht ist das Hotel selbst der Kunde."

„Woher—" Ich unterbrach mich selbst, doch sein Grinsen wurde breiter. „Wie kommen Sie darauf?"

„Sie sind neu in London und haben keine Freunde mit Ausnahme Ihrer Familie und deren Bekanntenkreis. Ihr gesamtes Leben spielt sich im Hotel ab. Wo sonst hätten Sie von einem Fall erfahren sollen, in dem es etwas zu ermitteln gibt?"

Ich verhielt mich ruhig, um nichts preiszugeben.

Das verstärkte sein Lächeln nur. „Da ich recht habe, brauche ich Sie nicht, um mir den Fall zu verschaffen, Miss Fox. Ich muss nur meinen Onkel fragen. Er weiß alles, was im Mayfair vor sich geht."

Ich schnappte nach Luft. „Sie würden mir den Fall wegschnappen?"

„Es ist kein Diebstahl. Sie können nicht ermitteln. Sie sind kein Privatdetektiv. Ich schon."

„Jeder kann Privatdetektiv sein, auch Frauen. Man braucht keine Lizenz oder auch nur ein Büro." Ich stand auf. „Und Ihr Onkel weiß nichts von dieser Situation. Wenn er es wüsste, hätte er schon längst etwas unternommen."

Ich marschierte zur Tür, öffnete sie und ging ohne einen Abschiedsgruß hinaus. Der Mann verdiente keinen. Beim Schließen der Tür erhaschte ich einen flüchtigen Blick auf sein enttäuschtes Gesicht, was befriedigend war und vermutlich erklärte, warum mein Ärger so schnell verflog. Bis ich auf der Straße stand, war er bereits fort und der Verstand zurückgekehrt.

Mr Armitage hatte recht. Ich war keine Privatdetektivin und konnte von Mr Hobart kein Geld verlangen, um die Anwesenheit des hakennasigen Mannes im Hotel zu überprüfen. Tatsächlich war ich mir noch nicht einmal sicher, dass da überhaupt etwas Verbotenes im Gange war.

Ich schaute in dem Moment die Straße entlang, als ein Windstoß eine Zeitungsseite gegen meine Röcke wehte. Mit einem Tritt beförderte ich sie weiter und sah ihr nach, wie sie davon wirbelte, ehe ihr vor einem Ledergeschäft die Puste ausging. Das hier war wirklich nicht die beste Adresse für eine Detektei, die eine gehobene Klientel anlocken wollte.

Ich seufzte. Mr Armitage brauchte das Geld dringender als ich. Er musste seine Karriere eher in Schwung bringen als ich, denn ich hatte ein feines Dach über dem Kopf und meinen Unterhalt. Er hatte nichts und das hatte er mir zu verdanken. Diesen ersten Fall schuldete ich ihm.

Als ich mich wieder zur Tür umwandte, wurde sie aufgerissen und Mr Armitage kam herausgeschossen. Er rempelte mich an und ich ging nur deswegen nicht zu Boden, weil seine beiden kräftigen Hände meine Arme packten.

„Miss Fox!" Er war genauso überrascht, mich anzurempeln, wie ich, angerempelt zu werden. „Sie sind noch hier."

„Ja", sagte ich atemlos. „Ja", wiederholte ich lauter.

Seine Daumen strichen über meine Arme, ehe er mich losließ. „Es tut mir leid. Geht es Ihnen gut? Habe ich Ihnen wehgetan?"

„Alles in Ordnung, danke. Wie ich sehe, haben Sie es eilig, also werde ich mich kurzfassen. Ich muss noch etwas loswerden, weswegen ich noch nicht gegangen bin."

Er richtete seine Krawatte und streckte den Hals aus dem Kragen. „Lassen Sie mich bitte anfangen. Ich muss nirgendwo hin." Er räusperte sich. „Wie es der Zufall will, wollte ich Sie noch erwischen."

„Oh?"

Er schaute in den grauen Himmel hinauf. „Ich, äh—ich wollte mich für mein Benehmen da drinnen entschuldigen. Ich weiß nicht warum, aber Sie bringen meine schlechtesten Seiten zum Vorschein. Normalerweise bin ich nicht so …"

„Unfreundlich? Arrogant? Herablassend?"

Er lachte leise. „Ich wollte unfein sagen."

„Sie müssen sich nicht entschuldigen. Die Schuld liegt gleichermaßen bei mir. Scheinbar bringen Sie auch meine schlechtesten Seiten zum Vorschein."

Er zeigte hinter sich auf die Tür. „Das ist Ihr Schlimmstes?"

„Üblicherweise stürme ich nicht aus Büros, wenn ich meinen Willen nicht bekomme. Ich möchte glauben, dass ich aus solch kindischem Trotz inzwischen herausgewachsen bin."

Er schenkte mir ein angespanntes Lächeln. „Nun denn. Ich bin froh, dass wir das beigelegt haben. Einen guten Tag, Miss Fox." Er wandte sich ab.

„Warten Sie. Ich möchte Ihnen von dem Fall erzählen."

„Sie meinen *Ihren* Fall."

Ich schüttelte den Kopf. „Er gehört jetzt Ihnen. Wenn es überhaupt ein Fall ist. Da bin ich mir selbst noch nicht sicher. Aber Sie können mit Ihrem Onkel sprechen und sehen, ob er meint, dass es da etwas zu ermitteln gibt. Ich verspreche, mich nicht einzumischen. Die Ermittlungen gehören ganz Ihnen."

„Warum die Meinungsänderung?"

Es könnte ihn verletzen, wenn ich ihm sagte, dass er mir leidtat. Da mir auf die Schnelle kein anderer Grund einfiel, ignorierte ich die Frage ganz. „Lassen Sie uns in Ihrem Büro darüber reden."

„Ich habe eine bessere Idee. Luigi braut hervorragenden Kaffee."

Er öffnete die Tür zum italienischen Café und ich wurde von dem köstlichen Duft gerösteter Bohnen eingehüllt. Zwei Männer am Tresen schauten hoch. Beide hatten zerfurchte Gesichter und den dunklen Hautton von Italienern weit jenseits des mittleren Alters. Sie nickten Mr Armitage zu, der den Gruß erwiderte.

Der Mann hinter dem Tresen warf die Hände in die Luft und grinste breit. „Harry! Komm rein, komm rein." Sein Cockney Akzent stand im Kontrast zu seinem Erscheinungsbild, das so gebräunt war wie das seiner beiden Kunden. Allerdings war er wesentlich jünger. Ich schätzte ihn auf nicht älter als fünfunddreißig.

Mr Armitage stellte ihn mir als Luigi, den Cafébesitzer vor. Luigi streckte die Hände über den Tresen und ergriff meine. *„Bella signora. Benvenuti nel mio caffè."*

"Grazie, signore. Il caffè ha un profumo delizioso."

Luigi und seine beiden Kumpane starrten mich an. „Sie sprechen Italienisch?"

„Gerade genug, um in Italien als Tourist zurechtzukommen."

„Waren Sie schon dort?"

Der Gedanke, dass ich mir je eine Reise nach Italien würde leisten können, war so absurd, dass ich lachte. „Nein."

Er seufzte. „Ich auch nicht, aber eines Tages werde ich dorthin fahren." Er deutete auf einen Tisch am Fenster mit einer rot-weiß karierten Tischdecke. „Nehmt Platz und ich bringe euch den besten Kaffee, den ihr je gekostet habt."

Mr Armitage zog den Stuhl für mich heraus. „Hat Ihre Mutter Ihnen Italienisch beigebracht?"

„Mein Vater."

„Ich dachte, er sei Mathematikprofessor gewesen."

Ich war überrascht, dass er so viel wusste. Wir hatten uns nicht eingehend über meine Eltern unterhalten. „Das war er, aber er hatte viele Interessen. Er brachte mir etwas Italienisch bei, unter anderem." Es war ein Glücksfall, dass ich mich überhaupt an so viel erinnern konnte. Mein Erlernen von Fremdsprachen war mit dem Tod meiner Eltern weitestgehend zum Erliegen gekommen. Ich hatte versucht, allein weiterzumachen, doch es war ohne Gesprächspartner zu schwierig gewesen.

„Sie haben eine ungewöhnliche Erziehung genossen."

Bei dem Kommentar blinzelte ich. Im Vergleich mit ihm war meine Erziehung gewöhnlich gewesen. „Nur, wenn Sie damit das Gehirn meinen. Wenn es eins gab, was meine Eltern gemeinsam hatten, dann war es ihre Begeisterung, über alles und jedes etwas zu lernen. Diese Begeisterung haben sie an mich weitergegeben und meine Großeltern haben meine Bildung nach dem Tod meiner Eltern weiter gefördert. Ich fürchte, ich habe viel Zeit meines Lebens mit der Nase in einem Buch oder bei Vorlesungen verbracht."

„An der Universität?"

„Gelegentlich und nur dort, wo Frauen zugelassen waren. Ich gehörte auch verschiedenen Vereinigungen und Einrichtungen für Frauen an, wo Gastdozenten zu allen möglichen Themen Vorlesungen hielten."

„Ich hätte gern eine Universität besucht", sagte er. „Aber ich musste arbeiten und das Hotel war so gut wie jeder andere Ort." In seinem Ton lag keine Bitterkeit oder Reue, lediglich die Feststellung von Tatsachen.

„Was hätten Sie studiert?"

Er dachte einen Moment darüber nach. „Ingenieurwesen. Seit ich den Bau der Tower Bridge gesehen habe, faszinieren mich Konstruktionen."

Luigi stellte zwei der winzigsten Tassen Kaffee vor uns ab, die ich je außerhalb eines Puppenhauses gesehen hatte. Ich schloss die Augen und sog das Aroma ein. Als ich sie wieder öffnete, beobachtete Mr Armitage mich mit einem neugierigen Ausdruck.

„Ob Italien so riecht?", fragte ich.

Mr Armitage nahm seine Tasse. „Sie sollten eines Tages dorthin reisen und es herausfinden."

„Wenn es nur so einfach wäre. Und jetzt zu dem Fall." Ich nippte. „Ich hoffe für Sie, dass etwas daraus wird. Gleichzeitig hoffe ich es nicht. Es geht nämlich um Ihren Nachfolger Mr Hirst."

Mr Armitage stellte die Tasse mit gerunzelter Stirn ab. „Was ist mit ihm?"

Ich erzählte ihm, wie ich Mr Hirst mit einem Kerl hatte reden sehen, der nicht ins Hotel zu gehören schien. „Er sagte Onkel Ronald, Mr Clitheroe wäre ein Gast, doch mein Onkel wirkte wenig überzeugt, auch wenn er nicht nachhakte. Später bekam ich den Kerl noch einmal zu Gesicht und mir fiel auf, dass er nicht so gekleidet war, wie ein Gentleman normalerweise abends gekleidet ist. Und was noch merkwürdiger war: Der Nachtportier hat ihm nicht die Tür geöffnet, nachdem er mit ihm ein paar Worte gewechselt hatte."

„Hatte James oder Phillip Dienst?"

„James. Heute Morgen habe ich Ihren Onkel um eine Beschreibung von Mr Clitheroe gebeten. Der Mann, den ich am Vorabend gesehen hatte, hatte eine extrem hervorstehende Nase, müssen Sie wissen. Ihr Onkel sagte, Mr Clitheroes wäre lediglich etwas markant." Als Mr Armitage mit den Schultern zuckte, fügte ich hinzu: „Sie haben recht. Möglicherweise sehe ich fadenscheiniges Verhalten, wo gar keins ist. Ich bin mir sicher, dass Mr Hirst nicht lügen würde. Schließlich hat er einen hervorragenden Ruf."

„Und dennoch war er erpicht darauf, ins Mayfair zu kommen, obwohl es für ihn kein Aufstieg war."

„Vielleicht wollte er schlicht Erfahrungen bei einem anderen Besitzer und Direktor sammeln."

Mr Armitage tippte mit dem Finger gegen seine Tasse und nahm sie dann plötzlich. „Trinken Sie Ihren Kaffee aus, dann begleite ich Sie zurück zum Hotel. Ich werde erst meinen Onkel befragen und sehen, ob wir hier einen potenziellen Fall haben."

„Bitten Sie ihn, mir den Gast namens Clitheroe zu zeigen. Ich werde sofort wissen, ob es der gleiche Mann war oder nicht." Ich öffnete meine Geldbörse, um den Kaffee zu bezahlen, doch Mr Armitage lehnte ab.

„Sie haben mir den Fall überlassen, Miss Fox. Für Ihren Kaffee zu bezahlen ist das Mindeste, was ich tun kann."

Auf dem Rückweg zum Hotel gingen wir zügig, sodass ich etwas außer Atem war, als wir dort ankamen. Doch anstatt durch den Haupteingang zu gehen, grüßte Mr Armitage Frank lediglich und lief weiter.

Ich rannte ihm nach. „Wo gehen Sie hin?“

„Hier entlang.“ Er zeigte auf die Seitenstraße. „Ich nehme lieber den Diensteingang.“

„Warum?“

„Weil ich kein Hotelgast bin.“

Ich folgte ihm in die Seitenstraße.

Er blieb stehen. „Sie können hier nicht mitkommen.“

„Warum nicht?“

„Weil Sie keine Angestellte sind.“

„Das ist albern. Sie haben mal behauptet, die Familie kann im Hotel gehen, wohin sie möchte.“

Er verschränkte die Arme und zog die Augenbrauen hoch. „Das Personal wird sich unwohl fühlen, wenn Sie deren Eingang benutzen.“

„Aber das Personal mag mich.“ Ich zuckte zusammen, als ich den quengeligen Unterton in meiner Stimme hörte.

Er schenkte mir ein gütiges Lächeln, als wollte er sagen, dass die Angestellten nur höflich waren, weil ihr Lebensunterhalt davon abhing. Ich seufzte. Vermutlich hatte er recht.

„Danke für Ihre Hilfe bis hierher, aber das sind jetzt meine Ermittlungen.“ Er senkte die Arme und setzte seinen Weg fort. „Auf Wiedersehen, Miss Fox“, warf er mir über die Schulter zu.

Ich trabte zurück und betrat das Hotel durch die Vordertür, die Frank mir aufhielt. „Sie mögen mich doch, nicht wahr, Frank?“, fragte ich.

„Natürlich tue ich das, Miss Fox“, sagte er geschmeidig.

„Das sagen Sie auch nicht nur, weil ich Sir Ronalds Nichte bin.“

„Ganz und gar nicht. Sie sind eine meiner Lieblingspersonen.“

Ich seufzte und ging hinein. Hätte Frank etwas mehr Ernsthaftigkeit in seine Aussage gelegt, hätte ich ihm vielleicht geglaubt.

Im Foyer zögerte ich, beschloss jedoch, mich nicht auf die Suche nach Mr Hobart zu machen. Mr Armitage hatte recht und es waren jetzt seine Ermittlungen. Ich hatte meinen Teil dazu beigetragen.

Stattdessen machte ich mich auf die Suche nach Flossy und traf sie, als sie gerade aus der Suite ihrer Eltern kam. Sie wirkte besorgt.

„Stimmt etwas nicht?", fragte ich.

„Die Kopfschmerzen meiner Mutter sind heute schrecklich. Ich wusste, dass der Abend gestern zu viel für sie war. Sie hätte die zweite Dosis von ihrer Medizin nicht nehmen sollen."

„Das verstehe ich nicht. Sorgt die Medizin nicht dafür, dass es ihr besser geht statt schlechter?"

„Schon, vorübergehend, aber dann kehren die Kopfschmerzen grausamer denn je zurück."

Sie sah traurig aus. Flossy war so ein fröhlicher Mensch, dass ich es hasste, sie niedergeschlagen zu sehen. Ich nahm ihre Hand und drückte sie. „Kann ich irgendetwas tun?"

Sie lächelte schwach. „Nein. Danke, Cleo."

„Vielleicht kann ich mich später zu ihr setzen. Wir können uns leise unterhalten, während du ein bisschen an die Luft gehst, natürlich mit einer Magd als Anstandsdame."

Sie knabberte an ihrer Unterlippe und schielte zur Tür ihrer Mutter. „Ich schätze, ich könnte zum Schneider und Hutmacher auf der Bond Street gehen."

„Ganz sicher wird die Luft in der Bond Street dir guttun."

„Das wird sie, nicht wahr?" Sie küsste meine Wange. „Danke, Cleo."

Harmony kam aus dem Treppenhaus und ruckte mit dem Kopf in Richtung meiner Zimmertür. Ich entschuldigte mich und ging zu ihr. Sie schlüpfte hinter mir in meine Suite.

„Wir haben Glück", sagte sie mit einer Begeisterung, die ich sonst mit Flossy in Verbindung brachte, nicht mit Harmony. „Miss Westwood *wurde* ermordet."

„Das klingt nicht gerade nach Glück für sie."

Sie warf mir einen bedeutsamen Blick zu. „Das ist nicht der richtige Zeitpunkt für Witze." Mit einem Griff zog sie die Nadeln aus meinem Hut. „Sie sollten mit Lord Rumford reden, solange er in seiner Suite ist. Zimmer vier-fünfzehn, nur den Gang runter."

Ich überließ ihr meinen Hut und die Handschuhe, als sie darum bat. „Warum glauben Sie, dass Miss Westwood ermordet wurde? Unterstellen Sie, dass Lord Rumford ihr Mörder ist?"

„Er ist derjenige, der meint, sie wurde ermordet. Er glaubt nicht, dass sie Selbstmord begangen hat. Er sagt, sie hatte viel zu viel, für das es sich zu leben lohnte, und war ein sehr glücklicher Mensch. Aber die Polizei glaubt ihm nicht und weigert sich, weiter zu ermitteln. Wenn Sie mich fragen, sind die zu faul. Selbstmord ist ein einfaches Urteil und spart ihnen die Mühe herauszufinden, was wirklich passiert ist."

„Detective Inspector Hobart ist nicht faul."

„Vielleicht ermittelt er in diesem Fall gar nicht. Es muss bei Scotland Yard noch viele andere Detectives geben." Sie scheuchte mich zur Tür.

Ich pflanzte beide Füße auf den Boden und weigerte mich, noch einen Schritt zu tun. „Ich weiß nicht."

Harmony stemmte ihre Faust auf die Hüfte. „Wenn es Mord ist, sollte er um der armen Miss Westwood willen aufgedeckt werden."

„Vermutlich."

„Und wenn die Polizei es nicht machen will, wen gibt es dann noch?"

„Harry Armitage ist jetzt Privatdetektiv."

„Mr Armitage kann sich seine eigenen Klienten suchen. Ich weiß nicht, ob Lord Rumford zahlen wird. Er hat nicht *ausdrücklich* gesagt, dass er jemanden anheuern will."

„Woher wissen Sie das alles?"

„Ich habe Augen und Ohren."

„Haben Sie gelauscht?"

Sie schwieg, was wahrscheinlich klug war. So konnte man ihr nichts vorwerfen.

Ich seufzte. „Also gut, aber nur, weil ich nichts Besseres zu tun habe."

„Wohl wahr."

Ich warf ihr einen Seitenblick zu. „Und falls Miss Westwood ermordet wurde, sollte ihrer Familie Gerechtigkeit widerfahren."

Sie strahlte. „Hervorragend. Ich bin so froh, dass Sie zustimmen." Sie gab meiner Schulter einen kleinen Schubs. „Und jetzt los, bevor er wieder ausgeht."

„Sie kommen mit mir?", fragte ich, während sie mir den Flur entlang folgte.

„Natürlich. Sie brauchen eine Anstandsdame. Wir können nicht zulassen, dass Ihr Ruf ruiniert wird."

Angesichts ihres rügenden Blicks schluckte ich mein Lachen herunter. Manchmal konnte Harmony strenger sein als ein Elternteil.

Vielleicht war es richtig, dass sie so beschützend war. Auch wenn ich es gewohnt war, ohne Begleitung dorthin zu gehen, wo ich wollte, war ich jetzt Teil des Bainbridge-Haushaltes und der folgte anderen Regeln als meine Mittelschicht-Großeltern.

Lord Rumford sah übermüdet aus. Dunkle Schatten lagen um seine Augen, deren Weiß ein Netz von Äderchen durchzog. Seine grauen Haare und der Bart benötigten einen Kamm. Auch wenn er zur Begrüßung nicht lächelte, als er auf mein Klopfen hin die Tür öffnete, bellte er uns wenigstens nicht an. Er seufzte nur und fragte: „Ja?"

„Mein Name ist Cleopatra Fox und das hier ist Harmony Cotton." Bei seinem verständnislosen Blick ergänzte ich: „Ich bin Sir Ronald Bainbridges Nichte."

Er schüttelte mir die Hand. „Sehr nett, Sie kennenzulernen."

Ich war etwas unsicher, wie ich fortfahren sollte. „Ich werde den Mörder Ihrer Geliebten entlarven" klang vermessen.

Harmony kam mir zur Hilfe. „Miss Fox wird Nachforschungen über Miss Westwoods Tod anstellen und möchte Ihnen einige Fragen stellen. Dürfen wir hereinkommen?"

In Lord Rumfords Augen blitzte etwas auf. „Sie sind nicht, was ich erwartet habe."

„Sie haben jemand anderes erwartet?"

„Jemand älteren und …"

„Männlichen?"

Sein Lächeln war freundlich. „Zugegebenermaßen ja."

„Miss Fox hat viel Erfahrung", sagte Harmony. „Sie hat vor einigen Wochen den Fall des ermordeten Gasts im Hotel aufgeklärt."

„Der Heiligabend-Mörder?", fragte er und zitierte damit den

Namen, den die Journalisten Mrs Warricks Mörder gegeben hatten. „Sie wurden in den Zeitungen nicht erwähnt."

„Miss Fox ist Sir Ronalds Nichte." Mehr musste Harmony nicht sagen. Lord Rumford verstand, dass es unziemlich war, den Namen Bainbridge mit der Aufklärung eines Mordfalles in Verbindung zu bringen, insbesondere wenn der Spürhund ein weibliches Mitglied der Familie war.

„Dann werden Sie keine Aufmerksamkeit auf sich lenken wollen", sagte er zu mir.

„Nein."

„Gut, denn auch ich möchte keine Aufmerksamkeit auf mich lenken. Nicht in Bezug auf Pearls Tod."

„Oder ihr Leben?"

„Genau." Er schaute den Flur hinauf und hinunter und da er leer war, trat er zur Seite. „Kommen Sie herein. Ich werde Sie gern engagieren, solange mein Name herausgehalten wird."

KAPITEL 3

Der vierte Stock des Hotels beherbergte die größten Suiten und wurde von der Bainbridge-Familie und wichtigen Gästen genutzt. Lord Rumfords Suite ähnelte meiner mit einem Wohn- und angrenzenden Schlafzimmer. Der einzige Unterschied war der Blick auf den Green Park. Seiner lag etwas weiter östlich.

Lord Rumford lud uns ein, auf dem Sofa Platz zu nehmen und ich setzte mich, doch Harmony hielt sich zurück. Sie stand nahe genug, sodass sie alles hören konnte.

„Ihr Verlust tut mir leid, Mylord", fing ich an.

„Danke. Es ist ein Schock. Ich habe sie erst gestern am frühen Nachmittag gesehen. Das muss kurz vor …" Er rieb eine Hand über sein Kinn und atmete stockend ein.

Ich zögerte. Mit so viel Trauer hatte ich nicht gerechnet, sondern angenommen, dass Pearl Westwood die neueste Geliebte in einer langen Reihe gewesen war, die sich über Jahrzehnte erstreckte und bald ersetzt werden würde. Scheinbar hatte er sie wirklich gemocht. Kein Wunder also, dass er ihren Mörder finden wollte. „Warum glauben Sie, dass sie ermordet wurde?"

„Als ich sie vor Weihnachten traf, war sie glücklich. Sie war typisch Pearl—lebhaft, fröhlich, keine Sorge auf der Welt. Als ich dann vor zwei Tagen nach London zurückkam, hatte sie sich verändert. Sie war besorgt."

„Vergeben Sie mir, dass ich es ausspreche, aber was auch immer diesen Wandel verursacht hat, könnte der Grund für ihren Selbstmord gewesen sein."

„Sie war besorgt, aber nicht betrübt. Nicht verzweifelt, sodass sie alles beenden würde. Sie bat um Geld, wissen Sie? Den Grund nannte sie mir nicht, nur, dass es wichtig sei. Sie entschuldigte sich ständig dafür."

Da ich unsicher war, ob ich die Frage stellen sollte, die mir durch den Kopf ging, zögerte ich. Es war furchtbar unhöflich. Zum Glück erriet Lord Rumford sie.

„Sie möchten die Details unseres Arrangements wissen", sagte er.

Ich nickte.

„Ich habe ihre Wohnung bezahlt und ihr gelegentlich Geschenke gemacht. Geld wechselte zwischen uns nie den Besitzer. Es war alles sehr gediegen."

Manchmal verblüffte es mich, wie Leute ihre Taten vor sich selbst rechtfertigten. Wenn er glaubte, dass Pearl keine Prostituierte und er kein Freier war, nur weil er ihr kein Geld gab, lag er falsch. Genau das war der Fall. Weder seine Intentionen noch seine Gefühle für sie spielten dabei eine Rolle. Ich hätte zu gern gewusst, was sie für ihn empfunden hatte. Hatte sie ihn auch gemocht? Oder war er nur ein Mittel zum Zweck gewesen?

„Haben Sie ihr das Geld gegeben, als sie darum bat?"

Er schaute auf seine Hand, die auf der Stuhllehne ruhte. „Dazu bin ich nicht gekommen."

„Wusste sie, dass Sie vorhatten, es ihr zu geben?"

„Ich bin auch nicht dazu gekommen, es ihr zu sagen." Die Hand auf der Lehne ballte sich zu einer Faust. „Die Sache ist die: Sie brauchte Geld und wollte nicht sagen, warum. Ich glaube, dass jemand sie erpresst hat."

„Bezüglich ihres Arrangements mit Ihnen?"

„Ja."

„Warum würde Sie es Ihnen dann nicht sagen?"

„Sie ist sehr stolz. *War* sehr stolz." Er schluckte schwer. „So, wie ich sie kenne, hätte sie versucht, allein damit klarzukommen. Pearl war so. Sehr unabhängig. Sie mochte nicht von mir gerettet werden, verstehen Sie?"

„Fällt Ihnen jemand in ihrem Leben ein, der sie wegen Ihrer Beziehung hätte erpressen können?"

„Nein."

„Wer wusste noch von Ihnen beiden?"

Er zuckte mit den Schultern. „Ich bin mir nicht sicher. Wir waren sehr diskret, aber wer uns nahestand, wusste es. Es gibt eine Schwester, an deren Namen ich mich aber nicht erinnere. Die anderen Schauspieler und das Theaterpersonal wussten es auch. Fragen Sie den Direktor. Sie stand ihm nahe. Culpepper heißt er. Anständiger Kerl. Er hat uns miteinander bekanntgemacht."

Ich erhob mich. „Danke, Mylord. Würden Sie mir die Adresse von Miss Westwoods Wohnung nennen?"

Er schrieb die Adresse am Schreibtisch auf einen Zettel und reichte ihn mir zusammen mit zwei Schlüsseln. „Danke, Miss Fox. Ich weiß es zu schätzen, dass Sie dies tun."

Ich biss mir auf die Zunge. Eigentlich sollte ich fragen, ob er mich bezahlen würde, hielt mich aber zurück, da ich ohnehin ermitteln würde. Harmony hatte recht; ich hatte nichts Besseres mit meiner Zeit anzufangen.

Harmony und ich traten in den Flur. Gerade als sich die Tür hinter uns schloss, kam Harry Armitage aus dem Treppenhaus.

„Guten Morgen, Harmony. Miss Fox, so begegnet man sich wieder." Er schaute an mir vorbei auf die Tür mit der Zahl vierfünfzehn. Die Zeit schien stehen zu bleiben. Seine Lippen öffneten sich vor Überraschung, pressten sich dann jedoch zusammen. Fest. Sein Gesichtsausdruck verfinsterte sich. „Sie haben mir meinen Klienten gestohlen."

Ich versteifte mich. „Ich habe nichts dergleichen getan!"

Er packte mich am Arm und marschierte mit mir von der Tür weg. „Ermitteln Sie im Mordfall von Pearl Westwood?"

Ich riss mich los. „Ja."

„Dann sage ich es noch einmal: Sie haben mir meinen Klienten gestohlen. Ich fasse es nicht. Ich habe Ihnen vertraut!"

Er fuhr sich mit der Hand durch die Haare und schüttelte den Kopf.

Ich wollte noch einmal protestieren, als Harmony etwas von Arbeit murmelte und davoneilte. Von ihr hatte ich offenbar keine Hilfe zu erwarten.

„Sie haben mich mit Ihrem mysteriösen hakennasigen Kerl auf eine falsche Fährte gelockt, damit Sie mich von Ihrer echten Fundgrube ablenken können."

„Was?", platzte ich heraus.

Er deutete mit dem Kinn auf das Zimmer vier-fünfzehn. „Streiten Sie es nicht ab. Ich habe Sie dort herauskommen sehen."

„Ich streite nicht ab, dass ich da drinnen war und mit Lord Rumford gesprochen habe. Aber ich werde abstreiten, dass ich Sie absichtlich auf eine falsche Fährte gelockt habe, um Sie abzulenken. Erstens ist es keine falsche Fährte. Da ist etwas faul bei Mr Hirst und diesem Kerl, wer auch immer er ist. Wahrscheinlich."

Er verschränkte die Arme und sah mich an, als würde er mir kein Wort glauben.

„Und zweitens hatte ich nicht vor, Nachforschungen über Miss Westwoods Tod anzustellen, bis Harmony es mir vorschlug, *nachdem* ich vom Kaffeetrinken mit Ihnen zurück war. Sie war es, die mich gedrängt hat, ich solle mit Lord Rumford reden, da sie seinen Verdacht mitbekommen hatte, seine Geliebte könne ermordet worden sein."

„Und wie hat sie das mitbekommen?" Er zog die Augenbrauen hoch. „Lassen Sie mich raten. Sie hat Lord Rumfords Gespräch mit meinem Onkel belauscht."

„Das hat sie nicht gesagt."

Er verdrehte die Augen zur Decke. „Lord Rumford ist vorhin auf meinen Onkel zugekommen und hat um den Namen einer Person gebeten, die diskret Nachforschungen über Miss Westwoods Tod anstellt. Mein Onkel hat Lord Rumford meinen Namen nicht genannt, da er nicht wusste, ob ich Zeit für den Fall habe. Stattdessen hat er Lord Rumford gesagt, dass er jemanden zu ihm hinaufschicken würde, falls er verfügbar sei, oder eine Nachricht, falls nicht. Als ich ein paar Minuten später in seinem

Büro aufkreuzte, hat er mir alles erzählt und hier bin ich." Er betrachtete mich mit einem so eisigen Blick, dass ich erschauerte.

„Warum haben Sie so lange gebraucht, um für das Gespräch mit Lord Rumford raufzukommen?", fragte ich.

„Weil ich mit Onkel Alfred über Hirst und den Gast namens Clitheroe geredet habe."

„Und?"

„Und er glaubt nicht, dass es da Grund zur Besorgnis gibt, daher die falsche Fährte."

„Oh."

„Meine Verspätung hat Ihnen gerade genug Zeit verschafft, um sich auf meinen Klienten zu stürzen und ihn mir vor der Nase wegzuschnappen."

Allmählich wurde ich seine Vorwürfe leid. Er konnte nicht viel von mir halten, wenn er das von mir dachte. In Anbetracht vorangegangener Ereignisse war das zwar verständlich, aber es schmerzte trotzdem. „Ich verstehe, wie es aussehen muss, aber ich versichere Ihnen, dass meine Intentionen unschuldig sind. Harmony muss Ihren Onkel und Lord Rumford belauscht und beschlossen haben, mich als Ermittlerin vorzuschieben. Das hätte sie mir sicher nicht vorgeschlagen, wenn sie gewusst hätte, dass Mr Hobart Sie fragen würde."

Dass Harmony in der Sache völlig unschuldig war, stand nicht hundertprozentig fest, aber ich würde versuchen, sie so gut wie möglich zu verteidigen. Allerdings würde ich später ein Wörtchen mit ihr reden.

„Jedenfalls ist Lord Rumford nicht mein Klient", fuhr ich fort. „Ich glaube nicht, dass er mich bezahlen wird."

„Weil Sie darauf bestanden, nicht bezahlt werden zu wollen."

„Nein, weil er es nicht angeboten hat."

„Er hat es nicht angeboten, weil ein Gentleman mit Sir Ronalds Nichte keinesfalls über so etwas *Vulgäres* wie Geld spricht." Er legte so viel Abscheu in das Wort vulgär, dass es perfekt zusammenfasste, was Lord Rumford und seinesgleichen von jeglicher Art finanzieller Diskussionen hielten, insbesondere im Beisein von Damen.

Ich seufzte. Mir lag es wirklich fern, Mr Armitage auf die Zehen zu treten. „Wir reden jetzt mit ihm und sagen ihm, dass

Sie der offizielle Ermittler sind und ich nur …" Ich seufzte wieder. „Sir Ronalds neugierige, gelangweilte Nichte."

Ich durchquerte den Flur zurück zur Tür und hob die Hand, um zu klopfen.

Mr Armitage schloss seine Hand um meine Faust und zog sie weg. Wir standen so dicht beieinander, dass meine Schulter an seinen Brustkorb stieß. Als ich aufschaute, sah ich nichts anderes als sein Gesicht.

„Nicht", sagte er leise.

„Warum nicht?", flüsterte ich.

Er schüttelte jedoch nur den Kopf und ließ mich los. Dann ging er mit langen Schritten von mir weg.

Ich hob meine Röcke an und lief ihm nach. „Mr Armitage."

Er wurde nicht langsamer.

Ich rannte schneller. „Mr Armitage."

Er reagierte nicht.

„Harry, stopp!"

Endlich blieb er stehen und drehte sich zu mir um. „Sie haben den Fall gewonnen. Dass es fair war, sage ich nicht, aber ich kann auch nicht behaupten, dass ich weniger arglistig gewesen wäre."

„Harmony war die Arglistige, nicht ich", machte ich klar.

„Behalten Sie den Fall. Ich will Ihre Wohltätigkeit nicht."

„Es ist keine Wohltätigkeit, es ist … Teilen. Wir teilen uns den Fall."

Er biss die Zähne aufeinander und ging wieder weiter.

Ich hatte das Gefühl, ihn beleidigt zu haben. Idiotische Männer und ihr idiotischer Stolz. Es geschah ihm recht, wenn er noch etwas länger auf seinen ersten Fall warten musste. Meine Schuld war es nicht. In der Zwischenzeit würde er nicht verhungern. Seine Mutter würde ihn bei jeder sich bietenden Gelegenheit durchfüttern und sein Vater würde ihm Geld leihen, wenn er es brauchte. Harry Armitage kam schon klar.

Und ich hatte einen Mord aufzuklären.

* * *

Pearl Westwoods Wohnung lag nur zehn Gehminuten vom Piccadilly Playhouse entfernt im Erdgeschoss eines modernen Wohnkomplexes. Dadurch war es auch vom Hotel aus zu Fuß zu erreichen. Wobei ich mir nicht vorstellen konnte, dass Lord Rumford je zur Wohnung seiner Geliebten gelaufen war. Er war recht beleibt und sehr reich. Er wäre gefahren worden.

Einer der Schlüssel, die Lord Rumford mir ausgehändigt hatte, passte zu dem Eisentor im Bogengang, der von der Straße in den Flur des Gebäudes führte. Das Tor quietschte, als es zu schwang und sich selbst verschloss.

Ich folgte dem Flur zu der Doppeltür am Ende und wollte gerade den anderen Schlüssel in das Schloss mit der Nummer 1B stecken, als sich die Tür plötzlich öffnete. Die Frau, die dort stand, stieß einen kleinen Schrei aus und atmete dann auf.

„Du meine Güte", sagte sie. „Sie haben mich erschreckt. Ich habe niemanden erwartet."

Die Frau war Anfang dreißig mit hellbraunen Haaren und einem herzförmigen Gesicht. Ansonsten war sie eher unscheinbar, wie der einfache Wollmantel, den sie über einem schwarzen Kleid trug. Das kleine Mädchen an ihrer Hand hatte das gleiche herzförmige Gesicht wie die Mutter. Eine rote Schleife in den blonden Haaren sorgte für einen hübschen Farbtupfer im Kontrast zu dem schlecht sitzenden grauen Mantel. Es musste etwa vier Jahre alt sein. In der anderen Hand hielt die Mutter eine Reisetasche.

„Es tut mir leid. Ich dachte, dies sei die Wohnung der verstorbenen Pearl Westwood", sagte ich.

Die Frau holte zitternd Luft. „Das ist sie. Ich bin ihre Schwester, Mrs Larsen."

„Oh, das tut mir so leid. Ich wollte mich nicht aufdrängen. Ich lasse Sie in Ruhe und komme später wieder." Ich wandte mich zum Gehen.

„Warum haben Sie einen Schlüssel zur Wohnung meiner Schwester?"

„Er wurde mir von ihrem …" Ich schaute auf das Mädchen. Es schien mich nicht zu bemerken, sondern starrte durch mich hindurch, während es leise vor sich hin summte. „Von einem Gentleman namens Lord Rumford gegeben."

Mrs Larsens Lippen pressten sich missbilligend aufeinander.

„Mein Name ist Cleopatra Fox. Ich untersuche im Auftrag seiner Lordschaft den Tod von Miss Westwood."

Auch sie schaute auf das kleine Mädchen hinunter und dann wieder zu mir. „Warum?"

„Er glaubt nicht, dass sie es selbst beendet hat." Vor dem Kind wollte ich weder die Worte töten noch Mord verwenden. So etwas war zu grausam für zarte Ohren. „Er meint, jemand anderes ..." Es war nicht nötig, den Satz zu beenden. An Mrs Larsens schockiertem Gesicht konnte ich ablesen, dass sie mich verstanden hatte.

„Meint er das, ja? Grundgütiger." Sie schluckte. „Und er hat Sie angeheuert, um ..." Sie brachte das kleine Mädchen zurück in die Wohnung. „Bleiben Sie zum Tee, Miss Fox?"

„Danke, das ist überaus freundlich, aber nur, wenn Sie die Zeit erübrigen können. Ich weiß, wie viel zu tun ist, wenn man einen geliebten Menschen verloren hat."

Ich folgte ihr in ein Wohnzimmer, das mit altrosa Tapeten und einem dunkleren rosa, blau und cremefarbenen orientalischen Teppich ausgestattet war. Obwohl nicht sehr geräumig, beherbergte der Raum ein aufrechtes Klavier, ein Sofa, zwei pinke Samtsessel mit passenden Schemeln und drei Tischchen. Asche wirbelte um den Feuerrost, als ein Windstoß in den Kamin fuhr und das kalte Zimmer noch mehr abkühlte.

Mrs Larsen führte das Mädchen vor einen Sessel und stellte die Tasche ab. „Jetzt setz dich hin und sei brav. Mach keinen Lärm. Ich muss mit dieser Dame reden."

Das Mädchen summte weiter.

„Hast du mich gehört?"

Das Mädchen nickte und streckte die Arme aus, um auf den Sessel gehoben zu werden.

Mrs Larsen setzte sie darauf und bedeutete mir, auf dem Sofa Platz zu nehmen. Sie verschwand in der angrenzenden Küche.

Dadurch hatte ich einen Moment Zeit, die gerahmten Fotografien auf dem Tisch neben mir zu betrachten. Auf allen war die gleiche Frau zu sehen, jeweils in Begleitung von anderen Personen. In vielen trugen sie Kostüme—ägyptische Pharaonen, mittelalterliche Bauern, Bade- und Tanzanzüge, die Pearls wohlgeformte Beine zur Schau stellten. Das einzige Foto, auf dem sie kein Kostüm trug, war eins, auf dem sie neben Lord Rumford stand, der in einem Sessel saß. Ihre Hand ruhte auf seiner Schulter. Sie waren in Abendgarderobe gekleidet, als wollten sie in die Oper gehen. Die Frau trug ein Diadem im Haar und eine enge Perlenkette um den Hals.

Das musste Pearl Westwood sein, auch wenn ich es etwas merkwürdig fand, dass sie auf allen Bildern zu sehen war, es aber kein einziges von ihrer Schwester oder Nichte gab.

Pearl war auch auf dem großen gemalten Porträt mit vergoldetem Rahmen abgebildet, das über dem Kamin hing. Dort trug sie ein pinkes ärmelloses Chiffonkleid und einen Diamantanhänger, der im V ihres Busens ruhte. Ihr verträumter Blick war anders als der lächelnde auf den Fotografien, doch sie war nicht weniger schön. Während ich die Familienähnlichkeit zu ihrer Schwester erkennen konnte, waren Pearls Gesichtszüge so angeordnet, dass der Blick des Betrachters gefangen und gehalten wurde. Es war, als hätten zwei Künstler identische Formen genommen, doch der Anfänger hatte Mrs Larsens Gesicht geformt, während der erfahrene Meister seine überragenden Fähigkeiten genutzt hatte, um Pearl zu formen.

„Das ist sie“, sagte Mrs Larsen, als sie mit dem Teetablett zurückkam. „Sie war so schön, doch wie ich ihr immer sagte, ist Schönheit nicht beständig und sie sollte sich nicht darauf verlassen. Nicht, dass es jetzt noch eine Rolle spielt“, fügte sie leise hinzu. Sie schenkte Tee ein und reichte mir eine Tasse mit Untertasse. „Ich fürchte, es ist kein Kuchen da. Meine Schwester hatte selten Süßes in der Küche. Zu verlockend, sagte sie immer. Sie hatte eine winzige Taille und ständig Angst, fett zu werden. Albernes, albernes Mädchen.“ Ihr Gesicht verzog sich und sie musste ihre Tasse abstellen, als ihre zitternden Hände sie auf der Untertasse zum Klirren brachte. Sie zog ein Taschentuch aus dem Ärmel. „Ich kann nicht glauben, dass sie fort ist.“

„Mein Beileid zu Ihrem Verlust“, sagte ich. „Es muss ein Schock gewesen sein.“

„Das war es. Wir waren oft verschiedener Ansicht, aber sie war meine kleine Schwester. Daran zu denken, dass ich sie nie wiedersehen werde … Es ist noch nicht wirklich bei mir angekommen."

Ich gab ihr einen Moment, um sich zu sammeln, und beobachtete, wie das Mädchen auf dem Sessel mit den Beinen baumelte. Sie schien ganz zufrieden, dort zu sitzen und zu warten, bis wir fertig waren.

„Sie wollen sicher einige Erinnerungsstücke", sagte ich zu Mrs Larsen.

Sie folgte meinem Blick zu der Reisetasche. „Ich habe ein Kleid und ein Paar Schuhe sowie einige persönliche Dinge als Andenken mitgenommen. Der Bestatter hat mich beauftragt, etwas zum Anziehen zu holen, und meine Schwester hatte ein hübsches blaues Kleid, das gut aussehen wird."

„Wann ist die Beerdigung?"

„Morgen früh um zehn. Dieser Mann tut wenigstens etwas und bezahlt den Trauergottesdienst und die Bestattung im Kensal Green Friedhof."

„Dieser Mann?"

Sie schürzte die Lippen. „Rumford. Er hat mir geschrieben und gesagt, dass er alles arrangiert."

„Das ist sehr großzügig von ihm. Er muss sie sehr geliebt haben."

Sie nahm ihre Teetasse und trank einen großen Schluck.

„Wie ich bei meiner Ankunft sagte, hat Lord Rumford mich gebeten, den Tod Ihrer Schwester zu untersuchen, da er nicht glaubt, dass es Selbstmord war." Ich flüsterte das Wort, damit das Mädchen es nicht hören konnte. „Aber ich würde gern Ihre Meinung hören."

Mrs Larsen nippte wieder, runzelte die Stirn und stellte die Tasse auf die Untertasse. „Um ehrlich zu sein, kannte ich Nellie nicht sehr gut."

„Ihr richtiger Name ist Nellie?"

Sie nickte. „Es gab bereits eine berühmte Nellie auf der Bühne—Melba—also wurde ihr geraten, den Namen zu ändern. Westwood ist auch erfunden. Seit sechs Jahren nennt sie sich jetzt Pearl Westwood. Die Namensänderung brachte auch eine Veränderung ihres Charakters mit sich."

„Oh?"

„Sie war schon immer extrovertiert und sehr selbstbewusst. Übermäßige Schönheit kann das verursachen. Ihr ganzes Leben lang haben Leute ihr gesagt, wie schön sie ist, und manche haben sie deswegen auf ein Podest gestellt. Nicht nur Männer, obwohl das die Schlimmsten waren. Es war nur natürlich, dass sie zu selbstsicher wurde. Das kann ich ihr nicht verübeln." Sie starrte auf ihre Tasse. „Als ihr Stern aufging, veränderte sich ihr Leben. Sie ging auf Partys, trank exzessiv und wurde zu einer jener Frauen, von denen man in Begleitung von Halunken in der Zeitung liest." Sie verzog angewidert den Mund. „Wir haben uns auseinandergelebt. Ihre Welt war ganz anders als meine und keine von uns wollte mit der anderen viel zu tun haben. Sie betrachtete mich als Langweiler und ich sah sie als jemand mit loser Moral. Die Entfernung war besser für uns beide—weniger Streit." Sie nickte in Richtung des Mädchens. „Außerdem wollte ich nicht, dass sie einen schlechten Einfluss auf Millie hat. Verstehen Sie, warum ich Ihre Frage nicht wirklich beantworten kann, Miss Fox?"

„Das tue ich. Was ist mit Weihnachten? Haben Sie sie da gesehen?"

„Eigentlich war der Weihnachtstag der einzige Zeitpunkt, wo wir uns in den letzten Jahren wirklich gesehen haben. Sie hat bei uns zu Hause zu Abend gegessen."

„Wie wirkte sie?"

Sie zuckte mit den Schultern. „So wie immer. Sie erzählte von ihren Shows, den Partys und dem letzten Geschenk, dass dieser Mann ihr gegeben hatte. Sie erwähnte, dass er mit ihr im nächsten Herbst Urlaub in der Schweiz machen wollte. Darauf hat sie sich sehr gefreut."

Das klang nicht nach jemandem, der Selbstmord begehen wollte. „Wirkte sie besorgt?"

„Nein."

„Erwähnte sie, dass sie Geld benötigt?"

Mrs Larsen wirkte überrascht. „Geld? Nein, davon sagte sie nichts." Sie deutete auf das Zimmer mit vergoldeten Bilderrahmen, der Marmorstatue einer griechischen Göttin, die sich auf einem Stein räkelte, und Straußenfedern, die aus einer schwarzen Marmorvase ragten. „Meine Schwester war nicht arm."

„Dies alles wäre von Lord Rumford finanziert worden. Wenn sie auf großem Fuße lebte, könnte sie selbst eine Menge ausgegeben haben, um mitzuhalten. Vielleicht hatte sie Schulden."

„Wenn sie Geld brauchte, hätte sie ein paar von den Juwelen verkaufen können, die er ihr geschenkt hat. Oder sie hätte ihn einfach darum bitten können."

„Das hat sie. Er ist nur nicht dazu gekommen, es ihr zu geben, ehe sie starb."

„Oh", murmelte sie. „Ich verstehe. Glauben Sie, ihr Mord steht mit dem Grund in Zusammenhang, aus dem sie Geld brauchte?"

„Das weiß ich noch nicht."

Nachdenklich trank sie etwas von ihrem Tee. „Unsere letzte Begegnung war am Weihnachtstag und ich versichere Ihnen, dass sie da ganz sie selbst war. Wenn sie finanzielle Probleme hatte, hat sie es weder mir noch meinem Mann anvertraut."

„Wissen Sie jemanden, dem sie sich anvertraut haben könnte? Eine enge Freundin vielleicht?"

Sie schüttelte den Kopf. „Nellie hat ihre Kindheitsfreundschaften nicht gepflegt. Die hat sie ebenso hinter sich gelassen wie ihren richtigen Namen. Ich fürchte, ich habe sie nicht oft genug getroffen, um ihre neuen Freunde kennenzulernen."

„Ihnen sind nie welche begegnet, wenn Sie sie im Theater besucht haben?"

„Ich bin nie ins Theater gegangen. Jedenfalls nicht ins Playhouse. Einmal habe ich sie nach einer Show besucht, ganz am Anfang ihrer Karriere in einem anderen Theater. Nachdem ich den konstanten Strom von Verehrern gesehen habe, der an diesem Abend in ihre Garderobe kam, ist mir aufgegangen, dass ich diese Erfahrung nicht wiederholen möchte. Ihr war es egal, dass man sie halb bekleidet sah, und denen war es egal, dass ihre ältere Schwester anwesend war. Wenn Sie wissen möchten, wer jetzt ihre Freunde sind, müssen Sie im Playhouse herumfragen. Dort ist sie den Großteil ihrer Karriere aufgetreten."

„Das werde ich tun, danke."

Mit einem Blick auf die Uhr auf dem Kaminsims entschuldigte sie sich. „Ich fürchte, ich muss gehen. Haben Sie noch weitere Fragen?"

„Nein, aber ich hatte gehofft, mich in der Wohnung etwas umsehen zu können. Ich finde vielleicht einige Briefe von Freunden oder den Grund, warum sie Geld brauchte."

Sie schaute wieder auf die Uhr.

„Sie müssen nicht bleiben", sagte ich schnell. „Ich habe den Schlüssel, um abzuschließen. Lassen Sie die Teetassen ruhig stehen, ich werde sie spülen und abtrocknen, ehe ich gehe."

Mrs Larsen schenkte mir ein flüchtiges Lächeln. „Warum nicht." Sie ging zu einem Mahagonisekretär, klappte den Deckel eines Tintenfasses auf, notierte eine Adresse auf einem Zettel und reichte ihn mir. „Informieren Sie mich bitte, wenn Sie etwas herausfinden. Sie finden mich hier."

Während sie mit Millie die Wohnung verließ, machte ich mich auf den Weg in die Küche, um das Geschirr zu spülen. Ein schneller Blick in die Schränke bewies, dass Pearl wenig Nahrungsmittel aufbewahrte. Es gab keine Backutensilien und der Ofen und Herd waren makellos sauber.

Als Nächstes durchsuchte ich das Wohnzimmer, wobei ich mit dem Sekretär anfing. Pearl war keine große Briefschreiberin. Es gab keine persönliche Korrespondenz, nur einige Verträge und Bankunterlagen. Ein Vertrag besagte, dass sie ausschließlich für das Piccadilly Playhouse arbeiten durfte. Zum Ende des Jahres 1901 konnte er verlängert werden, falls beide Parteien dies wünschten. Unterschrieben war er von dem Theaterdirektor Mr Culpepper. Die Bankunterlagen zeigten, dass sie etwas eigenes Geld besaß, aber nicht viel. Es gab einige Arztrechnungen und mehrere Rechnungen von Geschäften, die größtenteils beglichen waren. Die offenen waren für kürzliche Einkäufe und noch nicht fällig. Falls Pearl Geld gebraucht hatte, dann nicht für solche Schulden.

Abgesehen von einem sehr gut ausgestatteten Getränkewagen gab es im Wohnzimmer nichts Bemerkenswertes, also ging ich ins Schlafzimmer. Hier fand ich endlich die erhoffte persönliche Korrespondenz in einer Schublade ihres Schminktisches. Ich knotete das rosa Band auf, das die Briefe gebündelt hielt, und las einen nach dem anderen durch. Es waren achtunddreißig, alle von Lord Rumford geschrieben und über einen Zeitraum von zwei Jahren datiert. Nachdem ich die ersten beiden überflogen hatte, beschloss ich, nicht weiterzulesen. Der Inhalt brachte meine Wangen zum Glühen und er war ohnehin kein Verdächtiger.

Ich durchsuchte den Rest ihres Schminktisches, dann ihren Kleiderschrank, stand jedoch mit leeren Händen da. Also setzte ich mich auf das Bett, schaute mich im Zimmer um und versuchte, mich in Pearl hineinzuversetzen. Wenn ich Juwelen hätte, wo würde ich sie verstecken?

Nach einer weiteren Suche nach losen Dielenbrettern, falschen Böden und Hohlräumen in den Wänden beschloss ich, dass der Schmuck nicht in der Wohnung sein konnte. Mrs Larsen musste ihn in ihrer Reisetasche mitgenommen haben als Teil der Andenken, die sie erwähnt hatte. Sie standen ihr als nächster Verwandter zu, es sei denn, Pearl hatte ein Testament hinterlassen, das ihre Schwester ausschloss. Lord Rumford erwartete sie offensichtlich nicht zurück, sonst hätte er mich gebeten, sie an mich zu nehmen, wenn ich schon mal hier war.

Ich schloss die Wohnung ab und kehrte zum Hotel zurück. Es war später Nachmittag und viele der Mitarbeiter in der Tagschicht hatten Feierabend, während die Zahl der Küchenmitarbeiter zunahm, ehe die Kellner eintrafen. Frank war noch an der Tür und hieß mich mit der Information willkommen, dass Harmony nach mir gesucht hatte.

Im Foyer begrüßte mich Goliath. „Harmony möchte Sie sehen", sagte er im Vorbeigehen.

Peter schaute von seinem Reservierungsbuch auf und winkte mich heran. „Harmony wartet im Aufenthaltsraum des Personals auf Sie."

„Hab's gehört", antwortete ich trocken.

„Wie laufen die Ermittlungen?"

„Davon wissen Sie?", fragte ich.

Er sah verletzt aus. „Natürlich. Harmony hat uns davon erzählt."

„Uns?"

„Mir, Goliath, Frank und Victor." Er schaute mich verständnislos an. „Warum sollte sie uns nichts davon sagen? Das letzte Mal haben wir uns als tolles Team erwiesen."

„Das ist wahr. Ihre Hilfe war unbezahlbar, um Mrs Warricks Mord aufzuklären. Aber diesmal hat der Mord außerhalb des Hotels stattgefunden. Ich weiß nicht, wie viel Hilfe Sie mir da bieten können."

„Wohl wahr, aber wenn es etwas gibt, was wir tun können, wissen Sie, wo Sie uns finden." Er schenkte mir ein für ihn typisches Lächeln.

Von allen Angestellten war Peter der netteste, da er eine von Grund auf freundliche Natur besaß. Mir war gesagt worden, dass er deswegen an der Rezeption stand. Durch ihn fühlten sich die Gäste willkommen und da er oft die erste Person war, mit der sie bei ihrer Ankunft sprachen, und die letzte vor ihrer Abreise, war es wichtig für das Hotel, dort den besten Mann zu platzieren. Frank war der mürrischste, wobei er das normalerweise gut verbarg, wenn er den Gästen die Tür öffnete. Als ich angekommen war, hatte er es allerdings nicht versteckt. Aufgrund meiner Kleidung, die für ein Luxushotel nicht angemessen gewesen war, hatte er angenommen, ich hätte mich verlaufen, und mich behandelt, als könne ich es mir nicht leisten, auch nur einen Zeh über die Türschwelle zu setzen. Nachdem er herausgefunden hatte, dass ich Sir Ronalds Nichte war, hatte er sich schier überschlagen vor Freundlichkeit. Mein erster Eindruck von ihm hatte sich dadurch jedoch kaum geändert.

Goliath, der außergewöhnlich große Page, besaß ein Naturell, das seiner physischen Erscheinung widersprach. Ihm war eine jungenhafte Unschuld zu eigen und er machte lieber Witze, als sich ernsthaft zu unterhalten. Außerdem ärgerte er gern Frank, ähnlich einem jüngeren Bruder, der gegen den älteren stichelte. Frank reagierte immer übellaunig, was genau das war, was Goliath wollte.

Und dann war da noch Victor, einer der Jungköche. Er war der geheimnisvollste von allen und ich konnte mich nicht entscheiden, ob er nun gefährlich war oder nicht. Er hatte einen Hang zu Messern, lenkte diese Neigung aber zum Glück in ehrliche Arbeit, anstatt auf der Straße eine Bedrohung darzustellen. Von dem, was Harmony angedeutet hatte, und nach der Art, wie er mir beim Einbrechen in das Waisenhaus für Jungen auf der Dean Street geholfen hatte, war seine Vergangenheit ganz klar ziemlich düster. Die Details musste ich noch herausfinden.

Ich lächelte auf dem Weg zum Aufenthaltsraum, der sich hinter dem Fahrstuhl befand. Mr Armitage hatte falschgelegen. Die Angestellten mochten mich zumindest genug, um mir helfen zu wollen. Scheinbar war die einzige Person, die mich nicht leiden konnte, Mr Armitage selbst. Wie ich das ändern konnte, wusste ich nicht, hätte es aber zu gern erfahren.

KAPITEL 4

Im Aufenthaltsraum des Personals las Harmony eins der Bücher, die ich ihr geliehen hatte. Als ich eintrat, klappte sie es zu und drückte es an ihre Brust, wobei sie den Einband verdeckte. Als ihr klar wurde, dass ich es war, seufzte sie erleichtert auf und senkte das Buch. Da es den Angestellten nicht erlaubt war, Bücher aus der Hotelbibliothek auszuleihen, war ihre Vorsicht angebracht. Sollte ein Vorgesetzter sie erwischen, würde sie Ärger bekommen. Mr Hobart würde sie wahrscheinlich nur rügen, aber Mrs Short, die neue Hausdame, würde ihren Lohn kürzen. Mrs Short hatte sich als ebenso fies erwiesen wie ihre Vorgängerin. Harmony hatte einmal gescherzt, dass es wohl eine Grundvoraussetzung für Hausdamen sein musste, gemein zu ihren Hausmädchen zu sein.

„Warum sind Sie nicht nach Hause gegangen?", fragte ich sie. „Sie sind seit Tagesanbruch auf den Beinen. Sie müssen erschöpft sein."

„Ich konnte nicht gehen, ohne herauszufinden, was sich in Miss Westwoods Wohnung abgespielt hat." Sie bot mir Tee an. Im Aufenthaltsraum stand immer eine warme Teekanne zur Verfügung. Die Hausmädchen oder Küchenmitarbeiter mussten sie und die Tassen nach Bedarf wieder aufstocken.

„Nein, danke, ich hatte gerade eine Tasse."

Sie schnappte nach Luft. „Sie haben sich am Tee einer toten Frau bedient?"

„Ihre Schwester war dort, um Kleidung für Miss Westwoods Leiche zu holen."

Harmony verzog das Gesicht. „Was für eine furchtbare Pflicht."

Das stimmte. Für eine solche Aufgabe war ich beim Tod meiner Eltern noch zu jung gewesen, aber ich hatte meiner Großmutter geholfen, den besten Anzug meines Großvaters nach seinem Tod zu bügeln, und war ihren Kleiderschrank durchgegangen, um zu entscheiden, was sie zu ihrer Beerdigung tragen sollte. Es war eins der schwersten Dinge gewesen, die ich je hatte tun müssen.

Ich setzte mich und wollte Harmony gerade von meinem Nachmittag berichten, als die Tür aufging und Victor hereingeschlendert kam. Seine saubere weiße Kochkleidung wies darauf hin, dass er seine Schicht noch nicht begonnen hatte. Der Messergürtel an seiner Hüfte war voll ausgerüstet, bis er sich auf die Tischkante setzte und ein kleines Schälmesser herauszog. Damit spielte er herum wie mit einem Bleistift, nicht wie mit einer scharfen Klinge, die ihm die Fingerkuppe abschneiden konnte. Kein Wunder, dass er Narben auf seinen Händen und eine im Gesicht hatte.

„Was tust du hier?", fragte Harmony ihn in brüskem Ton.

„Ich hab gehört, dass Miss Fox zurück ist." Er nickte mir zu. „N' Abend."

Ich erwiderte das Nicken. „Guten Abend, Victor. Wann fangen Sie an?"

Er warf einen Blick auf die Uhr. „In fünfzehn Minuten, also machen Sie's schnell."

Ich zog die Augenbrauen hoch. „Was?"

Er fing das Messer auf und einen Moment lang standen seine Hände still. „Uns von Ihrem Besuch in der Wohnung der Schauspielerin erzählen."

Harmony sträubte sich. „Wer hat dir das verraten?"

„Goliath."

Sie verdrehte die Augen. „Ich muss mit dem mal über das Thema ein falsches Wort zur falschen Zeit reden."

Ich lächelte. „Es ist schon in Ordnung. Einer mehr oder weniger, der von meinen Ermittlungen weiß, spielt keine Rolle. Erzählen Sie nur niemandem, dass Lord Rumford mich gebeten hat, die Sache unter die Lupe zu nehmen. Er möchte keinen Skandal."

Victor nickte in dem Moment, als Goliath eintrat, gefolgt von Frank. Sie nahmen ihre randlosen Hüte ab, warfen sie auf den Tisch und schenkten sich Tee ein.

„Haben wir was verpasst?", fragte Goliath, indem er sich uns zuwandte.

„Miss Fox wollte uns gerade berichten, was sie in der Wohnung der Schauspielerin rausgefunden hat", erwiderte Victor.

Harmony funkelte ihn wütend an. „Sie wollte *mir* gerade davon berichten. Ihr drei seid zu diesem Treffen nicht eingeladen."

Goliath schmollte und ließ den Kopf hängen, während Frank in seine Tasse starrte.

Victor zuckte lediglich mit den Schultern. „Tu einfach so, als wären wir nicht hier." Er wirbelte das Messer wieder herum.

Harmony presste die Kiefer so fest aufeinander, dass ich ihre Backenzähne knirschen hören konnte.

„Scheinbar sind wir ein Team", sagte ich zu ihr, bevor sie wieder zu schimpfen anfing. „Zusammen mit Peter natürlich." Ich schaute zur Tür in der Erwartung, dass er jeden Moment hereinspazieren könnte, doch sie blieb verschlossen.

Sie hob das Kinn. „Wir beide sind ein Team." Sie schniefte. „Auch wenn ich zugebe, dass wir hin und wieder deren Hilfe brauchen könnten."

„Schön, dass du es so siehst", bemerkte Victor gleichmütig. Es war schwer zu sagen, ob er sie ärgern wollte. Manchmal war ich mir da sicher, aber oft war sein Gesicht so reglos, dass er es gewiss nicht anders als ernst meinen konnte.

„In diesem Fall jedoch nicht", schob sie nach.

Frank ließ sich stöhnend auf einen Stuhl sinken. „Das ist besser."

Goliath schlug ihm auf die Schulter. „Still, alter Mann. Miss Fox will deine knackenden Knochen nicht übertönen müssen."

„Ich bin nur ein paar Jahre älter als du."

Goliath schnaubte. „Wenn fünfzehn ein paar sind, dann schon."

„Fünfzehn! Was glaubst du denn, wie alt ich bin?"

„Hört auf", zischte Harmony. „Lasst Miss Fox reden."

Als die Gruppe schwieg, berichtete ich ihnen von meiner Begegnung mit Mrs Larsen und was sie mir über den Charakter ihrer Schwester und die zerrüttete Beziehung der beiden erzählt hatte. Ich beschrieb die Wohnung mit den vielen Fotografien von Miss Westwood und das Fehlen jeglichen Schmucks und persönlicher Korrespondenz, abgesehen von den Briefen, die Lord Rumford geschrieben hatte.

„Wo haben Sie gesucht?", fragte Victor.

„Überall", sagte ich.

„Wo *genau*?"

„Im Schminktisch, Sekretär und in den Kleider- und Küchenschränken."

„Haben Sie in die Dosen in den Schränken geschaut?"

„Ja", sagte ich und war stolz, dass ich ihm einen Schritt voraus war.

„Was ist mit unter dem Teppich?"

„Ich habe die Läufer weggezogen und nach losen Dielenbrettern gesucht. Außerdem habe ich die Wände nach Hohlräumen abgeklopft und nach versteckten Hebeln für falsche Böden im Schreibtisch und Schminktisch geschaut."

„Und in der Matratze und den Kissen?"

Meine selbstzufriedene Blase platzte. „Nein. Aber ich glaube nicht, dass ich irgendwelchen Schmuck gefunden hätte, sondern nehme an, dass ihre Schwester ihn mitgenommen hat."

Er steckte das Schälmesser in seinen Gürtel und verschränkte die Arme. „Wenn Sie noch mal hingehen wollen, kann ich das Schloss knacken und Sie reinlassen."

„Victor!", rief Harmony. „Was ist los mit dir?"

„Ja, Victor, was ist los mit Ihnen?", höhnte ich. Harmony wusste nicht, dass Victor mir geholfen hatte, in das Waisenhaus einzubrechen, doch sie musste es vermuten, da sie mich zu ihm geschickt hatte, als ich nach jemandem gefragt hatte, der mir helfen könnte. „Einbruch ist nicht nötig." Ich hielte meine Handtasche hoch. „Ich habe den Schlüssel."

Victor lächelte beinahe. Trotz seiner Ernsthaftigkeit war ich mir ziemlich sicher, dass er Sinn für Humor hatte, insbesondere wenn es darum ging, Harmony zu ärgern.

„Sie war auf jeden Fall eine Schönheit", sagte Frank, als hätten wir gerade über Pearls Aussehen gesprochen. „Einmal habe ich mir eine Vorstellung angesehen, konnte mir aber keinen guten Platz leisten. Aber ihre Präsenz auf der Bühne reichte locker bis nach hinten zu mir." Sein Blick wurde verträumt, als er sich an die Show erinnerte. „Rumford war ein Glückspilz."

Goliath boxte ihn gegen die Schulter. Als Frank ihn finster ansah, versuchte Goliath mit wiederholten Blicken in meine Richtung auf mich aufmerksam zu machen.

Frank zuckte mit den Schultern und fragte mit ahnungsloser Unschuld: „Was?"

„Der war kein Glückspilz", sagte Harmony. „Rumford hat sie dafür bezahlt, mit ihm zusammen zu sein. Nicht, dass ich es ihr vorwerfe, seine Mätresse gewesen zu sein." Als alle Männer sie irritiert ansahen, fügte sie hinzu: „Wenigstens hatte sie was von dem Arrangement. Anders als eine Ehefrau."

Die Männer starrten weiter.

„Ich werfe es Pearl auch nicht vor", sagte ich. „Ihre Schönheit war ein Geschenk und müssen wir unsere natürlichen Gaben nicht so gut nutzen, wie wir können?"

„Das ist kein bleibendes Geschenk", machte Harmony deutlich.

Mrs Larsen hatte ihrer Schwester ebenfalls deutlich zu machen versucht, dass ihre Schönheit vergehen würde und sie sich nicht darauf verlassen sollte. Ich glaubte nicht, dass Mrs Larsen auf Pearl neidisch war, sondern schlichtweg eine pragmatischere Person.

„Von dem, was ich in ihrer Wohnung gesehen habe, würde ich sagen, dass Pearl ziemlich eingebildet war", sagte ich. „Anhand der Fotografien sieht man, dass sie wusste, wie man posiert, sich ins beste Licht rückt und Reiz auf Männer ausübt. Auf den meisten Bildern stand sie mit einem oder mehreren Männern zusammen."

„Vielleicht hat ein eifersüchtiger Liebhaber sie umgebracht", sagte Victor. „Jemand, der es hasste, dass sie Rumfords Geliebte war."

„Jemand, der nicht genug Geld hatte, um gegen Rumford anzukommen", fügte Harmony hinzu. Sie wandte sich an mich. „Sie sollten herausfinden, ob im Theater ein Mann nach ihr gefragt hat."

„Das habe ich vor", sagte ich. „In Anbetracht der Tatsache, dass sie im Theater gestorben ist, ist ihr Mörder vermutlich jemand, den sie von dort kannte. Ein Schauspieler vielleicht, der in sie verliebt war, oder eine neidische Schauspielerin oder ein vernarrter Zuschauer. Ich werde morgen Nachmittag nach der Beerdigung hingehen."

„Warum wollen Sie zur Beerdigung?", fragte Goliath.

„Um zu sehen, wem sie wichtig genug war, um dort aufzutauchen."

Am Ende unserer Besprechung verließen wir den Aufenthaltsraum. Goliath und Frank verschwanden in den Serviceräumen dahinter, während Victor sich auf den Weg zur Kellertreppe machte, die in die Küche führte.

Ich hielt Harmony zurück. „Haben Sie mit angehört, wie Lord Rumford Mr Hobart gegenüber seinen Verdacht geäußert hat, dass Pearl ermordet wurde?"

„Ja."

„Haben Sie an Mr Hobarts Bürotür gelauscht?"

Sie sah gleichzeitig verlegen und trotzig aus. „Ich habe im Flur Staub gewischt und ihn hineingehen sehen. Ich hatte nicht vor zu lauschen, es ist einfach passiert."

Meine Augen wurden schmal. „Mr Hobart wollte Mr Armitage davon berichten. Mr Armitage hat mir vorgeworfen, ihm den Fall weggeschnappt zu haben."

Sie wand sich. „Zu meiner Verteidigung: Lord Rumford hat mit keinem Wort erwähnt, dass er die Dienste eines Privatdetektivs benötigt."

„Es wurde angedeutet und das wissen Sie."

Sie kaute auf ihrer Lippe. „War Mr Armitage sehr wütend?"

„Ja, aber er hat sich schließlich beruhigt. Und schönen Dank auch, dass Sie mich mit ihm allein gelassen haben. Ich hatte Sie bisher nicht als Feigling eingestuft."

„Er war früher mein Vorgesetzter. Es ist schwierig, ihn jetzt als gleichberechtigt zu betrachten. Abgesehen davon waren Sie ohne mich besser dran."

„Warum?"

Mr Chapman, der Restaurantleiter, kam um die Ecke und blieb stehen, als er uns sah. Wie alle männlichen leitenden Angestellten war er in einen Frack gekleidet. Die Rosenknospe, die er jeden Abend in sein Knopfloch steckte, war bereits an Ort und Stelle. Er war groß, doch anders als Mr Armitage und Goliath, die auch groß waren, nutzte er seine überragende Größe, um auf uns herabzuschauen.

„Harmony, hören Sie auf, Miss Fox zu belästigen", sagte er schnippisch.

„Das tut sie nicht", erwiderte ich.

Ich hätte genauso gut schweigen können. Er ignorierte mich und starrte Harmony an, bis sie einen Knicks machte und davoneilte, das Buch wieder an ihre Brust gepresst.

„Das war unnötig", sagte ich. „Harmony hat für heute Feierabend, also vernachlässigt sie ihre Pflichten nicht, und wir haben nur geredet. Sie hat mich sicher nicht belästigt."

Er zupfte seine Hemdsärmel zurecht, bis sie knapp aus den Ärmeln des Jacketts ragten. „Freundschaften zwischen den Angestellten und der Familie oder Gästen sollten nicht gefördert werden. Das führt nur dazu, dass sich Freiheiten herausgenommen werden."

Ich verdrehte die Augen und marschierte davon. Es war sinnlos, mit ihm zu diskutieren, da er seine Meinung nicht ändern würde, egal, was ich sagte. Hoffentlich bekam Harmony es nicht zu spüren.

* * *

Ich leistete Tante Lilian Gesellschaft, bis es Zeit war, sich für das Dinner umzuziehen. Sie würde nicht mit uns im Speisesaal essen, da ihre Kopfschmerzen zu heftig waren, doch sie wollte mich gern eine Weile bei sich haben.

„Ich kann mich schließlich nicht immer nur ausruhen", sagte sie mit einem Zucken der Lippen, das ich als versuchtes Lächeln interpretierte.

Wir saßen im Wohnzimmer ihrer Suite, ich in einem Sessel, während sich Tante Lilian auf dem Sofa ausgestreckt hatte. Eine Decke lag auf ihren Beinen und Füßen und ihre schlanken Finger spielten mit deren Fransen. Sie sah so zerbrechlich aus wie eine Blume, die die Frühjahrsblüte bereits hinter sich hatte. Dank all der Fotografien wusste ich, dass Tante Lilian in ihrer Jugend eine Schönheit gewesen war.

„Die Party nach der Show gestern Abend hat dir zu viel abverlangt", sagte ich sanft.

„Oh, aber was für ein wundervoller Abend es war. Hattest du Spaß, Cleo?"

„Ja, danke." Ich war vor meiner Tante, meinem Onkel und meiner Cousine zu Bett gegangen. Auch wenn mir der Abend gefallen hatte, schien meine Familie ihn deutlich mehr genossen zu haben. Es waren schließlich *ihre* Freunde, nicht meine.

Sie streckte eine Hand nach mir aus, die stark zitterte. Ich nahm sie sacht aus Angst, einen der knochigen Finger abzubrechen. „Das freut mich sehr. Deine Mutter wäre stolz auf dich, dass du nach dem Tod deiner Großeltern so mutig weitermachst. Ich weiß nicht, ob ich in deinem Alter so tapfer gewesen wäre. Wenn man sich vorstellt, dass du in eine neue Stadt gereist bist und dein Leben hinter dir gelassen hast!"

Die Entscheidung war mir nicht schwergefallen. Wäre ich in Cambridge geblieben, hätte ich in Armut leben müssen. Doch das sprach ich nicht aus.

„Wir sind sehr froh, dass du bei uns leben möchtest", sagte sie. „Wirklich sehr froh. Ich kann bereits sehen, was für einen Einfluss du auf Flossy hast. Sie schaut zu dir auf."

„Sie ist sehr lieb zu mir", sagte ich. „Das seid ihr alle. Dadurch konnte ich mich viel leichter eingewöhnen. Das Hotel fühlt sich wie zu Hause an." Dass es so leicht sein würde, hatte ich nicht erwartet. Bevor ich nach London gekommen war, hatte ich große Angst davor gehabt, der Schwester meiner Mutter und ihrer Familie zu begegnen. Meinen Onkel hatte ich für einen Tyrannen gehalten und meine Tante für einen Snob. Auch wenn er cholerisch veranlagt war und sie sich alle gelegentlich versnobt zeigten, waren sie weit davon entfernt, unerträglich zu sein.

Meine Bemerkung zauberte ein Lächeln auf das Gesicht meiner Tante. „Ich bin so froh, dich das sagen zu hören, Cleo. Sehr froh sogar." Sie verdeckte ein Gähnen mit ihrer Hand. „Wie kann ich nur müde sein, nachdem ich mich den ganzen Tag ausgeruht habe?"

Sie war zwar müde, aber auch rastlos. Ihre Finger nahmen das Fummeln an den Fransen der Decke wieder auf und ihre Beine und Füße verlagerten sich ständig. Auch ihr Blick sprang hin und her, manchmal zu mir, dann durch den Raum, ehe er wieder auf mir ruhte.

„Vergib mir die Frage", sagte ich vorsichtig, „aber was plagt dich? Wissen die Ärzte es?"

Sie zögerte etwas mit der Antwort. „Sie sagen, es wäre Melancholie."

Meiner Erfahrung nach war Melancholie ein allgemeiner Begriff, der eine Schwermut beschrieb, deren Grund unbekannt war. „Gibt es ein Heilmittel?", fragte ich, obwohl ich die Antwort zu kennen glaubte.

„Nein. Der neue Saft, den der Doktor mir gegeben hat, hilft mir, mich für solche Anlässe wie gestern Abend aufzumuntern, aber ich darf ihn nicht ständig nehmen. Die Kopfschmerzen werden so viel schlimmer, wenn die Wirkung nachlässt. Leider ist er nicht mehr so wirksam wie anfangs. Früher hat er mein Gemüt den ganzen Abend aufgehellt, jetzt hält es gerade mal einige Stunden."

„Was würde passieren, wenn du ihn gar nicht mehr nimmst? Würden die Kopfschmerzen weggehen?"

„Ich weiß es nicht, aber ich muss ihn nehmen. Ansonsten wäre ich furchtbar langweilig und niemand möchte eine langweilige Gastgeberin oder Gast bei einer Party." Sie lachte, doch es klang nicht ehrlich. Sie glaubte selbst nicht, was sie sagte.

„Ganz sicher würde dich niemand für langweilig halten, Tante. Ich tue es nicht."

„Das ist lieb von dir, aber meine Konversationsfähigkeiten sind begrenzt. Deine Mutter hat all die Schlagfertigkeit und

Intelligenz geerbt, ganz zu schweigen von der Schönheit." Tränen stiegen ihr in die Augen, was auch meine zum Überlaufen brachte. „Sie mochte große Partys nicht so sehr, aber abgesehen von einer Zurückhaltung Fremden gegenüber hatte sie alle natürlichen Vorteile. Jeder mochte sie, wenn er sie kennenlernte. Deswegen war es so merkwürdig, dass sie deinen Vater ausgewählt hat."

Ich schnappte kurz nach Luft und starrte sie an.

„Oh!" Sie bedeckte ihren Mund mit der Hand und senkte sie dann an ihren Hals. „Es tut mir leid, Cleo. Ich wollte nicht andeuten, dass mit ihm etwas nicht stimmte. Ganz und gar nicht. Er sah gut aus und war auch schlagfertig und natürlich intelligent. Aber er stammte aus dem Nichts. Mehr meinte ich nicht. Deine Mutter hätte einen Adeligen heiraten können, entweder einen englischen oder jemanden aus dem Ausland, aber sie hat sich für die Liebe entschieden."

„Und eure Eltern konnten es nicht ertragen." Eigentlich wollte ich die Bitterkeit nicht in meinem Tonfall haben, doch sie schlug trotzdem durch.

„Nein, das konnten sie nicht." Sie sprach so leise, dass ich sie kaum hörte.

Damit begaben wir uns auf neues Terrain. Bisher hatte ich das empfindliche Thema der Entfremdung gemieden. Ich hatte mit meiner Tante und meinem Onkel keinen Streit anfangen wollen, die natürlich ihre Eltern in Schutz nehmen würden. Es war so lange her und da sowohl meine Eltern als auch meine Großeltern nicht mehr lebten, schien es unnötig.

„Deswegen sagte ich, ich brauche meinen Saft." Tante Lilians schmerzerfüllter Blick fiel auf die geschlossene Schlafzimmertür. „Wenn ich ihn nicht nehme, sage ich solch alberne Dinge. Ich bin ein grässlicher Mensch, Cleo."

Mein Ärger verflog. Ich beugte mich vor und berührte ihre Hand. Die hektischen Finger beruhigten sich. „Ich weiß, dass du bei der Entfremdung keine Wahl hattest."

Sie nickte und blinzelte, die Augen voller Tränen.

„Deine Eltern hätten mit dir geschimpft, wenn du dich gegen ihre Wünsche gestellt hättest, oder Schlimmeres. Und Onkel Ronald hätte es auch nicht gefallen." Vielleicht ging ich zu weit, aber ich wollte sie wissen lassen, dass ich ihr nichts vorwarf. Dass sie nicht die Kraft besaß, sich einem Mann mit so heftigem Temperament wie ihrem Ehemann entgegenzustellen, konnte ich jetzt erkennen.

Sie sah mich an. „Das hast du etwas verdreht, Cleo. Während meine Eltern deine Mutter aus ihrem Leben ausgeschlossen hatten, haben Ronald und ich uns bemüht, in Verbindung zu bleiben. Aber meine Schwester—deine Mutter—wollte mit keinem von uns etwas zu tun haben. Wir versuchten es wieder, nachdem meine Eltern verstorben waren, aber sie weigerte sich noch immer, uns zu treffen. Dann, nach dem Unfall deiner Eltern, baten wir deine Großeltern, dich bei uns aufnehmen zu dürfen. Sie verweigerten es mit der Begründung, dass deine Eltern es nicht gewollt hätten. Ronald hat ihnen Geld für deine Bildung und den Unterhalt angeboten, doch sie gestatteten ihm nur, dir einen winzigen monatlichen Betrag zu zahlen. Wir fragten, ob wir dich wenigstens besuchen dürften, damit du uns kennenlernst, doch wenn sie unsere Briefe überhaupt beantworteten, war die Antwort nur ein knappes Nein. Als du volljährig wurdest, haben wir dich direkt angeschrieben, aber du hast nie geantwortet."

Ich saß schockiert da und konnte noch nicht einmal einen klaren Gedanken fassen, geschweige denn antworten.

„Ich dachte, das wüsstest du", murmelte sie.

Nach einer ganzen Weile holte ich bebend Luft. „Tat ich nicht."

„Ronald vermutete es, aber … ich war mir nicht sicher, bis du herkamst. Als mir klar wurde, wie wundervoll du bist, wusste ich, dass deine Großeltern ihre Hand im Spiel gehabt haben mussten."

Meine Großmutter hatte die Post immer vor mir geholt. Immer. Und wenn ich nach meiner Familie in London gefragt hatte, wollte weder sie noch mein Großvater über sie sprechen. Sie sagten mir nur, dass die Bainbridges Snobs waren und mich nicht mögen würden, weil mein Vater unter ihnen stand. Und dass meine Großeltern mütterlicherseits grausam gewesen waren, uns aus ihrem Leben zu verbannen. Auch wenn Letzteres stimmte, war Ersteres nicht wahr.

Wie hatten meine geliebten Großeltern mich belügen können?

„Ich habe ihre Briefe irgendwo." Meine Tante rieb sich die Stirn. „Wo habe ich sie hingelegt?"

„Es spielt keine Rolle", sagte ich schwach. „Ich glaube dir."

Sie wirkte erleichtert.

„Du verdienst eine Entschuldigung für die Art, wie meine Großeltern auf deine Briefe reagiert haben", sagte ich.

„Ja, aber nicht von dir, meine Liebe. Ebenso wenig wie ich mich für die Art entschuldigen muss, wie meine Eltern deine Mutter und deinen Vater behandelt haben." Sie tätschelte meine Hand. „Ich gebe zu, dass ich wütend war, als deine Mutter ihn mir vorgezogen hat. Ich habe so sehr zu ihr aufgesehen, weißt du? Ich habe sie angebetet. Indem sie deinen Vater wählte, wusste sie, dass sie mich vielleicht nie wiedersah. Das war damals schmerzhaft und meine letzten Worte an sie waren wütende. Ich war dumm und eifersüchtig, in vielerlei Hinsicht immer noch ein albernes Mädchen. Mich auf diese Art von ihr getrennt zu haben, bereue ich."

Sie sank auf das Sofa zurück und starrte gedankenverloren in die Ferne. Die Grausamkeit ihrer Eltern hatte sie ebenso verletzt wie meine Mutter und sie hatte zudem ihre Schwester verloren. Ihr Blick wirkte jedoch eher sehnsuchtsvoll als traurig.

„Ich bin froh, dass wir dieses Gespräch hatten", sagte sie plötzlich.

Ich küsste ihre Wange. „Ich auch."

* * *

ALS ICH IM Foyer darauf wartete, dass Frank mir eine Droschke rief, um mich zum Kensal Green Friedhof zu bringen, sah ich Mr Hobart. Er grüßte mich höflich, doch sein Lächeln wirkte etwas angestrengt. Mr Armitage musste ihm von meiner Beteiligung an den Mordermittlungen erzählt haben.

„Lassen Sie es mich erklären", hob ich an.

„Es gibt nichts zu erklären. Harry hat mir gesagt, dass Ihnen nicht bewusst war, dass Lord Rumford mit seinem Verdacht zu mir gekommen war und ich Harry den Fall geben wollte."

„Hat er Ihnen auch gesagte, dass ich versucht habe, ihm den Fall anzubieten und er abgelehnt hat?"

Er nickte.

„Sie sind ärgerlich auf mich", sagte ich.

„Natürlich nicht."

Ich zog die Augenbrauen hoch. „Ihre Enttäuschung steht Ihnen ins Gesicht geschrieben, Mr Hobart. Ich kann sie so deutlich lesen wie ein Buch."

Er seufzte. „Ich bin nicht von Ihnen enttäuscht, sondern *für* Harry. Falls es sich als Mord herausstellt und er es beweisen könnte, würde sein Name in die Zeitungen kommen. Das hätte zu weiteren Klienten geführt."

Ich seufzte ebenfalls. „Ich weiß. Ich möchte den Fall wirklich zumindest mit ihm teilen."

„Sein Stolz lässt es nicht zu. Er glaubt, Sie würden es ihm aus Mitleid anbieten."

„Wie kann ich ihn dazu bringen, seine Meinung zu ändern?"

Frank öffnete die Eingangstür und räusperte sich. „Ihre Droschke wartet, Miss Fox."

„Nur einen Moment." Ich wandte mich wieder an Mr Hobart. „Was soll ich tun?"

„Ihnen wird schon etwas einfallen, wenn es so weit ist." Er sah Frank mit gerunzelter Stirn an. „Sie sollten in der Hotelkutsche fahren, nicht in einer Droschke. Frank, das nächste Mal lassen Sie für Miss Fox die Kutsche bringen."

Frank richtete sich auf. „Ja, Sir."

„Nur keine Umstände", sagte ich beiden, während ich meine Handschuhe anzog. „Wenn Sie mich jetzt entschuldigen wollen, ich muss zu einer Beerdigung."

* * *

SEIT ICH AUFGEWACHT WAR, regnete es durchgehend und hatte auch nicht nachgelassen, als die Beerdigung begann. Eine kleine Menschenmenge kauerte sich vor dem Grab unter ihre Regenschirme, während die Sargträger Pearls Sarg in die Erde ließen. Ihre Schwester weinte. Neben Mrs Larsen stand ein Mann, höchstwahrscheinlich ihr Ehemann. Millie hatten sie nicht mitgebracht.

Als Lord Rumford sich an das Grab stellte, ging Mrs Larsen ans andere Ende. Ihr Mann folgte ihr. Falls er es mitbekommen hatte, ließ Lord Rumford es sich nicht anmerken. Er schien in seinen eigenen Gedanken versunken, während er auf den Sarg hinabstarrte.

Ich sah mir die anderen Gesichter in der kleinen Versammlung an. Einige weinten, doch die meisten nicht. Der Großteil der fünfunddreißig Trauernden waren Männer. Die Beerdigung war nicht in den Zeitungen publik gemacht worden, doch die Morgenausgaben hatten berichtet, dass an diesem Nachmittag eine informelle Gedenkveranstaltung im Piccadilly Playhouse stattfinden würde. Die Vorstellungen würden morgen Abend wieder aufgenommen mit Pearls Zweitbesetzung in der Hauptrolle.

Die hatte ich bereits auf meine Liste von Verdächtigen gesetzt.

Eine Bewegung am Rande meines Blickfelds erregte meine Aufmerksamkeit. Etwas weiter entfernt stand ein Mann, halb verborgen hinter dem Stamm einer Kastanie. Er hatte keinen Regenschirm und kauerte sich in seinen Mantel, jedoch konnte ich so gerade eben sein Gesicht erkennen inklusive des warzenähnlichen Ausschlags um seine Mundwinkel.

Die Beerdigung ging zu Ende und die Menge löste sich auf. Der Mann war bereits verschwunden, als ich mich eiligst auf den Weg zum Eingang des Friedhofs machte. Den erreichte ich gerade rechtzeitig, um einen Einspänner wegfahren zu sehen. Statt des allgegenwärtigen Schwarz waren die Türen grün mit passenden Vorhängen.

Ich wartete, bis die anderen Trauergäste gegangen waren und nickte Lord Rumford zu. Ich hatte angenommen, dass er mich nicht beachten würde, doch er kam zu mir.

„Darf ich Ihnen anbieten, mit mir zum Hotel zurückzufahren, Miss Fox?"

„Nein, danke. Mylord, kennen Sie einen Mann mit Warzen an den Mundwinkeln?"

„Nein."

Er wollte nicht wissen, warum ich fragte. Stattdessen berührte er seine Hutkrempe und steuerte auf die wartende Kutsche zu, auf deren Tür das Emblem des Mayfairs prangte. Der Austausch war irgendwie mechanisch abgelaufen, als wäre er ein Automat, der die Bewegungen ausführt, nachdem ihn jemand aufgezogen hat.

Mrs Larsen und ihr Mann kamen als Nächstes zu mir. Sie stellte mich ihm vor und nachdem wir die üblichen Höflichkeiten über die Feierlichkeiten ausgetauscht hatten, fragte ich: „Haben Sie den Mann bemerkt, der hinter dem Baum stand und die Beerdigung beobachtet hat? Er hatte so etwas wie Warzen oder Ausschlag im Gesicht."

„Ich fürchte nicht." Mrs Larsen sah ihren Mann an, doch der schüttelte ebenfalls den Kopf.

„Haben Sie irgendwelche der anderen Teilnehmer erkannt?"

Beide verneinten. „Wie ich schon sagte, ich kannte keine von Nellies neuen Freunden oder Kollegen", sagte Mrs Larsen. „Aus ihrem alten Leben ist niemand aufgetaucht, aber da sie nie versucht hat, in Verbindung zu bleiben, ist das verständlich."

„Gehen Sie zur Gedenkfeier im Theater?"

Sie kniff die Lippen zusammen. „Nein."

„Das ist wirklich nicht unser Ding", fügte Mr Larsen hinzu. „Wir werden nach Hause fahren und Nellie auf unsere Art betrauern."

„Still", ergänzte seine Frau mit einem bedeutungsschwangeren Blick auf die letzte Kutsche, die mit den Theaterleuten davonrollte.

Ich fuhr mit einer Droschke zurück zum Hotel, um dort ein leichtes Mittagessen zu mir zu nehmen und mich umzuziehen, da mein Kleid von den Knien abwärts nass war. Bis ich mich wieder auf den Weg machte, hatte der Regen aufgehört und ich konnte zum Piccadilly Playhouse gehen, ohne den Schirm aufzuspannen.

Alle Lichter des Playhouse waren hell erleuchtet, obwohl es erst Nachmittag war. Mehrere pinke Blumenbouquets waren auf den Bürgersteig neben die Türen des Theaters gestellt worden, ebenso wie Karten und Nachrichten, die im vorangegangenen Regen zerlaufen waren. Ein bulliger Türsteher war neben einer tragbaren Tafel positioniert. GEDENKFEIER FÜR MISS PEARL WESTWOOD: EINGANG 1/- stand darauf.

Ein Shilling war viel von denen verlangt, die der Schauspielerin die letzte Ehre erweisen wollten. Das war wohl der Grund, warum viele sich abwandten, ohne einzutreten. Ich bezahlte den Türsteher und ging im gleichen Moment hinein, als zwei andere herauskamen.

Diejenigen, die Eintritt bezahlt hatten, wanderten im Foyer auf und ab und bewunderten die vielen Poster, Kostüme und Requisiten der verschiedenen Shows, in denen Pearl mitgewirkt hatte. Dazwischen hingen Fotografien von Pearl mit den männlichen Hauptdarstellern und anderen Schauspielern. Sie waren denen, die ich in ihrer Wohnung gesehen hatte, sehr ähnlich. Der Getränkestand hatte geöffnet und man konnte sich dort etwas kaufen, was jedoch nur wenige taten. Ein Streichquartett spielte in einer Ecke des Foyers melancholische Melodien. Einige Besucher weinten, während andere die gerahmten Fotografien von Pearl streichelten oder küssten. Ich fragte mich, wie viele dieser Leute sie tatsächlich gekannt hatten oder nur Theaterbesucher waren, die den Star bewundert hatten, aber dem echten Menschen hinter den Kostümen nie begegnet waren.

Es dauerte nicht lange, bis ich einen Mann von der Beerdigung wiedererkannte. Er stand in der Mitte des Foyers und nahm die Beileidsbekundungen der Besucher mit ernster Miene entgegen. Ich fing einen Aushilfskellner ab, der leere Gläser einsammelte, und fragte ihn nach dem Namen des Mannes.

„Das ist Mr Culpepper", sagte der Kellner. „Der Direktor des Playhouse."

Er war jünger, als ich vermutet hatte, etwa Mitte dreißig mit einem dünnen Schnurrbart und zurückgegelten Haaren. Ich wartete, bis er das Gespräch mit einem Paar beendet hatte, das ihm wohl sein Beileid aussprach, und ging auf ihn zu, ehe es jemand anders tun konnte.

„Mr Culpepper? Ich bin Cleo Fox."

Sein Lächeln war höflich, aber traurig. „Willkommen im Playhouse, Miss Fox. Danke, dass Sie gekommen sind. Hatten Sie schon Gelegenheit, sich all die Sachen anzusehen, die unsere kostbare Pearl berührt hat?"

„Ich bin eine Bekannte eines Freundes von ihr. Mir wurde aufgetragen, diskrete Nachforschungen über ihren Tod anzustellen.“

Die Muskeln in seiner Wange zuckten. „Ich verstehe nicht.“

„Können wir irgendwo unter vier Augen reden?“

„Ich muss hier draußen sein.“ Er schaute über meinen Kopf hinweg, vielleicht auf der Suche nach Rettung. Die Trauernden waren jedoch in leise Gespräche untereinander verstrickt oder bewunderten die Fotografien und Requisiten, als wären es Ausstellungsstücke in einem Museum.

„Glauben Sie, dass sich Miss Westwood das Leben genommen hat?“

Sein Blick ruckte zu mir. „Wie bitte?“

„Ist sie der Typ für Selbstmord?“

Er strich mit Daumen und Zeigefinger über seinen Schnäuzer. „Normalerweise würde ich Nein sagen, aber …“

„Fahren Sie fort.“

„Aber in den letzten paar Wochen wirkte sie belastet. Seit wir die Vorstellungen nach der Winterpause wieder aufgenommen haben, war sie anders.“

„Inwiefern anders?“

Er hob kurz die Schultern. „Besorgt.“

„Genug, um sich das Leben zu nehmen?“

Kaum merklich zuckte er zusammen. „Das … das kann ich nicht sicher sagen.“ Er schaute weg und schluckte schwer.

„Die Person, für die ich arbeite, glaubt nicht, dass sie Selbstmord begangen hat, deswegen befrage ich diejenigen, die sie gekannt haben. Ich fürchte, einige der Fragen sind sehr schmerzhaft und das tut mir wirklich leid. Aber es ist wichtig, dass wir der Wahrheit auf den Grund gehen.“

„Ich verstehe. Und wenn sie sich nicht selbst getötet hat, hätte ich natürlich auch gern Antworten. Pearl verdient es.“ Endlich sah er mich an. In seinen Augen stand ehrlicher Kummer. „Arbeiten Sie für Rumford?“

„Das darf ich nicht preisgeben. Mr Culpepper, kennen Sie jemanden, der sie hätte umbringen wollen?“

„Sie umbringen? Miss Fox, ich dachte, Sie würden von einem

Unfall ausgehen, dass sie lediglich über die Brüstung gestürzt ist."

„Ist das so einfach? Über die Brüstung zu stürzen?"

Er schluckte wieder. „Vermutlich nicht. Grundgütiger", murmelte er. „Jemand hat sie ermordet. Wir müssen die Polizei verständigen."

„Die Polizei hat kein Interesse daran, es als etwas anderes als Selbstmord einzuordnen, es sei denn, ich liefere handfeste Beweise. Wenn Sie also meine Fragen beantworten würden, Mr Culpepper."

„Also gut. Nein, ich kenne niemanden, der sie hätte umbringen wollen. Jeder betete sie an." Er deutete auf die Trauernden. „Pearl war das Leben jeder Party. Ihre Anwesenheit brachte den Raum zum Leuchten. Auf der Bühne war sie der hellste Stern am Himmel." Sein Lächeln war wehmütig. „Ihren Text hat sie ganz gern mal vergessen, aber das spielte keine Rolle. Das Publikum bewunderte sie."

„Solche Bewunderung kann andere eifersüchtig machen. Kennen Sie jemanden, der eventuell auf sie neidisch war?"

Er zögerte, ehe er „Nein" sagte.

„Andere Schauspielerinnen vielleicht?"

Er schüttelte den Kopf.

„Was ist mit der Zweitbesetzung, die Pearls Rolle in *Katz und Maus* übernehmen wird?"

„Nein! Auf gar keinen Fall. Dorothea Clare war Pearls Freundin." Er nickte in Richtung einer jungen blonden Frau, die mit zwei Männern plauderte. Ich hatte sie und beide Männer vorhin bei der Beerdigung gesehen. Miss Clare hatte nicht geweint, aber einer der Männer hatte sich Tränen abgewischt.

„Was ist mit früheren Liebhabern?", fragte ich.

Sein Blick wurde schärfer, die Lippen unter seinem Schnurrbart dünner. „Wie bitte?"

Ich wappnete mich gegen seinen Ärger und machte weiter. Egal, wie peinlich das Thema für ihre Freunde war, es musste angesprochen werden. „Hatte sie noch andere Liebhaber?"

„Ich glaube, es gab nur Rumford."

„Und davor?"

„Das war vor zwei Jahren. Ich erinnere mich nicht."

„Versuchen Sie es bitte. Könnte es einen Herrn gegeben haben, der Warzen im Gesicht hatte?" Ich zeigte auf den Bereich um meinen Mund.

Mr Culpepper wirkte entsetzt. „Nein! Pearl wäre nie mit jemandem zusammen, der entstellt ist."

„Es könnte auch Ausschlag oder Abschürfungen gewesen sein, nichts Bleibendes."

Sein angewidertes Gesicht veränderte sich nicht. „Ich erinnere mich nicht, mit wem sie vor Rumford zusammen war."

„Aber es gab jemanden?"

Er hob lediglich eine Schulter an und schaute wieder über meinen Kopf hinweg.

„Sie haben sie mit Lord Rumford bekannt gemacht, nicht wahr?"

Er schnaubte. „Bekannt gemacht? Er forderte, sie nach einer Vorstellung zu sehen, und das konnte ich wohl kaum ausschlagen, oder? Nicht bei einem verdammten Lord." Er richtete sich plötzlich auf. „Wissen Sie was, Miss Fox, ich glaube, sie hat sich doch das Leben genommen."

„Warum sagen Sie das?"

„Ich glaube, sie hat sich umgebracht und *er* war der Grund. Rumford. Ich bin mir sicher, dass er sie fallenlassen wollte oder es zumindest angedroht hat. Deswegen war sie vermutlich in den letzten Wochen so beunruhigt. Er hat ihr angedroht, sie fallenzulassen, weil er wusste, dass sie ihn nicht geliebt hat."

„Das verstehe ich nicht. Wenn sie ihn nicht geliebt hat, warum sollte sie sich dann umbringen, wenn er sich von ihr trennt? Wäre sie nicht erfreut oder zumindest erleichtert?"

„Erleichtert, den ganzen Schmuck und die Wohnung aufzugeben? Nicht Pearl. Ihn hat sie vielleicht nicht geliebt, seine Geschenke aber schon." Sein Kinn wurde fest und die Augen kalt. „Ganz sicher war es Selbstmord und er hat sie mit seinen Drohungen, ihr seine Großzügigkeit zu entziehen, dazu gebracht. Sie sollten Rumford darauf ansprechen. Er verdient es, sich schuldig zu fühlen. Er verdient es, in Selbstverachtung und Schmach zu verrotten, weil er sie in den Tod getrieben hat."

Mir erschien es kaum nach einem Grund, sich von einem Balkon zu werfen. Pearl war noch jung und schön; sie hätte einen anderen Gönner finden können. Nicht nur das, sondern Mrs Larsen hatte auch erwähnt, wie aufgeregt ihre Schwester wegen des Urlaubs mit Lord Rumford im Herbst gewesen war. Das klang nicht, als würde er sie bald fallenlassen.

Allmählich glaubte ich, dass Mr Culpepper auf Lord Rumford eifersüchtig war und er ihm deswegen die Schuld für Pearls Tod in die Schuhe schieben wollte. Das war das Verhalten eines schuldigen Mannes.

KAPITEL 5

Es gelang mir, mit Dorothea Clare zu sprechen, bevor sie die Gedenkfeier verließ, jedoch nicht unter vier Augen. Sie war ständig von einem Verehrer oder Kollegen umgeben, manchmal sogar von mehreren. Ich ergriff meine Chance, als sich die Gedenkfeier dem Ende näherte und sie nur mit einem weiteren Mann zusammenstand. Es war der Kerl, den ich bei der Beerdigung hatte weinen sehen.

Er stellte sich als Perry Alcott vor und verbeugte sich über meiner Hand. Wie Mr Culpepper war Mr Alcott perfekt durchgestylt. Seine Haare lagen in einer beeindruckenden Welle über seiner Stirn und er war glattrasiert und in einen eleganten Nadelstreifenanzug gekleidet, komplett mit pinker Krawatte und einer passenden pinken Rosenknospe im Knopfloch. Die Farbe musste Pearl zu Ehren gewählt worden sein.

„Mein Beileid zu Ihrem Verlust“, sagte ich zu beiden. „Es muss für Sie sehr schwer sein.“

„Es war grässlich“, sagte Mr Alcott. „Einfach grässlich.“

„Ein sehr trauriger Tag“, stimmte Miss Clare zu. Sie konnte kaum älter als zwanzig oder einundzwanzig sein mit vollen Lippen und großen grauen Augen, die von dunklen Wimpern umgeben waren. Ihr Make-up war dezent und das Abendkleid aus cremefarbener Seide eine merkwürdige Wahl für den Anlass.

„Ich habe Sie bei der Beerdigung gesehen und mich gefragt, wo Sie in Pearls Leben Ihren Platz hatten", sagte Mr Alcott. Es war keine Frage, aber er fischte ganz gewiss nach Informationen.

Ich gab an, was ich bereits Mr Culpepper gesagt hatte, ohne zu erwähnen, dass es Lord Rumford war, der mich angeheuert hatte. Wie Mr Culpepper erriet Mr Alcott es trotzdem.

„Ich stimme seiner Lordschaft zu", sagte Mr Alcott. „Jeder, der glaubt, Pearl hätte sich das Leben genommen, kannte sie nicht wirklich. Das würde sie nie tun. Nicht in einer Million Jahren. Pearl hatte alles, wofür es sich zu leben lohnt. Ihre Karriere war ein Traum, sie hatte einen aufmerksamen Freund in Lord Rumford und ein Publikum, das sie bewunderte. Habe ich nicht recht, Dotty?"

Miss Clare knabberte an ihrer Unterlippe. Als sie sie losließ, blieb etwas Lippenstift auf ihren Zähnen zurück. „Sie *war* in letzter Zeit etwas durch den Wind."

Mr Alcott stemmte seine Hand auf eine Hüfte. „Durch den Wind? Darling, sie war wohl kaum so durch den Wind, dass sie sich vom Balkon stürzt." Er wandte sich an mich. „Etwas hat sie bestimmt beschäftigt, aber nicht genug, um sich das Leben zu nehmen."

„Liebster Perry, natürlich nimmst du sie in Schutz." Der saure Beigeschmack in ihrem ansonsten süßen Tonfall war nicht zu überhören. „Wie kannst du so etwas behaupten, wenn sie dir nie gesagt hat, was das Problem war?"

Mr Alcott schniefte. „Vielleicht hat sie sich mir nicht anvertraut, aber ich glaube nicht, dass es *so* schlimm war, und du solltest aufhören, es zu unterstellen, Dotty. Pearl war eine liebe Freundin und ich dulde es nicht, etwas Negatives über sie zu hören, wenn sie sich nicht mehr verteidigen kann."

Miss Clare drehte ihm den Rücken zu, um mich anzusehen. „Die Wahrheit ist, dass die Polizei glaubt, sie hätte Selbstmord begangen, und ich tue es auch. Niemand wollte sie umbringen. Die Unterstellung ist absurd."

„Was ist mit einem eifersüchtigen Verehrer?", fragte ich. „Vielleicht jemand, den sie zurückgewiesen hat."

„Mir fällt niemand ein."

Mr Alcott bellte ein Lachen heraus. „Nicht? Mir schon. Nach

jeder Vorstellung wollten Männer sie sehen. Sie hat mit ihnen geflirtet, aber das war alles. Auf deren Angebote ist sie nie eingegangen. Sie war zufrieden mit Lord Rumford und noch nicht bereit, ihn hinter sich zu lassen."

„Nicht, ehe sie ihn nicht um alles gemolken hatte, was sie kriegen konnte."

Mr Alcotts Kinnlade klappte herunter und er starrte Miss Clare an.

Die warf mit einer Kopfbewegung ihre blonden Locken zurück, sodass sie munter tanzten. „Lord Rumford war gut zu ihr und Pearl war bestenfalls gleichgültig. Ich unterstelle ihr nicht, dass sie was mit anderen Männern hatte, aber sie hätte sie nicht nach den Vorstellungen in ihre Garderobe lassen sollen. Jemand sollte es Lord Rumford sagen, wo sie jetzt tot ist, nur damit er weiß, wie sie wirklich war."

„Na, Dotty? Möchtest du in mehrfacher Hinsicht in ihre Fußstapfen treten?", höhnte Mr Alcott.

„Er tut mir einfach nur leid. Pearl hatte einen flatterhaften Charakter."

„Sie waren schon zwei Jahre zusammen!"

„Hat einer von Ihnen bei der Beerdigung heute Morgen einen weiteren Mann mit Warzen im Gesicht bemerkt?", fragte ich. „Er stand halb hinter einem Baum verborgen und ging noch vor dem Ende."

Beide schüttelten die Köpfe.

Ein Gentleman betrat das Foyer und sah sich um. Als er Miss Clare erblickte, lächelte sie erfreut und entschuldigte sich.

Mr Alcott beobachtete sie, wie sie sich von dem Gentleman einen Kuss auf die Wange geben ließ. „Die wird eine Handvoll, wenn sie mal so ein Star wird wie Pearl. Pearl hat vielleicht auf der Überholspur gelebt, aber sie war nie gemein zu anderen und hat nie jemanden runtergemacht. Sie war einfach zu sorglos und frivol, um fies zu sein." Er nickte in Richtung von Miss Clare und dem Gentleman. „Der ist nicht hier, um Pearl die letzte Ehre zu erweisen, sondern um Dotty zu sehen. Er hat ja keine Ahnung, dass er spätestens Mitte des Jahres den Laufpass bekommt."

„Warum?"

„Weil Dotty in dem Stück die weibliche Hauptrolle übernimmt und sie genauso schnell berühmt werden wird wie Pearl. Wenn das passiert, wird Dotty sich nach etwas Besserem umsehen als diesem armen Mann. Er ist weder wohlhabend noch einflussreich genug, um ihren Ehrgeiz zu befriedigen."

„Wie ehrgeizig ist sie?"

Sein Blick glitt zu mir, doch er nahm sich für seine Antwort einen Moment Zeit. „Dotty war neidisch auf Pearl. Pearl hatte alles, was Dotty wollte—Ruhm, Bewunderung, die besten Rollen."

Ich zog eine Augenbraue hoch und hoffte, dass ich die Frage nicht direkt zu stellen brauchte.

Glücklicherweise schien er mich zu verstehen. „Dotty hätte nicht auf Gewalt zurückgegriffen, um ihren Ehrgeiz zu befriedigen. Sie ist jung; sie hätte einfach abgewartet, bis Pearls Stern zu fallen anfing." Allerdings klang er nicht sehr überzeugend. Pearl war schließlich auch nicht sehr alt gewesen. Ihre Karriere und Berühmtheit hätten noch einige Jahre währen können.

„Sie sagen, Sie waren Pearls Freund, aber wie gut kannten Sie sie?", fragte ich.

„Wahrscheinlich so gut wie jeder andere hier, außer Culpepper." Er deutete auf den Direktor, der einige Trauernde zur Tür begleitete. „Die beiden kannten sich einige Jahre. Sie spielte in anderen Theatern Nebenrollen, bis er ihr hier im Playhouse eine Hauptrolle gab. Seither arbeitete sie für ihn."

„Waren sie je ein Paar?"

„Das weiß ich nicht. Ich habe zwar oft darüber spekuliert, aber nie gefragt. Sie hatten eine gute Arbeitsbeziehung, stritten aber gelegentlich."

„Worüber?"

Er zuckte mit den Schultern. „Ich sah sie manchmal aus seinem Büro stürmen oder hörte laute Stimmen, verstand aber keine Worte. Einmal habe ich sie danach gefragt und sie sagte, Culpepper wäre unverschämt. Das war's. Vermutlich hat er sie gebeten, eine zusätzliche Vorstellung zu geben oder ein Lied zu singen, das nicht zu ihrer Stimme passte. Sie hatte Probleme mit den hohen Tönen", sagte er beiläufig.

„Hat Pearl je ihre Familie erwähnt?"

„Sehr selten und wenn, dann nur oberflächlich. Kürzlich erst hatte ich sie gefragt, was sie zu Weihnachten macht, und sie sagte, sie würde bei der Familie ihrer Schwester essen. Das meine ich mit oberflächlich. Ich hatte den Eindruck, dass sie sie selten sah, glaube aber nicht, dass da böses Blut herrschte. Pearl hat beispielsweise nie das Gesicht verzogen, wenn sie von ihrer Schwester sprach. Sie haben sich vermutlich einfach auseinandergelebt. In unserem Geschäft kann das passieren. Manchen Familienmitgliedern gefällt unsere Berufswahl nicht."

„Oder der Lebensstil?"

Er schenkte mir ein humorloses Lächeln. „Genau. Wissen Sie, dass ich heute bei der Beerdigung zum ersten Mal ihre Schwester gesehen habe? Sie sah Pearl ein bisschen ähnlich, allerdings nicht annähernd so schön."

„Hat Pearl Sie jemals um Geld gebeten?"

Meine Frage schien ihn zu überraschen. „Nein, aber sie wusste, dass ich ihr keins hätte geben können. Ich bekomme immer nur kleine Nebenrollen und habe einen sehr exklusiven Geschmack, was Anzüge und Liebhaber angeht." Seine Augen blitzten schelmisch auf. „Schockiert Sie das, Miss Fox?"

„Überhaupt nicht", erwiderte ich geschmeidig.

„Dann sind Sie eine Frau von Welt." Er nahm eine silberne Zigarettenschachtel aus seiner Jackentasche. „Möchten Sie mich ins Raucherzimmer begleiten?"

Es war nett, gefragt zu werden. Bei meinen ersten Rauchversuchen im Raucherzimmer des Hotels, wo ich einem Verdächtigen des letzten Mordes Informationen hatte entlocken wollen, hatten mich die Männer dort für einen bestimmten Typ Frau gehalten. Scheinbar war Mr Alcott nicht wie andere Männer.

„Danke, aber ich muss nach Hause. Wenn Ihnen noch etwas Wichtiges einfällt, schicken Sie mir bitte eine Nachricht ins Mayfair Hotel."

Seine Augenbrauen wanderten nach oben. „Rumford lässt sie im Mayfair wohnen, während Sie ermitteln? Sie müssen gut sein."

Beinahe hätte ich es ihm verschwiegen, aber es erschien mir

falsch, nicht ehrlich zu sein. „Tatsächlich wohne ich dort und bekam mit, wie Lord Rumford den Verdacht äußerte, Pearls Tod wäre kein Selbstmord gewesen. Ich bot ihm an nachzuforschen."

Er wedelte mit dem Finger in meine Richtung. „Ich weiß, wer Sie sind! Sie sind Sir Ronald Bainbridges Nichte. Ich habe von Ihnen gehört."

Ich war sprachlos. Wir hatten meine Beteiligung an dem vorigen Mordfall aus den Zeitungen herausgehalten und nur wenige Menschen wussten überhaupt von meiner Existenz, mit Ausnahme des Hotelpersonals und den Freunden der Bainbridges.

„Sie sehen aus wie ein verschrecktes Reh, Miss Fox. Es ist alles gut. Ihr Geheimnis ist bei mir sicher." Er zwinkerte.

„Welches Geheimnis?", fragte ich schwach.

„Wie Sie den Fall des toten Gastes gelöst haben. Ich wurde bereits von einem sehr guten Freund zur Geheimhaltung verpflichtet."

„Und wer ist Ihr Freund? Mein Cousin Floyd?"

Er lachte. „Gott, nein. Ihr Cousin ist die Art Mann, die mit Frauen wie Pearl oder Dotty befreundet wäre, nicht mit Männern wie mir. Nein, es war ein junger Freund von mir, der dort arbeitet. Danny ist Lakai. Sie erinnern sich vermutlich nicht an ihn, aber er schreibt Ihnen zu, dass die Polizei ihn Ihretwegen vom Haken gelassen hat."

Ganz gewiss erinnerte ich mich an Danny. Er war der Hauptverdächtige der Polizei im Heiligabend-Mord gewesen, obwohl die gesamte Belegschaft gewusst hatte, dass er es nicht getan hatte. Er war schließlich freigelassen worden, nachdem er zugegeben hatte, wo er zur Tatzeit gewesen war—im Bett eines anderen Mannes.

„Danny ist sehr lieb", sagte ich.

Mr Alcotts Augen funkelten, als er lächelte. „Ja", sagte er leise. „Ja, das ist er."

Er ging weg, während ich mich auf den Weg zur Tür machte. Erst in diesem Moment ging mir auf, dass ich keinem eine sehr wichtige Frage gestellt hatte. Pearls Beerdigung war nicht in den Zeitungen bekannt gegeben worden. Lord Rumford hatte darauf bestanden, dass es eine private Angelegenheit für diejenigen sein sollte, die ihr nahestanden. Wenn niemand den Mann mit den entstellenden Warzen kannte, was tat er dann bei der Beerdigung? Woher hatte er gewusst, wann und wo sie stattfinden würde? Wenn er weder den Direktor des Theaters noch ihre zwei Freunde oder ihre Schwester gefragt hatte, wer hatte es ihm erzählt?

Ich verließ das Theater und fand den Türsteher an der gleichen Stelle vor, direkt neben der Tafel. „Entschuldigen Sie", sagte ich. „Arbeiten Sie immer hier an der Tür?"

„Nur während der Vorstellungen und zu besonderen Anlässen wie heute." Er deutete mit dem Kopf auf das Schild.

„Waren Sie gestern Abend an der Tür, obwohl keine Vorstellung stattfand?"

„Jou. Mr Culpepper wollte alle draußen halten. Miss Westwoods Verehrer wollten rein und ihr die letzte Ehre erweisen."

„Hat jemand nach der Beerdigung gefragt?"

„Einige, aber ich habe nichts gesagt. Mr Culpepper sagte, es solle eine private Feier sein und ich dürfe niemandem was verraten, also habe ich es auch nicht getan. Das schwöre ich, Miss, ich habe keinem was gesagt."

Der Mann beteuerte es zu oft. Noch ein kleiner Schubs sollte ihm ein Geständnis entlocken. „Kommen Sie, niemand erwartet von Ihnen, ihren engsten Freunden solche Details vorzuenthalten. Das wäre nicht fair, oder? Sie verdienen es, auch an der Beerdigung teilnehmen zu dürfen."

„Das entscheide ich nicht."

„Aber einer Person haben Sie es doch verraten, nicht wahr?", hakte ich nach. „Er hat Ihnen einen sehr großen Anreiz gegeben, oder?"

Der Türsteher starrte geradeaus. Er war deutlich größer als ich und sehr gut gebaut. Sein Kragen hatte Mühe, seinen Nacken zu umschließen, und er trug vermutlich deswegen keine Handschuhe, weil er für seine großen Hände keine passenden fand. Sollte ihm der Sinn danach stehen, konnte er mich wie einen Zweig durchbrechen. Und doch wirkte er von meinen Fragen beunruhigt.

„Ich werde es keiner Menschenseele erzählen und ganz gewiss nicht Mr Culpepper", sagte ich leise. „Ihr Geheimnis ist bei mir sicher. Aber hier geht es um eine Mordermittlung und ich muss etwas über den Mann erfahren, der Ihnen eine beträchtliche Summe gezahlt hat, damit Sie ihm sagen, wann und wo Miss Westwoods Beerdigung stattfindet. Wenn Sie es verschweigen, werde ich die Polizei informieren müssen, dass Sie nicht kooperieren wollten."

„Die Polizei!" Er rieb sich den Nacken. „Also gut, aber es gibt nicht viel zu erzählen. Er kam gestern Abend, als Mr Culpepper mit den anderen drinnen war und auf Miss Westwood angestoßen hat. Als ich ihn nicht reinlassen wollte, hat er mich nach der Beerdigung gefragt und ich habe es ihm gesagt. Er sagte, er wäre ein echt guter Freund von Miss Westwood gewesen und wie Sie schon sagen, ein guter Freund hat das Recht, sich zu verabschieden."

Vermutlich hatte der Mann ihn auch bezahlt, aber das zuzugeben verstieß gegen den Ehrenkodex des Türstehers. „Wie sah er aus?"

„Ich weiß nicht."

„Hatte er Warzen oder Ausschlag im Gesicht?"

„Sein Gesicht habe ich nicht gesehen. Es war dunkel und er hatte den Kragen hochgeklappt."

Verdammt.

„Eine außergewöhnliche Sache war da aber", sagte der Türsteher.

„Oh?"

„Seine Kutsche. Die Türen waren grün."

Die Türen der Kutsche, in der der warzige Gentleman weggefahren war, waren grün gewesen. Es musste der gleiche Mann sein. Ich öffnete meine Tasche und nahm einige Münzen heraus. Wie viel zahlte man für diese Art von Informationen?

Der Türsteher hob die Hand, um mich zu stoppen. „Behalten Sie Ihr Geld, Miss. Ich habe sein Gesicht wirklich nicht gesehen und das ist die Wahrheit."

Ich bedankte mich bei ihm und tauchte in die geschäftige frühabendliche Menge im Piccadilly Circus ein. Welchen Pfad sollte ich jetzt einschlagen? Während ich ein wenig von denen über Pearl erfahren hatte, die sie gekannt hatten, war ich kaum einen Schritt weitergekommen.

* * *

ICH HATTE Glück und erwischte Mr Hobart noch im Hotel, als er gerade Feierabend machen wollte. „Ist Ihnen etwas eingefallen, mit dem ich Mr Armitage in die Ermittlungen involvieren kann?", fragte ich.

Er pflückte seinen Hut vom Garderobenständer neben der Bürotür und griff nach seinem Mantel. „Ich fürchte nicht." Mit einer Handbewegung bedeutete er mir, in den Flur vorauszugehen.

Ich wartete, bis er die Tür abgeschlossen hatte, und begleitete ihn ins Foyer. „Was ist mit der Situation rund um Mr Clitheroe?", flüsterte ich, damit Mr Hirst uns nicht hörte.

„Da gibt es keine Situation", erwiderte er ebenfalls flüsternd. „Der Mann, den Sie gesehen haben, muss in der Tat Mr Clitheroe gewesen sein. Er hat durchaus eine vorstehende Nase. Abgesehen davon gibt es für Mr Hirst keinen Grund zu lügen."

Wenn Mr Hobart das glaubte, war er wirklich naiv. Jetzt, wo ich darüber nachdachte, hatte die ehemalige Hausdame ihm das Tafelsilber unter der Nase weggeklaut. Hätte ihn nicht einer der Mitarbeiter darauf aufmerksam gemacht und hätten Mr Armitage und ich nicht nachgeforscht, wäre die ehemalige Hausdame damit davongekommen. Aus irgendeinem Grund machte seine Naivität Mr Hobart noch liebenswürdiger. Damit löste man aber keine Kriminalfälle.

„Es gibt eine Möglichkeit, diese Sache endgültig aufzuklären", sagte ich. „Sie müssen mir Mr Clitheroe zeigen. Dann kann ich Ihnen sofort sagen, ob es der gleiche Mann ist, den ich an dem Abend gesehen habe."

Mr Hobart warf mir einen entschuldigenden Blick zu. „Ich fürchte, Mr Clitheroe hat heute ausgecheckt. Damit ist das also erledigt."

Das bezweifelte ich, biss mir aber auf die Zunge. Vielleicht konnte ich Mr Armitage wieder in den Fall involvieren. Er brauchte die Zustimmung seines Onkels nicht, sondern konnte diskret das Personal befragen oder Mr Hirst folgen, wenn er das Hotel verließ. Das war doch ein guter Kompromiss. Wenn er schon den Pearl-Westwood-Fall nicht mit mir teilen wollte, würde er möglicherweise den Hirst-Fall in Erwägung ziehen.

Ich ging in mein Zimmer und bestellte über das Sprachrohr Tee aus der Küche. Zu meiner Überraschung brachte Harmony ihn mit gleich zwei Tassen.

„Sollten Sie nicht schon Feierabend haben?“, fragte ich sie.

Sie stellte das Tablett im Wohnzimmer ab und schenkte Tee in die Tassen. „Ich habe in der Küche auf Sie gewartet und bei mir gedacht, dass, wenn Sie nicht direkt Tee bestellen, ich von Goliath hören werde, wann Sie zurück sind.“

„Bin ich wirklich so vorhersehbar?“

Sie reichte mir eine Tasse mit Untertasse und ließ sich mit der anderen auf dem Sofa nieder. „Gott, tun meine Füße weh.“

„Legen Sie sie auf den Tisch. Mich stört es nicht.“

„Himmel nein! Das hier ist das Wohnzimmer in einer der besten Suiten des Mayfair!“

Ich konnte nicht anders als zu lächeln. „Sie sind so ein Snob, wenn Sie möchten.“

Sie schmollte. „Dieser Tisch sieht teuer aus und sollte keine Füße tragen.“

„Ziehen Sie die Schuhe aus und legen sich aufs Sofa.“

Dies überdachte sie einen Moment und schnürte dann die Schuhe auf. Mit einem zufriedenen Seufzen lehnte sie sich in die Sofaecke und streckte ihre langen Beine aus. „Mrs Short hat mich heute durch das ganze Hotel gejagt, rauf und runter, um dies oder jenes zu holen. Ich glaube, es ist ein Test.“

„Wofür?“

„Um zu sehen, wie gefällig ich bin. Sie hat das mit uns allen gemacht. Diejenigen, die sich beschweren, bekommen das spitze Ende ihres scharfen Blicks.“ Sie nahm einen Schluck und setzte die Tasse ab. „Also was haben Sie heute in Erfahrung gebracht?“

Ich erzählte ihr von der Beerdigung am Morgen und dem anonymen Gentleman, wie auch von den Gesprächen, die ich bei der Gedenkfeier im Playhouse geführt hatte. „Alle sind sich einig, dass Pearl frivol war und die hübschen Dinge mochte, die Lord Rumford ihr geschenkt hat, aber es gab unterschiedliche

Berichte von Neid. Ihre Zweitbesetzung behauptete, niemand wäre auf Pearl oder Rumford neidisch gewesen, aber ein anderer Schauspieler meinte, die Männer hätten sie bewundert und gern mit Rumford getauscht."

„Und wenn sie einen zurückgewiesen hätte, wäre der vielleicht wütend und gewalttätig geworden?"

„Genau." Ich trank meinen Tee, während ich nachdachte. „Vielleicht sollte ich Danny nach seiner Meinung über den Schauspieler fragen. Mr Alcott sagte, er kennt Danny, und ich vermute, dieses Kennen ist intimer Natur."

„Ich werde ihn fragen", sagte Harmony. „Mir gegenüber wird er ehrlich sein."

„Warum sollte er bei mir nicht ehrlich sein?"

„Weil Sie eine Bainbridge sind."

„Ich bin eine Fox", sagte ich schnippisch. „Außerdem bin ich sehr freundlich und tolerant, egal mit wem jemand intim ist."

„Sie sind auch mit seinem Brötchengeber verwandt."

Da hatte sie recht. Egal, wie wenig es mir gefiel, die meisten Angestellten behandelten mich anders und würden es immer tun. Mr Armitage lag da vollkommen richtig. „Ihnen scheint es egal zu sein, dass ich Sir Ronalds Nichte bin."

Sie grinste mich so strahlend an wie die Glühlampe, die von der Decke hing. „Das liegt daran, dass ich anders bin als die meisten Leute."

„Das sind Sie ganz sicher, Harmony."

Ihr Lächeln verblasste und sie wurde wieder ernst. „Also was sollen wir jetzt machen?"

„Wie es der Zufall will, habe ich eine Idee. Der Theaterdirektor Mr Culpepper deutete an, dass Lord Rumford seine Beziehung zu Pearl beenden wollte, weil er nicht glaubte, dass sie ihn wirklich liebte."

Harmony rümpfte die Nase. „Ist das ein guter Grund, um einer Geliebten den Laufpass zu geben, die jünger und attraktiver ist als man selbst? Ich meine, wusste er nicht bereits, dass sie ihn nicht liebte und nur wegen der Geschenke mit ihm zusammen war?"

„Vielleicht war er blind für ihre wahren Gefühle."

„Wohl eher dumm."

„Was auch immer wir glauben, wenn es auch nur den Hauch einer Chance gibt, dass Pearl Selbstmord begangen hat, müssen wir es in Betracht ziehen. Bisher steht nicht fest, dass sie ermordet wurde."

Harmony trank ihre Tasse aus und stellte sie weg. „Also meinen Sie, wir sollten Rumford fragen, ob er mit ihr Schluss machen wollte."

Ich schüttelte den Kopf. „Nicht fragen. Würde er uns überhaupt eine direkte Antwort geben? Er wird nicht wollen, dass wir denken, sie hätte sich wegen ihm vom Balkon gestürzt."

„Wenn Pearl ihn nicht geliebt hat, hätte sie sich nicht vom Balkon gestürzt, weil er mit ihr schlussmachen wollte. Sie wäre erleichtert gewesen, sich den Nächsten schnappen zu können."

Der Gedanke war mir auch gekommen. „Mr Culpepper meint, sie mochte die Geschenke zu sehr und wenn sie finanzielle Probleme hatte, könnte Rumfords Verlust ihr Sorge bereitet haben."

Harmony richtete sich auf und setzte beide Füße auf den Boden. „Das ist alles verkehrt herum, Cleo."

Falls ihr aufgefallen war, dass sie mich Cleo genannt hatte statt Miss Fox, ließ sie es sich nicht anmerken, und ich korrigierte sie nicht. Das wollte ich nicht. Mit ihr per Du zu sein fühlte sich richtig an. „Ich glaube immer noch, dass wir es ausschließen müssen, wenn es beweist, dass Mr Culpepper gelogen und mir die Idee absichtlich in den Kopf gesetzt hat."

Sie schlüpfte in ihre Schuhe und beugte sich vor, um sie zuzuschnüren. „Und wie stellen wir das an?"

„Ich gehe in Lord Rumfords Zimmer, wenn er nicht da ist, und suche nach Hinweisen. Vielleicht gibt es Briefe von Pearl oder Details über diesen Urlaub, den sie im Herbst antreten wollten."

Der Gedanke schockierte sie nicht im Geringsten. Sie band die Schleifen fertig und sah hoch. „Wir brauchen seinen Schlüssel. Ich putze sein Zimmer nicht und will keines der zuständigen Hausmädchen fragen. Je weniger Leute wissen, was wir treiben, desto besser. Wir könnten Peter dazu kriegen, uns in Mr Hobarts Büro zu lassen, und seinen Ersatzschlüssel benutzen."

Bei meinen letzten Ermittlungen hatte ich erfahren, dass Mr

Hobart Ersatzschlüssel zu allen Zimmern verwahrte, genau wie die Hausdame. Ich hatte auch erfahren, dass sich diese in einer verschlossenen Schublade in Mr Hobarts Büro befanden und er diesen Schlüssel bei sich trug. Der stellvertretende Direktor hatte den anderen. Mrs Shorts Ersatzschlüssel wurden ebenfalls in einer verschlossenen Kiste in ihrem Büro aufbewahrt. Ich kannte nur eine Person, die all diese Schlösser öffnen konnte. Victor. Es gab jedoch nur eine Tür, die aufgeschlossen werden musste.

„Wir sparen uns Mr Hobarts Büro und seinen Ersatzschlüssel und brechen in Rumfords Zimmer ein", sagte ich. „Victor wird das machen."

„Und zwar mit Freuden, so wie ich ihn kenne." Sie runzelte die Stirn. „Was meinst du, hat er wohl gemacht, bevor er hier angefangen hat?"

„Ich bin mir nicht sicher. Ich dachte, du wüsstest es."

„Irgendetwas Wildes vermutlich. Der Typ ist mir nicht geheuer."

„Warum sagst du das?"

„Das steht ihm doch ins Gesicht geschrieben."

„Wenn du seine Narben meinst, ist das ein bisschen unfair. Ohne die hätte er ein ziemlich süßes Babygesicht."

Sie stand plötzlich auf und schaute auf mich herab. „Victor ist weder süß noch gut und das solltest du nicht vergessen. Der macht Ärger."

Ich lächelte.

„Was ist so amüsant?"

„Nichts", sagte ich unschuldig. „Und jetzt geh und ruh dich aus. Ich werde sehen, was ich über Lord Rumfords Pläne herausfinden kann."

Sie sammelte die Teetassen auf das Tablett und hob es hoch. „Ich sollte besser mit Victor sprechen, bevor ich gehe, und ihn über unsere Pläne informieren."

„Das wird nicht nötig sein. Du musst nicht mit ihm reden, wenn du nicht möchtest."

„Ich möchte nicht, aber es muss gemacht werden." Sie deutete auf das Tablett. „Abgesehen davon muss ich das hier zurück in die Küche bringen."

Sie ging zur Tür, den Rücken aufrecht. Ich lächelte, bis sie sich plötzlich umdrehte und mich böse anfunkelte. Eigentlich hatte ich noch eine Rüge erwartet, weil ich schon wieder grinste, aber sie öffnete nur die Tür und marschierte hinaus.

* * *

LAUT PETER an der Rezeption hatte Lord Rumford eine Hotelkutsche angefordert, die ihn ins Theater und dann zu seinem Club bringen sollte. Er hatte den Kutscher gebeten, ihn dort um drei Uhr morgens abzuholen. Damit hatten wir jede Menge Zeit.

Ich machte mich in der Küche auf die Suche nach Victor und entdeckte ihn an einem der langen zentralen Arbeitstische. Der *Chef de Cuisine* stand an einem Herd und machte einem Jungen die Hölle heiß, der in einem Topf rührte. Der Küchenchef hatte einen Schreckensruf und ich wagte mich nur ungern in seine Domäne, doch diesmal war es nötig.

In der Küche wurde ich augenblicklich von Hitze eingehüllt. Sie pulsierte um mich herum wie ein lebendiges, atmendes Wesen, das mich aufforderte, mich besser zu verziehen. Köche beobachteten meinen Weg; einige schüttelten warnend die Köpfe. Der Opernsänger schwieg einen Moment, bis ich ihm signalisierte, er solle weitersingen.

Victor schaute von seinem Platz auf und zog die Augenbrauen hoch.

Ich sagte wortlos „Mitternacht“. Hoffentlich hatte er mit Harmony gesprochen und verstand mich.

„SIE!“ Das mit einem französischen Akzent gebellte Wort schnitt durch die heiße, stickige Luft der Küche. „Was tun Sie ‘ier?“

„Ich habe mich verlaufen“, sagte ich.

Der *Chef de Cuisine* stürmte auf mich los wie eine Bulldogge. Er war ein kleiner Mann mit einem albern aufgezwirbelten Schnurrbart, doch darüber würde ich mich nicht lustig machen. Er sah aus, als wolle er die Messer in seinem Gürtel nach mir werfen. „Mir ist egal, wer Sie sind! Raus! Raus!“

Ich machte auf dem Absatz kehrt und floh.

* * *

An diesem Abend aß ich mit Flossy und Floyd im Speisesaal. Tante Lilian blieb in ihrer Suite und Onkel Ronald war mit Freunden in einen Herrenclub gefahren. Dadurch war der Abend sehr entspannt, obwohl wir uns wegen der Gäste gut benehmen mussten. Manche kamen an unseren Tisch und begrüßten meinen Cousin und Cousine mit Namen, aber es waren deutlich weniger, als wenn mein Onkel anwesend war.

Ausnahmsweise hatte es Floyd nach dem Essen mal nicht eilig. Er bestellte ein Glas Portwein; Flossy und ich tranken Kaffee. Nachdem er einen Schluck genommen hatte, seufzte er zufrieden. „Gutes Zeug, das hier."

„Hast du den teuersten bestellt?", fragte Flossy.

„Wer weiß schon, was der kostet?"

„Vater."

„Er überprüft die Buchführung nicht so genau, also wird er nie erfahren, dass ich es war, der ihn bestellt hat. Und selbst wenn er es sieht, wird er annehmen, es war für einen Gast."

Ihr Blick wanderte zum Restaurantleiter, der an dem Pult stand, wo er die Namen der eintretenden Gäste notierte. „Mr Chapman wird es wissen."

„Aber er wird es Vater nie sagen."

„Warum nicht?"

Floyd lächelte sie überlegen an. „Weil ich eines Tages den Laden übernehmen werde und Chapman vielleicht seinen Job behalten will."

„Das ist noch lange hin. Vater könnte noch viel Jahre leben. Manchmal glaube ich, er wird für immer hier sein." Sie sagte es ohne viel Emotion, als würde sie über das Ableben eines entfernten Bekannten sprechen. „Abgesehen davon, wer weiß schon, ob er nicht seinen Mehrheitsanteil an jemand anderen vererbt? An jemanden, den *er* für fähiger hält, den Laden hier am Laufen zu halten."

„Ich bin verdammt fähig."

„Das ist mir klar, Floyd, aber du weißt ja, wie Vater ist."

Floyd kauerte sich mürrisch über sein Glas, während Flossy

aussah, als würde sie bereuen, es überhaupt angesprochen zu haben.

„Das war ein hervorragendes Essen", sagte ich, um die Anspannung aufzulockern. „Ich habe eure Gesellschaft heute Abend sehr genossen. Welchem Umstand verdanken wir deine Anwesenheit, Floyd?"

„Ich bleibe heute Abend hier und treffe mich später mit ein paar Freunden in meiner Suite."

„Mit wem?", fragte Flossy.

„Die übliche Truppe."

Ihre Augen wurden schmal und ich dachte, sie würde weiter nachbohren, doch sie sagte nur: „Stell sicher, dass sie leise sind, wenn sie gehen. Wecke Mutter nicht auf."

„Sie werden sehr diskret sein. Mach dir um mich keine Sorgen, Floss. Ich bin Experte darin, zu jeder Tages- und Nachtzeit ins und aus dem Hotel zu schleichen." Er trank seinen Portwein aus und erhob sich. „Ich denke, ich werde mich ausruhen, bis meine Gäste eintreffen. Gute Nacht, die Damen."

Wir sahen ihm nach. Heute wirkte er fröhlich, was vermutlich viel damit zu tun hatte, dass sein Vater nicht da war. Floyd war eine Frohnatur, sehr zum Ärger seines Vaters, der lieber einen Sohn gehabt hätte, der ihm ähnelte. Onkel Ronald war ernst und geschäftsorientiert und hatte bei all seinem Handeln und bei jeder Freundschaft, die er schloss, immer zuerst das Hotel im Blick. Floyd hingegen wollte einfach nur Spaß haben.

„Ich wünschte, ich könnte Freunde in meine Suite einladen, wann immer ich möchte", murmelte Flossy. „Es ist unfair, dass er es darf und ich hier feststecke, bis Mutter oder Vater mich rauslassen, und selbst dann muss ich entweder mit Mutter gehen oder mit einem Hausmädchen als Anstandsdame. Ich möchte frei sein, Cleo. Ich möchte treffen, wen ich will und wann ich will. Du hast so ein Glück, dass deine Eltern tot sind." Sie zuckte zusammen. „Es tut mir leid, aber du weißt, was ich meine."

„Du solltest ihnen sagen, dass du dir etwas mehr Freiheit wünschst. Fang klein an. Bitte sie, eine Freundin zum Mittagessen oder zum Kaffee treffen zu dürfen."

„Sie werden mir sagen, meine Freundin hier zu treffen. Das Mayfair hat schließlich den besten Nachmittagstee und das beste

Mittagessen in ganz London." Sie seufzte. „Beachte mich nicht. Ich bin nur etwas melancholisch. Es geht schon vorüber."

Sie sah ihrer Mutter zwar nicht ähnlich, aber in diesem Moment erinnerte sie mich stark an Tante Lilian, wenn sie ein Stimmungstief hatte. Ob Flossys Eltern die Ähnlichkeit je auffiel? Oder waren sie zu erpicht darauf, dass ihre Tochter das gleiche Leben lebte, wie sie in ihrem Alter—eins, in dem von ihr erwartet wurde, sich nur mit den richtigen Leuten zu umgeben und auch nur unter den wachsamen Augen eines Elternteils.

* * *

Um Mitternacht war der Flur im vierten Stock wie ausgestorben. Ich hörte den entfernten Schlag einer zugeworfenen Tür auf einer anderen Etage, doch ansonsten war das Gebäude still. Nicht einmal Victors Schritte auf der Treppe hörte ich und sah ihn nur deswegen aus dem Treppenhaus kommen, weil ich es beobachtete.

„Harmony sagte, Sie hätten eine Aufgabe für mich hier oben", flüsterte er. „Habe ich recht in der Annahme, dass ich ein Schloss knacke?"

„Lord Rumfords Suite." Ich ging den Flur entlang voraus und blieb vor der Tür mit der Nummer vier-fünfzehn stehen.

Victor kniete sich hin und machte sich mit den schlanken Werkzeugen an die Arbeit, die er mitgebracht hatte. Er trug weder seinen Messergürtel noch seine Kochkleidung. Nach seiner Schicht musste er ins Wohnheim des Personals gegangen sein und sich umgezogen haben.

Er hatte nicht gefragt, warum ich Lord Rumfords Suite durchforsten wollte. Er schien die Übung einfach so hinzunehmen, als wäre es nicht ungewöhnlicher, als zur Arbeit zu erscheinen.

Das Schloss klickte endlich und Victor öffnete die Tür. Ich trat ein, während er Wache hielt, und schaltete das Licht ein. Im Wohnzimmer durchsuchte ich den Schreibtisch, doch dort war keine Privatkorrespondenz zwischen dem Briefpapier des Hotels. In seinen Sachen im Schlafzimmer fand ich ebenfalls nichts. Nach einer halben Stunde intensiver Suche schlüpfte ich aus der Suite und gesellte mich wieder zu Victor.

Der hockte sich hin, um die Tür abzuschließen. Im gleichen Moment öffnete sich weiter unten im Flur eine Tür und Floyd fiel praktisch mit zwei Frauen aus seiner Suite, die beide barfuß waren, die Haare wirr und die Kleider unordentlich. Eine der Frauen kicherte und Floyd legte einen Finger auf die Lippen.

Dann entdeckte er mich, wie ich neben Victor stand, der noch immer vor Lord Rumfords Tür hockte.

KAPITEL 6

Ich erstarrte. Floyd erstarrte. Auch die Frauen erstarrten, aber erst, nachdem sie noch einmal gekichert hatten.

Victor war der Einzige, der sich bewegte. Er schloss die Tür ab, stand auf und wünschte mir mit einem Zupfen an seiner Mütze eine gute Nacht, ehe er die Etage über die Treppen verließ.

Floyd rührte sich endlich wieder. Er flüsterte den Frauen etwas zu und sie verschwanden wieder in der Suite. Kurz darauf kamen sie mit ihren Mänteln und Schuhen wieder heraus. Als sie beim Fahrstuhl stehen blieben und eine von beiden den Knopf drücken wollte, schob Floyd sie stattdessen zum Treppenhaus.

Sobald sie weg waren, kehrte er zu seinem Zimmer zurück und nachdem er Blickkontakt mit mir aufgenommen hatte, verschwand er drinnen.

Ich kroch in mein Zimmer und lehnte mich an die Tür, die Augen geschlossen. Wie sollte ich meinem Cousin erklären, was ich getrieben hatte?

* * *

HARMONY HÖRTE sich die Geschichte meiner nächtlichen Begegnung mit finsterem Gesicht an. Meine Haare waren vergessen, während sie mich kopfschüttelnd im Spiegel ansah.

„Victor hätte Wache halten sollen."

„Es ist nicht seine Schuld. Ich war schon im Flur und er dabei, die Tür wieder abzuschließen, als Floyd rauskam. Es war absolut unausweichlich."

Sie fing wieder an, meine Haare zu bürsten und fragte, ob ich unter Lord Rumfords Sachen etwas gefunden hätte.

„Nichts, was darauf hinweist, ob er die Beziehung zu Pearl beibehalten oder in näherer Zukunft beenden wollte", sagte ich. „Er ist sehr vorsichtig. Es gab noch nicht einmal Briefe von Pearl."

„Was wirst du jetzt tun?"

„Ich habe immer noch die Schlüssel zu Pearls Wohnung. Dort gab es einige Briefe von Lord Rumford in ihrem Schminktisch, die ich beim ersten Mal nicht gelesen habe. Ich werde hingehen und sie durchsehen. Vielleicht finde ich Hinweise auf den Zustand ihrer Beziehung in den letzten Wochen."

Schweigend steckte sie Teile meines Haars hoch, scheinbar völlig in Gedanken. Erst als sie fertig war und ich ihr Meisterwerk im Spiegel betrachtete, gab sie preis, was sie dachte. Und es hatte nichts mit unseren Ermittlungen zu tun.

„Waren die Mädchen Huren?"

Ich drehte mich zu ihr, um sie richtig anzusehen. Sie meinte es vollkommen ernst. Tatsächlich wirkte sie ziemlich besorgt. „Ich weiß es nicht, aber es waren sicher keine Ladys aus gutem Hause, die ihren Anstandsdamen für einen Abend entwischt waren."

Sie schüttelte den Kopf. „Sir Ronald wird das nicht gefallen. Es ist eine Sache, wenn die Gäste ihre Mätressen herbringen, aber bei einem Familienmitglied ist es etwas ganz anderes. Das hier ist das Zuhause der Familie Bainbridge."

„Ich schätze, Floyd hat nicht geplant, dass mein Onkel oder meine Tante es herausfinden." Ich öffnete die Schublade des Schminktisches und suchte meine hellbraunen Lederhandschuhe. „Hat mein Cousin zuvor schon mal etwas Derartiges getan?"

„Nicht, dass ich wüsste. Da müsstest du die Lakaien oder Portiers fragen. Sie wissen mehr darüber, was nachts hier vor sich geht, als jeder andere.“

Harmony ging und ich folgte ihr kurz darauf mit den Schlüsseln zu Pearls Wohnung in meiner Handtasche. Gerade als ich meine Tür abschloss, kam Floyd aus seinem Zimmer. Wir wiederholten die Vorstellung der letzten Nacht und erstarrten beide.

Floyd rührte sich zuerst. Er steckte seinen Schlüssel ein und kam zu mir. Nach einem Blick durch den Flur, wo sich niemand aufhielt, beugte er sich zu mir. „Wegen gestern Abend.“

Mir wurde plötzlich heiß und kalt zugleich. Floyd hatte vielleicht Huren in seinem Zimmer gehabt, aber er war ein junger Mann und jungen Männern standen gewisse Indiskretionen zu. Ich war im Zimmer eines Gastes gewesen, neben mir einer der Köche. Meine Ausgangslage war deutlich schlimmer, insbesondere vom Standpunkt meines Onkels aus.

„Ja?“, flüsterte ich.

„Ich werde liebend gern versprechen, mich um meine Angelegenheiten zu kümmern, wenn du versprichst, dich um deine zu kümmern.“

Ich stieß einen langen Seufzer aus. „Ich denke, uns beiden ist damit gedient, wenn wir das, was wir gesehen haben, für uns behalten.“

Er wirkte erleichtert. „Gut, gut. Muss ich jetzt den Cousin raushängen lassen und mir Sorgen machen, was du mit diesem Kerl in Rumfords Zimmer gemacht hast?“

Also hatte er Victor nicht als Hotelmitarbeiter erkannt. Das war entlastend. Ich wollte ihn nicht in Schwierigkeiten bringen. „Es ist Teil meiner Ermittlungen von Pearl Westwoods Tod.“

Er runzelte die Stirn. „Deiner was?“

Ich legte den Finger auf die Lippen, um ihn zum Schweigen zu bringen, wie er es am Vorabend bei den Mädchen getan hatte. Mit einem kleinen Winken eilte ich zum Treppenhaus und ließ ihn hinter mir her starrend stehen.

* * *

Pearls Wohnung war eiskalt. Was Lord Rumford jetzt wohl damit vorhatte? Gab es zu viele Erinnerungen an glückliche Momente mit Pearl, sodass er sie verkaufen wollte, weil er nie wieder einen Fuß hineinsetzen konnte? Oder würde er sie für seine nächste Geliebte behalten?

Ich setzte mich mit dem Stapel von Briefen vor den Sekretär und kauerte mich in meinen warmen Mantel. Die Briefe, die ich bereits gelesen hatte, legte ich zur Seite und wappnete mich für eine sehr private Lektüre.

Bis ich das Ende des Stapels erreicht hatte, war mein Gesicht heiß. Einige der beschriebenen Dinge gaben mir das Gefühl, so naiv wie ein Schulmädchen zu sein, da ich solche Sachen nie bedacht, geschweige denn darüber gelesen hatte. Lord Rumford war ganz gewiss nicht schüchtern gewesen in seinen Äußerungen, was er sich von seiner Geliebten wünschte.

In den Briefen drehte es sich hauptsächlich darum, was er mit Pearl machen wollte, wenn sie sich das nächste Mal trafen, aber wenig um ihre Zukunftspläne. Es gab eine Erwähnung des Urlaubs in einem Brief mit Datum vom fünften Dezember, wo Lord Rumford schrieb, er könne es kaum erwarten, Pearl so sorglos zu sehen wie die französischen Damen in Nizza. Ich hatte keine Ahnung, was das bedeutete.

Ich bündelte die Briefe und schob sie zurück in die Schublade, froh, dass ich keinen Hinweis auf ein Abkühlen der Beziehung gefunden hatte. Dass Lord Rumford für Pearls Tod verantwortlich sein könnte, selbst unbeabsichtigt, wollte ich mir nicht vorstellen. Allerdings bedeutete es, dass ich nicht schlauer war als vorher.

Die Schublade schloss ich ein wenig zu heftig, sodass der Sekretär wackelte. Ein Füller fiel aus seinem Halter und rollte auf den Boden, ehe ich ihn auffangen konnte. Während ich mich bückte, um ihn aufzuheben, erspähte ich unter der Glasvitrine mit Keramikfiguren ein Stück Papier.

Auf Händen und Knien griff ich danach und zog es heraus. Es war kein Stück Papier, sondern eine Fotografie. Der Tisch voller gerahmter Fotos stand in der Nähe. Pearl musste diese hier fallengelassen haben, als sie sie aus einem Rahmen genommen hatte. Da sie ziemlich verstaubt war, musste sie längere Zeit unter der Vitrine gelegen haben.

Ich blies den Staub weg und neigte das Bild zum Fenster, um besser sehen zu können. Ein Paar starrte mir entgegen. Pearl erkannte ich sofort. Sie trug ein Abendkleid und eine dicke Kette am Hals. Ihre Hand ruhte auf der Schulter des Mannes neben ihr in einer Pose, die fast identisch war mit Lord Rumfords Foto. Aber dieser Mann war nicht Rumford. Erst dachte ich, ich würde ihn nicht kennen, doch bei näherer Betrachtung erkannte ich den Mann vom Friedhof. Allerdings hatte er keine Warzen im Gesicht, sondern war sogar recht gut aussehend, wenn auch älter als Pearl.

Ich steckte die Fotografie in meine Handtasche und schloss die Wohnung ab. Als ich im Hotel ankam, begrüßte mich Frank schon auf dem Bürgersteig mit einem Lächeln.

„Wie war Ihr Morgen, Miss Fox?"

„Ziemlich produktiv. Und Ihrer?"

Er wirkte überrascht, dass ich fragte. „Sehr gut, Miss, sehr gut. Ich kann mich nicht beklagen." Er schaute an mir vorbei, als eine Kutsche vorfuhr. „Sir Lawrence Caldicott. Entschuldigen Sie mich, Miss Fox."

Frank trat zu der Kutsche mit auffällig rotem Kutschbock und Rädern. Er öffnete die Tür und hieß Sir Lawrence willkommen. „Mr Hobart wird Sie im Foyer begrüßen, Sir, und Sie zu Sir Ronalds Büro geleiten."

Der Gentleman nahm Frank kaum wahr, während er an ihm vorbei ins Hotel ging. Als Frank die Tür geschlossen hatte, gesellte ich mich wieder zu ihm.

„Sie sind noch hier, Miss Fox?", fragte er. „Gehen Sie besser rein, bevor das Wetter umschlägt."

Ich deutete auf die Kutsche, die sich vom Bürgersteig entfernte. „Woher wussten Sie, dass es Sir Lawrence Caldicotts Gefährt ist?"

Er runzelte die Stirn, als der Kutscher sich in eine kleine Lücke zwischen zwei Droschken drängte, was ihm ärgerliche Rufe des hinteren Fahrers einbrachte. „Ich schätze, das Gefährt ist mir vertraut. Aber mir wurde auch gesagt, dass ich Sir

Lawrence heute erwarten soll. Mr Hobart hält mich gern auf dem Laufenden, wenn wichtige Personen eintreffen sollen. Sir Lawrence arbeitet bei der Bank und wickelt gelegentlich mit Sir Ronald Geschäfte hier ab."

„Aber Sie würden die Kutsche auch erkennen, wenn Sie ihn nicht erwarten?"

„Ich schätze schon. Es sind die roten Räder. Das gibt es nicht so häufig. Warum?"

Es war nur ein Fischen im Trüben, aber ich musste es tun. Das Mayfair Hotel beherbergte viele wohlhabende Gäste und ich nahm an, dass der Gentleman mit den Unreinheiten im Gesicht gut situiert war. Die Chance bestand, dass er bereits durch genau diese Türen gegangen und von Frank begrüßt worden war. „Kennen Sie einen Einspänner mit grünen Türen?"

Frank kratzte sich an der Wange. „Grüne Türen sind schon ungewöhnlich, aber nicht so selten. Ich glaube, mir fallen auf Anhieb drei ein." Er streckte den Daumen aus. „Mr Unley hat eine." Er hob den Zeigefinger. „Lord Hatfield." Sein Mittelfinger gesellte sich zu den anderen. „Und die Mallorys."

Ich öffnete meine Handtasche und nahm die Fotografie heraus. „Ist das einer der Herren, die Sie gerade aufgezählt haben?"

Er fing an, den Kopf zu schütteln, hörte aber wieder auf. „Ist er nicht, aber er kommt mir bekannt vor. An den Namen erinnere ich mich nicht und ich habe ihn hier schon lange nicht mehr gesehen. Welche Farbe die Türen seiner Kutsche haben, weiß ich auch nicht. Sie sollten Mr Hobart oder Mr Armitage fragen." Er schnippte mit den Fingern. „Entschuldigung, ist Gewohnheit, die beiden in einem Atemzug zu nennen. Fragen Sie Mr Hobart. Der hat ein gutes Auge für Gesichter."

Die nächste halbe Stunde verbrachte ich damit, Mr Hobart durch das Hotel zu verfolgen. Peter sagte mir, er sei in Mr Chapmans Büro, doch als ich dort ankam, teilte Mr Chapman mir mit, dass er gerade in die Küche gegangen sei. Das Küchenpersonal erklärte mir, er sei auf dem Weg zu Mrs Short, doch die hatte ihn noch nicht gesehen und vermutete, er sei von einem Gast aufgehalten worden.

Ich gab auf und verließ erneut das Hotel. Der Spaziergang zu

Mr Armitages Büro tat mir gut und erlaubte es mir, meine Gedanken zu ordnen. Nicht, dass da viel zu ordnen gewesen wäre, aber wenigstens hatte ich das Gefühl, Fortschritte zu machen.

Die Tür von Mr Armitages Büro war verschlossen, doch er hatte einen handschriftlichen Zettel daran gehängt, auf dem stand, dass er im Roma Café nebenan zu finden sei. Ich betrat das Café und wurde von Luigi herzlich begrüßt. Die beiden Männer auf den Hockern am Tresen waren die gleichen wie beim letzten Mal und nickten mir zu.

„Was für eine freudige Überraschung!", rief Luigi und breitete die Arme aus. „Wie schön, Sie zu sehen, *Bella*. Kommen Sie, setzen Sie sich zu Harry und ich bringe Ihnen einen Kaffee."

Mr Armitage beobachtete mit gerunzelter Stirn, wie ich näherkam. Er hatte eine Zeitung gelesen, die er jetzt zusammenfaltete und auf den nächststehenden Tisch warf. „Lassen Sie mich raten", sagte er. „Der hakennasige Mann klaut Juwelen aus den Gästezimmern."

„Nein, und ich finde nicht, dass Sie darüber scherzen sollten. Es könnte sehr wohl stimmen." Ich setzte mich und legte meine Handtasche auf meinen Schoß. „Wie ich sehe, sind Sie schwer beschäftigt."

„Noch habe ich keine Arbeit, also kann ich genauso gut herkommen und nette Gesellschaft und Kaffee genießen."

Ich beäugte die älteren Herren auf den Hockern und Luigi, der hinter dem Tresen Bohnen mahlte. „Sie haben Zeitung gelesen und sind für sich geblieben. Und was ist, wenn jemand zu Ihrem Büro kommt und Sie nicht vorfindet?"

„Dafür gibt es den Zettel."

„Das ist nicht sehr professionell."

„Gibt es einen Grund für Ihren Besuch, Miss Fox, oder sind Sie nur hier, um mich zu kritisieren?"

Ich legte den Kopf schräg und bedachte ihn mit einem bedeutsamen Blick. „Es ist sehr schwierig, an Ihnen etwas zum Kritisieren zu finden, Mr Armitage."

Er blinzelte hastig und öffnete und schloss den Mund wie ein Fisch, ohne etwas zu sagen. Scheinbar hatte ich ihn aus dem Konzept gebracht.

„Und das wissen Sie genau", fügte ich hinzu.

Er lachte leise. „Ich wusste doch, dass ein Kompliment von Ihnen zu schön ist, um wahr zu sein."

Ich lächelte ihn an, erfreut über seine Reaktion. Es gab nicht viele Möglichkeiten, ihn zu entwaffnen, aber allmählich lernte ich, seine frostige Fassade zu knacken, wann immer er sie aufsetzte. Bis er mir vollständig vergab und mich mit der gleichen offenen Freundlichkeit behandelte wie vor dem Debakel, das ihn seinen Job im Hotel gekostet hatte, war es aber noch ein weiter Weg.

„Wie es der Zufall will, brauch ich Ihre Hilfe", sagte ich.

Seine Augen wurden schmal. „Ist das Ihre Art, mich in Ihre Mordermittlungen zu involvieren?"

„Natürlich nicht. Ich biete Ihnen keine Beteiligung mehr an. Sie haben eindeutig klargemacht, dass der Gedanke Sie beleidigt."

Seine Augen wurden noch schmaler. „Also …?"

„Also bin ich gekommen, um Sie um Hilfe zu bitten, ohne Ihnen dafür irgendetwas als Gegenleistung zu geben. Außer meiner Gesellschaft bei einer Tasse von Luigis hervorragendem Kaffee, natürlich", fügte ich mit einem Lächeln für Luigi hinzu, der gerade eine Tasse vor mir abstellte.

„Hervorragender Kaffee? Ah, Bella, Sie machen mich zu einem sehr glücklichen Mann, Sie das sagen zu hören. Sehr, sehr glücklich."

„Heute zahle ich sogar für den Kaffee", sagte ich zu Mr Armitage, sobald Luigi uns alleingelassen hatte. „Also was meinen Sie? Helfen Sie mir?"

Er seufzte und beugte sich vor. „Wie kann ich so ein Angebot ausschlagen? Also, wie kann ich helfen?"

Ich zog das Foto aus meiner Handtasche und schob es über den Tisch zu ihm. „Kennen Sie diesen Mann?"

Er studierte das Bild und nickte. „Das ist Lord Wrexham." Er gab mir das Foto zurück. „Waren er und Miss Westwood liiert?"

„Ich glaube ja. Was wissen Sie von ihm?"

„Sehr wenig. Er war zwei Jahre hintereinander beim Silvesterball, aber das ist mindestens zwei Jahre her. Als Gast war er nie im Hotel, was entweder bedeutet, dass er in einem anderen

Hotel abgestiegen ist, wenn er in London war, oder dass er ein eigenes Haus in der Stadt besitzt. Ich würde letzteres annehmen. Wenn er regelmäßiger Gast in einem anderen Hotel ist, ist es unwahrscheinlich, dass er zum Mayfair Ball kommt, auch wenn es nicht völlig ausgeschlossen ist."

Ich betrachtete noch einmal das Paar auf dem Bild. Pearl sah so frisch und schön aus und Lord Wrexhams Haut war rein. „Hatte Lord Wrexham Ausschlag, als Sie ihn gesehen haben?"

Er runzelte die Stirn. „Nein. Hat er jetzt welchen?"

Ich erzählte, wie ich ihn bei Pearls Beerdigung gesehen hatte und zeigte, wo er die Warzen oder den Ausschlag im Gesicht hatte. „Es überrascht mich, dass er sich keinen Bart hat wachsen lassen, um ihn zu verdecken."

Mr Armitage nippte nachdenklich an seinem Kaffee. Ich beobachtete ihn über den Rand meiner Tasse und gestattete mir, mich von seinem attraktiven Gesicht von der eigentlichen Aufgabe ablenken zu lassen. Gutes Aussehen verging, hatte Mrs Larsen mir gesagt. Auch wenn Schönheit nicht ewig währte, half sie einer Frau in Pearls Berufszweig, Karriere zu machen. Ob sie für Männer ebenso wichtig war, wusste ich nicht. Meiner Erfahrung nach bekamen mächtige und reiche Männer, was immer sie wollten. Gelegentlich auch die klugen und geschäftstüchtigen. Wie sie aussahen, spielte keine Rolle. Gutes Aussehen führte eher dazu, dass ein Mann in jungen Jahren zu selbstgefällig wurde und die Aufmerksamkeit zu sehr genoss, doch langfristig hatte es wenig Auswirkungen.

Mr Armitage war allerdings kein gewöhnlicher Mann. Vielleicht war er weder mächtig noch reich, aber er war geschäftstüchtig und clever. Sein gutes Aussehen konnte sich als Vorteil herausstellen, wenn er es mit seinem Charme kombinierte, um wohlhabende Frauen als Klientinnen zu gewinnen.

„Wann sie wohl zusammen waren?", fragte er und stellte seine Tasse ab. „Bevor Pearl mit Rumford liiert war oder währenddessen?"

„Und war er wütend genug, um sie aus Eifersucht zu töten?", ergänzte ich.

„Was werden Sie jetzt machen?"

„Lord Wrexham befragen, schätze ich."

Er brummte.

„Haben Sie etwas dazu zu sagen?“

„Viel Glück bei der Befragung.“

„Danke.“ Ich trank meinen Kaffee aus und stand auf. „Und danke für Ihre Hilfe.“

Er erhob sich ebenfalls und knöpfte seine Jacke zu. „Mein Onkel hätte Ihnen all diese Fragen beantworten können.“

„Den konnte ich nicht finden. Ich habe es versucht. Ganz sicher hätte ich lieber mit ihm im warmen Hotel gesprochen, als in der Kälte den ganzen Weg hierher zu laufen.“

Er grinste.

Ich beschloss, ihn nicht zu fragen, warum er grinste, da ich den Verdacht hegte, dass er genau das wollte. Was ich brauchte, war ein weiterer überzeugender Grund, warum ich hergekommen war und nicht auf Mr Hobart gewartet hatte. „Es gibt da tatsächlich noch etwas und das kann ich Ihren Onkel nicht fragen. Es ist eine ziemlich peinliche Angelegenheit. Ihr Onkel ist ja nachts nicht im Hotel, aber Sie schon, als Sie noch dort wohnten.“

„Werden Sie jetzt etwas sagen, was mich rot werden lässt, Miss Fox?“

„Das hängt davon ab, wie empfindlich Sie sind.“ Ich warf einen Blick zum Tresen, wo Luigi mit den beiden Gästen Italienisch sprach. Damit sie mich nicht hören konnten, senkte ich die Stimme. „Hat mein Cousin Floyd öfter … Frauen in seine Suite mitgebracht, ohne dass mein Onkel davon wusste?“

Mr Armitage beugte sich etwas zu mir und passte sich meiner Lautstärke an. „Sie haben gezögert, ehe Sie Frauen gesagt haben. Sind Sie unsicher?“

„Ich wollte eigentlich Huren sagen, habe aber beschlossen, es offenzulassen.“

„Huren?“

„Offenkundige, nicht so elegante Mätressen wie Pearl oder die am Arm des russischen Grafen.“

„Ah.“ Er richtete sich auf. „Auch wenn ich nicht alles mitbekommen habe, was Ihr Cousin in seiner Privatsphäre getrieben hat, bin ich mir sicher, dass er keine Frauen, egal welcher Art, in seine Suite eingeladen hat. Davon hätte ich gehört.“

Jetzt war es an mir, zu brummen. „Die Lakaien und Nachtportiers haben Ihnen doch nicht alles berichtet, was vor sich ging."

„Natürlich haben sie das."

Ich verdrehte die Augen. „Alle Direktoren glauben, das Personal würde sich ihnen anvertrauen."

„In meinem Fall taten sie es. Es fällt Ihnen vielleicht schwer, es zu glauben, aber die mochten und respektierten mich tatsächlich. Ich hatte eine gute Beziehung zu den Angestellten."

Ich bedankte mich bei Luigi und lächelte seine Gäste an, die zurück nickten. Mr Armitage folgte mir nach draußen auf den Bürgersteig. Er war noch nicht mit mir fertig.

„Stehen Floyds nächtliche Abenteuer mit irgendetwas in Verbindung?", fragte er.

„Nein."

„Also sind Sie nur neugierig."

Ich wollte gern protestieren, hatte aber keine Verteidigung parat. Er hatte recht. „Ich möchte alles über die Leute wissen, mit denen ich verwandt bin. Da gibt es noch so viel zu lernen."

„Seien Sie vorsichtig, Miss Fox. Wenn Sie zu sehr herumschnüffeln, erfahren Sie möglicherweise etwas, das Sie lieber nicht wissen würden." Er nahm einen Schlüssel aus der Tasche und steckte ihn in das Schloss seiner Bürotür. „Lassen Sie mich wissen, wie Sie mit Lord Wrexham klarkommen." Er klang amüsiert.

Anscheinend bezweifelte er, dass ich bei Wrexham irgendetwas erreichen würde. Ich gab es nur ungern zu, aber auch damit hatte er vermutlich recht. Ich musste es jedoch versuchen.

* * *

Lord Wrexhams Wohnort herauszufinden war nicht so schwierig, wie ich erwartet hatte. Mr Hobart hatte die Adresse in seinen Unterlagen, damit er ihm Einladungen zu Bällen und anderen Anlässen im Hotel schicken konnte. Da ich für Lord Rumford ermittelte, half er mir gern und gab die Adresse ohne Zögern heraus.

„Wie laufen die Ermittlungen?", fragte er.

„Langsam, aber ich habe jetzt einen Verdächtigen."

Er schaute auf die Karte von Lord Wrexham. „Er?"

Ich nickte. „Aus Eifersucht, weil sie ihn für Lord Rumford verlassen hat. Das ist jedenfalls meine Theorie. Vielleicht ändert sie sich, nachdem ich ihn befragt habe."

Er legte die Akte in den Schrank zurück und schloss die Schublade. Dann nahm er die Brille ab und sah mich an. „Er war nie Gast hier, also kenne ich ihn nicht wirklich. Aber seien Sie bitte vorsichtig, Miss Fox. Gestandene Männer wie Wrexham glauben, sie müssten niemandem Rede und Antwort stehen. Er wird es nicht mögen, befragt zu werden."

„Dann kann er sich einfach weigern, mich zu empfangen. Es wird nicht gefährlich."

* * *

Ich suchte das Haus in Belgravia nach dem Mittagessen auf, doch der Butler, der an die Tür kam, informierte mich, dass seine Lordschaft nicht zu Hause sei. Er konnte mir nicht sagen, wann er zurückkommen würde, war aber bereit, meine Visitenkarte für seine Lordschaft entgegenzunehmen.

Da ich keine Visitenkarten besaß, kritzelte ich schnell meinen Namen auf eine der Hotelkarten, die ich in meiner Handtasche bei mir trug, und reichte sie ihm. „Ich bin Sir Ronald Bainbridges Nichte", erklärte ich.

Der Butler zeigte einen Funken Neugier, der jedoch schnell gedämpft wurde, da ich ihn über den Grund meines Besuches nicht aufklärte.

Ich ging die Stufen hinunter und schaute über die Schulter, als der Butler die Türe schloss. Der Vorhang in einem der vorderen Fenster bewegte sich. Jemand hatte mich beobachtet.

Auf der anderen Straßenseite lag ein kleiner Gartenplatz, zu dem ich ging. Es war kein öffentlicher Garten, sondern ein privater, der eingezäunt war und nur durch verschlossene Tore betreten werden konnte. Aus sicherer Entfernung beobachtete ich etwa eine Stunde lang das Haus, bis meine Finger und Zehen vor Kälte taub wurden. Der einzige Lohn für meine Mühen war eine Magd, die die Dienstbotentreppe aus dem Keller heraufkam und mit einem Korb über dem Arm die Straße entlang davonging.

Fünfzehn Minuten später fing es an zu regnen und ich gab auf. Wer auch immer mich aus dem Fenster beobachtet hatte, kam nicht heraus, und von Lord Wrexham gab es keine Spur. Ich machte mich auf den Weg, nur um direkt wieder stehenzubleiben, als eine Kutsche mit grünen Türen vor dem Haus hielt. Lord Wrexham musste nach Hause kommen.

Begeistert von meinem Glück hastete ich den gleichen Weg zurück. Doch niemand stieg aus der Kutsche. Stattdessen öffnete sich die Haustür und ein Gentleman kam heraus. Er trabte federnd die Treppen herab und stieg schnell ein. Sein Gesicht war hinter seinem hochgeklappten Mantelkragen verborgen, aber ich war ziemlich sicher, dass es Lord Wrexham war. Er war doch zu Hause gewesen.

Die Kutsche fuhr davon, ehe ich auch nur seinen Namen rufen konnte.

Ich ging ins Hotel zurück, wo Frank mich mit einem Nicken begrüßte, als er mir die Tür öffnete. „Sie haben Besuch, Miss Fox."

„Von wem?"

Er antwortete nicht, da er einen Neuankömmling begrüßen musste.

Goliath, der neben einem vollgestapelten Gepäckwagen an der Rezeption stand, gab mir mit einem Rucken seines Kopfes ein Zeichen. „Jemand wartet auf Sie in Mr Hobarts Büro."

„Wer?"

Er bekam jedoch keine Gelegenheit, mir zu antworten, da die Gäste, deren Gepäck er beförderte, von Peter den Schlüssel erhalten hatten und sich zum Aufzug begaben.

„Zimmer fünf-zwanzig", sagte Peter zu Goliath.

Der Page schob den Gepäckwagen zum Lastenaufzug.

„Wer wartet auf mich in Mr Hobarts Büro?", fragte ich Peter. „Ist es Lord Wrexham?" Hoffentlich hatte meine Visitenkarte ihn fasziniert. Aber warum sollte er in Mr Hobarts Büro auf mich warten, wenn er in der Lounge eine Tasse Tee hätte trinken können? Vielleicht war er wegen seiner Entstellung ungern an öffentlichen Orten.

„Na endlich", sagte eine bekannte, tiefe Stimme hinter mir.

Ich drehte mich um und sah Mr Armitage auf mich zukommen. „Sie haben auf mich gewartet? Warum?"

„Um zu sehen, wie es Ihnen mit Wrexham ergangen ist."

„Ist das ein Verdächtiger?", fragte Peter und lehnte sich in einer äußerst uncharakteristisch entspannten Haltung an den Tresen. „Kommen Sie der Lösung des Falls näher?"

„Ich fürchte nicht", sagte ich. „Es geht nur langsam voran."

Mr Armitage gesellte sich zu uns. „Waren Sie die ganze Zeit bei Wrexham?"

„Ich habe sein Haus beobachtet."

Seine Lippen verzogen sich zu einem Lächeln. „Er wollte Sie nicht empfangen?"

„Da ich ihm fremd bin, ist das verständlich." Ich beäugte Terence am Postschalter. „Als ich ihn wegfahren sah, bin ich ebenfalls gegangen. Vielleicht ist er hergekommen und hat eine Nachricht für mich hinterlassen."

„Hat er nicht", sagte Mr Armitage.

„Woher wissen Sie das?"

„Hat Terence mir gesagt."

Alles in mir sträubte sich. „Sie haben ihn dazu gebracht, Ihnen meine Nachrichten zu geben?"

„Nein, ich habe schlicht gefragt, ob Sie Nachrichten bekommen haben, und er sagte Nein. Das ist nicht das Gleiche."

„Aber fast."

„Nein, ist es nicht."

Wir beide sahen Peter an, der sich aufrichtete und abwehrend die Hände hob. „Erwartet nicht von mir, dass ich euer Schiedsrichter bin."

Mr Armitages Blick hob sich plötzlich auf einen Punkt hinter mir und er erstarrte, die Lippen aufeinandergepresst.

Als ich mich umdrehte, sah ich Onkel Ronald auf uns zu steuern. Mein Puls beschleunigte sich. Das letzte Mal, als diese beiden Männer sich begegnet waren, hatte Mr Armitage gerade dabei geholfen, einen Mörder zu verhaften, aber nicht einmal dieser Dienst hatte meinen Onkel bewogen, ihm die Lüge bezüglich seiner Strafakte zu vergeben. Mein Onkel fühlte sich betrogen. Auf gewisse Weise hatte er Mr Hobart vergeben, doch bei Mr Armitage konnte er sich nicht dazu überwinden.

Mr Armitage hatte nicht ein einziges Mal darum gebeten, seine frühere Position als stellvertretender Direktor zurückzubekommen, und ich hatte den Verdacht, dass das eins der Probleme war, die mein Onkel mit ihm hatte. Er wusste jetzt, dass Mr Armitage eine formidable Persönlichkeit besaß und jemand war, der schon aus Prinzip für sich einstand. Das war etwas, das mein Onkel an einem Angestellten nicht schätzte.

Er marschierte mit blitzenden Augen auf mich zu, sein Kinn ebenso fest wie das von Mr Armitage. „Cleo, auf ein Wort." Er bewegte sich in die Mitte des Foyers und erwartete, dass ich ihm folgte.

Mit einem Blick zu Mr Armitage und Peter tat ich es. „Ja, Onkel?"

„Was tut er hier?"

„Er wollte mit mir sprechen."

„Warum?"

Von den Ermittlungen wollte ich ihm nichts sagen, aber wenn ich es nicht tat, würde ich mir eine Ausrede einfallen lassen müssen, warum Mr Armitage mich besuchte. Und da fiel mir nichts ein, was bei meinem Onkel Zustimmung finden würde. „Er unterstützt mich bei Nachforschungen, die ich im Auftrag von Lord Rumford anstelle."

Seine Nasenflügel blähten sich. „Warum wurde ich darüber nicht in Kenntnis gesetzt?"

„Es hat nichts mit dir zu tun. Sir", schob ich vorsichtshalber hinterher.

„Alles hat mit mir zu tun! Rumford ist Gast in *meinem* Hotel."

Diese Situation erforderte sämtliche Geduld, die ich besaß, und so viel Diplomatie, wie ich aufbringen konnte. Aber wenigstens hatte ich eine Antwort parat. „Ich habe gehört, wie seine Lordschaft Zweifel bezüglich der Einschätzung von Miss Westwoods Tod anmerkte. Er glaubt nicht, dass sie sich selbst das Leben genommen hat, und vermutet Mord. Er wollte, dass jemand Nachforschungen anstellt, also habe ich mich angeboten, da ich in solchen Dingen Erfahrung habe."

„Erfahrung! Über ein paar Hinweise zu stolpern und dabei

fast draufzugehen gibt dir keine Erfahrung in Ermittlungstechniken.“ Seine Worte kosteten ihn viel Luft, sodass er am Ende ziemlich rot im Gesicht war. Sein Brustkorb dehnte sich wie ein Blasebalg, während er seine Lungen wieder füllte.

Ich beschloss, die Beleidigung zu ignorieren und mich auf etwas zu konzentrieren, das ihn beruhigen würde, statt ihn noch mehr aufzuregen. „Lord Rumford war sehr dankbar, dass jemand bereit war, sich des Falles anzunehmen.“

Onkel Ronald holte noch einmal tief Luft, schon deutlich beschwichtigt. Lord Rumford war ein sehr wichtiger Gast und mein Onkel würde einem Gast niemals etwas verwehren. Der Ruf des Mayfairs war legendär, was die Erfüllung der Wünsche von Gästen betraf. Er konnte mir kaum verbieten zu ermitteln, wenn Lord Rumford mich ausdrücklich darum gebeten hatte. Ich war so unfassbar froh, dass ich Mr Hobarts Namen aus der Sache heraushalten konnte—und Harmonys.

„Ich habe seiner Lordschaft natürlich versprochen, mich diskret zu verhalten“, versicherte ich ihm. „Weder sein noch mein Name wird mit irgendeinem Skandal oder dem Lösen des Falles in Verbindung gebracht, sollte ich ihn lösen können.“

„Stell das sicher.“ Er deutete mit dem Kinn auf Mr Armitage. „Warum brauchst du *seine* Hilfe?“

„Es tut mir leid, aber ich fürchte, das kann ich dir nicht sagen.“

Er sah mich scharf an.

„Mein Versprechen von Diskretion an Lord Rumford bedeutet, dass ich nicht einmal dir offenbaren kann, welche Wege ich beschreite. Es tut mir leid, Onkel. Wenn es sich nicht um seine Lordschaft handeln würde, hätte ich dir alles von Anfang an gesagt.“

Er brummte, schien mir aber zu glauben. „Er kann nicht hier draußen bleiben.“

„Wir wollten gerade in die Lounge gehen.“

„Nein.“

„Warum nicht?“

„Cleo, ich weiß, dass du ein gutes Herz hast und er dir leidtut, aber du darfst nicht vergessen, dass er ein ehemaliger Angestellter ist. Es gibt Grenzen, die einfach nicht überschritten werden können, insbesondere vor den Gästen. Stell dir vor, wie es aussehen würde, wenn dieser Mann mit meiner Nichte in dem Hotel Tee trinkt, in dem er früher gearbeitet hat."

Ich biss mir auf die Zunge. Wie die Dinge auf Gäste wirkten, war meinem Onkel wichtig. Das hatte ich sehr schnell gelernt. Da ich mich nicht dazu durchringen konnte, seiner Anweisung mit Worten zuzustimmen, nickte ich nur knapp. „Ist das alles, Onkel?"

Er beäugte Mr Armitage, der den Blick unverfroren erwiderte. „Für den Moment."

Er knallte sich seinen Hut auf den Kopf und ging davon, wobei seine Schritte laut auf den Fliesen hallten.

Ich kehrte zu Mr Armitage und Peter zurück. „Also wo waren wir?", fragte ich fröhlich.

Mr Armitage runzelte die Stirn. „Müssen Sie Goliath nicht anweisen, mich hinauszuwerfen?"

„Natürlich nicht. Mein Onkel hat überhaupt nichts gegen Ihre Anwesenheit hier im Hotel einzuwenden."

Er lächelte. „Wundervoll. Sollen wir bei einem Tee in der Lounge reden?"

Meine Gesichtszüge entgleisten.

Mr Armitages Lächeln wurde zynisch. „Hätte mich auch gewundert."

Ich schaute hilfesuchend zu Peter, doch der stand nur da und hörte zu, als würde er in der ersten Reihe im Theater sitzen. „Wir reden in Mr Hobarts Büro", sagte ich.

„Nicht nötig. Was ich zu sagen habe, wird nicht lange dauern. Ich bin gekommen, um Ihnen ein paar Ratschläge zu geben, falls es Ihnen nicht gelingen sollte, ein Treffen mit Lord Wrexham zu vereinbaren."

„Gut, ein paar Ratschläge kann ich brauchen. Ich vermute, dass er wegen seiner Entstellung schüchtern ist und niemanden sehen möchte, insbesondere keine Frauen. Werden Sie stattdessen bei ihm vorsprechen? Vielleicht ist er eher bereit, einem anderen Mann gegenüberzutreten."

Mr Armitage schüttelte den Kopf. „Das bezweifle ich. Nein, ich denke, Sie sollten wieder hingehen und diesmal an die

Dienstbotentür klopfen. Jemand wird für ein paar Münzen plaudern."

Peter stimmte dem zu. „Sie können von den Angestellten alles Mögliche herausfinden. Glauben Sie mir, wir hatten hier einige Plaudertaschen, nicht wahr, Sir?"

„Nenn mich Harry. Und ja, hatten wir. Sobald ich erfahren hatte, wer mit den Reportern geredet hat, wurden sie schnellstens entlassen. Gehen Sie morgen mit einer vollen Geldbörse zurück zu Wrexhams Haus und schauen Sie, was Sie herausfinden können. Ich würde es auch im Stall versuchen. Kutscher besitzen jede Menge Wissen über die Gewohnheiten ihrer Herren."

„Danke", sagte ich. „Das ist ein guter Vorschlag. Aber den hätten Sie mir auch vorhin geben können."

„Und die Chance verpassen, Peter wiederzusehen?"

Peter richtete sich plötzlich auf. „Auch von meiner Seite schön, Sie zu sehen, Sir. Ich meine Harry."

Mr Armitage nahm seinen Hut vom Tresen, wo er ihn abgelegt hatte. „Ich werde Sie Ihrer Schnüffelei überlassen, Miss Fox." Er nickte mir zu und ging zur Tür.

Ich rannte ihm nach. „Einen Moment noch, Mr Armitage. Es gibt da noch etwas."

Er blieb stehen. „Ja?"

„Werden Sie mich begleiten?" Der Gedanke war mir gerade während des Gesprächs gekommen. Es war eine hervorragende Möglichkeit, ihn zu involvieren. Noch besser, wenn er etwas Nützliches in Erfahrung brachte, würde er einen Teil der Bezahlung akzeptieren müssen. Ich war wild entschlossen, diesen Fall mit ihm zu teilen, ob er nun wollte oder nicht.

„Sie möchten, dass ich mit dem Kutscher und den Stallburschen spreche?", fragte er.

„Ich dachte eher, dass ich mit denen rede, während Sie die Mägde befragen. Sie haben so eine Art an sich, von der ich glaube, dass Frauen Ihnen mehr verraten würden als mir."

„Ist das so?"

„Sie brauchen gar nicht überrascht zu tun. Sie wissen ganz genau, wie verschämt sich die meisten Hausmädchen in Ihrer Gegenwart benehmen."

Mit einem kleinen Lächeln setzte er sich den Hut auf und rückte ihn so schräg, dass er vor Arroganz triefte. „Nur die Hausmädchen?“ Er drehte sich um und ging davon. „Ich bin morgen früh um zehn wieder hier“, rief er mir über die Schulter zu.

Ich sah ihm nach und wusste nicht, ob ich nun lachen oder die Augen verdrehen sollte.

KAPITEL 7

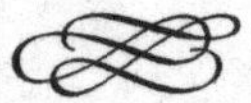

Als Harmony morgens kam, um mir die Haare zu machen, brachte sie Victor mit. Allerdings sah sie über seine Anwesenheit nicht gerade glücklich aus. Kaum hatten beide die Suite betreten, funkelte sie ihn böse an.

„Er hat drauf bestanden, selbst mit dir zu sprechen", sagte sie und verschränkte die Arme vor der Brust.

„Ich wollte nicht, dass die Einzelheiten in der Kommunikationskette verloren gehen", sagte er.

„Meinst du, ich kann keine Nachricht korrekt übermitteln?"

„Wenn du mir nicht glaubst, musst du meinen, ich hätte nur deswegen darauf bestanden, weil ich Miss Fox im Morgenmantel sehen wollte." Er schüttelte traurig den Kopf. „Es enttäuscht mich, dass du das von mir denkst, Harmony."

Sie rückte ihre Arme etwas höher, sah aber nicht mehr so widerspenstig aus. „Verdreh mir nicht die Worte im Mund. Das hier ist nicht nur ein Ausnahmefall, sondern gefährlich. Wenn du gesehen wirst, wie du kommst oder gehst, wird Miss Fox Ärger mit ihrer Familie bekommen."

„Ich werde sagen, dass er mir heute Morgen das Frühstück gebracht hat." Ich deutete auf die Teller und Tassen auf dem Tisch. „Scheinbar waren zu der Zeit keine Lakaien verfügbar und er wollte nicht, dass es kalt wird."

Harmony schnalzte mit der Zunge. „Du solltest ihn nicht noch ermutigen."

Victor setzte sich ohne Einladung aufs Sofa, was Harmony mit noch stärker geschürzten Lippen quittierte. Sie saß häufig ohne Einladung in meinem Wohnzimmer und hatte sich angewöhnt, meinen morgendlichen Tee oder Kaffee mit mir zu trinken, ebenfalls ohne Einladung. Deswegen mochte ich sie. Und ich mochte Victor, weil er in meiner Gegenwart entspannt genug war, sich ebenso zu verhalten. Auch wenn ich den Verdacht hatte, dass seine Beweggründe eher darin lagen, Harmony zu irritieren, als in einer zwischen uns aufgebauten Freundschaft.

Ich unterdrückte mein Grinsen. „Was wollten Sie mir mitteilen, Victor?"

Er trug bereits seine Kochkleidung, obwohl ich wusste, dass er noch nicht so bald in der Küche anfangen würde. Anscheinend hatte er mich abpassen wollen, ehe ich ging. „Ich habe von Goliath gehört, dass Sie Lord Wrexham verdächtigen, Miss Westwood ermordet zu haben."

„Es könnte ein Fall von Eifersucht sein. Ich muss ihn befragen, um mehr zu erfahren. Tatsächlich gehe ich heute dorthin, um zu versuchen, von den Angestellten Antworten zu bekommen."

„Deswegen wollte ich mit Ihnen reden. Ich glaube, ich kenne jemanden, der bereit wäre zu helfen, gegen Bezahlung."

„Natürlich", fuhr Harmony dazwischen.

„Es ist jemand, den ich früher gekannt, aber jahrelang nicht gesehen habe. Etwa zu der Zeit, als ich hier angefangen habe, hat er in Lord Wrexhams Haushalt eine Anstellung als Lakai bekommen. Wir haben uns aus den Augen verloren. Als ich dachte, Sie würden vielleicht mit jemandem dort reden, bin ich direkt hin."

„Sie haben Ihren Freund an seinem Arbeitsplatz aufgesucht, nachdem Sie ihn jahrelang nicht getroffen haben?", fragte ich. „Er muss sich gefreut haben, Sie zu sehen."

Victor ließ sich mit der Antwort einen Moment Zeit. „Er war überrascht." Sein Blick wanderte zu Harmony, doch die war sehr damit beschäftigt, ihn nicht anzusehen.

„Was hat er gesagt?", fragte ich.

„Er hatte nicht viel Zeit, aber er meinte, dass er in seiner

Pause zwischen fünf und sechs einen trinken geht. Er sagte, wenn Sie ihm Fragen stellen wollen, finden Sie ihn um die Zeit im Nag's Head. Sein Name ist Adams. Thomas Adams."

„Danke, Victor. Das ist eine große Hilfe. Sie haben Mr Armitage und mich davor bewahrt, uns auf der Suche nach einem redseligen Angestellten zu blamieren."

„Gern geschehen." Er stand auf. „Wenn Sie mich brauchen, um in Wrexhams Haus einzubrechen, wissen Sie, wo Sie mich finden."

„Victor!" Harmony stemmte ihre Hände auf die Hüften. „Miss Fox wird nicht in das Haus eines Lords einbrechen."

„Warum nicht? Sie ist in die Hotelsuite eines Lords eingebrochen."

Das nahm ihr den Wind aus den Segeln. Mit einem Blitzen ihrer dunklen Augen stürmte sie ins Schlafzimmer.

Victor lächelte und ging.

* * *

„Es gab eine Planänderung", erklärte ich Mr Armitage, als er eintraf. „Victor hat einen Freund, der für Lord Wrexham arbeitet. Wir werden ihn später im Nag's Head treffen."

„Den Pub kenne ich", sagte Mr Armitage.

Wir saßen in Mr Hobarts Büro, damit mein Onkel Mr Armitage nicht im Foyer sah. Mr Hobart war anderswo unterwegs, hatte aber kein Problem damit, dass ich mich mit seinem Neffen dort aufhielt.

„Ist er der Kutscher?", fragte er.

„Lakai."

„Ich möchte trotzdem noch mit dem Kutscher reden."

Das hielt ich für eine gute Idee. Wie er bereits am Vortag gesagt hatte, wussten die Fahrer besser über die Gewohnheiten ihrer Herren Bescheid als jeder andere. „Ich gehe jetzt."

„Ich komme mit", sagte er.

„Ich dachte, wir hätten entschieden, dass ich mit dem Kutscher rede und Sie mit den Mägden."

„Dem habe ich nie zugestimmt."

Ich fegte an ihm vorbei, als er mir die Tür aufhielt. „Haben Sie wohl."

„Ich komme mit Ihnen, um mit dem Fahrer zu sprechen, und das ist mein letztes Wort."

Eine Diskussion sparte ich mir. Zum einen passte es schön in meinen Plan, ihn mehr in diesen Fall zu involvieren. Zum anderen würde ich seine Gesellschaft genießen.

Ich schaffte es, mit Mr Armitages langen Schritten mitzuhalten, während wir am Green Park vorbeigingen und die Kreuzung an der Ecke des Hyde Parks ansteuerten. Die Luft war kalt, aber es regnete nicht. Trotzdem hatte ich für alle Fälle einen Regenschirm mitgenommen.

„Also spannen Sie jetzt die Angestellten in Ihre Schnüffelei mit ein?", fragte er, als wir Apsley House passierten.

„Die bestehen darauf. Ich bin mir sogar sicher, dass sie sich hinter meinem Rücken darüber austauschen. Ich glaube, ihr Alltagstrott ist ein wenig langweilig und die Ermittlungen sorgen für etwas Spannung."

„Passen Sie nur auf, dass es nicht so spannend wird wie die letzte Mordermittlung."

„Sie meinen, ich soll mich nicht vom Mörder in einen Lagerraum schleifen lassen, wo er versucht, mich umzubringen?"

Wir blieben am Straßenrand stehen und sein Blick glitt zu mir. „Ich würde es zu schätzen wissen, wenn ich Sie nicht wieder retten müsste."

„Sie müssen zugeben, dass es den Abend wesentlich interessanter gemacht hat."

Er starrte mich an, hart.

Ich entdeckte eine Lücke im Verkehr und trat auf die Straße. „Kommen Sie, Mr Armitage, sonst verlieren Sie den Anschluss."

* * *

Wir folgten einer Kutsche in die engen Stallungen hinter den Villen des Wilton Place. Gesäumt von Kutschenhäusern und Stalltrakten mit Wohnungen für die Bediensteten im Obergeschoss waren sie die unsichtbare Ader, die von den aushäusigen Mitarbeitern und Händlern genutzt wurde. Also unsichtbar für die Herren und Herrinnen. Wir passierten den Nag's Head, wo wir später Thomas Adams treffen würden, und folgten der Kurve, wo die Stallungen sich dem Verlauf des Wilton Place und Wilton Crescent anpassten.

Die Doppeltür eines Kutschenhauses öffnete sich und der Fahrer manövrierte sein Gefährt hindurch, jedoch nicht, ehe eins der Pferde einen dampfenden Haufen auf den Pflastersteinen hinterließ. Mr Armitage fragte den Stallburschen, wo sich Lord Wrexhams Kutschenhaus befand, und er zeigte auf das rote Ziegelgebäude mit weißen Türen.

Ich klopfte an der Seitentür, die von einem pickeligen Burschen geöffnet wurde. „Ist der Fahrer des Wrexham Hauses anwesend?", fragte ich.

Der Blick des Burschen hob sich zu Mr Armitage, der hinter mir herangetreten war. Ich musste ihn nicht sehen, um zu wissen, dass er da war. Ich fühlte seine Anwesenheit. „Ja, Sir."

„Das heißt Ma'am", stellte ich klar. „*Ich* habe die Frage gestellt."

Er wirkte etwas verwirrt, öffnete jedoch die Tür und bat uns herein. „Mr Bull, Sir!", schrie er mir ins Ohr. „Hier ist ein Typ, der Sie sprechen will. Und eine Frau."

„Ich bin hier drinnen!"

Wir folgten dem Brüllen ins Zentrum des Kutschenhauses. Ein Mann schaute vom Polieren der grünen Tür eines Einspänners hoch. Sie glänzte selbst im schwachen Licht des Kutschenhauses.

„Können wir unter vier Augen mit Ihnen sprechen?", fragte ich.

„Worüber?" Mr Bull war ein glatzköpfiger Kerl mit dichtem Bart und buschigen Augenbrauen. Außerdem war er recht stämmig und gebeugt, obwohl er sich gerade aufgerichtet hatte.

„Das sagen wir Ihnen unter vier Augen." Ich warf dem Stallburschen einen Blick zu, der in der Nähe stand und zuhörte.

„Verschwinde, Junge", sagte Mr Bull mit irischem Akzent. „Geh und sieh nach Rosie."

„Aber das habe ich schon."

Mr Bulls strafender Blick genügte, um den Jungen in den angrenzenden Stall zu schicken. Der Fahrer nahm ein Tuch von der Werkbank und wischte sich die Hände ab. „Also worum geht's?"

„Wir untersuchen den Tod von Miss Pearl Westwood", sagte ich.

Er stockte mitten im Händeabwischen. „Arbeiten Sie für die Polizei?"

„Wir sind Privatdetektive. Ein Freund von Miss Westwood hat uns damit beauftragt, ihren Tod unter die Lupe zu nehmen, da er nicht an einen Selbstmord glaubt."

Langsam begann er wieder, sich die Hände abzuwischen. Ich konnte förmlich sehen, wie er im Kopf die Puzzlestücke zusammenfügte. Gewiss wusste er, wer Pearl Westwood war, aber das hatte nichts zu bedeuten. Sie war berühmt. „Und was hat das mit mir zu tun?"

„Lord Wrexham kannte sie", sagte ich.

Er legte das Tuch wieder auf die Werkbank und nahm den Deckel der Politurdose. „Tat er das?"

„Sie haben ihn gestern zu ihrer Beerdigung gefahren."

Seine Hände verharrten, ehe er die Dose weiter zuschraubte. „Haben Sie irgendwelche Fragen, Miss, oder sind Sie nur hier, um mir Fakten aufzuzeigen?"

„Haben Sie Lord Wrexham am Montagnachmittag, den fünfzehnten irgendwo hingefahren?"

„Daran kann ich mich nicht erinnern."

„Das können Sie sicherlich. Es war erst vor vier Tagen."

„Nö. Kann mich nicht entsinnen."

Mr Armitage legte einige Münzen in Mr Bulls Blickfeld auf die Werkbank. „Erinnern Sie sich jetzt?"

Mr Bull stellte die Dose auf ein Regal über der Bank und nahm die Münzen. Er hielt sie Mr Armitage hin. „Lord Wrexham ist ein guter Herr und die Bezahlung ist ordentlich. Es ist dieser Tage schwer, in der Stadt eine solche Arbeit zu finden, also werde ich nichts tun, was meine Stellung in Gefahr bringt." Er ließ die Münzen in Mr Armitages Hand fallen. „Es nützt auch nichts, den Jungen zu fragen. Der weiß nichts." Er wandte sich ab. „Sie finden den Weg raus."

Ich ging voraus auf die Straße. „Nun? Was meinen Sie?"

„Ich meine, er hat etwas zu verbergen."

„Das meine ich auch. Hätte Lord Wrexham an dem Nachmittag das Haus nicht verlassen, hätte Mr Bull es einfach sagen können."

Mr Armitage schaute zur anderen Straßenseite. Die Türen auf der Seite gehörten zu den Hintereingängen der Wilton Crescent Villen. So konnten die Angestellten schnell Anweisungen an das Kutschenhaus geben, wenn ein Vehikel vorn gebraucht wurde. „Vielleicht haben wir bei den Mägden mehr Glück."

Dass ich bei dem Kutscher nichts erreicht hatte, machte mich etwas unwirsch, was ich zu gern mit der Befragung der Mägde wieder gutgemacht hätte. Trotzdem beschloss ich, sie Mr Armitage wie abgesprochen zu überlassen.

Die Magd, die auf sein Klopfen hin öffnete, hatte die geröteten, rauen Hände von jemandem, der sie schon eine ganze Weile in heißes Wasser getaucht hatte. Sie warf einen Blick auf Mr Armitage, der lächelnd auf der Türschwelle stand, und vergrub sie in ihrer Schürze. Sie blinzelte ihn mit großen Augen an und schien das Atmen eingestellt zu haben.

„Mein Name ist Harry Armitage und das ist Miss Cleopatra Fox." Er grinste. „Und Sie sind?"

„Betty Proud, Sir. Nett, Sie kennenzulernen." Sie sah noch nicht einmal an ihm vorbei zu mir. Ihre Augen waren fest auf sein Gesicht gerichtet. Wenigstens atmete sie wieder und das Blinzeln hatte aufgehört.

„Miss Fox und ich sind vom Piccadilly Playhouse."

Ihre Augen weiteten sich noch mehr. Meine ebenfalls. Was hatte er vor? Das war nicht geplant.

„Sind Sie Schauspieler?", fragte Betty.

„Nein, nichts dergleichen." Mr Armitage schmunzelte. „Die Schauspieler schlafen noch und erholen sich für die Vorstellung heute Abend. *Katz und Maus* wird wieder aufgeführt, aber ohne den Star Miss Westwood."

Betty schaute ihn mitfühlend an. „Ich habe von ihrem Tod gelesen. Mein Beileid, Mr Armitage. Sie müssen alle am Boden zerstört sein."

„Das sind wir. Sie in so jungen Jahren zu verlieren, ist eine Tragödie."

Ich warf ihm einen Seitenblick zu. Er wirkte ziemlich aufgewühlt. Er konnte das gut.

„Genau deswegen bin ich hier“, fuhr Mr Armitage fort. „Ich habe eine Nachricht für Lord Wrexham über Miss Westwood.“

Zum ersten Mal sah Betty mich an. Sie war von dieser Wendung verwirrt. „Warum sollte er eine Nachricht über sie bekommen? Er kannte sie nicht.“

„Wie lange arbeiten Sie schon hier?“, fragte ich.

„Elf Monate. Was ist Ihre Nachricht, Sir? Ich werde dafür sorgen, dass der Herr sie bekommt.“

„Vielleicht irre ich mich“, sagte Mr Armitage. „Jemand im Theater dachte, er hätte Lord Wrexham dort am Tag von Pearls Tod gesehen.“

Sie rümpfte die Nase. „Das bezweifle ich.“

„Betty? Betty, mit wem redest du da?“ Eine Frau mit grauen Haaren, die zu einem Dutt hochgesteckt waren, schob die Magd beiseite und schaute Mr Armitage kritisch an. „Wer sind Sie?“

„Mr Armitage und das hier ist Miss Fox. Wir arbeiten im Piccadilly Playhouse.“ Er lächelte und machte eine knappe Verbeugung. „Spreche ich mit der Haushälterin?“

„In der Tat. Ich bin Mrs Gardiner. Was wollen Leute vom Playhouse von meinem Spülmädchen?“

„Sie haben eine Nachricht für seine Lordschaft“, sagte Betty. „Es geht um Miss Westwood, die Schauspielerin, die gestorben ist.“

Mrs Gardiner schob die Schultern zurück. „Geh, Betty.“

„Aber—“

„Mach dich wieder an die Arbeit.“ Mrs Gardiner wartete, bis Bettys Schritte verklungen waren. „Was wollen Sie, Mr Armitage?“

„Ich würde gern wissen, wo Lord Wrexham am Nachmittag des fünfzehnten war.“

Sie verschränkte die Arme unter ihrer beträchtlichen Oberweite. „Das geht Sie nichts an.“

Mr Armitage zog einige Münzen aus der Tasche.

„Stecken Sie das weg“, knurrte sie. „Weder ich noch meine Mädchen sind bereit, unsere Stellung hier für ein paar Groschen zu gefährden." Sie schob das Kinn vor. „Sie sind nicht wirklich vom Theater, oder?"

Mr Armitage steckte die Münzen ein. „Wir sind Privatdetektive, die von einem Freund von Miss Westwood beauftragt wurden, Nachforschungen über ihren Tod anzustellen."

„Und was hat das mit diesem Haus zu tun?"

„Ich glaube, das wissen Sie bereits."

Sie starrte ihn an, ohne zu blinzeln. „Nein", sagte sie schließlich.

„Miss Westwood war eine besondere Freundin seiner Lordschaft."

Die Muskeln in ihrem Kinn spannten sich an und ihr Blick wurde schärfer. Allerdings lag in ihrer Reaktion keinerlei Überraschung.

„Miss Westwood hat sich möglicherweise nicht selbst getötet", fuhr er fort. „Und wenn die Chance besteht, dass sie ermordet wurde, sollten wir herausfinden, wer es getan hat. Sie verdient wenigstens das."

„Tut sie das?", spuckte sie.

Mr Armitages Charme funktionierte bei ihr genauso gut wie meiner beim Kutscher. Es würde nicht schaden, wenn ich mich einmischte. Diese Begegnung konnte nicht schlimmer werden, als sie schon war.

„Wir wissen, dass sie Lord Wrexham am Herzen lag", sagte ich. „Ich habe ihn bei der Beerdigung gesehen. Er war aufgewühlt."

Sie packte den Rand der Tür. „Ihr Leute widert mich an", zischte sie. „Kramt diesen ganzen Schmutz hervor, der besser in der Gosse bleiben sollte, wo er hingehört. Sie sollten sich schämen." Sie knallte uns die Tür vor der Nase zu.

Ich trat zurück. „Ich wollte Ihnen schon zu Ihren schauspielerischen Fähigkeiten gratulieren, bis die Haushälterin um die Ecke kam."

„So enttäuschend es auch war, es ist schön zu sehen, dass es noch Loyalität gibt. Hoffentlich kann uns der Lakai später etwas Brauchbares erzählen."

„Wir haben aus dieser Begegnung etwas gelernt", sagte ich, während wir uns auf den Rückweg machten. „Die Haushälterin weiß eindeutig von Pearls Beziehung mit Wrexham, aber die Magd wusste nichts."

„Also wurde die Beziehung auf jeden Fall vor mehr als elf Monaten beendet, was der Zeit entspricht, die die Magd für Wrexham arbeitet", stellte er fest. „Aber warum sie *jetzt* umbringen? Wenn er von Eifersucht zerfressen war, hätte er doch sicher unmittelbar nach dem Ende der Beziehung gehandelt."

„Laut Mr Culpepper vom Theater war Pearl zwei Jahre lang mit Rumford zusammen, und zwar nur mit Rumford. Also muss ihre Beziehung zu Wrexham davor geendet haben."

Dann war Lord Wrexham aus nostalgischen Gründen bei Pearls Beerdigung gewesen. Nur weil sie einige Jahre nicht mehr zusammen gewesen waren, bedeutete das nicht, dass er ihr nicht die letzte Ehre erweisen würde.

Vor dem Hotel gingen wir getrennter Wege mit dem Versprechen, uns später wiederzutreffen. Ich begrüßte Frank, der mir die Tür öffnete, und winkte Peter zu. Goliath reichte ich meinen Schirm und ging zum Fahrstuhl. Die Tür schob sich auf, sobald ich den Knopf gedrückt hatte, und Flossy und Tante Lilian stiegen aus.

„Da bist du ja, Cleo", sagte Tante Lilian fröhlich. „Ich bin so froh, dass wir dich gefunden haben. Du musst mit uns im Speisesaal zu Mittag essen. Den Mantel brauchst du da drinnen nicht." Sie winkte Goliath heran.

„Ja, Ma'am?"

„Nehmen Sie Cleos Mantel." Sie half mir, ihn auszuziehen und reichte ihn an Goliath weiter, der ihn über den Arm legte und in den Gepäckraum trug.

„Ich werde liebend gern mit euch zu Mittag essen", sagte ich, „aber ist es nicht etwas früh?" Laut der Uhr an der Wand hinter Peter war es noch nicht Mittag.

Flossy öffnete den Mund, um zu antworten, aber ihre Mutter kam ihr zuvor. „Schon, aber Lady Caldicott zieht es vor, früh zu speisen."

„Caldicott?", fragte ich. „Ist sie mit dem Bankier verwandt?"

„Sir Lawrence, ja. Sie ist seine Frau. Du *bist* gut informiert, Cleo. Schön für dich. Ich bin so froh, dass du Interesse zeigst."

Flossy seufzte, also vermutete ich, dass dies ein Seitenhieb auf sie war.

Wir folgten Tante Lilian durch die Lounge in den Speisesaal, wo Mr Chapman uns lächelnd begrüßte. „Sie werden heute von Richard bedient, mit Unterstützung von Gregory und Francis."

Die drei Männer standen hinter den Stühlen des üblichen Tisches für die Familie, der sich in der Mitte des Raumes befand. Alle trugen schwarze Krawatten als Teil ihrer Uniform. Nur bei Richard, dem Oberkellner, fehlte die Schürze. Er zog den Stuhl für Tante Lilian heraus, während Gregory und Francis das Gleiche für Flossy und mich taten.

Tante Lilian war heute Morgen in gehobener Stimmung, während sie mit dem Sommelier und Richard über das Menü redete. Sie musste einen Schluck von ihrem Saft genommen haben, also war dies kein gewöhnliches Mittagessen. Wenn es wichtig war, sollte ich vorbereitet sein.

„Ist Sir Lawrence der Bankier meines Onkels?", fragte ich Flossy, während ihre Mutter anderweitig beschäftigt war.

„Ja. Er hat zwei Söhne, beide unverheiratet und in den Zwanzigern, und eine ältere verheiratete Tochter. Sie und ihre Mutter kommen heute."

„Ist dieses Treffen dazu gedacht, Lady Caldicott Honig ums Maul zu schmieren, damit sie bei ihrem Mann ein gutes Wort für deinen Vater einlegt?"

Flossy sah mich verständnislos an. „Es ist dazu gedacht, dass Lady Caldicott mich kennenlernt. Mutter möchte, dass ich einen ihrer Söhne heirate, also muss ich einen guten Eindruck machen."

Ich verzog das Gesicht. „Oh. Tut mir leid."

„Spar dir einen Teil des Mitleids für dich selbst auf. Da du jetzt hier bist, wirst du für den anderen Sohn in Betracht gezogen."

Igitt. So ein Essen war das also. „Ein bestimmter Sohn oder kriege ich nur den ab, den du nicht willst?"

Flossy unterdrückte ein Kichern. „Du bist fies, Cleo. Lass das bloß nicht während des Essens durchschimmern. Lady Caldicott und ihre Tochter haben keinerlei Sinn für Humor."

„Dann kann ich dir sagen, dass ich wahrscheinlich keinen ihrer Söhne heiraten möchte."

Sie beugte sich näher zu mir. „Ich auch nicht. Aber wir dürfen Mutter nicht enttäuschen. Sie hat sich viel Mühe gegeben, dieses Mittagessen zu arrangieren."

Die beiden Gäste trafen ein und ich wurde als die Nichte aus Cambridge vorgestellt. Lady Caldicott und ihre Tochter Mrs Mannering bemerkten beide, wie ähnlich ich Tante Lilian sei, und drückten ihr Beileid zum kürzlichen Verlust meiner Großmutter aus.

Beide Frauen waren nach neuester Mode gekleidet, wie meine Tante und Cousine, und wenn sie mein schwarzes Kleid schlicht und unmodern fanden, dann waren sie höflich genug, es nicht zu zeigen. Erst irgendwann während des Nachtisches fiel mir auf, dass Mrs Mannering mich unter gesenkten Lidern heraus beobachtete. Ich dachte, sie hätte dem Tratsch ihrer Mutter und Tante Lilian zugehört, doch scheinbar nicht. Ich wartete darauf, dass sie etwas sagen würde, was sie aber nicht tat.

„Oh, ich habe beinahe vergessen, Ihnen von Lady Rumford zu erzählen", sagte Lady Caldicott zu meiner Tante.

Bei dem Namen ruckte mein Kopf zu ihnen.

„Was ist mit ihr?", fragte Tante Lilian.

„Kennen Sie Mrs Preston-Lowe? Sie hat mir gesagt, sie hätte Lady Rumford letzte Woche in der Oper gesehen."

Tante Lilian schaute von ihrer bayerischen Creme auf. „Sie muss sich irren. Wenn Lady Rumford in London ist, wohnt sie bei uns."

„Während ihr Ehemann seine verstorbene Mätresse betrauert?" Lady Caldicott klang triumphierend, als ob sie wüsste, dass Tante Lilian diese Tatsache zu vertuschen versuchte. Lady Caldicott genoss es, ihren Klatsch auszubreiten. „Kommen Sie, Lilian, schauen Sie nicht so überrascht. Fast jeder weiß, dass er diese Schauspielerin unterhalten hat, sogar Lady Rumford."

„Traurige Sache mit ihrem Tod", sagte Mrs Mannering.

„Ich bezweifle, dass Lady Rumford traurig ist. Ich habe gehört, dass sie und Rumford heftig wegen seines Interesses an Miss Westwood gestritten haben. Nicht wegen der Affäre an sich, verstehen Sie, aber wegen der Kosten ihres Unterhalts.“ Lady Caldicott glühte förmlich vor Freude, solch schlüpfrige Neuigkeiten weitergeben zu können. Die drei Gläser Wein hatten vermutlich auch etwas mit dem Glühen zu tun.

„Mutter“, rügte Mrs Mannering.

„Ist Lady Rumford noch in London?“, fragte ich.

Alle starrten mich an. In Anbetracht der wenigen Äußerungen, die ich während des Essens getätigt hatte, war ihre Überraschung verständlich.

„Das weiß ich nicht“, sagte Lady Caldicott. „Mrs Preston-Lowes Sichtung war die einzige, von der ich gehört habe.“

„Vielleicht hat sie sich vertan“, sagte Tante Lilian. „Trägt sie keine Brille?“

„Zum Lesen, aber nicht für die Oper.“

„Lassen wir doch diesen Tratsch im Beisein der jungen Damen“, warf Mrs Mannering ein.

„Mir macht es nichts aus“, sagte Flossy.

Mrs Mannering ignorierte sie. „Mutter, wolltest du Lady Bainbridge und ihre Familie nicht zu dir zum Abendessen einladen?“

Dem folgte eine Diskussion der Dinner-Pläne und ein passendes Datum wurde ausgemacht. Mrs Mannering und ihr Mann wurden eingeladen und natürlich würden beide Söhne von Lady Caldicott anwesend sein. Lady Caldicott bestand darauf, dass wir alle kommen sollten. Ich hatte gehofft, übergangen zu werden, aber scheinbar war ich fester Bestandteil der Bainbridge-Familie bei solchen Anlässen.

Ich konnte mich nicht entscheiden, ob ich an diesem Tag vorgeben würde, krank zu sein oder nicht. Eine Woche hatte ich Zeit, meine Optionen zu bedenken.

Nach dem Mittagessen traf ich mich mit Harmony und Victor im Aufenthaltsraum des Personals. Für die Kellner war es eine geschäftige Zeit, aber die Hausmädchen hatten Feierabend und Victor machte zwischen Mittagessen und Dinner eine Pause.

Ich erzählte ihnen davon, dass Lady Rumford in der Oper gesehen worden war. „Wenn es stimmt, dass sie in London ist, ist sie eine Verdächtige.“

„Auf jeden Fall“, sagte Harmony und nahm ihre Teetasse.

Victor rückte auf dem Stuhl vor und stützte die Ellenbogen auf seine Knie. Die Teetasse hielt er in beiden Händen und sah zu mir auf. „Hat die Affäre ihr genug ausgemacht, um zu töten?"

Harmony sah ihn an, als wäre er dumm. „Welche Frau wäre nicht eifersüchtig, wenn ihr Mann sich eine Mätresse hält?"

„Manche sind's nicht. Die fühlen sich vielleicht gedemütigt, aber nicht eifersüchtig. Die meisten adeligen Ehen werden aus zweckdienlichen Gründen geschlossen, nicht aus Liebe. Vielleicht findet sie es gut, dass er anderswo beschäftigt ist, wenn du weißt, was ich meine."

„Das weiß ich, aber ich verstehe nicht, warum irgendeine Frau die Liebe aufgeben sollte", sagte Harmony sachlich. „Ich würde niemals jemanden heiraten, es sei denn, ich liebe ihn und er liebt mich."

„Glücklicher Kerl."

Harmony sah ihn mit schmalen Augen an, als müsse sie ergründen, ob er sie auf den Arm nahm. Victors Gesicht war vollkommen ernst, was aber nicht zwingend bedeutete, dass er etwas ernst meinte. Allerdings entging ihm ihr Blick, da er geradeaus an die Wand starrte.

„Sie haben sogar recht, Victor", sagte ich. „Laut Lady Caldicott nahm Lady Rumford nur Anstoß an den Kosten für die Geliebte, nicht an der Tatsache, dass er eine hatte."

„Aus gutem Grund", sagte er. „Rumford bezahlt Miss Westwoods Wohnung, aber seine Frau wohnt im Hotel, wenn sie nach London kommt."

Harmony war empört. „Was stimmt mit dem Mayfair nicht? Warum sollte sie nicht hier wohnen wollen? Sie hat eine Armee von Bediensteten zur Verfügung, einen hervorragenden Speisesaal und der Standort ist superb."

„Du solltest die Werbung schreiben", sagte ich lächelnd.

Sie schniefte. „Das Mayfair muss nicht inserieren."

Victor warf einen Blick auf die Uhr, leerte seine Tasse und stand auf. „Sieht so aus, als hätten Sie noch eine Verdächtige, Miss Fox. Aber wie wollen Sie Lady Rumford finden?"

„Wenn sie nicht hier abgestiegen ist, gibt es nur wenige andere Orte, wo sie sein könnte", sagte Harmony.

Die beiden zählten abwechselnd die Namen von vier weiteren passenden Hotels auf, wo jemand von Lady Rumfords Stand wohnen würde. Ich würde allen einzeln einen Besuch abstatten müssen und irgendwie herausfinden, ob sie dort abgestiegen war und ihr Aufenthalt mit Pearls Tod zusammenfiel. Als ich ihnen sagte, dass ich mich auf diese Aufgabe nicht im Geringsten freute, leuchtete Harmonys Gesicht auf.

„Überlass es mir", sagte sie und sprang auf. „Ich setze die Jungs morgen an ihrem freien Nachmittag darauf an."

„Die Jungs?", fragte ich.

„Peter, Goliath und Frank."

„Die haben so wenig Freizeit", sagte ich. „Gib ihnen nicht noch diese Extra-Aufgabe."

„Keiner von denen hat etwas Besseres zu tun. Nun, Peter besucht seine Eltern, aber Goliath und Frank sind immer auf der Suche nach Abwechslung." Sie war so begeistert von ihrer Idee, dass sie vor Victor und mir ging.

„Sie haben Glück, dass Sie morgen Nachmittag nicht frei haben", sagte ich zu ihm, als wir gemeinsam den Aufenthaltsraum verließen.

„Mir würde es nichts ausmachen. Vermutlich würde Harmony mit mir kommen."

„Oh? Warum glauben Sie das?"

„Weil ich ihr zur Übung ein paar Fragen stellen würde und sie die so schlecht fände, dass sie mir einfach helfen müsste."

Ich grinste. „Wären sie absichtlich schlecht?"

Er ging pfeifend davon.

* * *

Der Nag's Head war ein nicht weiter bemerkenswerter Pub, was zu der unauffälligen Straße passte. Drinnen war es eng und dunkel und Männer redeten entweder leise miteinander oder saßen allein vor ihrem Bierhumpen. So versteckt, wie er sich zwischen den Stallungen befand, waren die Gäste Bedienstete der großen Stadthäuser rundum—Lakaien, Kutscher und Stallburschen. Butler würden sich niemals herablassen, mit Leuten von niederem Stand zu trinken. Es waren nur drei Frauen anwesend, alle in Uniformen von Mägden gekleidet inklusive der Hauben, aber ohne Schürzen.

Der Mann, der Thomas Adams sein musste, hob seinen Humpen zum Gruß, als wir eintraten. In einem Aschenbecher vor ihm brannte eine Zigarette. Er nahm sie und steckte sie zwischen die Lippen, ehe er Mr Armitages Hand schüttelte. Nach einem kurzen Zögern schüttelte er auch meine.

Wir schoben uns auf die Bank ihm gegenüber und ich stellte uns einander vor. „Danke, dass Sie sich mit uns treffen, Mr Adams."

Mr Adams war ein leicht gebauter Mann Anfang zwanzig. Wie die meisten Lakaien der großen Haushalte sah er gut aus und war ordentlich frisiert, die dunklen Haare in der Mitte gescheitelt und das Kinn glattrasiert.

Er zog an der Zigarette und lehnte sich zurück, einen Arm über die Lehne der Bank gelegt. „Victor sagte, Sie untersuchen den Tod dieser Schauspielerin", sagte er mit Cockney-Akzent. „Ich gehe davon aus, dass es Sie interessiert, was ich zu sagen habe. Das wird Sie was kosten."

Ich legte meine Geldbörse auf den Tisch, wobei die Münzen darin klimperten. „Der Betrag hängt von den Informationen ab."

Er hatte seine finanzielle Aussage an Mr Armitage gerichtet, schaute mich jetzt aber mit neuem Interesse an. Sein Blick wanderte an mir entlang und seine Lippen verzogen sich zu einem Lächeln. „Schon klar, warum Victor Ihnen helfen will."

Mr Armitage stützte die Unterarme auf den Tisch. „Wo war Lord Wrexham am Montagnachmittag?"

„Das weiß ich nicht, aber er war nicht zu Hause. Er geht selten aus, also war der Tag eine Ausnahme."

„Das wird Ihnen nicht viel einbringen."

Mr Adams blies eine Rauchwolke in die Luft. „Lady Wrexham ist auch ausgegangen, aber sie hat eine Droschke genommen, da seine Lordschaft den Einspänner hatte. Sie verlässt das Haus normalerweise auch kaum, also muss es was Wichtiges gewesen sein."

„Gibt es einen Grund, warum sie selten ausgeht?", fragte ich.

„Ihr geht's nicht gut. Ständig kommen und gehen die Ärzte und ihr Schminktisch ist voller Flaschen mit Medizin und Dosen mit Cremes. Das sagt jedenfalls die Magd, die bei ihr putzt. Seine Lordschaft hat hier ein paar Beulen." Er zeigte auf seinen Mund. „Er geht nicht raus, weil er sein Gesicht nicht zeigen will. Manche von den Cremes sind für ihn, schätze ich. Die scheinen nicht viel zu helfen."

Er beäugte die Geldbörse. Ich wollte schon einige Münzen herausnehmen, als Mr Armitage seine Hand über meine legte, um mich zurückzuhalten.

„Das war nicht viel wert", sagte er zu Mr Adams.

Der beugte sich vor und blies Rauch in meine Richtung. „Was ich Ihnen als Nächstes erzähle, wird ein Pfund wert sein."

„Für die Summe sollte es besser gut sein", sagte ich und nahm einen Sovereign aus meiner Geldbörse.

„Oh, das ist es, Miss. Wirklich gut."

KAPITEL 8

Mr Adams griff den Sovereign, lehnte sich wieder zurück und steckte die Münze ein. Dann nahm er noch einen langen Zug von seiner Zigarette, legte den Kopf in den Nacken und blies den Rauch an die Decke.

„Wir haben nicht den ganzen Abend Zeit", schnappte Mr Armitage.

Mr Adams lächelte. „Vor ein paar Wochen kam Pearl Westwood zum Haus."

Sowohl Mr Armitage als auch ich beugten uns vor.

Mr Adams zog an seiner Zigarette. „Ich dachte mir, dass ich damit Ihre Aufmerksamkeit bekomme." Rauch quoll aus seinen Nasenlöchern, als wäre er ein wütender Drache. „Ich entsinne mich nicht mehr, wann es genau war, aber irgendwann zwischen Weihnachten und Neujahr."

„Hat sie Lord oder Lady Wrexham besucht?", fragte ich.

„Lord. Sie hat mit ihm in seinem Büro geredet."

„Was hielt Lady Wrexham davon?"

„Weiß ich nicht. Soll ich sie für Sie fragen?"

„Ja, bitte." Er lachte höhnisch. „Oh. Das war ein Scherz."

Er klopfte auf das Ende der Zigarette und Asche fiel in den Aschenbecher. „Möglicherweise wusste sie nicht, dass Miss Westwood da war."

Mr Armitage setzte sich mit einem Kopfschütteln zurück.

„Wir haben heute Morgen mit einer der Mägde gesprochen und sie hat Miss Westwoods Besuch nicht erwähnt. Selbst wenn sie zu der Zeit nicht da gewesen war, wäre es unter den Angestellten eine Sensation gewesen. Sie hätte später davon gehört."

„Nennen Sie mich einen Lügner?"

Mr Armitage hielt den Blick des Lakaien gefangen.

Mr Adams brummte. „Der Butler hat mir mit Entlassung gedroht, wenn ich drüber rede. Nur er, ich und vielleicht die Haushälterin wussten davon. Und der einzige Grund, warum ich davon weiß, ist, dass ich Miss Westwood die Tür aufgemacht und sie sofort erkannt habe. Ich habe sie einmal auf der Bühne im Playhouse gesehen. Echt hübsch war die. Richtig hübsch." Er schniefte. „Klar war sie wenig mehr als eine Hure."

„Also kam sie nicht regelmäßig zum Haus?", fragte ich. „Nicht einmal, als sie noch zusammen waren, vor über zwei Jahren?"

Er schüttelte den Kopf, während er die Zigarette im Aschenbecher ausdrückte. „Von damals weiß ich nichts. Ich habe den Job erst vor zwei Jahren bekommen und Miss Westwood war nie zu Besuch, außer das eine Mal. Davor waren ich und Victor damit beschäftigt, den Bullen aus dem Weg zu gehen."

„Wie lange blieb sie?", fragte Mr Armitage.

„Nicht mehr als zehn Minuten."

„Wie wirkte sie?"

„Schwer zu sagen. Sie hat nicht mit mir geredet. Hat mich noch nicht mal angesehen." Sein Kinn wurde fest und er verzog die Oberlippe. „Sie dachte, sie wäre was Besseres als wir. Vielleicht hat sie das umgebracht. Sie hat die falsche Person ignoriert und die hat sie ermordet." Er zeigte mit dem Finger auf mich. „Die Meinung bekommen Sie umsonst."

„Die einzige Meinung, die ich von Ihnen hören will, ist die über Lord und Lady Wrexham", sagte ich. „Wie sind die so?"

„Er ist ganz in Ordnung im Vergleich zu manchen Adeligen." Er holte eine blecherne Zigarettenschachtel aus seiner Innentasche und klappte sie auf. „Lady Wrexham ist diejenige, die Sie im Blick behalten müssen. Sie tut ganz fromm und brav, ist aber jähzornig. Sie hat seiner Lordschaft schon Sachen an den Kopf geworfen, zweimal. Einmal war es eine Vase, das zweite Mal eine kleine Statue eines Hundes. Er hatte Glück, sie kann schlecht zielen."

„Worüber haben sie gestritten?", fragte Mr Armitage.

Mr Adams zuckte mit den Schultern. „Weiß nicht. Das ist es ja. Die streiten immer leise, damit wir nichts verstehen. Ich schätze, das ist eine Fähigkeit, die die in den großen Häusern von klein auf lernen." Er nahm eine Zigarette und griff nach den Streichhölzern neben dem Aschenbecher. „Noch was? Weil ich gleich zurück muss und ich würde die hier gerne noch in Frieden genießen."

Ich stand auf und bedankte mich. Mr Armitage erhob sich ebenfalls, sagte aber kein Wort. Sobald wir draußen waren, zog ich den Mantelkragen an meinem Hals enger, da ein kalter Windstoß durch die Straße fegte. Während wir in der Kneipe gewesen waren, war es dunkel geworden, aber die Straßenlaternen waren alle angezündet und ich war überrascht, wie viele es waren. Die Gentlemen von Belgravia wollten nicht, dass ihre teuren Kutschen wegen schlechter Beleuchtung in den Stallungen beschädigt wurden.

„Ich kann nicht glauben, dass er und Victor Freunde waren", sagte ich. „Was für ein abstoßender Mann."

„Sie sind eine schlechte Verhandlungsführerin", sagte Mr Armitage. „Er wäre auch mit weniger einverstanden gewesen."

„Aber er hat uns hervorragende Informationen geliefert. Ich finde, das war es wert."

Er schnaufte ein humorloses Lachen heraus. „Starten Sie Ihr Geschäft nicht, ohne jemanden zum Verhandeln einzustellen, sonst werden die Klienten Sie ausnehmen."

„Danke für den unerwünschten Ratschlag. Also was halten Sie von der Information? Ich glaube, Pearl brauchte Geld und hat Lord Wrexham darum gebeten. Laut Mrs Larsen ging es Pearl am Weihnachtstag gut. Sie schien ganz sie selbst zu sein und keine finanziellen Sorgen zu haben. Doch innerhalb weniger Tage hat sich etwas verändert und Pearl hoffte, Wrexham könne ihr helfen."

„Warum sollte sie ihren ehemaligen Liebhaber um Geld bitten? Warum fragte sie nicht ihren derzeitigen Liebhaber Rumford?"

„Sie hat sich geschämt?"

Mr Armitage wirkte nicht überzeugt. „Wie es scheint, hatte sie Wrexham seit Jahren nicht gesehen. Warum also in Notzeiten zu ihm gehen? Und dann auch noch so dreist, wenn Lady Wrexham zu Hause ist."

„Das ist auf jeden Fall ein merkwürdiges Timing", stimmte ich zu. „Das hätte ein Desaster geben können, wenn Lady Wrexham sie rausgeworfen hätte." Pearl musste sehr verzweifelt gewesen sein. Oder es war ihr egal.

„Nur weil Pearl und Wrexham ihre Liaison beendet haben, bedeutet es nicht, dass er ihr nicht mehr am Herzen lag oder sie ihm", sagte Mr Armitage nachdenklich. „Ihr Arrangement mit Rumford könnte rein finanzieller Natur gewesen sein, zumindest auf Pearls Seite, aber ihr Herz gehörte weiterhin Wrexham."

Mein eigenes Herz sank herab, als mir aufging, dass ich wieder mit Lord Rumford sprechen musste. Ich musste wissen, ob er von Pearls Besuch bei Lord Wrexham wusste. Wenn ja, könnte er doch ein Verdächtiger sein. Abgesehen von der Tatsache, dass die gesamten Ermittlungen ganz allein seine Idee waren.

Wir gingen schweigend weiter, beide in unsere Gedanken vertieft. Als wir nach Piccadilly kamen, brach ich das Schweigen schließlich. „Wir müssen sowohl mit Lord als auch Lady Wrexham sprechen, aber nicht zusammen, um den Grund für Pearls Besuch zu erfahren und um herauszufinden, wo die beiden am Nachmittag des Todes waren, da sie scheinbar beide außer Haus waren."

„*Sie* müssen das tun", sagte Mr Armitage.

„Wie bitte?"

„Nicht ‚wir'. Sie. Das sind Ihre Ermittlungen, nicht meine. Mein Part ist beendet."

Ich blieb stehen, Mr Armitage jedoch nicht, also musste ich mich beeilen, um ihn wieder einzuholen. „Aber … warum sind Sie heute mitgekommen, wenn Sie nicht vorhaben, weiter mitzuhelfen?"

„Ich wollte nicht, dass Sie allein zu den Bediensteten gehen. In Anbetracht der Tatsache, als was für ein Typ dieser Adams sich herausgestellt hat, bin ich froh, dass ich dabei war."

„Das ist sehr galant von Ihnen."

„Gar nicht. Mein Onkel hätte mich erwürgt, wenn er es herausgefunden hätte."

Ich beobachtete sein Profil. Sein Kinn war vielleicht fest, aber ich war mir ziemlich sicher, dass ich den Hauch eines Lächelns ausmachen konnte. „Sie sind so weit gekommen, Sie könnten mir genauso gut weiter helfen."

„Nein, Miss Fox."

„Warum nicht? Haben Sie einen anderen Fall?"

„Noch nicht."

„Was könnten Sie denn dann Wichtigeres zu tun haben?"

„Ich dachte darüber nach, ein Pamphlet zu entwerfen, mit dem ich die Dienste meiner Agentur anbiete."

Das konnte er in seiner Freizeit machen. Es würde nicht lange dauern. Er suchte nach Ausreden und fand ganz schreckliche. „Sie sind nur zu stolz."

Er sah mich mit ernstem Gesicht an. „Stolz ist keine schlechte Sache, Miss Fox."

„Wenn er im Weg steht, schon."

„Im Weg wovon?"

Dass wir Freunde werden, wollte ich sagen. Stattdessen sagte ich: „Von Ihrem ersten Fall, auch wenn es ein geteilter ist."

„Das hat mit Stolz gar nichts zu tun, Miss Fox." Er schaute weg und fügte murmelnd hinzu: „Glauben Sie mir."

Ich seufzte. Mir fiel nichts ein, womit ich zu ihm durchdringen konnte. Natürlich konnte ich die Jungfrau-in-Nöten-Karte ausspielen und ihn damit zur Mithilfe bewegen, aber das wollte ich nicht. *Mein* Stolz verhinderte es.

Den Rest des Weges zum Hotel gingen wir in peinlicher Stille. Er betrat mit mir das Gebäude, aber nur, um seinen Onkel zu treffen, der im Foyer mit Hut und Schirm in der Hand wartete. Mr Hobart hatte mit Mr Hirst gesprochen, ließ ihn jedoch stehen, um uns zu begrüßen. Mr Hirst beobachtete die Begegnung mit gerunzelter Stirn.

„Fertig, Onkel?", fragte Mr Armitage.

Mr Hobart setzte seinen Hut auf den Kopf. „Fertig. Du musst dich auf ein selbst gekochtes Essen freuen."

„Ich habe diese Woche an drei Abenden bei meinen Eltern gegessen. Hat mein Vater dir nichts erzählt?"

„Wir hocken uns nicht ständig auf der Pelle." Er klang recht abweisend.

Mr Armitage kämpfte mit einem Lächeln, was seinem Onkel entging. „Guten Abend, Miss Fox, und viel Glück. Ich hoffe, Sie finden die Antworten, auf die Sie aus sind."

Ich wünschte beiden einen guten Abend und wandte mich ab, als sie das Hotel verließen. Aus dem Augenwinkel bemerkte ich, wie Mr Hirsts Stirnrunzeln sich vertiefte.

* * *

Nachdem ich mich für das Dinner umgezogen hatte, klopfte ich an Lord Rumfords Tür in der Hoffnung, ihn abzufangen, bevor er das Hotel verließ. Ein Gentleman seines Standes würde eine Einladung zum Essen mit Freunden oder in einem Club haben, also nahm ich an, dass er sich noch nicht so früh auf den Weg machen würde. Es war erst halb acht.

Er kam in seinem Ausgehfrack an die Tür inklusive gestärktem Hemd und Kragen mit weißer Fliege und Weste. „Sie haben ihren Mörder gefunden?"

„Noch nicht, fürchte ich. Ich muss Ihnen eine Rückfrage stellen."

Er bat mich nicht herein, was mir ganz recht war. Ohne Harmony oder sonst eine Anstandsdame wäre es unziemlich. Was ich zu sagen hatte, war ohnehin wenig.

„Genau genommen habe ich zwei Fragen. Beide sind für Sie möglicherweise etwas schmerzhaft, aber ich hoffe, Sie verstehen, warum ich sie stellen muss."

„Natürlich", sagte er vorsichtig. „Wenn Sie glauben, dass es hilft."

„Laut Zeugen hat Pearl kurz nach Weihnachten Lord Wrexham aufgesucht."

Sein Kinn sackte herab. „Oh."

„Wussten Sie davon?"

Er schüttelte den Kopf.

„Haben Sie eine Ahnung, warum sie zu ihm gehen würde?"

Noch ein Kopfschütteln, nachdenklicher diesmal. „Ich verstehe das nicht." Er schaute den Flur hinunter und begegnete dann meinem Blick. „Ich bin nicht so dumm zu glauben, dass sie mich geliebt hat. Nicht so, wie ich sie geliebt habe. Aber ich bilde mir ein, dass sie mich gemocht hat, bestimmt mehr als Wrexham."

„Sie wussten, dass die beiden zusammen waren, ehe sie etwas mit Ihnen anfing?"

„In gewissen Kreisen war es allgemein bekannt. Die Sache ist die: Pearl sagte mir, dass er ziemlich gemein und selbstsüchtig war. Natürlich machte er ihr Geschenke, aber nichts Extravagantes. Er hat ihr keine Wohnung spendiert und es war ihm egal, dass sie in einem grauenhaften Zimmer im übelsten Bezirk der Stadt hauste. Selbstverständlich hat er sie dort nie besucht. Sie sind in Hotels gegangen, um allein zu sein. Im Endeffekt ist das der Grund, warum Pearl ihn verlassen hat."

„Wissen Sie, wie Lord Wrexham die Zurückweisung aufgefasst hat?"

„Das hat sie nicht gesagt."

Beinahe hätte ich ihm erzählt, dass es Lord Wrexham gewesen war, den ich bei Pearls Beerdigung gesehen hatte, doch dann entschied ich mich dagegen. „Was ist mit Lady Wrexham? Wissen Sie, was sie von der Beziehung ihres Mannes mit Pearl hielt?"

Er lächelte mich zynisch an. „Sie hat es wahrscheinlich so gut akzeptiert wie jede Ehefrau."

Das gab mir den perfekten Einstieg für meine nächste Frage, doch mein Mund war plötzlich staubtrocken. Ich wollte sie nicht stellen. Dieser Mann war alt genug, um mein Vater zu sein, und außerdem ein distinguierter Lord. Und ich würde ihn etwas sehr Persönliches fragen.

Doch es musste sein. „Wissen Sie, ob sich Lady Rumford in London aufhält?"

„Meine Frau?", platzte er heraus. „Natürlich nicht. Warum sollte sie?"

„Ich weiß es nicht, aber ich habe Gerüchte gehört, dass sie vor einigen Abenden in der Oper gesehen wurde. Es tut mir leid, aber ich musste es überprüfen. Die Zeugin muss sich geirrt haben."

Er schien nicht mehr zuzuhören. Ab dem Moment, da ich erwähnte, wann sie gesehen worden war, vertiefte sich die Falte auf seiner Stirn. Er starrte auf den Boden zwischen uns.

„Das ist alles", sagte ich. „Gute Nacht, Mylord. Genießen Sie Ihren Abend."

Er riss sich zusammen, der Blick wieder fokussiert. „Tatsächlich esse ich mit Ihnen und Ihrer Familie zu Abend. Ich wusste nichts mit mir anzufangen und Sir Ronald war so freundlich, mich einzuladen."

Ich lächelte. „Dann sehen wir uns unten."

„Darf ich Sie begleiten?" Er schaute auf seine Taschenuhr. „Ich hole Sie um acht Uhr ab."

„Es wäre mir ein Vergnügen."

Um Punkt acht Uhr klopfte Lord Rumford an meine Tür und bot mir mit einem herzlichen Lächeln seinen Arm an. Wir warteten zusammen am Fahrstuhl, wo sich Flossy bald einfand. Sie warf mir einen argwöhnischen Blick zu.

Unten im Speisesaal wurden wir von Mr Chapman begrüßt, der sich vor seiner Lordschaft verbeugte und uns auf den Familientisch verwies. Onkel Ronald und Floyd waren bereits anwesend, obwohl keiner der beiden saß. Sie sprachen mit zwei anderen Männern, genauer gesagt sprach mein Onkel mit ihnen und Floyd schaute zu. Bei unserer Ankunft gingen die beiden Männer.

Mein Onkel begrüßte Lord Rumford überschwänglich, doch erneut bekam ich einen sehr merkwürdigen Blick zugeworfen. Floyd grinste lediglich und zwinkerte mir zu, als niemand hinschaute.

Onkel Ronald entschuldigte meine Tante, dann begannen die Männer ein Gespräch über die Erweiterungspläne meines Onkels für das Hotel. Ich hörte zu, bis Flossy meinen Blick einfing und tonlos etwas zu mir sagte. Allerdings konnte ich nicht ausmachen, was. Da wir uns am Tisch gegenübersaßen, würden wir den ganzen Abend die Gespräche der Männer aushalten müssen.

Der Sommelier kam und schenkte Wein ein, während

Richard Lord Rumford das Menü des Abends erläuterte. Sobald beide weg waren, nahm mein Onkel seine Erzählung über das neue Restaurant, das er bauen wollte, wieder auf.

Nach einer Weile wechselte seine Lordschaft das Thema. „Wir müssen die Damen langweilen."

Mein Onkel blinzelte seine Tochter und mich an, als ob er uns gerade erst bemerkt hätte. Er wirkte enttäuscht.

„Ganz und gar nicht", sagte ich. „Ich höre mir gern die Zukunftspläne für das Hotel an. Ich kann mir gut vorstellen, dass ein öffentliches Restaurant mit Blick zur Straße eine ganz neue Klientel anlocken wird und nicht nur Hotelgäste. Dieser Saal könnte dann dauerhaft als Ballsaal eingerichtet werden."

„Jedes der besten Hotels hat ein Restaurant, das nicht nur für Hotelgäste ist", zeigte Flossy auf.

„Aber unseres wird anders sein", sagte Floyd zu ihr.

„Inwiefern?", fragte Lord Rumford.

Floyd schaute seinen Vater an.

Onkel Ronald nahm sein Weinglas und prostete uns damit zu. „Weil es besser sein wird."

Im Verlauf des Dinners beobachtete ich Lord Rumford. Er war höflich und hörte aufmerksam zu, obwohl mein Onkel unablässig über das Hotel redete. Wann immer es erforderlich war, tat er seine Meinung kund, und er beteiligte Flossy und mich so oft wie möglich am Gespräch. Da mein Onkel dazu neigte, seine Kinder und mich zu ignorieren und nur mit den Gästen zu sprechen, war es umso auffälliger, wenn Lord Rumford uns ansprach.

Trotz seiner Höflichkeit wirkte er jedoch niedergeschlagen. Es war, als würde er seinen Teil zum Gespräch nur beitragen, weil es erwartet wurde. Da ich ihn vor Pearls Tod nicht gekannt hatte, war ich mir nicht sicher, ob er sich immer so verhielt oder ob es neu und ihrem Tod geschuldet war. Es musste schwierig sein, Fröhlichkeit vorzutäuschen, wenn man gerade einen geliebten Menschen verloren hatte.

Direkt nach dem Nachtisch entschuldigte er sich, verbeugte sich vor Flossy und mir und ging seines Weges. Onkel Ronald ging ebenfalls, aber nur von unserem Tisch weg. Er drehte eine

Runde durch den Speisesaal, begrüßte Gäste und verweilte etwas länger bei denen, die allein aßen.

Floyd trank seinen Wein aus und erhob sich. Ich dachte, er würde seinem Vater folgen und auch Gäste begrüßen, doch er wünschte uns eine gute Nacht und eilte aus dem Speisesaal, den Blick permanent auf Onkel Ronald gerichtet. Der stand allerdings mit dem Rücken zu uns und der Tür, weswegen er nichts bemerkte.

Flossy setzte sich neben mich. Sie winkte einen der Kellner heran und bestellte Tee. „Also Cleo", fing sie an, sobald er weg war. „Wir müssen reden. Nur weil die Position seiner Mätresse freigeworden ist, bedeutet es nicht, dass du sie einnehmen solltest."

Ich starrte sie an. Dann brach ich in schallendes Gelächter aus.

Sie schmollte. „Was ist so lustig?"

„Dass du glaubst, ich wäre auf diese Art an Lord Rumford interessiert."

„Ich bin nicht die Einzige, die das glaubt. Ich habe Vaters Gesichtsausdruck gesehen und Floyds. Sie glauben es auch."

„Das ist absurd. Warum solltet ihr annehmen, dass ich seine Geliebte werden will?"

„Du bist an seinem Arm hereingekommen, was bedeutet, dass ihr euch offensichtlich bereits kennt. Du hast außerdem verkündet, dass du kein Interesse an einer Heirat hast, also nimmt die Familie an, dass du dich von jemandem aushalten lassen willst, wie Pearl Westwood. Mutter natürlich nicht. Die hofft immer noch, dass du heiraten wirst. Ich vermute, Vater hat auch so gedacht, aber jetzt bin ich mir nicht mehr so sicher."

Ich folgte ihrem Blick zu ihrem Vater, der bei einem Gentleman am Tisch saß. „Redet ihr alle über mich?"

Der Kellner brachte eine Kanne Tee und zwei Tassen. Flossy schenkte Tee und Milch ein und fügte einer Tasse einen Würfel Zucker hinzu, ehe sie sie mir reichte. „Sollen wir morgen einkaufen gehen, Cleo?"

Goliath, Peter und Frank würden morgen die anderen Luxushotels abklappern, um herauszufinden, ob Lady Rumford in einem von ihnen abgestiegen war. Bis mir eine Möglichkeit eingefallen war, wie ich die Aufenthaltsorte von Lord und Lady Wrexham am Tag von Pearls Tod herausfinden konnte, hatte ich nichts zu tun und würde nur Däumchen drehen, bis die drei zurück waren. Da konnte ich genauso gut ausgehen. Aber ich wollte nicht einkaufen.

„Ich dachte, ich könnte morgen mal das Britische Museum besuchen", sagte ich.

„Aber da hast du mich erst letzte Woche hin geschleift. Was willst du schon wieder da?"

„Ich habe noch nicht alles gesehen. Du musst nicht mitkommen."

Sie beäugte mich über den Rand ihrer Tasse. „Du wirst allein gehen? Ich bin mir nicht sicher, ob Mutter das gutheißen würde."

„Flossy, ich bin dreiundzwanzig und keine Erbin. Während ich alles zu schätzen weiß, was deine Eltern für mich getan haben, bin ich frei zu tun, was mir gefällt. Abgesehen davon ist es nur ein Museum."

„Aber da können Männer hingehen."

„Skandalös, nicht wahr?"

Sie warf mir einen vernichtenden Blick zu. „Kein Grund, so gereizt zu sein." Sie seufzte. „Also gut, ich komme mit. Wenigstens ist das Britische Museum besser als das Naturkundemuseum, wo man sich nicht umdrehen kann, ohne gegen eine tote Kreatur zu stoßen."

Die letzte Person, die ich in jedwedem Museum bei mir haben wollte, war Flossy. Das letzte Mal war sie vollkommen desinteressiert gewesen, hatte kein Ausstellungsstück beachtet und fortwährend gefragt, wann wir wieder gehen würden. Ich hatte mich beeilt, nur um sie loszuwerden. Eigentlich mochte ich sie sehr gern, aber unsere Interessen lagen nicht auf einer Linie. „Du musst nicht mitkommen", wiederholte ich.

Sie nippte an ihrem Tee.

„Flossy, ich gehe nicht dorthin, um mich mit Lord Rumford oder sonst einem Mann zu treffen. Ich gebe dir mein Wort."

Sie senkte die Tasse. „Also gut. Du kannst allein gehen und ich werde einkaufen. Aber wenn Mutter fragt, waren wir beide im Museum."

Jetzt war es an mir, sie kritisch anzusehen. Vielleicht traf *sie* sich ja mit einem Mann. Ich war mir nicht sicher, ob ich mir Sorgen machen sollte oder nicht. Anders als ich *war* Flossy eine Erbin. Sie war außerdem ziemlich naiv. Sollte ein Mann es auf ihr Geld abgesehen haben, würde sie es eventuell nicht bemerken.

* * *

MEINE TOUR durch das Museum erwies sich nicht nur als bildend, sondern auch als befreiend. Während ich durch die Ausstellungsräume wanderte, hatte ich Zeit nachzudenken. Bis ich am Nachmittag wieder im Hotel ankam, hatte ich beschlossen, die Wrexhams geradeheraus zu fragen, was sie am Tag von Pearls Tod gemacht hatten. Und auch nach dem Grund, aus dem Pearl Lord Wrexham aufgesucht hatte. Ich würde ihnen allerdings nicht verraten, für wen ich arbeitete. Tatsächlich wurde mir klar, dass ich würde lügen müssen, wenn ich irgendwelche Antworten bekommen wollte. Aus gutem Grund zu lügen war akzeptabel und dies war ein sehr guter Grund.

Jedenfalls sagte ich mir das.

Terence winkte mich zum Postschalter, als ich das Hotel betrat, und reichte mir einen Brief. „Er ist von Harmony", sagte er.

„Sollten Sie meine Nachrichten lesen, Terry?"

„Er war nicht verschlossen", verteidigte er sich. „Wenn Harmony nicht gewollt hätte, dass ich ihn lese, hätte sie ihn zugeklebt. Sie weiß, dass ich alles lese, was nicht versiegelt ist."

Ich musste unbedingt daran denken, alle meine Briefe zu versiegeln, ehe ich sie Terence zum Versenden gab.

Den Brief faltete ich auseinander und las ihn. Harmony bat mich, sie um halb vier im Aerated Bread Company's Oxford Circus Teeladen zu treffen. Ich warf einen Blick an Terence vorbei auf die Uhr.

„Sie sollten sich besser auf den Weg machen, wenn sie rechtzeitig dort sein wollen", sagte er. Vermutlich hätte er zu gern gewusst, warum ich mich außerhalb des Hotels mit Harmony traf. Wenn sie es ihm nicht gesagt hatte, würde ich es auch nicht tun. Je weniger Leute von meinen Ermittlungen wussten, desto besser.

Der ABC Teeladen in der Nähe des Oxford Circus war ein geschäftiger Ort, den hauptsächlich Frauen aufsuchten, die an den Tischen Tee tranken und schwatzten. Es waren auch vier Männer anwesend, von denen drei mit Harmony am Tisch saßen. Sie sahen aus, als würden sie lieber in einer Kneipe hocken.

Ich setzte mich und freute mich über die Tasse Tee, die Harmony mir aus der Kanne einschenkte. Die Frau hinter mir stieß gegen meinen Stuhl, während sie aufstand, und etwas von meinem Tee schwappte über den Rand der Tasse. „Das nächste Mal sollten wir uns im Roma Café treffen. Da ist es deutlich ruhiger und der Kaffee ist hervorragend."

„Das kenne ich", sagte Peter. „War aber noch nie drinnen."

„Nachmittags mag ich nicht so gern Kaffee", sagte Harmony.

Ich wischte die Tasse mit einer Serviette ab. „Ganz sicher wird Luigi dir eine Kanne Tee kochen."

Sie schaffte es, in ihre hochgezogene Augenbraue sowohl eine Frage als auch Missbilligung zu legen. „Luigi?"

Ich zog es vor, sie zu ignorieren und mich auf die eigentliche Aufgabe zu konzentrieren. „Wie liefen eure Nachforschungen bei den Hotels?"

„Kein Glück", sagte Goliath. „Wir haben alle mit einem oder mehreren Angestellten geredet, aber keiner konnte sich erinnern, Lady Rumford gesehen zu haben."

„Hat mich eine Kupfermünze gekostet, den Portier zum Reden zu bringen", grummelte Frank. „Und dann hatte er nicht mal etwas Brauchbares zu erzählen."

Ich griff nach meiner Geldbörse. „Lasst mich euch etwas für eure Mühen geben." Ich gab einige Münzen heraus, von denen ich hoffte, dass sie ihre Kosten deckten.

Harmony reichte mir ihre wortlos zurück. „Ich bin überzeugt, dass die Sichtung von Lady Rumford falsch war."

„Scheint so."

Goliath nahm die Teetasse in eine riesige Hand, wobei der zierliche Griff von ihm weg zeigte. „Also was machen Sie jetzt, Miss Fox?"

„Ich habe beschlossen, Lord und Lady Wrexham zu konfrontieren. Derzeit sehe ich keine Alternative voranzukommen." Ich erzählte ihnen, was Mr Armitage und ich von den Angestellten der Wrexhams erfahren und welche Theorien wir entwickelt hatten. „Ich glaube, dass Pearl Wrexham um Geld gebeten hat, um ihren Erpresser zu bezahlen. Was ich nicht weiß ist, warum sie sich an ihn gewandt hat, wenn Rumford ihr derzeitiger Liebhaber war. Das ergibt keinen Sinn."

„Sie hat Wrexham zuerst gefragt, richtig?", zeigte Peter auf. „Rumford hat sie nur gefragt, nachdem Wrexham nichts rausrücken wollte."

„Aber warum überhaupt Wrexham fragen?"

Harmony richtete sich auf. „Vielleicht hatte der Erpresser Beweise für ihre Beziehung zu Wrexham, aber nicht zu Rumford und hat gedroht, sie bloßzustellen. Selbst wenn ihre Beziehung vor geraumer Zeit endete, wäre es peinlich, wenn es an die Öffentlichkeit käme."

Das war eine hervorragende Theorie, was ich ihr sagte. Harmony lehnte sich selbstzufrieden zurück.

Wir tranken unseren Tee aus und gingen getrennter Wege. Da alle vier den Tag frei hatten, war ich die Einzige, die ins Hotel zurückkehrte. Dort traf ich gleichzeitig mit Flossy ein, die gerade aus der Hotelkutsche stieg. Einer der Pagen eilte los, um ihr mit ihren Päckchen zu helfen. Davon gab es einige, was bewies, dass sie doch einkaufen war, obwohl sie sich davor oder danach noch mit jemandem hätte treffen können. Sie hatte keine Magd als Anstandsdame mitgenommen.

„Du bist spät zurück", sagte Flossy, als wir auf den Fahrstuhl zusteuerten. „Du kannst unmöglich den *ganzen* Tag im Museum gewesen sein."

„Danach habe ich mich mit einigen Freunden zum Tee getroffen."

Sie schnappte nach Luft und legte eine Hand auf meinen Arm. „Du hast Freunde hier in London? Sind sie aus Cambridge gekommen?"

Mir rutschte das Herz in die Hose bei meinem Fehler. Ich konnte ihr nicht sagen, dass ich mich mit Angestellten getroffen hatte. Sie würde schockiert sein und mich bitten, es nie wieder zu tun. Diesen Streit wollte ich mit ihr nicht anfangen, auch wenn ich mich grässlich fühlte, nicht für meine Freunde einzustehen, falls ich sie so bezeichnen konnte, obwohl ich sie kaum kannte. „Sie sind schon wieder auf dem Weg nach Hause."

„Das nächste Mal lädst du sie hierher zum Tee ein. Ich bin sicher, sie würden den Biskuitkuchen des Mayfairs lieben."

Ich lächelte und nickte. Ich war so feige.

* * *

So sehr ich die Konfrontation mit Lord und Lady Wrexham fürchtete, freute ich mich doch darauf, endlich ein paar Antworten zu bekommen. Heute würde ich das, dessen war ich mir sicher. Meine Taktik konnte nicht scheitern.

Der Lakai Thomas Adams öffnete mir die Tür. Als er mich sah, entgleisten seine Gesichtszüge. „Verdammt noch mal, nicht Sie schon wieder. Was tun Sie hier?"

Ich schob die Schultern zurück. Ihm war ich keine Antwort schuldig. „Sind Lord und Lady Wrexham zu Hause?"

Er kniff die Lippen zusammen, schnaufte einen Atemzug heraus, der nach Zigaretten roch, und sagte: „Er ja, sie nicht, aber er wird Sie nicht empfangen. Gehen Sie weg."

„Ich werde nicht gehen, bis er einwilligt, mich zu sehen." Ich verschränkte die Arme.

Der Butler erschien an Mr Adams Seite. Ihm war ich bei meinem ersten Besuch begegnet und hatte ihm eine Visitenkarte des Hotels gegeben, auf dem ich meinen Namen gekritzelt hatte. „Gibt es ein Problem, Thomas?"

„Äh, nein, Sir."

Ich gab Mr Adams auf. Es war der Butler, an dem ich vorbeimusste. Der wirkte allerdings ziemlich formidabel. Mr Adams war vielleicht jünger und körperlich einschüchternder, aber der Butler hatte eine gewisse Befehlsgewalt an sich. Ich konnte mir vorstellen, dass ganze Armeen in ihren Stiefeln erzittern würden, wenn er so auf sie herabsah, wie er es gerade mit mir tat. Ich fühlte mich wie etwas, in das er getreten war und von seinem Schuh entfernen wollte.

„Ich würde gern Lord Wrexham sprechen, bitte. Seien Sie so freundlich, ihm zu sagen, dass ich hier bin."

„Er ist nicht zu Hause."

„Doch, ist er und ich möchte ihn sehen."

Der kritische Blick glitt zu Mr Adams. „Er ist im Moment zu beschäftigt, um Besucher zu empfangen. Möchten Sie noch einmal Ihre Karte dalassen, Miss Fox?"

„Er hat mich nach dem letzten Mal nicht kontaktiert, also nehme ich an, dass es diesmal nicht anders sein wird. Also nein, ich möchte meine Karte nicht dalassen. Ich will ihn sprechen."

Die Hand des Butlers ballte sich in ihrem Handschuh zur Faust. „Und wie ich bereits sagte—"

„Er wird mich empfangen wollen. Ich habe ihm etwas über Pearl Westwood zu sagen. Etwas, was die Polizei sehr interessant fände, würden sie es herausfinden."

Der Butler rührte sich nicht, abgesehen von einem interessierten Aufflackern in seinen Augen. Neben ihm verschränkte Mr Adams die Arme, eher ein Zuschauer als ein mögliches Hindernis.

Trotzdem brachte meine Erwähnung der Polizei nicht die erhofften Resultate. Zeit, wieder eine neue Richtung einzuschlagen. „Was ich zu sagen habe, ist von skandalöser Natur. Journalisten würden mit Begeisterung darüber berichten."

Die Finger des Butlers öffneten sich und er atmete aus. „Thomas, frag nach, ob seine Lordschaft Miss Fox empfangen wird."

Der Lakai verschwand. Der Butler verwehrte mir den Zutritt, bis Mr Adams zurückkam. „Er wird Sie in seinem Arbeitszimmer empfangen, Miss Fox. Ich zeige Ihnen den Weg."

Anscheinend war ein Skandal in den Zeitungen eine größere Bedrohung als die Polizei. Das sollte ich mir für die Zukunft merken. Ich lächelte den Butler freundlich an, der meinen Blick grimmig erwiderte, während ich an ihm vorbeiging.

Der Lakai führte mich eine Marmortreppe hinauf. Unsere Schritte wurden von einem dicken purpurroten und goldenen Teppich gedämpft. Der Kronleuchter im Treppenhaus, der mit Dutzenden und aber Dutzenden von Kristallen behängt war, war nicht erleuchtet. Trotzdem war es hell genug, da Licht durch die großen Frontfenster fiel. Sobald wir außer Sichtweite des

Butlers waren, warf mir Mr Adams einen Blick über die Schulter zu. „Ich bin beeindruckt. Hätten Sie Ihre Drohung wahr gemacht?"

„Natürlich", log ich.

Er lächelte. „Schade, dass Sie nicht mit Victor befreundet waren, als er und ich die Adeligen reingelegt haben. Wir hätten ein Mädel wie Sie gebrauchen können."

„Dieses *Mädel* hat kein Interesse daran, irgendwen hereinzulegen."

„Ist das so?" Er zeigte auf die Tür vor uns. „Erzählen Sie das seiner Lordschaft, nachdem Sie die Informationen, die Sie wollen, aus ihm herausgeholt haben."

Er klopfte und Lord Wrexham bat uns herein. Mr Adams kündigte mich an und schloss dann diskret wieder die Tür. Ich starrte den Mann an, der am Schreibtisch saß und in einen Kalender schrieb. Sein Kopf war gesenkt, sodass ich sein Gesicht nicht sehen konnte. Ich brachte meine Gesichtszüge unter Kontrolle, damit ich keine Reaktion auf seinen entstellenden Ausschlag zeigte, wenn er schließlich hochschaute.

Da ich jetzt nahe genug war, konnte ich sehen, dass die rotbraunen Beulen keine Warzen waren, sondern Geschwüre. Lord Wrexham wäre ohne sie ein gut aussehender Mann im mittleren Alter gewesen, trotz seiner beginnenden Glatze. Seine Augen waren außerordentlich blau und stechend.

„Was wollen Sie", schnappte er.

„Ich habe einige Fragen und hoffe, dass Sie sie beantworten können."

„Ich meine, was wollen Sie dafür, dass Sie Ihren Schmutz nicht drucken?" Er öffnete die oberste Schublade seines Schreibtisches und nahm einige Banknoten heraus, die er auf den Tisch klatschte. „Das ist alles, was ich habe. Nehmen Sie es und gehen Sie."

Ich wappnete mich. „Ich will kein Geld. Mein Preis sind Antworten. Ich schreibe über das Leben und den Tod von Pearl Westwood und ich glaube, dass Sie einige Lücken für mich füllen können. Im Gegenzug halte ich Ihren Namen aus dem Artikel raus."

Er lehnte sich zurück und verschränkte die Hände über

seinem Schmerbauch. Dabei sah er mich ruhig an, ohne einen Hauch von Befangenheit wegen seines Aussehens. „Hat das Interesse an ihr noch immer nicht nachgelassen? Sie war nur eine Schauspielerin, um Himmelswillen."

„Das Interesse der Öffentlichkeit an ihrem Leben ist unersättlich, jetzt sogar noch mehr als zu ihren Lebzeiten."

„Als Nächstes werden Sie ganze Bücher über Opernsängerinnen und Schauspielerinnen schreiben." Lord Wrexham bedeutete mir, mich zu setzen, dann reichte er mir ein Blatt Papier. „Ich will eine Versicherung, dass mein Name in keinem Artikel erscheint, den Sie schreiben, noch dass es Andeutungen jedweder Art gibt. Ist das klar?"

Ich schrieb die entsprechende Erklärung, unterzeichnete und datierte sie.

Er las sie durch, bevor er sie zur Seite legte. „Was wollen Sie wissen?"

Das war möglicherweise einfacher, als ich erwartet hatte. „Sie waren bei Pearls Beerdigung. Warum?"

Er blinzelte überrascht. „Sie hat mir mal etwas bedeutet. Ich wollte mich verabschieden."

„Wann waren Sie zusammen?"

„Anfang fünfundneunzig begannen wir, uns zu treffen. Die Beziehung endete fast zwei Jahre später."

„Wer hat sie beendet?"

„Ich erinnere mich nicht."

Ich wartete, doch er fügte seiner Antwort nichts hinzu. „Wann haben Sie sie zuletzt gesehen?"

„Als unsere Liaison endete."

„Das stimmt nicht."

Er funkelte mich an. „Nennen Sie mich einen Lügner?"

„Pearl Westwood hat Sie zwischen Weihnachten und Neujahr aufgesucht."

Seine Nasenflügel blähten sich auf, aber er leugnete es nicht.

„Worüber haben Sie gesprochen?", fragte ich.

„Das geht Sie nichts an."

Ich schaute auf meine schriftliche Erklärung. „Wir haben eine Abmachung."

Seine Kiefer mahlten in dem Versuch, seine aufsteigende Wut

in Schach zu halten. „Wir haben uns über das Wetter unterhalten."

„Hat sie Sie um Geld gebeten?"

Seine Lippen öffneten sich in einem stummen Seufzer. Es überraschte ihn, dass ich so viel wusste. Doch er antwortete nicht.

„Hat sie Ihnen gesagt, dass sie wegen ihrer Beziehung zu Ihnen von jemandem erpresst wird?"

Er stieß ein humorloses Lachen aus. „Sie sind ein Dummerchen, Miss Fox."

Jetzt war ich an der Reihe, überrascht zu sein. Warum sollte er das glauben? Dann ging mir ein Licht auf. Wenn jemand von seiner Beziehung zu ihr wusste, würde man nicht Pearl erpressen, sondern Lord Wrexham. Er hatte mehr zu verlieren und mehr Geld zu zahlen.

Also hatte der Erpressungsversuch nichts mit ihrer Beziehung zu Wrexham oder, aus gleichem Grund, zu Lord Rumford zu tun. Worum ging es dann?

Das konnte ich nicht beantworten, es sei denn, dieser Mann gab zu, dass sie ihn um Geld gebeten hatte. „Wofür war das Geld?", hakte ich nach.

„Sie kam nicht wegen des Geldes her. Sie wollte in Erinnerungen schwelgen."

Ich verzog das Gesicht. „Das ist absurd. Sie besucht ihren ehemaligen Liebhaber mitten am Tag, während seine Frau zu Hause ist, nur um mit ihm in Erinnerungen zu schwelgen? *So* ein Dummerchen bin ich nicht, Mylord."

Er lächelte mich lediglich an. Die Geschwüre auf seinem Gesicht wirkten unheimlich.

Über das Treffen würde ich keine Antworten bekommen und ich bezweifelte, dass ich eine auf meine nächste Frage erhalten würde, aber sie musste gestellt werden. „Wo waren Sie letzten Montag, an dem Tag, als Pearl starb?"

Er runzelte die Stirn. „Warum?"

„Es ist nur eine Frage."

„Meines Erachtens eine unnötige. Sie hat Selbstmord begangen. Was hat das mit meinem Aufenthaltsort zu tun?"

„Trotzdem, können Sie mir sagen, wo Sie waren?"

Er schniefte. „Ich entsinne mich nicht."

Ich zeigte auf den offenen Kalender auf seinem Schreibtisch. „Warum schauen Sie nicht nach?"

Er klappte ihn mit einem Knall zu und legte die Hand darauf. „Für welche Zeitung arbeiten Sie?" Der eisige Tonfall ließ mich erschauern.

Ich warf einen Blick auf das Blatt Papier, das ich unterzeichnet hatte. „Wir haben eine Vereinbarung."

„Ich habe Sie etwas gefragt."

„Und ich habe Sie gefragt—"

Er schlug mit der flachen Hand auf den Kalender.

Abrupt stand ich auf, um mein Zusammenzucken zu verbergen. Es war ohnehin Zeit, zu gehen. Ich kam nicht weiter.

Ich wandte mich zum Gehen, doch Lord Wrexham war überraschend flink, erreichte vor mir die Tür und stellte sich mir in den Weg.

„Für wen arbeiten Sie, Miss Fox?"

„Lassen Sie mich gehen", sagte ich mit einer Ruhe, die ich nicht empfand.

Er hämmerte seine Faust gegen die Tür. „Antworten Sie mir oder bei Gott, Sie werden es bereuen, hergekommen zu sein."

KAPITEL 9

Ich biss die Zähne aufeinander. „Lassen Sie mich gehen oder ich schreie."

Seine Lippen verzogen sich zu einem grausamen Lächeln. „Ich bin Herr dieses Hauses. Glauben Sie wirklich, die Dienerschaft wird es wagen, sich mir zu widersetzen?"

„Die vielleicht nicht, aber Ihre Frau bestimmt. Ich bezweifle, dass sie sich mit den Auswirkungen herumschlagen möchte, sollte der Nichte von Sir Ronald Bainbridge in diesem Haus etwas zustoßen."

Bei der Erwähnung des Namens meines Onkels starrte er mich an. Scheinbar hatte der Butler ihn nicht darüber in Kenntnis gesetzt, wer ich war.

„Treten Sie bitte zur Seite", sagte ich zuckersüß.

Sein Brustkorb hob und senkte sich mit seinen tiefen Atemzügen. „Warum schreibt Sir Ronalds Nichte schmierige Artikel für die Zeitungen?"

Jemand klopfte an die Tür. „Ist alles in Ordnung, Sir?", rief der Butler.

„Weiß Sir Ronald überhaupt, dass Sie hier sind?", fragte Lord Wrexham mich.

Ich schluckte.

Das Klopfen ging weiter. „Sir?"

Lord Wrexhams Grinsen wurde breiter. Er trat zur Seite und öffnete die Tür. „Sorgen Sie dafür, dass Miss Fox hinausfindet."

Ich rauschte an ihm vorbei und fand mich zwischen dem Butler und Mr Adams wieder, während ich die Treppen hinabging. Die Tür zu Lord Wrexhams Büro flog zu. Das Krachen hallte durch das ganze Haus.

Auf dem Treppenabsatz der zweiten Etage sah ich aus dem Augenwinkel eine Bewegung. Dort stand eine Frau im Salon. Ihre Röcke bewegten sich, als sei sie gerade vom Sofa aufgestanden.

„Warten Sie", sagte sie.

Ich blieb stehen, wie auch meine Begleiter. Der Butler wirkte ertappt, als wüsste er nicht, was er tun sollte. Seinem Herrn oder seiner Herrin gehorchen?

„Wir waren gerade dabei, Miss Fox hinauszubegleiten", sagte er.

Die Frau kam an die Tür, verließ den Raum jedoch nicht. Sie trug dunkles Lila mit weißen Schleifen auf den Ärmeln und am Finger einen großen Saphirring. Vom Aussehen her war sie unscheinbar und deutlich jünger als ihr Mann. Nach dem, was Mr Adams über ihre Zurückgezogenheit gesagt hatte, hatte ich ähnliche Entstellungen in ihrem Gesicht erwartet wie bei ihrem Mann oder Anzeichen von Krankheit, aber sie wirkte auf mich völlig gesund. „Wer sind Sie, Miss Fox?"

Die Lüge über die Zeitungen hatte bei Lord Wrexham letztendlich versagt und auch wenn ich darüber nachdachte, sie erneut zu verwenden, wollte ich es nicht. „Ich untersuche Pearl Westwoods Tod. Möglicherweise war es kein Selbstmord."

„Ein weiblicher Detektiv? Dann arbeiten Sie nicht für die Polizei."

„Das tue ich nicht. Sind Sie Miss Westwood jemals begegnet?"

Ihre Hand begann zu zittern. Als sie sah, dass ich es bemerkt hatte, steckte sie sie hinter ihren Rücken. „Warum hätte ich Grund, eine Schauspielerin zu treffen?"

Ich sah den Butler an, der steif neben mir stand. „Darf ich unter vier Augen mit Ihnen sprechen, Mylady?"

Lady Wrexhams Wimpern bebten. Sie nickte knapp.

Ich ging zu ihr in den Salon und sie schloss die Tür. Die Einrichtung erinnerte mich an die in meinem Wohnzimmer im Hotel—elegant, kostspielig und zueinander passend, als wären alle Teile auf einmal gekauft worden anstatt über einen längeren Zeitraum. Sie räumte den Stickrahmen weg, den sie auf ein Sofakissen gelegt hatte, und bedeutete mir, mich zu setzen.

„Ich habe Ihnen einige sehr persönliche Fragen zu stellen und möchte mich schon im Vorfeld dafür entschuldigen, dass ich sie stelle", sagte ich. „Aber sie sind notwendig, um herauszufinden, wer Miss Westwood umgebracht hat."

Sie legte ihre verschränkten Hände in den Schoß. Eine davon zitterte noch immer leicht. „Ich habe vom Tod der Schauspielerin gelesen. Es war eine Tragödie, aber ich kann nicht behaupten, dass sie mir leidtut. Ich weiß, warum Sie hier sind, Miss Fox. Ich weiß, dass Sie versuchen herauszufinden, ob mein Mann sie ermordet hat." Sie hob ihren Blick zu meinem. „Oder ob ich es getan habe."

Ihre Direktheit war noch aufreibender als Lord Wrexhams Zorn. In ihren Adern floss Eis, wo Feuer sein Blut erhitzte. „Sie sagen, Sie wären ihr nie begegnet. Aber Sie wussten von der Beziehung Ihres Mannes mit ihr."

Sie neigten den Kopf zu einem Nicken.

„Miss Westwood war zwischen Weihnachten und Neujahr hier."

Ihre Wimpern bebten wieder und ich erkannte, dass es ein Tic war. Ob ein nervöser oder nicht, konnte ich nicht sagen. „Ich glaube schon, aber gesehen habe ich sie nicht. Sie hat mit meinem Mann unter vier Augen geredet. Ich weiß nicht, was sie besprochen haben."

„War es das erste Mal seit dem Ende ihrer Beziehung, dass sie sich getroffen haben?"

„Soweit ich weiß, ja."

„Was hielten Sie davon, dass sie an dem Tag hergekommen ist?"

Sie sah mich schief an. „Was meinen *Sie*, Miss Fox?"

„Ich glaube, Sie hassten sie."

„Ah. Also *unterstellen* Sie mir den Mord. Wenn Sie glauben, dass ich sie aus Eifersucht getötet habe, irren Sie sich. Die Affäre endete vor Jahren. Warum sollte ich sie jetzt umbringen?"

„Weil sie sie wieder aufleben lassen wollten."

Sie bellte ein Lachen heraus. „Wollten sie? Das bezweifle ich. Was ich so mitbekomme, hat Miss Westwood wesentlich mehr aus Lord Rumford herausgeholt als aus meinem Mann."

„Sie sind über ihr Leben bestens im Bilde."

Lady Wrexham versteifte sich. „Gibt es noch etwas, Miss Fox?"

„Wo waren Sie am Montagnachmittag, dem fünfzehnten?"

„Am Tag ihres Todes?" Sie runzelte nachdenklich die Stirn. „Ich war bei Harrod's einkaufen. Allerdings fürchte ich, dass es niemand bestätigen kann. Ich habe nichts erworben und bin mit der Droschke hin- und zurückgefahren, da mein Mann die Kutsche hatte. Wenn Sie eine sehr gute Detektivin sind, können Sie vielleicht den Fahrer ausfindig machen."

Ich bedankte mich und stand auf.

Sie griff nach der Klingelschnur neben dem Sessel, zögerte jedoch. „Trotz allem, was Sie vielleicht denken, nehme ich Miss Westwood ihre Liaison mit meinem Mann nicht übel. Ich hoffe ehrlich, dass Sie den Mörder finden."

Sie zog an der Schnur mit der Quaste und augenblicklich öffnete sich die Tür. Der Butler funkelte mich böse an, bis ich den Raum verließ. Seinen Blick spürte ich den ganzen Weg die Treppe hinunter und aus der Haustür heraus. Sie wurde hinter mir zugeworfen.

Ich eilte nach Hause und grübelte über das nach, was ich erfahren hatte. Es war sehr wenig. Meine beiden Verdächtigen hatten sich als ausweichend erwiesen, was an sich schon verdächtig war. Aber das möglicherweise Verdächtigste von allem war die Tatsache, dass Lady Wrexham nicht im Geringsten überrascht gewirkt hatte, als ich behauptet hatte, Pearl wäre ermordet worden, obwohl die Polizei es als Selbstmord eingestuft hatte.

* * *

Nachdem ich allein in meiner Suite zu Mittag gegessen hatte, machte ich mich auf die Suche nach Harmony und fand sie im dritten Stock, wo sie eins der Zimmer putzte. Ich schlüpfte an ihrem Wagen vorbei, der neben der Tür geparkt war, und trat ein. „Da bist du."

Sie fuhr erschrocken herum, schaute aber schnell erleichtert, als sie sah, dass ich es war. Auch wenn sie mir den Rücken zugewandt hatte, konnte ich sehen, dass sie etwas in die große Vordertasche ihrer Schürze gesteckt hatte. „Du hast mich erschreckt."

„Hast du gedacht, ich wäre Mrs Short?"

Sie runzelte die Stirn und fuhr fort, den Schreibtisch abzustauben. „Wie lief es bei den Wrexhams?"

„So gut wie zu erwarten war."

„So schlimm?"

Ich schlich mich an sie heran und linste in ihre Schürzentasche. „Worum geht es in dem Buch?", fragte ich lächelnd.

Die Falte auf ihrer Stirn vertiefte sich. „Du solltest nicht herumschnüffeln."

„Dagegen kann ich nichts mehr machen. Es scheint zur Gewohnheit geworden zu sein."

Sie nahm das Buch heraus und reichte es mir. Es war ein gotischer Roman mit zerfurchtem Buchrücken und abgegriffenen Seiten. „Ich habe ihn von einem Gebrauchtwarenhändler im Leather Lane Market gekauft."

Ich las die Beschreibung. „Sieht interessant aus. Kann ich mir den ausleihen, wenn du ihn ausgelesen hast?"

Sie pflückte ihn aus meiner Hand und steckte ihn wieder in ihre Tasche. „Du wirst ihn nicht mögen."

„Warum nicht?"

„Der ist nicht für Leute wie dich geschrieben."

Ich sah sie empört an. „Was meinst du mit ‚Leute wie mich'?"

Sie ging zum Wagen zurück und hängte den Staubwedel an einen Haken am hinteren Ende. „Kluge Leute."

„Das ist lächerlich. Du bist schließlich auch klug und du liest ihn." Auf den Einwand war ich recht stolz. Sie konnte dem unmöglich widersprechen.

„Gebildete Leute", gab sie zurück.

Ich verschränkte die Arme. „Warum können gebildete Leute ihn nicht lesen?"

„Sie würden ihn zu albern finden."

„Kann ich nicht selbst beurteilen, ob ich ihn mag oder nicht?"

Sie nahm gefaltete weiße Laken vom Wagen und marschierte damit zurück ins Zimmer. „Was haben Lord und Lady Wrexham gesagt?", fragte sie, während sie das unterste Laken auseinanderfaltete.

Ich nahm die andere Seite und breitete sie über das ungemachte Bett.

Harmony richtete sich auf. „Was tust du da?"

„Ich helfe dir. Oder können gebildete Leute auch nicht ordentlich Betten machen?"

„Die Beurteilung hebe ich mir bis zum Schluss auf."

Gemeinsam machten wir das Bett, dann korrigierte Harmony meine Seite, indem sie das Laken fester zog und sicherstellte, dass nirgends ein Fältchen zu sehen war, ehe sie die Bettdecke darüberlegte. Bis sie fertig war, hatte ich ihr alles erzählt, was sich im Haus der Wrexhams zugetragen hatte.

„Ich habe keine Ahnung, was ich als Nächstes tun soll", schloss ich.

Harmony lehnte sich an die Kante des Schminktisches und stützte beide Hände neben sich ab. „Könntest du noch einmal mit dem Kutscher sprechen? Du könntest ihm mehr Geld bieten, damit er dir sagt, wo seine Lordschaft an dem Nachmittag hingefahren ist."

Ich schüttelte den Kopf. „Der schätzt seinen Job viel zu sehr. Genauso der Butler." Ich schnippte mit den Fingern. „Ich könnte Victors Freund Geld anbieten, damit er einen Blick in den Kalender seiner Lordschaft wirft. Das ist besser als meine andere Idee."

„Die wäre?"

„Viel zu riskant." Ich hatte in Erwägung gezogen, in das Stadthaus einzubrechen, um selbst an den Kalender zu kommen, aber das war zu gefährlich. Ich konnte das Risiko vielleicht eingehen, geschnappt zu werden, aber Victor nicht, und dessen Schlossknacker-Fähigkeiten brauchte ich, um hineinzukommen.

Sein Freund Mr Adams arbeitete jedoch dort und hatte sich als käuflich erwiesen.

„Miss Fox!"

Ich fuhr herum und sah Mrs Short mit grollendem Blick im Türrahmen stehen. Sie war ihrem Namen entsprechend gebaut, keine fünf Fuß groß und so rund wie ein Fass. Ihre grauen Haare waren in einen festen Dutt gesteckt, wodurch ihre Augen zu Schlitzen gezogen wurden. Ihren Mund hatte sie missbilligend zugekniffen.

„Was tun Sie hier?", fragte sie.

„Ich habe nur mit Harmony geredet. Ich habe sie nicht abgelenkt. Sie hat die ganze Zeit weitergearbeitet."

Sie runzelte die Stirn. „*Warum* reden Sie mit Harmony?"

„Zur Gesellschaft."

„Miss Fox, ich würde es sehr schätzen, wenn Sie meine Hausmädchen nicht von der Arbeit ablenken würden."

„Aber—"

„Muss ich mit Sir Ronald über dieses unziemliche Benehmen reden?"

„Wir haben nur geredet."

„Sie brauchte ein sauberes Laken", platzte Harmony heraus.

Mrs Short und ich sahen sie an.

„Sie ist nur hereingekommen, um mich zu fragen, ob ich noch eins übrig habe. Ich wollte gerade nachsehen." Sie räusperte sich und wartete darauf, dass Mrs Short den Weg zum Wagen freigab.

Ich folgte und quetschte mich an der finster dreinschauenden Mrs Short vorbei.

Harmony bückte sich, um den Inhalt ihres Wagens zu prüfen. „Ich kann eins erübrigen. Sie brauchen nicht zum Leinenschrank zu gehen." Sie richtete sich auf. „Ich bin gleich bei Ihnen, um Ihr Bett neu zu beziehen, Miss Fox."

Mrs Short streckte die Hand nach dem Laken aus. „Ich werde das machen."

Harmony zögerte. Bevor sie ihr das Laken geben konnte, schnappte ich es ihr aus der Hand.

Mrs Short zog die Augenbrauen so hoch, dass sie beinahe ihren Haaransatz berührten. „Was tun Sie da?"

„Ich beziehe mein Bett neu und wenn Sie mich fragen warum, werde ich mit meinem Onkel über Ihr unziemliches Interesse an meinen Privatangelegenheiten sprechen müssen. Einen guten Tag, Mrs Short."

Es war unglaublich befriedigend zu sehen, wie der Hausdame die Kinnlade herunterklappte und sie die Augen aufriss. Meine Befriedigung verpuffte jedoch, als ich hörte, wie sie Harmony ausschimpfte, weil sie sich mit einem Mitglied der Bainbridge-Familie anfreundete.

* * *

Das saubere Laken ließ ich auf meinem Schminktisch liegen und verbrachte einige Zeit damit, die Bibliothek zu durchforsten. Der kleine, an die Hauptlounge angrenzende Raum war vollgepackt mit Bänden für den anspruchsvollen Gast, jedoch war kein einziger medizinischer Text darunter. Es spielte sowieso keine Rolle, da ich bezweifelte, auf der Suche nach der Ursache für Lord Wrexhams Ausschlag anhand der Symptome fündig zu werden. Diese Aufgabe war nahezu unmöglich.

Beim Verlassen der Bibliothek war ich vorsichtig und schaute erst in die Lounge, um sicherzugehen, dass meine Tante und Cousine nicht anwesend waren. Ich wollte nicht zum Nachmittagstee eingeladen werden. Nicht wenn ich um fünf Uhr irgendwo sein musste.

Zum Glück erkannte ich niemanden und wurde nicht aufgehalten. Mit Hut, Handschuhen und Mantel in der Hand war ich schon auf dem Weg zum Ausgang, als ich meine Meinung änderte und einen kleinen Abstecher zu Peter machte. Um diese Uhrzeit war es an der Rezeption ruhig. Neuankömmlinge hatten bereits eingecheckt und die meisten Gäste waren entweder beim Tee oder ausgegangen.

Er lächelte, als er mich sah. „Gibt es heute irgendwelche Fortschritte bei den Ermittlungen?"

Goliath kam ins Hotel und steuerte auf uns zu. „Frank hat heute vielleicht eine Laune."

„Wann denn nicht?", murmelte Peter.

„Stimmt auch wieder. Wie laufen die Ermittlungen, Miss Fox?"

„Langsam, aber ich bin froh, dass Sie beide hier sind. Kennt einer von Ihnen jemanden, der Lady Wrexham einige Tage folgen könnte? Ich würde alle Reisekosten und einen kleinen Tageslohn zahlen."

„Mein kleiner Bruder würde es machen", sagte Peter.

„Sollte er nicht in der Schule sein?"

„Versuchen Sie mal, ihm das zu erklären."

„Ich habe einen Cousin, der es machen würde", sagte Goliath. „Großer strammer Bursche, der auf sich selbst aufpassen kann."

Peter verdrehte die Augen. „Also das nützt ja nichts, oder? Der fällt doch auf wie eine Giraffe." Er wandte sich an mich. „Sie wollen niemanden, der auf einer Straße in Belgravia fehl am Platze wirkt. Mein Bruder putzt Schuhe, wenn er keinen Ärger macht. Er kann in der Nähe des Hauses seinen Stand aufbauen."

„Und wenn Lady Wrexham wegfährt, während er einen Kunden hat?", fragte Goliath.

Peter zuckte mit den Schultern. „Der ist flink. Dem fällt schon was ein."

Ich gab Peter die Adresse und machte mich auf den Weg, wobei ich Frank zuwinkte, als ich an ihm vorbeikam. Ich erreichte den Nag's Head um fünf nach fünf und entdeckte Mr Adams allein in der gleichen Nische wie letztes Mal. Er schaute hoch, als ich auf die gegenüberliegende Bank rutschte.

„Sie sind ohne Ihren Beschützer hier, Miss Fox. Ist das klug?"

„Wir befinden uns in einem öffentlichen Pub voller Leute. Warum sollte es nicht klug sein?"

Er zog an seiner Zigarette und blies den Rauch Richtung Decke. „Sie haben meinen Herrn heute sehr wütend gemacht. Vielleicht setzt er jemanden auf Sie an, der Ihnen eine Lektion erteilt."

Bedrohte er mich? Warnte er mich? Oder spielte er nur mit mir? Was würde Harry Armitage sagen, wenn er hier wäre? Ich war mir nicht sicher, aber ich wusste, dass er sich nicht würde ködern lassen. Ich sammelte all meinen Mut und sah Mr Adams direkt in die Augen. „Ich habe eine Aufgabe für Sie. Wollen Sie wissen, was es ist?"

„Es wird Sie was kosten."

„Mir ist vollkommen klar, dass Sie nur etwas gegen Bezahlung tun."

Er lächelte um seine Zigarette herum, ehe er den Stummel mit Daumen und Zeigefinger entfernte. „Ich kann mir Prinzipien nicht leisten." Er blies den Rauch aus, machte sich diesmal jedoch nicht die Mühe, ihn von mir weg zu lenken. „Also was für eine Aufgabe haben Sie für mich?"

„Lord Wrexham hat einen Kalender in seinem Arbeitszimmer. Den habe ich heute gesehen. Ich möchte, dass Sie ihn durchsehen und herausfinden, wo er am Montagnachmittag, dem fünfzehnten war."

Er betrachtete nachdenklich seine Zigarette, ehe er wieder daran zog. „Ich gehe nicht in sein Arbeitszimmer. Die Magd putzt da und Wrexham schickt den Butler, wenn er von dort etwas geholt haben will."

Ich nahm meine Handtasche und stand auf. „Dann frage ich eine der Mägde."

Seine Hand schoss vor und packte meinen Unterarm. „Setzen."

Ich setzte mich.

Er ließ mich los. „Ich kann's machen, aber das wird mehr kosten als letztes Mal."

Ich zückte eine Sovereign Münze aus meiner Geldbörse und schob sie über den Tisch. „Ich gebe Ihnen das Gleiche. Wenn es Ihnen nicht passt, frage ich eine Magd. Ich glaube, die bekommen weniger Lohn als Sie und arbeiten mehr, also bin ich mir sicher, dass ich eine willige Spionin finden werde. Vermutlich auch eine freundlichere."

„Sie wollen niemanden, der freundlich ist. Sie wollen jemanden, der verschlagen ist." Er steckte die Münze ein, was ich als Akzeptieren meiner Bedingungen interpretierte.

„Erstatten Sie mir hier morgen um die gleiche Zeit Bericht." Ich erhob mich. „Und ich erwarte einen ordentlichen Profit von meiner Investition." Ich marschierte aus dem Pub, wobei ich mich deutlich besser fühlte als nach meiner letzten Begegnung mit Mr Adams.

* * *

AM FOLGENDEN MORGEN KAM HARMONY, um mich zu frisieren. Sie war nicht allein; Danny war bei ihr.

Er hielt sich an der Tür zu meinem Schlafzimmer auf und wirkte unsicher, ob er sich weiter vorwagen sollte. Was verständlich war, da ich nur einen Morgenmantel trug und meine Haare mir über die Schultern fielen.

Harmony hatte da keine Hemmungen. Sie packte seinen Arm und zog ihn ins Schlafzimmer. „Danny hat dir was zu erzählen."

Danny studierte den Schminktisch, als hätte er noch nie etwas so Interessantes gesehen. „Mein Freund, Perry Alcott vom Playhouse, hat etwas herausgefunden, das Sie interessieren könnte, soll ich Ihnen sagen."

„Oh? Was denn?"

Er räusperte sich und schaute mir kurz in die Augen, ehe er wieder wegsah. „Er hat Miss Westwoods Garderobe im Theater ausgeräumt und einen Brief gefunden, der beweist, dass sie mit jemand anderem zusammen war, meint er."

„Mit jemand anderem als Rumford? Also das ist interessant. Danke, Danny. Wissen Sie, ob Mr Alcott heute Vormittag im Theater ist?"

„Er wird am späten Morgen dorthin kommen, schätze ich. Soll ich ihm eine Nachricht schicken, damit er weiß, dass Sie ihn dort treffen wollen?"

„Ja bitte. Um elf Uhr."

Ich verbrachte den Morgen mit Flossy, bis es Zeit war aufzubrechen. Sie wollte wissen, wohin ich ging und ob sie mitkommen sollte. Als ich sagte, ich würde das Naturkundemuseum besuchen, änderte sie ihre Meinung.

Die Haupttüren des Piccadilly Playhouse waren verschlossen, aber eine Seitentür öffnete sich um Punkt elf Uhr und der charmante Mr Alcott winkte mich heran.

„Was für eine Freude, Sie wiederzusehen, Miss Fox. Wenn es doch nur schönere Umstände wären."

„Danny sagte mir, Sie hätten einen Brief gefunden."

„Das habe ich. Er könnte ein Hinweis sein." Er flüsterte fast, obwohl wir allein waren, während wir das Foyer durchquerten.

Einige Erinnerungsstücke von Pearls Gedenkfeier waren noch da, doch die meisten waren weggeräumt worden. Die Werbeposter von *Katz und Maus* zeigten ihr Gesicht, auch wenn Pearls Name mit Dorothea Clares überklebt worden war. Ich fragte Mr Alcott danach.

„Dotty hasst es, dass Pearl noch darauf zu sehen ist", sagte er leise. „Sie liegt Culpepper damit ständig in den Ohren, aber er weigert sich, neue Poster machen zu lassen."

Wir passierten eine Tür, auf der Nur für Angestellte stand, und betraten einen langen Flur. Niemand war zu sehen, doch irgendwo weiter weg hörte ich ein Hämmern. Eilig gingen wir an geschlossenen Türen vorbei, manche beschriftet, andere nicht. Unsere Schritte wurden von dem Teppich gedämpft. Schließlich erreichten wir eine Tür, an der ein Zettel klebte. „Miss Clare" stand in sauberer Handschrift darauf. Mr Alcott hob das Papier an, um mir Pearls Namen zu zeigen, der darunter auf die Tür gemalt war.

„Noch etwas, was Dotty hasst", sagte er.

„Warum wurde Pearls Name nicht übermalt?"

„Pearl wurde hier bewundert. Es ist schwer, sie gehen zu lassen."

Er schob die Tür zur Garderobe der Hauptdarstellerin auf. Wie in Pearls Wohnung gab es viele altrosa Polster vom Sofa über den Sessel bis hin zu den Kissen. Der Duft von Parfüm hing in der Luft, der jedoch den Geruch von Zigarettenrauch nicht ganz überdeckte. Ein mit Frühlingsblüten bemalter Paravent trennte eine Ecke des Raumes ab. Darüber hing ein cremefarbener Seidenmorgenmantel und ein Paar Hausschuhe stand daneben.

Ich fühlte mich wie ein Eindringling. „Sollten wir hier drinnen sein?"

„Dotty ist noch nicht da. Sie bittet Culpepper schon seit Tagen, Pearls Sachen auszuräumen, aber jetzt hat sie es drangegeben und mich darum gebeten, da ich Pearls engster Freund im

Playhouse war. Ich habe gestern angefangen, da habe ich das hier gefunden."

Er verschwand hinter dem Paravent und kam mit einer Kiste zurück. Die stellte er auf den Schminktisch neben eine Vase voller Pfingstrosen und Rosen. Die Kiste schien Unterwäsche und andere persönliche Habe einer Frau zu enthalten—einen Hut, Taschentücher, Kämme und Bürsten, einen Handspiegel und viele Karten.

Eine davon öffnete und las ich. Sie war von einem von Pearls Verehrern, in der er seine unsterbliche Hingabe beteuerte. Sie war mit vollem Namen und Adresse unterzeichnet. Die nächste Karte war ähnlich. „Kannte sie diese Männer?"

Mr Alcott schüttelte den Kopf. „Es waren Fremde, Leute, die sie auf der Bühne gesehen und sich in sie verliebt hatten. Oder es meinten. Die sind auch nicht alle von Männern. Einige sind von Frauen."

„Warum hat Pearl sie aufbewahrt, wenn sie die Absender gar nicht kannte?"

Er zuckte mit den Schultern. „Als Erinnerung an ihre Beliebtheit, schätze ich."

„Musste sie daran erinnert werden?"

„Das müssen wir von Zeit zu Zeit alle. Schauspieler und Schauspielerinnen leben von Bewunderung. Ohne die sind wir nur gewöhnlich." Er grinste. „Und wenn wir nur gewöhnlich sind, wozu das Ganze?"

Er sagte es leichthin, aber seine Worte machten mich traurig. Hatte Pearl sich gefragt, wozu sie das alles tat? Hatte sie sich das Leben genommen, weil sie das Gefühl hatte, die Bewunderung für sie würde nachlassen? Wenn man sich die Dutzenden von Karten ansah, fiel es schwer, sich vorzustellen, sie könnte sich gewöhnlich und ungeliebt gefühlt haben, aber manchmal war es nicht die Quantität der Liebe, die nachließ, sondern die Qualität.

„Hier." Mr Alcott reichte mir einen gefalteten Zettel, behielt jedoch etwas in der Hand. „Lesen Sie ihn."

Es war ein Brief, der jedoch an niemanden adressiert und auch nicht unterschrieben war. Tatsächlich schien es ein Entwurf zu sein, wo Wörter gestrichen worden waren und die Satzzeichen fehlten. In gewisser Weise war es ein Liebesbrief. Er begann mit der Liebeserklärung des Schreibers für den ungenannten Empfänger und bat im weiteren Verlauf darum, dass dieser Geduld haben und nur noch ein wenig länger warten sollte, bis sie in aller Öffentlichkeit zusammen sein konnten. Er brach mitten im Satz ab bei „Ich liebe R nicht, ich liebe dich, aber er muss glauben …"

R bezog sich höchstwahrscheinlich auf Lord Rumford. „Pearl hat das geschrieben?"

„Das ist ihre Handschrift. Ich kenne sie gut."

„An wen hat sie das Ihrer Meinung nach geschrieben?"

Er nahm den Brief zurück. „Ich weiß es nicht. Es hat mich völlig überrascht. Ich dachte, sie hätte mir alles erzählt, aber anscheinend hat sie mir den Namen ihrer wahren Liebe vorenthalten. Ich hatte keine Ahnung, dass sie jemandem außer Rumford zugetan war. Da ist noch mehr."

Er öffnete seine Hand und zeigte mir, was er zurückgehalten hatte. Es war ein quadratisch gefasster schwarzer Männerring aus Onyx mit einem schlichten Goldband. „Der lag in dem zusammengefalteten Brief und beides war unter ihrer Unterwäsche in der linken Schublade versteckt." Er zeigte auf den Schminktisch mit seiner schmalen mittleren Schublade und den größeren an beiden Seiten.

„Der Brief könnte schon vor einiger Zeit geschrieben worden sein. Wie lange hatte sie diese Garderobe?"

„Viele Jahre. Die gesamte Zeit, die ich sie kannte, hatte sie diese hier." Er sah sich um und seufzte. „Es fühlt sich falsch an, dass Dotty sie so bald danach benutzt, aber sie bestand darauf. Sie und Culpepper haben darüber gestritten und sie scheint sich durchgesetzt zu haben."

„Ich könnte mir vorstellen, dass die gesamte Produktion gefährdet ist, wenn sie jetzt aussteigt."

„Gott, ja. Ihre Zweitbesetzung ist noch nicht so weit. Aber Dotty sollte besser vorsichtiger treten, wenn sie möchte, dass Culpepper sie langfristig beschäftigt."

„Vielleicht hat sie nicht vor, langfristig zu bleiben. Vielleicht hofft sie darauf, dass ein Mann vorbeikommt und sie in ein anderes Leben entführt."

Seine Augen wurden schmal. „Sie meinen, sie will mehr als Pearls Job? Sie will auch ihren Gönner?"

Die Tür ging auf und Dotty Clare stockte auf der Schwelle, als sie uns sah. Sie starrte mich einen Moment lang an, als ob sie mich nicht zuordnen könne, und kam dann herein. „Du bist früh, Perry."

„Ich wollte hier fertig sein, bevor du kommst, aber ich sehe schon, dass du auch früh dran bist."

„Ich hatte eine Besprechung mit Mr Culpepper."

Mr Alcott wies auf mich. „Du erinnerst dich an Miss Fox von Pearls Gedenkfeier."

„Guten Tag." Sie ließ ihre Tasche auf den Schminktisch fallen und warf ihren Mantel auf das Sofa. „Sind Sie hier, um Perry zu helfen?"

Ich nickte. „Ja."

„Gott sei Dank." Sie lümmelte sich auf den Stuhl und schaute sich im Spiegel des Schminktisches an. „Ich will alles weghaben. Jedes kleine Ding. Weg. Ich will nicht einmal mehr eine Wimper von ihr in diesem Zimmer sehen."

„Ich bin nicht dein Diener, Dotty", sagte er mit stählernem Unterton.

„Das weiß ich doch, Darling, aber überall finde ich Sachen von dieser Frau. Es ist sehr verstörend."

„Du kannst ruhig ihren Namen sagen. Oder hast du Angst, dass sie zurückkommt, um hier zu spuken, wenn du ihn aussprichst?"

Sie verzog das Gesicht. „Mach bitte keine Witze über so etwas. Ich schwöre, ich kann ihre Präsenz hier spüren." Sie wedelte mit der Hand über der Kiste. „Deswegen will ich alles weghaben. Hoffentlich wird ihr Geist mit ihren Sachen verschwinden. Gott weiß, dass hier an jeder Ecke genug Erinnerungen an sie sind, mehr brauche ich nicht."

Mr Alcott steckte den Brief und den Ring diskret zurück in die Kiste und nahm sie an sich. „Sie war hier lange Zeit ein Star, Dotty. Du kannst sie nicht innerhalb nur einer Woche nach ihrem Tod wegradieren."

„Ich will sie nicht wegradieren, Perry, aber Culpepper übertreibt. Er macht das nur wegen der Publicity, das weißt du."

„Was tut er?“, fragte ich.

„Überall ihre Sachen aufheben. Ihre Bilder auf den Postern, die Fotografien im Foyer, ihr Name auf meiner Tür. Solange die Zeitungen noch über sie berichten, wird er das Playhouse mit ihr in Verbindung halten. Seit sie tot ist, sind die Kartenverkäufe gut. Wussten Sie das?“ Sie warf mir über die Schulter einen Blick zu, ehe sie sich wieder ihrem Spiegelbild zuwandte. „Die Reihen sind voll, wo sie zuvor halb leer waren.“

Mr Alcott stützte die Kante der Kiste auf dem Schminktisch ab und starrte sie im Spiegel an. „Unterstellst du, Culpepper hätte sie für Publicityzwecke getötet?“

Sie hob eine Schulter. „Das habe ich nie behauptet. Aber lass uns doch mal ehrlich sein. Ihr Stern hätte nicht mehr lange gestrahlt. Sie hatte nur noch wenige Jahre, bis ihre Schönheit verblassen würde. Wenn das geschah, würde die Öffentlichkeit weiterziehen und Mr Culpepper würde einen neuen Star brauchen, um das Publikum wieder anzulocken. Die Liebhaber würden natürlich auch verschwinden.“

„Liebhaber?“, fragte ich. „Plural?“

Dotty sah durch ihre Wimpern zu mir auf und lächelte. „Sie wäre dumm gewesen, hätte sie nur einen gehabt.“

„Würde das keine Eifersucht hervorrufen?“

„Doch! Aber ist das nicht der Spaß daran, schön zu sein? Kommen Sie, Miss Fox. Schauen Sie nicht so schockiert. Ich bin sicher, Pearl hatte jede Menge Spaß, aber sie wusste auch, dass es nicht ewig währen konnte. Sie wäre die Erste gewesen, die zugegeben hätte, dass es besser war, ihr Leben auf dem Höhepunkt ihres Ruhmes zu beenden.“

„Dotty!“, rief Mr Alcott.

Sie zog eine Haarnadel aus ihren Haaren und eine blonde Locke fiel über ihre Schulter. „Auch wenn ich mir sicher bin, dass sie lieber auf andere Art gestorben wäre.“ Sie erschauerte. „Ihr Schrei, als sie fiel, ließ einem das Blut in den Adern gefrieren.“

„Sie waren hier im Theater, als sie starb?“, fragte ich.

„Natürlich. Das waren wir alle. Wir hatten an dem Abend eine Vorstellung.“

„Wo waren Sie?“

„Auf dem Klo, wenn Sie es unbedingt wissen müssen. Ich war gerade herausgekommen, als ich sie schreien hörte. Dann war es still. Es war sehr seltsam. Schon fast unnatürlich."

„Alle brauchten einen Moment, um zu begreifen, woher der Schrei gekommen war und was er bedeutete", sagte Mr Alcott leise. „Dann wurde Pearl gefunden und … es war ein einziges Chaos."

„Wer hat sie gefunden?"

„Culpepper war als erstes dort", sagte Dotty. „Er hat sie geschüttelt, als könne er nicht glauben, dass sie tot war. Als es dann zu ihm durchdrang, hat er sie im Arm gehalten."

Mr Alcott wischte eine Träne weg. „Ich kann nicht mehr darüber reden. Vergeben Sie mir, Miss Fox, aber ich glaube, wir sind hier fertig."

Ich folgte ihm hinaus und wir gingen gemeinsam den Flur entlang zurück. „Was werden Sie mit ihren Sachen machen?"

Er betrachtete die Kiste in seinen Armen. „Sie ihrer Schwester geben, schätze ich."

Ich wollte ihn gerade fragen, ob ich den Brief und den Ring noch eine Weile behalten könne, als sich die Tür, an der wir vorbeigingen, öffnete und Mr Culpepper mich beinahe anrempelte.

„Miss Fox, nicht wahr?" Er runzelte die Stirn. „Was tun Sie hier?"

„Sie hat mich besucht", sagte Mr Alcott, ehe ich etwas erwidern konnte. Er deutete auf die Kiste. „Ich habe Pearls Garderobe ausgeräumt."

„Das nehme ich." Er griff nach der Kiste.

Mr Alcott zog sie weg. „Die wollte ich Mrs Larsen geben."

„Ich werde sie weitergeben, nachdem ich den Inhalt durchgegangen bin. Eigentum des Theaters sollte hierbleiben."

Mr Alcott übergab die Kiste und wir gingen weiter. Sobald wir außer Hörweite von Mr Culpepper waren, sagte er: „Ich hoffe, er zerstört den Brief nicht."

„Das hoffe ich auch."

Wenn er es tat, war es aber kein völliges Desaster. Den Ring würde ich wiedererkennen.

KAPITEL 10

Da ich den Schlüssel zu Pearls Wohnung in meiner Handtasche bei mir trug, musste ich nicht zum Hotel zurück, um ihn zu holen. Ihre Wohnung hatte sich nicht verändert. Alle ihre Sachen standen am selben Platz, als wäre Pearl gerade erst weggegangen. Es vereinfachte meine Aufgabe.

Ich ging direkt zu dem Tisch mit den Fotografien und beugte mich vor, um sie genau zu betrachten. In der, die ich wollte, stand Pearl in der Mitte und war in die ärmellose Stola einer römischen Adeligen gekleidet. Ein Goldreif saß auf ihrem Haar und ein weiterer an ihrem Oberarm. Auf einer Seite neben ihr, die Hand auf ihre Schulter gelegt, war ein Mann im Kostüm eines römischen Gladiators. Ich erkannte ihn von den Postern im Foyer des Playhouse als männlichen Hauptdarsteller in *Katz und Maus*. Auf Pearls anderer Seite stand ein weiterer Mann, der seine Hand ebenfalls auf ihre Schulter gelegt hatte. Er trug kein Kostüm, sondern einen Nadelstreifenanzug. An seinem kleinen Finger steckte ein Ring mit einem dunklen quadratischen Edelstein.

Ich nahm das gerahmte Foto mit und kehrte ins Playhouse zurück, das nur ein kurzes Stück entfernt lag. Die Seitentür war noch offen und ich schlüpfte hinein und ging in den Flur, der zu den Büros und Garderoben führte.

Vor Mr Culpeppers Tür blieb ich stehen und klopfte sacht, ehe ich einen Rückzieher machen konnte.

„Einen Moment!" Seine Stimme klang belegt und gedämpft.

Ich wartete und mehrere Augenblicke später wurde die Tür geöffnet. Vermutlich war ich von Mr Culpeppers Anblick genauso schockiert wie er von meinem. Auch wenn ich damit gerechnet hatte, dass er mir die Tür öffnete, hatte ich nicht erwartet, ihn mit rot-verquollenen Augen zu sehen. Er hatte geweint.

Das nahm mir den Wind aus den Segeln. Ich wusste nicht mehr, wie ich anfangen sollte.

„Was machen Sie denn noch hier?", fragte er.

Wenigstens bat er mich nicht herein. Ich wollte sein Büro nicht betreten. Wenn ich ihn schon mit dem konfrontierte, was ich wusste, zog ich es vor, es draußen im Flur zu tun. Ich schaute mich um, doch weder rechts noch links war jemand zu sehen.

„Ich habe Ihnen einige Fragen zu stellen", sagte ich.

Er packte den Rand der Tür und lehnte sich dagegen, als ob ihn nichts anderes aufrecht halten würde. „Versuchen Sie immer noch zu unterstellen, dass Pearl ermordet wurde?"

„Warum sind Sie sich so sicher, dass es nicht so war?"

Er seufzte. „Weil ich glaube, dass Rumford sie dazu getrieben hat, sich selbst das Leben zu nehmen. Es ist offensichtlich. Etwas ist zwischen den beiden passiert, sie haben gestritten, er wollte sie aufgeben … etwas in der Richtung."

„Das glauben Sie nicht wirklich, Mr Culpepper."

Sein Blick senkte sich zum Teppich.

„Sie glauben es nicht, weil Sie wissen, sie hätte sich wegen Rumford nicht umgebracht. Sie hat ihn nicht geliebt."

Sein Adamsapfel bewegte sich, als er heftig schluckte. „Warum sagen Sie das?"

„Sie war in Sie verliebt."

Er schaute hoch. Seine Augen schwammen vor Kummer und noch etwas. Reue?

„Mr Alcott hat mir den Brief gezeigt, in dem sie einem unbenannten Empfänger ihre Liebe ausdrückt. Sie ist nie dazu gekommen, ihn ihm zu geben, was eine tragische Schande ist."

Er schluckte wieder. „Ich habe ihn gerade selbst gelesen. Es war sehr bewegend. Warum glauben Sie, dass ich der Mann bin, dem sie ihn geschrieben hat?"

„Der Ring, der in dem Brief lag, ist Ihr Ring, nicht wahr?" Ich zeigte ihm die Fotografie. „Haben Sie ihn ihr als Zeichen Ihrer Liebe gegeben?"

Er schloss die Augen und legte den Kopf in den Nacken. Dann atmete er zitternd aus, ehe er mich wieder ansah. „All diese Jahre, in denen wir unsere Beziehung geheim gehalten haben, und dann kommt eine völlig Fremde und deckt alles auf." Er schnaufte ein humorloses Lachen heraus. „Pearl hätte es amüsant gefunden."

„Sie haben sie geliebt, deswegen bringen Sie es nicht über sich, ihre Garderobe auszuräumen oder die Poster auszuwechseln."

Er kniff die Lippen zusammen, die dennoch zitterten.

„Erzählen Sie mir von Ihrer Beziehung. Wann fing sie an?"

Er trat zur Seite und lud mich in sein Büro ein.

„Lassen Sie uns hier draußen reden."

Sein Blick verfinsterte sich, ehe er sich voller Verständnis wieder aufhellte. „Sie glauben, ich hätte sie getötet und werde auch Sie töten, weil Sie unser Geheimnis gelüftet haben?" Er schüttelte den Kopf. „Pearl würde das wirklich amüsant finden. Ich habe sie nicht umgebracht, Miss Fox. Ich habe sie geliebt. Das haben Sie gerade selbst behauptet."

„Sie müssen auf ihre Beziehung mit Lord Rumford eifersüchtig gewesen sein." Als er nicht reagierte, machte ich einen weiteren Vorstoß. „Ich kann mir vorstellen, dass es Sie schmerzt, aber wenn Sie möchten, dass ich Ihnen glaube, müssen Sie reden. Aber ich werde hier draußen bleiben."

Er strich sich mit Daumen und Zeigefinger über seinen dünnen Schnurrbart. „Ich war auf Rumford nicht eifersüchtig. Dafür hatte ich keinen Grund. Ich wusste, dass sie ihn nicht liebt. Der Brief beweist es."

„Aber den Brief haben Sie nie erhalten."

„Den musste ich nicht lesen, um es zu wissen. Schauen Sie, Pearl und ich waren schon einige Jahre zusammen. Als sie Wrexham verließ, dachte ich, wir würden endlich ein Paar werden. Ich hatte gehofft, es würden nur wir zwei sein und ich hatte sie sogar gebeten, mich zu heiraten. Sie sagte, das würde sie tun, aber jetzt noch nicht. Sie stand auf dem Höhepunkt ihrer Karriere und wollte nicht alles aufgeben. Dann ließ sie sich kurz nach Wrexham mit Rumford ein. Sie sagte, sie hätte die Geschenke und die Aufmerksamkeit vermisst. Er bezahlte für eine hübsche Wohnung, ging mit ihr in teure Restaurants und sie besuchten zusammen Bälle und Partys. Durch Wrexham und dann Rumford traf sie Prinzen und Herzoge." Er klang, als würde das Leben, das sie hatte führen können, ihn mit Ehrfurcht erfüllen, nicht mit Neid, dass er ihr all diese Dinge nicht hatte bieten können.

„Es muss Ihnen einen Stich versetzt haben, dass sie versprach, mit Ihnen zusammen zu sein, und sich stattdessen mit Rumford einließ." Ich erinnerte mich an etwas, das Mr Alcott gesagt hatte. „Sie haben deswegen gestritten, nicht wahr?"

„Wir haben deswegen und auch wegen anderer Dinge gestritten. Wir hatten eine explosive Beziehung." Er lachte hohl. „Es war nie langweilig." Ihm musste bewusst werden, wie das klang, denn er schüttelte schnell den Kopf. „Ich wollte sie niemals tot sehen. Unsere Streitereien zeigten nur, wie sehr wir einander liebten. Hätten wir nicht gestritten, hätte es bedeutet, dass wir einander egal waren, und das ist das Ende einer Beziehung."

Ich glaubte ihm, dass er sie liebte und sich ihren Tod nicht gewünscht hatte, aber das bedeutete nicht, dass er es nicht doch in einem hitzigen Moment getan hatte. Vielleicht hatte er ihren Sturz in den Tod unabsichtlich verursacht. „Wo waren Sie, als sie starb?"

„Hier im Theater."

„Ich meine, wo genau. Sie müssen in der Nähe gewesen sein, wenn Sie als Erster bei ihrer Leiche waren."

Er runzelte die Stirn. „Das war ich nicht. Perry Alcott war schon dort, als ich bei ihr ankam."

Wenn das stimmte, warum hatte Mr Alcott Dotty dann nicht korrigiert, als sie behauptet hatte, Mr Culpepper wäre zuerst am Ort des Geschehens gewesen? „Können Sie mir die Stelle zeigen?"

„Dafür habe ich keine Zeit."

„Bitte, Mr Culpepper. Es ist für Pearl. Wenn sie getötet wurde, verdient sie Gerechtigkeit."

Seine Augen füllten sich mit Tränen. Er nickte. „Folgen Sie mir."

Er führte mich den Flur entlang an den Garderoben und einem Lagerraum vorbei, wo ein Angestellter einen Kerzenhalter polierte. Mr Culpepper öffnete eine Tür und wir betraten das Parkett des Zuschauerraumes. Vier Schauspieler auf der Bühne schauten von ihrem Skript auf.

„Miss Fox?", sagte Mr Alcott. „Sie sind zurückgekommen."

„Ich hatte Mr Culpepper noch einige Fragen zu stellen", sagte ich, ohne stehen zu bleiben. Mr Culpeppers Schritte waren nicht raumgreifend, aber zielgerichtet und eilig.

Mr Alcott und Dotty Clare warfen sich Blicke zu, dann sprang Mr Alcott von der Bühne. Er half Dotty herunter und beide folgten uns den Gang herauf.

Mr Culpepper blieb nach acht Reihen stehen. „Hier." Er zeigte auf die Reihe. „Sitze sieben bis zehn." Er schluckte und schaute weg.

„Um wie viel Uhr ist es passiert?"

„Etwa fünfzehn Uhr dreißig?" Er schaute die anderen an, die nickten.

Dotty nahm seine Hand. „Ist das nötig, Miss Fox?"

„Können Sie mir alle zeigen, wo Sie waren, als Sie Pearls Schrei gehört haben?"

Mr Alcott griff sich an den Hals, war jedoch der erste, der antwortete. „Ich war hinter dem Bühnenvorhang. Als ich sie hörte, kam ich raus und sah mich um. Da ich nichts erkennen konnte, sprang ich von der Bühne und fing an, die Reihen abzugehen."

„Sie waren als Erstes bei der Leiche", sagte ich und beobachtete ihn genau.

„War ich das?" Er zuckte mit den Schultern. „Ich entsinne mich nicht. Es war alles so chaotisch. So schrecklich."

„War jemand mit Ihnen hinter der Bühne?"

„Nein."

„Haben Sie hier draußen jemanden gesehen?"

Er nickte zu Mr Culpepper. „Er kam aus der Tür dort." Er

deutete auf eine weiter hinten gelegene Seitentür. Auf der anderen Seite des Theaters befand sich ebenfalls eine. Auf beiden stand NOTAUSGANG.

„Ich war auf der Toilette der Schauspielerinnen“, sagte Dotty. „Ich glaube, ich war gerade herausgekommen, als ich Pearls Schrei hörte. Ich versuchte auszumachen, woher er gekommen war, und kam durch diese Tür.“ Sie zeigte auf die Tür am hinteren Ende des Theaters, durch die die Zuschauer ein- und ausgingen. „Ich sah Perry und Mr Culpepper hier stehen. Erst als ich zu ihnen ging, begriff ich, was passiert war.“ Sie presste ihren Handrücken gegen ihre bebenden Lippen.

„Danke“, sagte ich. „Ich weiß, wie schwierig dies für Sie alle ist, aber ich bin sicher, es wird helfen.“

Mr Culpepper entschuldigte sich und eilte davon, doch ich sah noch, wie ihm Tränen in die Augen stiegen.

Eine der Schauspielerinnen auf der Bühne rief Dottys Namen. „Ich brauche Hilfe bei dieser Szene.“

Dotty seufzte. „Sie wird es nie hinkriegen.“ Mit auf die Hüften gestemmten Händen machte sie sich auf den Weg zur Bühne.

Mr Alcott sah ihr nach. „Das Mädchen ist Dottys Zweitbesetzung. Sie ist recht gut, aber Dotty will es nicht zugeben. Ich glaube, sie ist besorgt.“

„Danke für Ihre Hilfe heute“, sagte ich. „Der Brief war eine Offenbarung.“

„Ich dachte mir, dass er wichtig ist. Ich wünschte ich wüsste, für wen er gedacht war.“

„Sie haben keine Ahnung?“

Er schüttelte den Kopf. „Ich sollte besser auch gehen. Guten Tag, Miss Fox.“

Ich legte den Kopf in den Nacken, um zum Balkon im zweiten Rang hinaufzuschauen. Es schien mir unwahrscheinlich, dass dort jemand aus Versehen herunterfallen konnte, wollte die Höhe der Brüstung jedoch selbst überprüfen.

Ich folgte dem Gang, doch anstatt bis ganz nach hinten zu gehen und die Tür zu nehmen, von der Dotty behauptet hatte, sie benutzt zu haben, schaute ich zur Bühne, ob mich jemand beobachtete. Dann schob ich den Notausgang auf. Wie ich angenommen hatte, gab es dort Stufen.

Ich hob meine Röcke und stieg hinauf, wo ich die Tür im zweiten Rang öffnete und zwischen die Sitzreihen trat. Die Balkonbrüstung, über die ich schaute, reichte mir bis zur Hüfte. Aus den Kleidern in Pearls Schrank hatte ich schließen können, dass sie in etwa meine Größe hatte. Niemand konnte aus Versehen stolpern und stürzen. Pearl war entweder gestoßen worden oder in den Tod gesprungen.

Auf dem Weg zurück zum Hotel schwirrte mir der Kopf von all dem, was ich erfahren hatte. In allen drei Geschichten, die ich gerade gehört hatte, gab es Löcher. Jeder von ihnen hätte oben im zweiten Rang sein können, Pearl über die Brüstung gestoßen haben und dann wieder nach unten gekommen sein, ohne bemerkt zu werden. Mr Alcott war hinter der Bühne gewesen, aber niemand hatte ihn gesehen, also konnte er es nicht beweisen. Er hatte die Leiche auch als Erster erreicht, schien diese Tatsache aber völlig vergessen zu haben, als Dotty es zuerst angemerkt hatte. Hatte er nicht gewollt, dass ich von seiner Nähe zur Leiche wusste und daher annahm, er wäre der Mörder?

In Dottys Fall hatte sie nicht die Tür benutzt, die der Damentoilette am nächsten lag. Wir waren im Flur daran vorbeigekommen und sie war nicht einmal in der Nähe des Eingangs, den sie genommen hatte. Dieser Eingang führte bequem zum ersten und zweiten Rang.

Und ich hatte gerade bewiesen, dass auch der Notausgang zu den oberen Rängen führte. Es wäre für Mr Culpepper ein Leichtes gewesen, Pearl über die Brüstung zu stoßen und bei ihrem Schrei nach unten zu rennen. Nicht nur das, von den Dreien hatte er das stärkste Motiv: Eifersucht. Seiner Behauptung Glauben zu schenken, er wäre auf Pearl und Rumford nicht eifersüchtig gewesen, fiel extrem schwer. Kein Mann teilte gern seine Geliebte und es musste ihn zerfressen haben, dass Rumford ihr alles bieten konnte, was sie wollte, er aber nicht—einen luxuriösen Lebensstil in feinster Gesellschaft.

Anstatt wieder ins Hotel zu gehen, nahm ich den Bus zum Naturkundemuseum. Einerseits wollte ich Flossy nicht anlügen, wie ich meinen Tag verbracht hatte, andererseits empfand ich Museen als inspirierend und beruhigend. Durch die Ausstellung zu wandern, gab mir Zeit zum Nachdenken. Außerdem füllte es den Rest des Tages aus, bis es Zeit war, Mr Adams im Nag's Head zu treffen.

„Nicht nötig, sich zu setzen", sagte er, als ich mich seinem Stammplatz näherte. „Das dauert nicht lange."

Ich setzte mich trotzdem auf die Bank. Nach seinem Gesichtsausdruck zu schließen, hatte er keinen Erfolg gehabt. „Wenn Sie nicht in sein Büro gekommen sind, möchte ich mein Geld zurück."

„Bin reingekommen." Er schob die Schultern zurück und die Brust vor. „Es gibt in London kein Schloss, das Thomas Adams aufhält."

„Haben Sie den Kalender gefunden?"

„Habe ich." Er rückte vor, stützte die Ellenbogen den Tisch und nahm die Zigarette mit Daumen und Zeigefinger, die zwischen seinen Lippen gesteckt hatte. Rauch quoll aus seinem Mund, als er sprach. „Aber die entsprechende Seite fehlte."

„Fehlte?"

„Rausgerissen. Nur ein paar Fetzen übrig. Sie war weder im Mülleimer noch in den Schubladen. Nirgends." Er zuckte mit den Schultern. „Tut mir leid, aber Ihr Geld kriegen Sie nicht zurück. Ich habe gemacht, worum Sie gebeten haben, mit großem persönlichem Risiko, und nichts gefunden."

„Danke", murmelte ich.

Ich ging, aber meine Niedergeschlagenheit währte nicht bis zu Hause. Mehr als alles andere sagte mir die fehlende Kalenderseite, dass Lord Wrexham nicht wollte, dass ich herausfand, wo er an dem Tag war, als Pearl starb.

* * *

Den Großteil der Nacht konnte ich nicht schlafen und wälzte mich herum. Die ganzen Hinweise, die ich bisher gesammelt hatte, wirbelten in meinem Kopf durcheinander, bis sie gar keinen Sinn mehr ergaben. Um drei Uhr morgens gab ich auf, warf mir einen Morgenmantel über und ging nach unten. Die

Bibliothek würde nicht abgeschlossen sein, ebenso wie die Lounge, durch die man zu ihr gelangte.

Das Gas meiner Lampe drehte ich so weit herunter, dass sie nicht zu hell leuchtete, aber hell genug, um mich sicher die Treppen hinunter zu bringen. Es war still im Hotel und meine Schritte hallten wie körperlos durch das Treppenhaus. Als ich den Treppenabsatz im dritten Stock erreichte, wurde mir klar, dass meine Schritte nicht die einzigen waren. Es klang, als würden weiter unten mehrere Personen hastig abwärts laufen.

„Wir wollen, was uns zusteht", sagte eine Frauenstimme mit Cockney-Akzent.

„Wir wissen, dass du unser Geld hast, du diebische Elster, also gib's her", erwiderte eine andere Frau.

„Lasst uns erst hier verschwinden", sagte ein Mann. „Ich lungere hier nicht rum. Das letzte Mal hat uns die Nichte vom Inhaber fast erwischt."

Ich blieb stehen und löschte die Lampe. Mein Herz hämmerte in meinem Brustkorb und ich wagte kaum, mich zu bewegen. Kurz darauf verklangen die Schritte und ich fand den Mut, weiterzugehen, wenn auch im Dunkeln.

Als ich im Erdgeschoss angekommen war, schielte ich um die Ecke. Das Licht im Foyer war gedimmt, aber ich erkannte drei Männer. Derjenige, der die Tür schloss, war der Nachtportier James, der nachts alle Aufgaben des Empfangspersonals übernahm. Er musste gerade jemanden aus dem Hotel gelassen haben. Die Frauen?

Der zweite Mann war Mr Hirst. Er nahm von einem dritten Mann, dessen Gesicht ich nicht sehen konnte, etwas entgegen, das wie Geldscheine aussah. Dieser Mann tippte sich an die Mütze und bewegte sich weg. Er gab auch James etwas, ehe er das Hotel verließ. James hatte ihm nicht die Tür aufgehalten.

Wenn ich doch nur sein Gesicht gesehen hätte. Auch wenn er gekleidet und ähnlich gebaut war wie der hakennasige Mann, den ich vor einigen Tagen bemerkt hatte, war es unmöglich zu wissen, ob es ein und derselbe war. Ich war mir ziemlich sicher, dass es nicht Mr Clitheroe war, der Gast, von dem Mr Hirst behauptet hatte, ich hätte ihn gesehen, und der ebenfalls eine stark vorstehende Nase hatte. Zum einen hatte er ausgecheckt, zum anderen hatte ich noch nie einen Hotelgast mit einem Cockney-Akzent sprechen hören.

Mr Hirst verschwand im Flur der leitenden Angestellten und James streifte durch das Foyer. Ich überlegte, ihn zu fragen, wer da gerade gegangen war, entschied mich aber dagegen. Der Fremde hatte ihm etwas gegeben und wenn es Geld dafür war, dass er ein Auge zudrückte, würde James es mir nicht sagen.

Ich gab meinen Plan auf, mir ein Buch zu holen, und machte mich wieder auf den Weg nach oben, wobei ich mich mit der Hand am Treppengeländer entlang tastete. Die Frauen und der Mann waren im zweiten Stock in das Treppenhaus gekommen, also ging ich diesen Flur entlang. Alles war still. Wenn sie in einem oder mehreren der Zimmer gewesen waren, schliefen die Gäste dort höchstwahrscheinlich.

Es sei denn, die Zimmer waren leer.

* * *

ENDLICH SCHAFFTE ICH ES, einige Stunden Schlaf zu bekommen, nur um gegen acht von Harmony geweckt zu werden, die mit meinem Frühstückstablett vor der Tür stand. Ich ließ sie herein und kroch ins Bett zurück.

Sie folgte mir ins Schlafzimmer. „Das hier hat im Flur auf dich gewartet." Das Tablett stellte sie auf den Schminktisch. „Warum hast du noch nicht gegessen?"

„Weil ich nicht schlafen konnte und jetzt müde bin."

„Du wirst den Fall nicht lösen, wenn du den ganzen Tag im Bett liegst."

„Ich will nicht den ganzen Tag im Bett liegen, nur noch eine Stunde."

„Ich muss deine Haare machen, bevor ich mit meiner Arbeit loslege."

„Das mache ich heute selbst."

Sie stand mit einer Hand auf der Hüfte da. „Ich habe dir etwas Interessantes zu erzählen."

„Schreib mir einen Brief und lass ihn auf dem Schreibtisch liegen. Ich lese ihn später."

Mit einem Kopfschütteln griff sie nach den Gardinen.

„Nicht!"

Sie riss die Vorhänge auf und ließ das schummrige Licht eines Londoner Wintermorgens herein. Von mir aus hätte es auch der sonnigste Tag sein können. Ich zog die Bettdecke über den Kopf.

Harmony riss sie mir weg. „Komm schon, Miss Fox. Du wirst dich besser fühlen, sobald du was isst und dir Wasser ins Gesicht spritzt."

„Wenn du Wasser über mir auskippst, teile ich nie wieder das Frühstück mit dir."

Sie grinste. „Ich weiß, wie schwer das Aufstehen fällt, wenn man nicht viel geschlafen hat, glaub mir. Aber du musst dir wirklich den Tratsch anhören, den ich zu erzählen habe. Der macht dich wach."

Ich seufzte und setzte mich auf. „Du weißt genau, dass es keine bessere Methode gibt, meine Aufmerksamkeit zu erregen, als das Versprechen von saftigem Tratsch. Also, was hast du gehört?"

Sie nahm das Frühstückstablett, legte es mir auf den Schoß, setzte sich dann neben meine Beine und bediente sich an einer Scheibe kaltem Toast. „Goliath hat mir erzählt, dass sein Freund im Savoy Hotel gehört hat, wie ein Gast darüber plauderte, Lady Rumford im Theater gesehen zu haben."

„Das ist ziemlich viel stille Post. Sollten wir dieser Information trauen?"

„Die Frau behauptete, eine Freundin von Lady Rumford zu sein. Man sollte meinen, sie weiß, wie ihre eigene Freundin aussieht. Es ist auf jeden Fall wert, dem auf den Grund zu gehen. Weswegen ich Goliath gesagt habe, er soll seinen Freund bitten, mehr herauszufinden."

„Hervorragende Idee. Das gibt mir Zeit, anderen Hinweisen nachzugehen."

„Zum Beispiel?"

Ich seufzte, während ich ein gekochtes Ei schälte. „Das weiß ich noch nicht. Vielleicht ereilt mich ja eine Inspiration, bis ich mit dem Frühstück fertig bin."

Die Inspiration ereilte mich tatsächlich und ich verließ beflügelt das Hotel. Die vielen Verdächtigen bei dieser Ermittlung im

Vergleich zur letzten machten die Dinge zwar kompliziert, aber es war besser, zu viele zu haben als gar keine. Jedenfalls sagte ich mir das.

Die Vorkommnisse der vergangenen Nacht beschäftigten mich ebenfalls. So sehr sogar, dass sie die Mordermittlungen behinderten. Es gab nur eine Möglichkeit, das zu ändern—die Information an jemand anderen weitergeben. Zum Glück konnte die Person, die ich aufsuchen wollte, mir dabei helfen und mir außerdem Ratschläge geben, was ich bezüglich der Sichtungen von Lady Rumford tun sollte, die laut ihrem Ehemann gar nicht in London sein sollte.

Ich steckte den Kopf in das Roma Café und lächelte Luigi und seine beiden Stammkunden an.

„Er ist nicht hier", teile Luigi mir mit.

Ich stieg die benachbarte Treppe hinauf und klopfte an Mr Armitages Bürotür. Er bat mich herein, wobei er ziemlich enttäuscht aussah, dass ich es war und kein potenzieller Kunde.

„Wie läuft das Geschäft?", fragte ich fröhlich, während ich Platz nahm.

„Ich kann mich kaum retten."

Eine Zeitung lag vor ihm ausgebreitet, doch ansonsten war sein Schreibtisch aufgeräumt. Sein Jackett hing neben seinem Mantel und Hut an der Garderobe neben der Tür, was bedeutete, dass er niemanden erwartete. „Klar", sagte ich und versuchte, mir nicht anmerken zu lassen, dass ich seine Lüge durchschaut hatte.

Er faltete die Zeitung zusammen und legte sie zur Seite. „Benötigen Sie meine Dienste, um Sie noch einmal zum Nag's Head zu begleiten?"

„Nein, danke. Ich habe bereits zweimal mit Mr Adams gesprochen, seit wir uns das letzte Mal begegnet sind." Ich breitete die Arme aus. „Wie Sie sehen, habe ich es unbeschadet überstanden."

Er lehnte sich zurück, stützte die Ellenbogen auf die Armlehnen des Stuhls und strich mit dem Finger über seine Oberlippe. „Sie haben Fortschritte gemacht. Sehr gut. Ich wusste, dass Sie vorankommen würden."

„Ich habe den Fall noch nicht gelöst, aber ich brauche Ihre Hilfe."

„Ich sollte anfangen, es Ihnen zu berechnen."

„Oder Sie könnten einfach einwilligen, mich zu Ihrer Partnerin zu machen und wir können uns die Provision teilen."

Er lachte. „Sie geben nicht auf, oder?"

„Es ist eine nervige Gewohnheit, wurde mir gesagt." Ich öffnete meine Geldbörse. „Da Sie in eine Geschäftspartnerschaft noch nicht einwilligen, werde ich gern für Ihre Zeit zahlen."

Er schüttelte den Kopf, als ich versuchte, ihm etwas Geld zu geben. „Stecken Sie das weg, Miss Fox. Es war ein Witz. Ich will keine Bezahlung dafür, wenn ich Sie zu Gesprächen mit zwielichtigen Gestalten begleite. Für was für einen Mann halten Sie mich?"

„Für einen, der meint, ich würde seinen Stolz angreifen." Ich ließ das Geld zurück in meine Börse fallen. „Diesmal möchte ich nicht, dass Sie mich begleiten. Ich will Ihre Meinung."

Mein Seitenhieb auf seinen Stolz hatte ihn zum Schweigen gebracht und ich wünschte, ich könnte ihn zurücknehmen. Manchmal sollte ich mich zurückhalten, anstatt einfach zu sagen, was mir in den Kopf schoss.

„Es tut mir leid", murmelte ich. „Aber ich will wirklich Ihre Meinung über etwas hören. Zwei Sachen, um genau zu sein. Als jemand, der jahrelang in einem Luxushotel gearbeitet hat, glaube ich, dass Sie mir eine einzigartige und wertvolle Sichtweise liefern können."

„Entschuldigung angenommen. Kein Grund, so dick aufzutragen."

Ich warf ihm einen vernichtenden Blick zu. „Das habe ich nicht." Plötzlich fühlte ich mich unwohl, wie er mich anstarrte, und rückte mich auf meinem Stuhl zurecht. „Es geht um Lady Rumford. Zwei voneinander unabhängige Personen haben erwähnt, sie gesehen zu haben, einmal in der Oper, ein anderes Mal im Theater. Sie ist aber in keinem der gängigen Hotels abgestiegen. Lord Rumford besitzt keine Residenz in London, also muss sie woanders wohnen."

„Bei Freunden?"

„Aber wäre Lord Rumford von diesen Freunden nicht informiert worden?"

„Vielleicht Freunde von ihr, nicht von ihm."

Das war sicherlich möglich, auch wenn es mir seltsam vorkam, dass niemand zu *wissen* schien, wo sie sich aufhielt. „Wenn sie bei einer Freundin untergekommen wäre, hätte sie nicht auch zu anderen Freundinnen Kontakt aufgenommen, während sie in London ist? Bisher haben wir nur gelegentliche heimliche Sichtungen, über die jeder tratscht."

Er legte seine Fingerspitzen aneinander und klopfte mit einem Daumen gegen den anderen. „Es gibt eine andere Möglichkeit. Eine, die bedeutet, sollte es stimmen, dass sie ihre Anwesenheit hier vor ihren Freunden geheim halten möchte."

„Weil sie nach London kam, um einen Mord zu begehen." Ich rückte nach vorn. „Weiter."

„Sie könnte unter falschem Namen in einem Hotel abgestiegen sein."

„Das könnte sie vermutlich. Wenn sie mit dem Ziel herkam, Pearl zu ermorden, würde sie ihren richtigen Namen nicht angeben. Das ist eine brillante Schlussfolgerung, Mr Armitage."

„Nur so am Rande glaube ich, dass Sie auf dem Holzweg sind."

Ich schaute hoch. „Warum?"

„Wenn sie Pearl getötet hat, wäre es dumm, London nicht sofort zu verlassen. Aber was noch wichtiger ist, was hat sie davon, sie umzubringen?"

„Eine Rivalin für die Liebe ihres Mannes auszuschalten, natürlich."

Er schmunzelte.

„Was ist so amüsant?", fragte ich defensiv.

„Sie. Ich hatte Sie nicht als so romantisch eingestuft."

Ganz sicher war ich mir nicht, ob er das jetzt beleidigend meinte oder nicht, also schwieg ich.

„Sie sagten, es gäbe zwei Dinge, die Sie mit mir besprechen wollten", fuhr er fort. „Was ist das zweite?"

Ich erzählte ihm, was ich letzte Nacht im Treppenhaus und Foyer des Hotels gesehen und gehört hatte. Er folgte meinen Ausführungen aufmerksam, wobei auf seiner Stirn eine kleine

Falte entstand. Doch nicht aus dem Grund, den ich vermutet hatte.

„Warum sind Sie hier, Miss Fox?", fragte er, als ich geendet hatte.

Ich blinzelte. „Um Ihnen von dem Mann zu erzählen, der Mr Hirst und den Nachtportier zu bestechen schien."

„Sie haben keine Beweise für irgendwelche Straftaten, nur einen Verdacht und Spekulationen. Abgesehen davon hätten Sie Ihren Verdacht und Ihre Spekulationen auch meinem Onkel vortragen können."

Ich sah ihn empört an. „Das nächste Mal werde ich das tun. Ich dachte nur, Sie wären daran interessiert, weiter nachzuforschen. Wie ich sehe, liege ich falsch. Und außerdem war der andere Grund meines Besuches, Sie nach Ihrer Meinung über Lady Rumford zu fragen. In dieser Hinsicht waren Sie sogar recht hilfreich."

„Da wären Sie auch von allein drauf gekommen. Oder, noch einmal, hätten es mit meinem Onkel besprechen können. Er hat mehr Erfahrung als ich, was Hotelgäste angeht." Er beugte sich vor und verschränkte die Arme auf dem Schreibtisch. Sein Lächeln war äußerst spitzbübisch.

Etwas in mir schlug einen Salto. Er hatte es geschafft, mich mit einem kleinen Lächeln aus der Fassung zu bringen. Ob ich das mochte, war mir nicht klar.

„Also warum sind Sie hergekommen, Miss Fox?"

„Da bin ich mir nicht mehr so sicher."

Er lachte leise.

„Machen Sie sich über mich lustig?"

Er hob ergeben die Hände. „Das würde ich nicht wagen."

Ich stand auf. „Guten Tag, Mr Armitage. Danke für Ihre Unterstützung." Ich drehte mich um und ging hinaus.

Wie war dieses Treffen so schnell den Bach runtergegangen? Mr Armitage benahm sich absichtlich provokant und ich konnte nicht ergründen, warum. Wir waren gut miteinander ausgekommen und ich hatte gehofft, wir könnten Freunde werden. Daran hatte er eindeutig kein Interesse, wenn er unsere frisch geschlüpfte Freundschaft sabotierte.

Ich verbannte Mr Armitage aus meinen Gedanken und wägte

die nächsten Schritte in der Ermittlung ab. Die Reihen von Verdächtigen mussten ausgelichtet werden. Es waren einfach zu viele. Eifersucht und Verletzung wegen möglicher Zurückweisungen sahen für einige meiner Verdächtigen nach starken Motiven aus, sowohl ehemalige wie gegenwärtige Liebhaber, ihre Ehefrauen und sogar Pearls Zweitbesetzung Dotty Clare. Sowohl Lord und Lady Wrexham als auch Mr Culpepper hatten Pearl mehrere Jahre gekannt. Es gab jemanden, der ein Licht auf diese älteren Beziehungen werfen konnte, und das war Pearls Schwester. Auch wenn sie behauptete, Pearl nicht mehr so gut gekannt zu haben, musste sie über die Leute aus Pearls Vergangenheit eine Meinung haben.

Ich fischte den Zettel aus meiner Handtasche, auf den sie ihre Adresse geschrieben hatte. Die Gegend kannte ich nicht, also rief ich eine Droschke. Etwa fünfzehn Minuten später setzte mich der Fahrer am Eingang eines Innenhofes ab, der auf drei Seiten von gleichförmigen Mietshäusern umgeben war. Kleine Kinder spielten Fangen und eine Frau hängte Wäsche auf, wobei ich mich fragte, wie die bei diesem Wetter trocknen sollte.

Ich nickte ihr im Vorbeigehen zu und fühlte ihren Blick auf mir, als ich mich Millie näherte, die auf einer Stufe saß. Das kleine Mädchen summte leise und starrte vor sich hin. Ihr Körper wiegte sich im Rhythmus ihrer Melodie.

„Guten Morgen, Millie", sagte ich.

Sie hörte auf zu summen und hob ihr Gesicht, sah mich aber nicht direkt an.

„Erinnerst du dich an mich? Ich bin Miss Fox. Wir sind uns in der Wohnung deiner Tante begegnet."

Sie fing wieder an zu summen.

„Ist deine Mutter drinnen?"

„Von der bekommen Sie keine Antworten", sagte die Frau von der Wäscheleine her. „Sie ist nicht taub, redet nur nicht viel. Wenn Sie zu Mrs Larsen wollen, die ist drinnen."

„Danke." Ich klopfte. Während ich wartete, fiel mir eine Frage für die Nachbarin ein. „Haben Sie je Mrs Larsens Schwester hier gesehen?"

„Die Schauspielerin? Jou, die habe ich Weihnachten gesehen. Die kam immer nur zur Weihnachtszeit."

„Wie wirkte sie?“

Die Frau zuckte mit den Schultern. „Auf mich gut, aber ich habe auch nur einen kurzen Blick auf sie geworfen. Die war echt hübsch und so edel mit ihrem Pelzmantel und passendem Hut.“

Die Tür ging auf und Mrs Larsen begrüßte mich lächelnd. „Was für eine Überraschung.“

„Ich würde Ihnen gern noch einige Fragen über Pearl stellen.“

„Kommen Sie rein.“ Sie schnalzte mit der Zunge, da Millie den Weg blockierte. „Lass Miss Fox vorbei.“

Millie summte weiter und rührte sich nicht.

„Millicent! Beweg dich!“ Sie schlug mit dem Handrücken gegen Millies Schulter, die daraufhin zur Seite rückte.

Ich quetschte mich an ihr vorbei.

„Bitte entschuldigen Sie, aber ich werde Sie in der Küche empfangen müssen. Wir lassen im Wohnzimmer einige Ausbesserungen vornehmen.“ Sie führte mich durch den Flur an verschlossenen Türen und der Treppe vorbei, bis wir die warme Küche erreichten. Der köstliche Duft einer Pastete im Ofen erfüllte das ganze Haus. „Sie erinnern sich von der Beerdigung an meinen Mann?“

Mr Larsen stand auf und nickte mir zu, ehe er den Stiefel, den er repariert hatte, mitsamt dem Werkzeug nahm und ging.

„Er ist ein Mann weniger Worte“, sagte Mrs Larsen verlegen. „Tee?“

„Danke, das ist sehr nett.“

Ich setzte mich und sah ihr zu, wie sie Tassen aus einer Kanne füllte, die auf dem Ofen warmgehalten wurde. Die Küche war geräumig mit einem ausladenden Tisch in der Mitte, den Mrs Larsen benutzt hatte, um Teig zu kneten. An der Seite stand eine große Pastete für den Ofen bereit, sobald die andere fertig gebacken war. Das war zu viel Essen für eine dreiköpfige Familie. Vielleicht backte Mrs Larsen sie für Nachbarn oder verkaufte sie.

An der Wand über dem Tisch befand sich ein Regal voller sorgsam beschrifteter Gläser und darüber hing ein hölzernes Kreuz. Eine rosa Glasvase stand leer beim Fenster, als ob sie auf die ersten Anzeichen des Frühlings warten würde, um sie mit

Blumen zu füllen. Die Vase war ausgesprochen hübsch und wirkte in der gewöhnlichen Küche fehl am Platz. Es war eher Pearls Geschmack als der ihrer Schwester.

Mrs Larsen musste sie an dem Tag aus der Wohnung mitgenommen haben, als ich sie dort getroffen hatte. Was sie wohl sonst noch mitgenommen und inzwischen verkauft hatte?

Sie reichte mir eine Tasse. „Es tut mir sehr leid, aber heute habe ich keinen Kuchen da."

„Es ist sehr freundlich von Ihnen, mich zu empfangen. Bitte entschuldigen Sie, dass ich ohne Vorankündigung hier hereinplatze."

„Wie kann ich Ihnen helfen?"

„Was können Sie mir über Pearls—*Nellies*—frühere Beziehungen sagen? Bevor Lord Rumford auf der Bildfläche erschien. Und auch während."

Sie kniff die Lippen zusammen. Dies war kein Gespräch, das sie führen wollte. „Ich weiß sehr wenig. Wie ich Ihnen bereits sagte, meine Schwester und ich standen uns nicht nahe. Sie hat sich mir selten anvertraut."

„Was wissen Sie?"

„Sie war vor Rumford mit einem anderen Lord zusammen. An den Namen erinnere ich mich nicht. Sie mochte ihn nicht sonderlich und als ich sie fragte, warum sie ihren Ruf wegen einer Person ruinierte, die sie nicht mochte, wurde sie wütend. Sie erklärte mir, dass sie ihn brauchte, wenn sie es im Leben zu irgendetwas bringen wollte." Sie starrte auf ihre Teetasse hinab, die sie in beiden Händen hielt. „Nellie war nicht zufrieden mit dem Leben, das sie hatte. Sie wollte mehr Ruhm, mehr Spaß. Sie hasste es, langweilig zu sein, also machte sie Ärger, nur zur Unterhaltung."

„Was für Ärger?"

„Alles Mögliche. Wie zum Beispiel sich mit einem Mann zu treffen, wenn sie schon einen anderen hatte."

„Zum Beispiel …?"

Sie sah mich über die Tasse hinweg an. „Sie haben es selbst gesagt. Sie wollten von dem Mann oder den Männern wissen, mit denen sie sich getroffen hat, *während* sie mit Rumford zusammen war."

„Können Sie mir Namen nennen?"

Sie betrachtete nachdenklich ihren Tee. „Ich nenne nicht gern Namen. Ich bin keine Tratschtante. Aber Sie sollten den Theaterdirektor fragen. Sie standen sich nahe."

„Nahe genug, um eifersüchtig zu werden, weil sie sich mit anderen Männern traf?"

„Das weiß ich nicht."

Ich ließ sie noch einige Augenblicke darüber grübeln, doch als sie nichts weiter ausführte, beschloss ich, einen anderen Ansatz zu versuchen. „Hat Nellie jemals die Ehefrauen ihrer Gönner erwähnt?"

Mrs Larsen schnaubte. „Falls Nellie sich darüber je Gedanken gemacht hat, hat sie es nie gezeigt."

„Sie glauben nicht, dass sie deren Gefühle berücksichtigt hat?"

„Nein. Was nicht allein ihre Schuld ist. Die Lords müssen einen Teil der Verantwortung auf sich nehmen. Den Großteil, nehme ich an." Sie seufzte und stellte die Tasse ab. „Nellie hat nur das gemacht, was ihr leicht fiel. Sie hat sich durch ihr Leben geflirtet und gelächelt und alles mitgenommen, was sie kriegen konnte, solange sie es kriegen konnte. Ich nehme an, einer ihrer Liebhaber hat ihr Leben aus Eifersucht beendet." Sie schüttelte traurig den Kopf. „So unendlich selbstsüchtig."

Ich war mir nicht sicher, ob sie damit Pearl oder den Mörder meinte.

Das Schweigen lastete schwer auf uns, während wir beide unseren Gedanken nachhingen. Es wurde erst durch Millies Summen unterbrochen.

Das Mädchen kam den Flur entlang, wobei sie mit einer Hand an der Wand entlang streifte. In der Küche blieb sie stehen. „Ich habe Hunger."

„Jetzt nicht, Millie, wir haben einen Gast."

Millie schien das zu überdenken. „Werde ich in der Schule essen?"

Mrs Larsen schnalzte mit der Zunge. „Genug! Ich bin es leid, von diesem Ort zu hören." Sie packte ihre Tochter an den Schultern und drehte sie um, sodass sie wieder mit dem Gesicht zum

Flur stand. „Geh wieder raus." Als Millie sich nicht bewegte, gab sie ihr einen leichten Stoß. „Geh!"

Vor sich hin summend trottete Millie davon.

„Sie scheint ein zufriedenes Kind zu sein", sagte ich.

„Sie ist einfältig." Mrs Larsen setzte sich wieder. „Einfältige Kinder sind oft zufrieden."

„Geht sie deswegen schon in jungen Jahren in die Schule? Ich habe gehört, dass es für Kinder, die Lernschwierigkeiten haben, gut sein kann, um ihnen den besten Start zu ermöglichen. Wie alt ist sie?"

„Vier im März."

Meine andere Frage beantwortete sie nicht und ich überlegte, ob sie empfindlich darauf reagierte, dass Millie in ihrer Entwicklung hinter anderen Kindern in ihrem Alter zurücklag. Doch das war es nicht, was mich an dem Mädchen faszinierte.

Ich stellte meine Tasse ab und beobachtete Mrs Larsen sehr genau. Ich wollte jedes Flattern ihrer Wimpern sehen, jedes Zucken, wenn ich sagte, was mir durch den Kopf ging. „Sie sieht aus wie ihre Mutter."

Mrs Larsens Blick wurde scharf und in ihrer Wange zuckte ein Muskel. „Wir haben die gleiche Gesichtsform und in ihrem Alter war ich auch blond."

Das Zucken gab mir einen ausreichenden Hinweis, dass ich mit meiner Frage auf eine Spur gestoßen war. Ich hakte nach, obwohl es eine der unbequemsten Fragen war, die ich jemals jemandem gestellt hatte. „Sie ist Nellies Tochter, nicht wahr?"

Beinahe ließ sie ihre Tasse fallen. Sie klapperte auf der Untertasse. „Sie ist *mein* Kind. Und wenn sie es nicht wäre, glauben Sie, ich würde sie behalten? Ich würde sie ihrer Mutter zurückgeben, selbst wenn diese Mutter meine eigene Närrin von einer Schwester wäre."

Ihre harschen Worte klangen nicht wie die einer Mutter. Oder besser gesagt, klangen sie nicht wie die einer *liebenden* Mutter. Allerdings steckte ein Hauch Wahrheit darin. Ich konnte mir nicht vorstellen, dass Mrs Larsen ein einfältiges Kind annehmen würde, welches nicht ihr eigenes war. Dafür schien sie nicht genug Herzenswärme zu besitzen. Das zerstörte die Theorie, die sich in meinem Kopf zusammengebraut hatte, seit Millie den

Flur entlang gekommen war—dass Pearl ihre Tochter hatte wiederhaben wollen und Mrs Larsen sie getötet hatte, um sie davon abzuhalten, ihr Millie wegzunehmen.

„Die Frage tut mir leid", sagte ich. „Ich muss alles in Erwägung ziehen."

Mrs Larsen schürzte die Lippen. „Noch mehr Tee, Miss Fox?"

„Nein. Ich muss gehen." Ich erhob mich und fand allein den Weg hinaus.

Mr Larsen stand neben einem Karren, auf dessen Ladefläche Millie saß. Er brachte ihr ein Klatschspiel bei, bei dem sie ihn nachahmen musste, um dann selbst etwas zu der Folge hinzuzufügen, was er wiederum nachmachte. Er bewies viel Geduld und Millie erfasste den Rhythmus schnell. Kurz darauf wandelte sie ihn zu etwas ab, was ebenso rhythmisch war.

Er lächelte sie an und wurde dann auf mich aufmerksam. Er nickte. Ich nickte zurück und ließ den Innenhof hinter mir.

Vor wenigen Minuten hatte ich basierend auf ihrem Alter zwei potenzielle Kandidaten als Millies Vater gehabt—Lord Wrexham und Mr Culpepper. Nachdem ich Mr Larsen mit ihr gesehen hatte, gab es jetzt einen dritten.

Trotz Mrs Larsens Protest war ich absolut überzeugt davon, dass nicht sie Millie auf die Welt gebracht hatte, sondern ihre Schwester. Aber aus irgendeinem Grund konnte oder wollte Pearl—Nellie—sie nicht selbst großziehen.

KAPITEL 11

Mr Culpepper war nicht in seinem Büro im Piccadilly Playhouse. Ich ging den Flur entlang zu den Garderoben und merkte schnell, dass der Nachmittag im Theater eine geschäftige Zeit war. Schauspieler und Schauspielerinnen trafen ein und drängten sich im schmalen Flur an mir vorbei, um zu ihren Garderoben zu kommen. Die Stimme eines Mannes erfüllte den engen Raum mit seinen Stimmübungen und eine Gruppe Frauen unterhielt sich lautstark, um ihn zu übertönen—und sich gegenseitig. Bühnenhelfer eilten mit Requisiten, Kostümen und Teilen des Bühnenbilds an mir vorbei. Niemanden schien es zu stören, dass sich eine zusätzliche Person in ihrer Mitte befand, und ich wurde nicht aufgehalten.

Ich klopfte an Dotty Clares Garderobentür. Als sie nicht antwortete, setzte ich meine Suche fort, bis ich sie in der Hauptgarderobe der Frauen fand. Die Tür stand offen, obwohl einige der Schauspielerinnen nur ihr Korsett und weite Pumphosen trugen.

„Miss Fox?", ertönte die vertraute Stimme von Mr Alcott hinter mir. „Was tun Sie hier?"

„Ich suche Mr Culpepper."

„Den habe ich nicht gesehen. Haben Sie es in seinem Büro versucht?"

Dotty kam zu uns, bekleidet mit einem seidenen Morgenmantel und Pantoffeln. Sie lehnte sich an den Türrahmen und hob träge den Arm, um auf die Tür zu zeigen, die zur Bühne führte. „Er ist da draußen mit meiner Zweitbesetzung. Das Mädchen braucht Training. Ganz ehrlich, ich finde, er sollte jemand anderen suchen."

„Es ist zu spät, eine andere einzustellen", sagte Mr Alcott. „Das neue Mädchen hätte keine Zeit, ihren Text zu lernen. Was, wenn du morgen krank würdest? Oder einen Unfall hättest?"

„Willst du mich auch vom Balkon schubsen, Perry?"

Er schnappte nach Luft.

Dotty wandte sich an mich, ein zufriedenes Lächeln auf ihren Lippen. „Haben Sie meine Show schon gesehen, Miss Fox?"

„Deine Show?", höhnte Mr Alcott.

„Besorg Miss Fox ein paar Karten, Perry, sei so gut." Sie tätschelte seine Wange. „Guter Mann." Mit verführerisch wiegenden Hüften ging sie davon. Der Seidenmantel wehte um ihre Knöchel.

Mr Alcott schüttelte den Kopf. „Sie wird jeden Tag unerträglicher und sollte sich besser vorsehen, sonst schubst sie wirklich noch jemand vom Balkon. *Ihre* Zweitbesetzung vielleicht."

Ein leicht schockiertes Geräusch entschlüpfte mir und er warf mir einen bedeutsamen Blick zu.

„Unser Geplänkel scheint Sie zu beunruhigen, Miss Fox. Sie haben eindeutig noch nicht viel Zeit mit Schauspielern verbracht."

„Es geht immer so fies zu?"

„Das ist doch nicht fies. Nicht, dass Dotty und ich Freunde wären. Aber ich habe im Theater wundervolle Freunde gefunden, wie Pearl zum Beispiel." Er stieß einen Seufzer aus und blinzelte Tränen zurück. „Allmählich wird mir bewusst, dass sie diese Bühne da draußen nie wieder betreten wird."

Mr Culpepper kam durch den Bühneneingang und blieb stehen, als er mich sah. „Ich habe keine Zeit für Ihre Fragen." Er marschierte an mir vorbei.

Ich rannte ihm nach. „Es wird nicht lange dauern."

„Jetzt nicht, Miss Fox." Er hielt vor seiner Bürotür kurz inne. „Ich bin zu beschäftigt. Guten Tag."

Es gab nur eine Möglichkeit—es ihm hier und jetzt im Flur zu sagen. „Pearl hatte ein Kind."

Ihm klappte die Kinnlade herunter.

„Das Kind wurde von ihrer Schwester und ihrem Schwager adoptiert, den Larsens. Sie ziehen sie als ihre eigene Tochter groß."

Sein Blick wich mir aus und er runzelte nachdenklich die Stirn. Einen Moment später bat er mich herein, als wäre er aufgezogen worden. Er schloss die Tür hinter mir, doch ich blieb in ihrer Nähe stehen, während er die Hände auf den Schreibtisch legte.

Er senkte den Kopf. „Ich habe das Mädchen nie gesehen. Ich kenne nicht einmal ihren Namen."

„Sie heißt Millie. Im März wird sie vier."

Er plumpste auf den Schreibtischstuhl und rieb sich das Kinn. Die Finger der anderen Hand trommelten leicht auf den Tisch. Er rechnete nach, in welchem Jahr Millie geboren worden war und vielleicht auch, wann sie empfangen worden sein musste. Seine Finger hörten auf zu trommeln und er schluckte schwer.

„Pearl hat im Winter sechsundneunzig einige Monate nicht gearbeitet. Sie sagte, sie sei krank und würde sich im Heim ihrer Schwester erholen."

Also hatte ich recht gehabt. Millie war Pearls Kind. Ein nagender Zweifel war geblieben, nachdem Mrs Larsen es abgestritten hatte. „Sie haben Pearl in dieser Zeit nie gesehen?"

„Sie wollte mich nicht sehen. Sie schrieb mir, sie sei zu krank und Krankheit würde sie hässlich machen." Er lächelte beinahe, doch es kam nicht zum Vorschein. „Ständig machte sie sich Sorgen um ihr Aussehen, sogar bei mir." Er fuhr sich mit beiden Händen über das Gesicht. Als er sie wegnahm, sah er zu mir auf. „Mein Gott. Sie haben mich schockiert, Miss Fox. Ich—ich kann nicht glauben, dass sie mir nichts davon gesagt hat!"

Ich konnte es auch nicht so ganz glauben. Aber falls Mr Culpepper log, war er ein sehr guter Schauspieler.

„Ist das Mädchen meins?", fragte er.

„Ich hatte gehofft, Sie könnten es mir sagen."

Er hob eine Schulter. „Zeitlich passt es. Wir waren damals auf jeden Fall zusammen, aber …“ Er kniff die Augen zu.

„Aber sie war auch mit Lord Wrexham zusammen“, beendete ich den Satz.

Er nickte knapp. „Sie hätte es mir gesagt, wenn das Kind von mir gewesen wäre. Oder?“ Anscheinend fragte er sich selbst, oder vielleicht Pearls Geist. Sein Blick ging in die Ferne. „Als sie zur Arbeit zurückkam, war sie so fröhlich wie immer. Sie und Wrexham besuchten damals viele Partys. Sie achtete immer darauf, in meiner Gegenwart nicht darüber zu sprechen, aber ich hörte davon. Es war fast so, als hätte sie sich entschlossen, das Beste aus dem zu machen, was geboten wurde, und ihr stand ein ganzes Bankett zur Verfügung.“

Das klang nicht nach einer Frau, die gerade ihr Baby aufgegeben hatte. Es sei denn, sie hatte das Baby nicht gewollt.

„Warum hat sie mir nichts gesagt?“, murmelte er.

Ich biss mir innen auf die Lippe. Der einzige Grund, warum sie es ihm verschwiegen hätte, wäre das Wissen oder die Vermutung, dass das Kind nicht seins war.

Ich wollte schon die Tür in meinem Rücken öffnen, als mir noch eine Frage einfiel. „Hat Pearl Sie jemals um Geld gebeten?“

Er war mit den Händen durch seine Haare gefahren und als er damit aufhörte, standen sie in alle Richtungen von seinem Kopf ab. „Nein.“

„Nicht einmal in jüngster Zeit?“

Er schüttelte den Kopf. „Sie weiß, dass ich ihr nichts geben könnte. Abgesehen davon hat Rumford ihr alles finanziert, was sie sich hätte wünschen können. Wozu sollte sie noch mehr brauchen?“

Ich bedankte mich bei ihm und schlüpfte hinaus. Er starrte mir mit leerem Blick nach. Ich war froh, mit ihm gesprochen zu haben, denn seine Antworten waren eine Offenbarung. Allerdings klang einiges unglaubwürdig. Wie konnte er nicht gewusst haben, dass seine Geliebte schwanger gewesen war? Er hätte doch sicher vor ihrem selbst auferlegten Rückzug die Wölbung ihres Bauches bemerkt, wenn sie zusammen waren. Und ganz sicher hätte er ihre Ausrede, sie wäre krank, nicht einfach so akzeptiert. Wenn er sie geliebt hatte, hätte er versucht, sie während ihrer Krankheit zu besuchen.

Außerdem glaubte ich ihm nicht, dass er kein Geld hatte. Er war der Direktor eines der führenden Theater in London. Selbst wenn er für Pearls Bedürfnisse nicht genug Bargeld gehabt hatte, hätte er einen Kredit aufnehmen können. Pearl wäre doch sicher erst zu dem Mann gegangen, den sie liebte, bevor sie Lord Wrexham fragte.

Wenn sie Mr Culpepper um Geld gebeten hatte, damit sie ihr Kind zu sich nehmen konnte, musste er sehr wütend geworden sein, dass sie ihm nie von Millie erzählt hatte. Vielleicht hatten sie gestritten und er hatte sie während dieser Konfrontation getötet. Vielleicht war das gesamte Gespräch, das ich gerade mit ihm geführt hatte, nur fabriziert gewesen, eine Vorstellung. Möglicherweise war er selbst kein Schauspieler, doch das bedeutete nicht, dass er nicht schauspielern konnte, falls nötig.

Je mehr ich darüber nachdachte, desto besser gefiel mir die Idee. Seit mir klar geworden war, dass Millie Pearls Tochter war, konnte ich nicht aufhören, darüber zu grübeln. Welchen Grund sollte es sonst für Pearl geben, Geld zu verlangen? Sie würde ihre Schwester ausbezahlen und Millie selbst großziehen.

Was auf *Mrs Larsen* als Mörderin hindeutete. Sie hätte Pearl aus Angst töten können, das Mädchen zu verlieren, das sie seit fast vier Jahren als ihre Tochter aufzog.

„Miss Fox! Warten Sie!"

Mr Alcott eilte hinter mir den Flur entlang und wedelte mit einigen Papierstreifen in der Luft herum. Als er näherkam, erkannte ich, dass es Eintrittskarten waren. Er gab sie mir. „Sie sind für die Vorstellung heute Abend. Die besten Plätze im Haus."

„Danke. Ich freue mich darauf."

Er beugte sich vor und flüsterte: „Dottys Vorstellung wird nicht so gut sein wie Pearls."

Die Erwähnung von Pearl erinnerte mich daran, wie nahe die beiden sich gestanden hatten. „Darf ich Ihnen eine sehr persönliche Frage über Miss Westwood stellen?"

„Das klingt ernst. Worum geht es?"

„Hat sie je erwähnt, dass sie ein Kind hat?"

„Alter Schwede", murmelte er. „Nein, nie. Wann war das?"

Ich tratschte nicht gern, musste jedoch Antworten bekommen und dieser Mann konnte sie mir möglicherweise liefern. „Das Mädchen wird im März vier. Pearls Schwester und Schwager ziehen es als ihr eigenes auf."

Er schüttelte den Kopf. „Ich bin völlig entgeistert. Pearl hat sie nicht nur nie erwähnt, sondern …"

„Sondern?"

„Wie ich schon sagte, ich hatte keine Ahnung. Selbst jetzt, wo Sie es mir gesagt haben, fällt mir kein einziger Moment ein, wo Pearl auch nur angedeutet hat, dieses Kind könnte ihrs sein. Sie hatte keine Bilder von ihr in der Garderobe, keine Kinderzeichnungen. Ich weiß noch nicht einmal, wie das Mädchen heißt."

„Millie."

„Sie hat ihr zu Weihnachten ein Geschenk gekauft, dessen bin ich mir sicher. Es war ein Teddybär. Sie fragte mich, ob das ein gutes Geschenk für ein Kleinkind wäre, aber Sie sagen, das Mädchen wäre fast vier." Immer wieder schüttelte er den Kopf. „Wie konnte sie mir das verschweigen?"

Je mehr er redete, desto mehr kaltes Wasser goss er über meine Theorie. „Also gab es keine Zeiten, wo Sie dachten, sie wäre traurig? Als ob sie es bereuen würde, das Kind weggegeben zu haben?"

„Pearl war nie traurig. Sie war immer glücklich. Sie hatte alles, was sie sich je hätte wünschen können, soweit ich weiß—Männer, die sie anhimmelten, einen großzügigen Gönner, der sie mit Geschenken überhäufte. Wenn sie etwas bereute, zeigte sie mir nie diese Seite von sich und ich war ihr bester Freund."

Ein bester Freund, der nichts von Pearls Beziehung zu Mr Culpepper gewusst hatte. Also hatte er möglicherweise auch Pearls wahre Gefühle über das Baby nicht gekannt.

Doch das Bild, das er von ihr malte, entsprach dem, das andere malten. Pearl war glücklich. Sie genoss ihr Leben. Sie benahm sich nicht wie eine Frau, die ihr Kind vermisste und es wiederhaben wollte. Wäre es so gewesen, hätten ihr Liebhaber und ihr Freund davon gewusst oder zumindest irgendein kleines Anzeichen gesehen.

Doch Pearl schien nichts zu bedauern und keine Sorgen zu

haben. Sie hatte ihr kleines Mädchen nicht mit Geschenken überschüttet und als sie ihr ein Weihnachtsgeschenk gekauft hatte, war es nicht altersentsprechend gewesen. Laut der Nachbarin der Larsens kam Pearl sogar nur einmal im Jahr zu Besuch, und zwar zu Weihnachten. Das war keine Frau, die ihr Kind vermisste und zurückhaben wollte. Wenn Millie Pearls Tochter war, dann war Pearls Herz wirklich kalt.

Vielleicht hatte Mrs Larsen die Wahrheit gesagt und Millie war doch ihr Kind, nicht Pearls. Wenn das der Fall war, lag meine Theorie, dass sie Pearl umgebracht hatte, damit sie ihr Millie nicht wegnahm, in Fetzen.

Ich ging schweren Herzens zum Hotel zurück. Je mehr ich herausfand, desto weiter entfernte ich mich scheinbar von der Wahrheit.

* * *

ABENDS SAH das Piccadilly Playhouse ganz anders aus. Der Glanz der Lichter im Foyer und die festliche Kleidung der Zuschauer verwandelte es in ein glamouröses Wunderland, ähnlich wie das Mayfair Hotel. Mr Alcott hatte mir fünf Karten gegeben, eine für jedes Mitglied der Bainbridge-Familie und mich. Onkel Ronald hatte ursprünglich abgelehnt, doch nachdem er erfahren hatte, dass es Logenplätze waren, hatte er seine Meinung geändert. Mr Alcott hatte mit seiner Aussage recht gehabt, dass es die besten Plätze waren, und mein Onkel würde die Gelegenheit, gesehen zu werden, nicht auslassen.

Die Vorstellung war etwas langweilig, wobei ich nicht genau sagen konnte, was der Geschichte fehlte. Allerdings waren die Schauspieler hervorragend, auch wenn Floyd es anders sah.

„Pearl Westwood war besser." Er saß zwischen Flossy und mir und ich dachte, er würde die Show genießen, bis er gähnte.

Flossy stieß ihn mit dem Ellenbogen an. „Das sagst du nur, weil sie schöner war als Dotty Clare."

Tante Lilian klopfte Flossy auf die Schulter. „Wenn du schon lästern musst, dann sei dezenter. Die Leute schauen her."

Flossy schmollte. „Er hat angefangen."

„Das reicht, Florence. Du bist eine Lady; benimm dich wie eine."

Floyd schnaubte, was ihm einen weiteren Hieb von Flossys Ellenbogen einbrachte.

Onkel Ronald beugte sich vor. „Ich erwarte Besseres von dir, Floyd."

„Ich weiß", murmelte Floyd so leise, dass seine Eltern es nicht hören konnten. „Ich bin nie gut genug."

Flossy drückte den Arm ihres Bruders und schenkte ihm ein mitfühlendes Lächeln.

Während der Pause bekamen wir Besuch in unserer Loge, als wären wir Könige, die ihre Höflinge empfingen. Ein Paar kommentierte unser großes Glück, einen Logenplatz ergattert zu haben. Niemand erwähnte, dass mir die Karten geschenkt worden waren.

Ich wurde mit weiteren Freunden bekannt gemacht. Meine Familie schien jeden zu kennen und es überraschte mich, dass es in London immer noch Leute gab, denen sie mich noch nicht vorgestellt hatten. Sie hatten einen sehr großen Freundeskreis. Alle waren auch so nett zu mir und luden mich zusammen mit Tante Lilian und Flossy zum Tee ein.

„Meine Güte, schaut euch das an", sagte eine Freundin meiner Tante und spähte über die Balkonbrüstung. „Komm mal her, Lilian. Ist das nicht Lady Rumford? Die Frau in dem meergrünen Kleid und der Feder im Haar."

Ich folgte ihrem Blick zu der Frau in Meergrün, die unten in den Rängen saß.

Tante Lilian schnappte nach Luft. „Du hast recht. Also *ist* sie in London. Wie merkwürdig, dass sie nicht bei uns abgestiegen ist."

Ihre Freundin warf ihr einen Seitenblick zu. „Komm schon, Lilian. Ist es wirklich so merkwürdig in Anbetracht der Tatsache, *wer* bei euch wohnt?"

Tante Lilian wedelte mit ihrem Fächer vor ihrem Gesicht, während sie weiter in den Zuschauerraum starrte. „Mit wem ist sie zusammen?"

Die Frau schien allein zu sein. Sie redete mit niemandem.

Der Pausengong erklang und unsere Gäste gingen, ausgenommen ein Freund von Floyd, den ich beim Silvesterball des Hotels kennengelernt hatte. Jonathon setzte sich auf den Platz neben mir und machte es sich für den zweiten Akt gemütlich.

„Ich hatte gehofft, Ihnen mal wieder über den Weg zu laufen, Miss Fox."

Das bezweifelte ich. Er hätte viele Male zum Hotel kommen und mich dort treffen können. Laut Flossy war der blauäugige, blonde Gentleman ein ziemlicher Schurke. Er und Floyd hatten beide den Ruf als Casanova und besuchten viele wilde Partys. Jedoch besaß er einen gewissen Charme und ich vermutete, dass hinter seiner lockeren Art und dem flirtenden Lächeln etwas Substanz steckte.

„Es scheint, als hätten Sie Erfolg gehabt", sagte ich, wobei ich meinen Blick nicht von Lady Rumford abwendete.

„Gefällt Ihnen die Show?"

„Ja. Und Ihnen?"

„Nicht sonderlich. Ich bin schon das zweite Mal hier, weil ich die Vorstellung von Miss Clare mit der von Miss Westwood vergleichen wollte. Bisher muss ich sagen, dass ich enttäuscht bin."

„Warum? Weil sie nicht so hübsch ist wie Miss Westwood?"

Er beugte sich zu mir. „Natürlich glauben Sie, dass ich das sagen würde, aber tatsächlich ist sie einfach nicht so gut. Sie muss sich anstrengen, um die hohen Töne zu treffen und ihre Stimme ist nicht so kräftig. Miss Westwood war eine hervorragende Sängerin. Egal wo man saß, man konnte sie glasklar hören."

„Sie klingen wie ein Bewunderer."

„Das war ich." Er sagte es so leise, dass ich mich ihm zuwandte.

„Haben Sie sie gekannt? Persönlich, meine ich."

„Natürlich nicht." Sein aufgeplusterter Ton sagte mir etwas anderes. Scheinbar hatte Dotty Clare recht und Pearl hatte mehrere Liebhaber gehabt.

Die Lichter wurden gedimmt und ich konnte Lady Rumford nicht mehr erkennen, also sah ich mir den Rest der Vorstellung an. Sobald der Applaus abgeebbt war, der Vorhang fiel und die

Lichter angingen, suchte ich sie sofort. Sie sprach mit niemandem, als sie ging.

„Ob Rumford weiß, dass sie hier ist?", fragte Floyd, der meinem Blick gefolgt war.

„Interessiert es ihn?", entgegnete Jonathon.

Floyd ließ ein Grinsen aufblitzen. „Wie ich höre, fahndet er nach einem Ersatz für Miss Westwood. Vielleicht sollte er Miss Clare fragen."

Flossy rümpfte die Nase. „Ernsthaft, Floyd, musst du so vulgär sein?"

„Du klingst wie Mutter." Er verschaffte sich die Aufmerksamkeit seines Freundes. „Was sagst du, Jonathon? Sollte Rumford Miss Clare die Rolle seiner nächsten Mätresse geben?"

Jonathon stand auf und reichte mir seine Hand. „Wir sollten solche Dinge nicht vor den Ladys besprechen."

Floyd sah seine Schwester an, dann seinen Freund und folgte Jonathons warmherzigem Blick zu mir. Er kicherte. „Komm, Flossy, wir warten unten auf die beiden."

Mir wurde das Herz schwer, als Flossy ihrem Bruder aus der Loge folgte. Sie wusste ganz genau, warum er mich mit Jonathon alleinlassen wollte. Sogar meine Tante und mein Onkel gingen, nachdem sie gesehen hatten, wie Jonathon mir seinen Arm hinhielt. Mein Onkel wirkte erfreut.

Ich hakte mich bei Jonathon ein und gestattete ihm, mich aus der Loge und die Treppe hinab zu begleiten. Wir schlossen uns dem Exodus der Zuschauer ins Foyer an. Meine Familie hatte ich völlig aus den Augen verloren.

Jonathon bemerkte, wie ich mir den Hals verrenkte. „Keine Sorge, wir finden sie." Er tätschelte meine Hand, die in seiner Armbeuge ruhte. „Und wenn nicht, werde ich mit Ihnen zum Hotel zurücklaufen. Es ist nicht weit."

„Was ist mit Ihrer Familie? Sind Sie nicht mit ihnen hergekommen?"

„Schon, aber ich verrate Ihnen ein Geheimnis." Er neigte seinen Kopf zu meinem. „Ich bin alt genug, um allein nach Hause zu finden."

„Sehr witzig."

„Tatsächlich bin ich sogar alt genug, junge Damen nach Hause zu eskortieren."

„Die Leute werden reden."

In seinen Augen blitzte Humor auf. „Lassen wir sie."

Ich mochte die Wärme in seiner Stimme nicht. Sie war viel zu persönlich, zu hoffnungsvoll. Wir trafen auf die Zuschauer, die aus dem Parkett kamen. Ich suchte in dem Meer von Köpfen nach meiner Familie oder Lady Rumford.

„Die Anordnung dieses Theaters ist furchtbar", sagte Jonathon, während wir uns vorwärts schoben. „Haben Sie eine Marke für Ihren Mantel?"

Ich reichte ihm meine Garderobenmarke und er ließ mich neben dem Getränketresen bei einer Gruppe Frauen zurück, die ebenfalls warteten. Selbst auf Zehenspitzen konnte ich meine Familie nicht entdecken, also ergab ich mich in mein Schicksal, mit Jonathon nach Hause zu laufen. Morgen Früh würde ich ein ernstes Wörtchen mit Flossy reden, mich in Zukunft nicht im Stich zu lassen, wenn Jonathon im Anflug war.

Eine vertraute Gestalt in der Mitte schaute plötzlich auf und ließ ihren Blick über die Gesichter der Menge gleiten. Mr Armitage war so groß, dass er mich bald entdeckte. Er nickte zum Gruß und neigte dann seinen Kopf, um mit jemandem zu sprechen. Kurz darauf steuerte er auf mich zu.

„Guten Abend, Miss Fox. Hat Ihnen die Vorstellung gefallen?"

„Ja, danke. Wir hatten gute Sicht auf die Bühne."

„Ich weiß. Ich habe Sie wie die Königsfamilie in der Loge sitzen sehen."

Ich lachte. „Die Karten waren ein Geschenk. Jemand muss im letzten Moment abgesagt haben und ich war zur richtigen Zeit im Theater."

Mr Armitages Eltern tauchten aus der Menge auf und blieben in einiger Entfernung stehen. Ich nickte und lächelte beiden zu. Von Detective Inspector Hobart bekam ich ein Lächeln zurück, von seiner Frau ein knappes Nicken. Sie hatte mir noch immer nicht vergeben, dass ich ihren Sohn um seinen Job im Hotel gebracht hatte.

„Wie nett von Ihnen, mit Ihren Eltern herzukommen", sagte ich.

„Das war mein Weihnachtsgeschenk für sie." Mr Armitage reckte den Hals, um die Menge besser überblicken zu können. „Suchen Sie die Bainbridges? Weil die gerade gefahren sind."

Ich seufzte. „Sagen Sie Ihrem Vater, es wird einen weiteren Mord geben."

„Was?"

„Ich werde Flossy umbringen, wenn ich sie sehe."

Er lachte leise. „Ich hatte Sie nicht als so dramatisch auf dem Schirm." Dann dachte er darüber nach und zuckte mit den Schultern. „Das nehme ich zurück. Wie Sie heute Morgen aus meinem Büro gestürmt sind, war reif für eine Vorstellung im Playhouse."

Ich hob das Kinn. „Ich bin nicht hinausgestürmt. Sie haben sich über mich lustig gemacht, also hielt ich es für angebracht zu gehen, ehe unsere Freundschaft noch mehr zerbröckelt."

„Ich habe mich nicht über Sie lustig gemacht." Seine tiefe, melodische Stimme enthielt keine Spur von Humor. Sie rumpelte wie weit entfernte Trommeln und vibrierte durch meinen Körper. „Und unsere Freundschaft ist frisch und munter—wenn Sie das möchten."

Ich öffnete den Mund für eine spitze Bemerkung, doch die erstarb auf meinen Lippen. Ich wollte keinen belanglosen Scherz machen. Ich wollte, dass er mich den ganzen Abend so ansah. Als gäbe es niemanden sonst im Raum.

„Ihr Mantel, Cleo." Jonathons Worte brachten die Blase um uns herum zum Platzen wie eine Nadel einen Ballon.

Ich nahm den Mantel entgegen und räusperte mich. Da Mr Armitage nicht sofort wegging, musste ich die beiden einander vorstellen. Tatsächlich wirkte Mr Armitage ziemlich verblüfft von der Ankunft eines Fremden mit meinem Mantel.

Wie sich herausstellte, waren die beiden einander nicht fremd.

„Sie kommen mir bekannt vor", sagte Jonathon. „Sind Sie ein Freund der Bainbridges?"

„So in der Art." Mr Armitage wünschte uns eine gute Nacht und gesellte sich wieder zu seinen Eltern.

Jonathon half mir in den Mantel. „Er ist kein Freund von Floyd, sonst würde ich ihn kennen. Armitage, Armitage …" Er schüttelte den Kopf. „Wer ist er?"

„Er war bis vor kurzem der stellvertretende Direktor im Hotel."

Seine Hand stockte an meinem Kragen. „Ich verstehe." Er sagte es düster, als wäre Mr Armitage eine ominöse Wolke, die man beim Picknick im Auge behalten musste.

Jonathon begleitete mich hinaus. Von Mr Armitage fehlte jede Spur, doch die Bainbridge-Kutsche wartete auf mich. Anscheinend würde ich Flossy doch nicht ermorden müssen.

* * *

An diesem Punkt gab es in dem Fall nur eine Handlungsoption. Dass ich diesen Weg nicht beschreiten wollte, hieß nicht, dass ich es nicht tun würde. Ich stählte meine Nerven und machte mich auf nach Belgravia, um Lord und Lady Wrexham aufzusuchen.

Vor Nervosität konnte ich nicht frühstücken. Ich schaffte es, Harmonys Missmut zu entkommen, weil ich nicht aufgegessen hatte, und brach am späten Morgen auf. Ein Bursche hatte seinen Schuhputzstand auf der gegenüberliegenden Straßenseite aufgestellt und polierte den Schuh eines Gentlemans, der auf dem Hocker saß und mit einer Zigarre im Mund Zeitung las, als wäre er im Raucherzimmer des Hotels. Der Bursche musste Peters Bruder sein.

Anstatt mein Glück zu versuchen und bei den Wrexhams zu klopfen, wartete ich nicht weit entfernt. Ich hatte mir eine Zeitung als eine Art Verkleidung mitgebracht und tat so, als würde ich sie lesen, während ich das Haus beobachtete. Peters Bruder würde ich mich nicht zu erkennen geben, wenn sein Kunde fortging. Sollte ich vom Haus aus gesehen werden, wollte ich nicht, dass der Junge ebenfalls vertrieben wurde.

Zum Glück blieb der Regen aus. Ich wartete stundenlang, aber meine Geduld wurde schließlich belohnt, als eine Kutsche mit grünen Türen vorfuhr. Ich passte den Moment ab, als sich die Haustür öffnete und Lord Wrexham herauskam, um über die Straße zu gehen. Er fluchte, als er mich sah.

„Auf ein Wort, bevor Sie fahren, Mylord."

„Ich habe keine Zeit für so was."

„Das denke ich schon, wenn Sie hören, was ich zu sagen habe."

Er setzte mir seinen Spazierstock auf die Brust, um mich aufzuhalten. „Gehen Sie mir aus dem Weg."

Die Tür ging wieder auf und der Butler kam heraus. „Sie! Verschwinden Sie oder ich rufe die Constables."

„Tun Sie das", sagte ich zu Lord Wrexham. „Rufen Sie die Polizei. Ich werden sie nur zu gern darüber in Kenntnis setzen, dass Sie der Vater von Pearl Westwoods Kind sind."

Lord Wrexham senkte langsam den Spazierstock. Sein Blick wich meinem nicht aus, doch sein Gesichtsausdruck gab nichts preis. Ich konnte nicht erraten, ob die Nachricht, dass Pearl ein Kind hatte, ihn schockierte, oder mein Wissen, dass er der Vater war.

„Sir! Wollen Sie, dass ich einen Constable rufe?", fragte der Butler.

Lord Wrexham schüttelte den Kopf. „Lassen Sie uns allein."

Der Butler schien nicht gewillt zu gehen, musste aber kein zweites Mal aufgefordert werden.

Lord Wrexham wartete, bis die Tür sich geschlossen hatte, ehe er sprach. „Was wollen Sie, Miss Fox?"

„Das Gleiche wie letztes Mal. Antworten."

Er reckte seinen Hals aus dem Kragen. „Die scheinen Sie bereits zu haben. Ich versichere Ihnen, dass ich sie nicht habe. Zum Beispiel weiß ich nicht einmal, ob das Kind von mir ist."

„Warum sollte Pearl Sie anlügen?"

„Geld." Er sagte es ohne Zögern, aber mit sehr viel Bitterkeit.

„Kam sie deswegen nach Weihnachten zu Ihnen? Sie wollte von Ihnen Geld für Millie?"

Er rammte das Ende des Spazierstocks auf den Gehweg und legte beide Hände auf den Knauf. „Ja. Es war das erste Mal, dass ich von einem Kind hörte. Sie sagte, es wäre vor fast vier Jahren geboren worden. Ihre Schwester hat sich darum gekümmert."

„Hat sie gesagt, warum sie jetzt das Geld brauchte?"

„Nein."

„Wollte sie das Kind wieder zu sich nehmen und als ihr eigenes großziehen?"

Er nahm den Gehstock wieder auf. „Ich weiß es nicht. Sie hat mir keine Erklärung geboten und ich habe nicht danach gefragt. Sie hat behauptet, das Kind wäre von mir und ich wäre verpflichtet, seine Erziehung zu finanzieren. Da sie aber keine Beweise liefern konnte, habe ich mich geweigert."

Zorn stieg in mir auf. Er richtete sich nicht gegen seine Arroganz, auch wenn die gewiss ärgerlich war, sondern gegen seine abgebrühte Gleichgültigkeit einer Frau gegenüber, die ihm einmal etwas bedeutet hatte und die seine Hilfe brauchte. Noch wütender war ich stellvertretend für Millie. Sie war sein Kind, seine Verantwortung. Indem er sich weigerte, Pearl zu glauben, enthielt er Millie die Möglichkeit vor, ein bequemes Leben zu führen. Er war widerlich und gemein.

Ich biss die Zähne zusammen. „Sie ist ein Mädchen, Mylord, keine Sache. Bitte bezeichnen Sie sie entsprechend."

Er kletterte in die Kutsche und packte den Türgriff. „Wenn es Ihnen nichts ausmacht, ich habe eine Verabredung."

Damit er die Tür nicht schließen konnte, stellte ich mich in den Weg. „Wo waren Sie an dem Nachmittag, als Pearl starb?"

„Ich war nicht im Theater. Diese Antwort wird genügen müssen."

„Sie genügt *nicht*. Wo waren Sie?"

Er zog an der Tür, doch ich rührte mich nicht. „Fahren Sie los!"

Der Kutscher schaute vom Kutschbock herunter und sah mich dort stehen. „Aber Sir—"

„Ich sagte, fahren Sie los!"

Der Kutscher warf mir einen entschuldigenden Blick zu und trieb die Pferde an. Ich sprang zurück, um den Rädern auszuweichen, stolperte über die Bordsteinkante und landete auf meinem Hintern. Wäre der Kutscher schneller losgefahren, wäre ich überrollt worden. Das hatte er mir erspart.

Die Haustür ging auf und der Butler stand dort. Er schaute auf mich herab. „Lady Wrexham wünscht Sie zu sehen."

Ich sah hinauf zum Fenster im zweiten Stock, wo sich meines Wissens der Salon befand. Sie musste alles beobachtet haben. Ich klopfte meine Röcke ab, hob meinen Schirm und meine Zeitung auf und stieg die Stufen hinauf. Lächelnd reichte ich beides dem Butler.

Er gab sie an den Lakaien Mr Adams weiter, als wären es dreckige Lumpen.

„Sind Sie verletzt, Miss Fox?", fragte Mr Adams.

„Danke, nein. Sehr freundlich von Ihnen, dass Sie fragen." Zugegebenermaßen auch eher überraschend. Ich glaubte nicht, dass er mich sonderlich mochte, doch scheinbar deutlich mehr als der Butler.

Nach den abschätzig heruntergezogenen Mundwinkeln des älteren Kerls zu urteilen, lag die Messlatte nicht gerade hoch.

Er führte mich hinauf in den Salon und kündigte mich an der Tür an, ehe er uns alleinließ. Ihre Ladyschaft bat ihn nicht, Tee zu bringen, also nahm ich an, dass dies nicht als gesellschaftlicher Besuch galt. Ich wappnete mich für einige Hiebe und Paraden.

Doch diesmal erwartete ich Erfolge, denn ich war mit Informationen bewaffnet.

KAPITEL 12

Lady Wrexham saß wie eine Statue auf dem Sofa. Nicht einmal ihr Brustkorb bewegte sich beim Atmen, als würde sie sich massiv zusammenreißen und versuchen, die Fassung zu wahren, damit sie nicht zersplitterte. Oder Bewegungen verursachten ihr Schmerzen. Wenn sie krank war, bestand diese Möglichkeit.

Sie bot mir keinen Platz an, doch ich setzte mich trotzdem, was mir einen abschätzigen Blick einbrachte.

„Ich sehe, Sie haben mit meinem Mann gesprochen", sagte sie. „Worüber?"

Ursprünglich hatte ich für diese Frau Mitgefühl empfunden, weil ihr Mann sich Mätressen hielt, doch je mehr ich von ihr mitbekam, desto geringer wurde es. Das machte es leichter, ehrlich zu ihr zu sein. „Ich habe ihm von meiner Kenntnis über seine Vaterschaft von Miss Westwoods Kind erzählt."

Etwas bewegte ihr Gesicht. Überraschung sicherlich, aber kein Schock. Sie musste von Millie gewusst haben. „Mein Mann sagte, Sie seien eine Reporterin. Hat er Ihnen Geld angeboten, nicht darüber zu schreiben?"

Also glaubte er immer noch, ich würde für die Zeitungen schreiben. Und sie jetzt scheinbar auch. „Nein. Aber seien Sie versichert, ich habe nicht vor, seinen Namen in meinem Artikel zu erwähnen. Ich möchte nur Pearls Tod auf den Grund gehen. Ich bin überzeugt, dass sie sich nicht selbst getötet hat."

Sie spielte mit dem großen Ring an ihrer Hand. „Warum spielt es eine Rolle? Miss Westwood ist weg. Lassen Sie sie jetzt ruhen." Sie klang müde, als ob das Drama um Pearl sie ausgelaugt hätte.

„Es spielt für die eine Rolle, die sie geliebt haben. Für ihre Tochter wird es eines Tages eine Rolle spielen."

„Das bezweifle ich. Das Mädchen ist einfältig."

„Woher wissen Sie das?" Als sie nicht antwortete, hakte ich nach. „Sie haben Pearl belauscht, als sie an jenem Tag nach Weihnachten Ihrem Mann davon erzählt hat, nicht wahr? Dann hätten Sie auch gehört, wie sie ihn um Geld für Millies Unterhalt gebeten hat."

Es schien ihr egal zu sein, dass ich annahm, sie hätte gelauscht. Sie spielte nur weiter mit dem Ring an ihrem Finger.

„Waren Sie wütend auf Ihren Mann, dass er eine andere Frau geschwängert hat?", fragte ich. „Wurden Sie wütend auf Pearl? Vielleicht genug, um sie umzubringen?"

Sie schnaubte. „Seien Sie nicht albern. Ich bin ihr nie begegnet oder war auch nur mit ihr in einem Raum."

„Vielleicht hat sie gedroht, den Zeitungen zu erzählen, dass Ihr Mann der Vater ihres Kindes ist, sollte er sich weigern, Millie Unterhalt zu zahlen."

„Sie hat keinerlei Drohungen dieser Art geäußert. Er weigerte sich zu glauben, dass das Kind von ihm ist und befahl ihr zu gehen. Er hat ihr nichts gegeben, nichts versprochen."

„Und wie hat sie darauf reagiert?"

Sie hob ihr Kinn. „Das weiß ich nicht."

„Natürlich wissen Sie das."

„Sie ging, Miss Fox. So wie Sie es jetzt tun sollten."

Als ich das letzte Mal hier gewesen war, hatte sie mich in genau diesen Raum gerufen, nachdem ich in Lord Wrexhams Arbeitszimmer gewesen war. Auch Pearl hätte auf dem Weg hinaus daran vorbeigehen müssen. Vielleicht war Lady Wrexham in den Salon zurückgerannt, als die Begegnung in Lord Wrexhams Arbeitszimmer zu Ende war, damit sie nicht beim Lauschen erwischt wurde, und hatte Pearl dann zu sich gerufen, als sie vorbeiging.

Wie dieses Gespräch wohl verlaufen war? Die kinderlose Ehefrau und die Mätresse, die ihre Tochter aufgegeben hatte und jetzt Geld verlangte, um sie wieder zu sich zu holen. Ein neuer Gedanke kam mir, der mich allerdings krank machte.

„Haben Sie Pearl Geld für Millie angeboten?", fragte ich.

Ihr ganzer Körper bebte von den Lippen abwärts. „Falls Sie meinen, ob ich das Kind meines Mannes großziehen wollte, ist die Antwort ein dröhnendes Nein. Wenn Sie das glauben, wissen Sie nicht, wie die Welt funktioniert, Miss Fox."

Die Vehemenz ihrer Ablehnung traf mich wie ein Schlag. Ich musste zugeben, dass die Leute der High Society mir wie eine andere Spezies vorkamen, aber sie hatten doch sicher die gleichen menschlichen Gefühle wie der Rest von uns. Diese Frau musste doch eine gewisse Eifersucht empfinden, dass Pearl von Lord Wrexham ein Kind bekommen hatte und sie selbst nicht.

„Dann erklären Sie es mir", sagte ich.

„Das Kind ist bereits drei Jahre alt, fast vier. Es ist zu spät, um sie als unseres auszugeben. Aber ich wäre bereit, es irgendwie auf mich zu nehmen, wenn das Kind nicht beschädigt wäre."

„Beschädigt?", platzte ich heraus. „Ich bin ihr begegnet, sie ist sehr süß."

Ihre Nasenflügel blähten sich und die Falten um ihren Mund vertieften sich. Wenn ich sie vorher für gewöhnlich gehalten hatte, fand ich sie jetzt regelrecht hässlich. „Ich bin froh, dass das Mädchen nicht meins ist. Wenn Sie mich fragen, ist es Gottes Art, die Hure zu strafen. Sie hat verdient, was sie bekommen hat."

Ich war so vor den Kopf gestoßen von ihrem Ausbruch, dass es einige Augenblicke dauerte, ehe ich wieder sprechen konnte. Als ich es tat, stand ich auf und starrte wütend auf sie herab. „Wenn wir alle bekommen würden, was wir verdienen, dann hätte Millie Eltern, die sie lieben. Sie allerdings haben mit einem Ehemann wie Lord Wrexham genau das bekommen, was Sie verdienen."

Lady Wrexham legte die Hand über ihren Mund, doch ein entsetzter Aufschrei entschlüpfte ihr trotzdem.

Ich marschierte so eilig zur Tür, um von ihr wegzukommen, dass meine Röcke sich um meine Beine wickelten.

* * *

Bis ich das Hotel erreicht hatte, hatte ich mich noch nicht beruhigt. Um allen meine schlechte Laune zu ersparen, schloss ich mich in meine Suite ein und aß allein zu Abend. Ich sah niemanden mit Ausnahme des Lakaien, der mir das Essen brachte. Am nächsten Morgen tauchte Harmony auf, die Victor mitbrachte.

Sobald die Tür offen war, schob sie ihn hindurch und schloss sie hinter sich. „Los", drängte sie ihn. „Erzähl es Miss Fox."

„War mein Frühstückstablett draußen?", fragte ich.

Harmony stellte sich vor die Tür. „Das Frühstück kann warten. Victor braucht nicht lange, um sein Sprüchlein aufzusagen."

„Ich möchte nicht, dass es kalt wird."

Sie verschränkte die Arme. Ich seufzte und folgte Victor ins Wohnzimmer. Mit der Hand locker auf dem Messergriff in seinem Gürtel und den leicht gespreizten Beinen hätte er auch als Revolverheld des amerikanischen Wilden Westens durchgehen können, wenn seine weiße Kochkleidung nicht gewesen wäre.

„Kein Grund zur Eile", sagte er zu Harmony, die ebenfalls ins Wohnzimmer kam. „Ich habe Zeit, ehe meine Schicht beginnt."

„Aber Miss Fox hat zu arbeiten und du solltest nicht hier sein."

„Wer wird es erfahren?"

„Ich!" Sie wedelte mit der Hand. „Mach schon."

Er verbeugte sich leicht. „Ja, Ma'am."

Harmonys Augen wurden schmal, sie erwiderte jedoch nichts.

„Thomas Adams hat mich gestern Abend besucht", sagte er.

Damit hatte er meine volle Aufmerksamkeit. „Und?"

„Und er hat mir erzählt, dass er mit Lord Wrexhams Kutscher gesprochen hat, aber unauffällig, als würden sie nur miteinander in der Kneipe plaudern, um sich die Zeit zu vertreiben. Der

Kutscher hat fallenlassen, dass er seine Lordschaft oft zu einer Klinik in der Harley Street fährt." Er zog einen zusammengefalteten Zettel aus der Tasche und reichte ihn mir. „Thomas hat die Einzelheiten aufgeschrieben und mich gebeten, sie Ihnen zu geben."

Ich las den Zettel und merkte mir die Adresse.

„Da ist noch mehr", sagte Victor. „Thomas sagt, der Kutscher hat Wrexham am Nachmittag des Mordes in die Klinik gefahren, aber als Thomas die genaue Uhrzeit aus ihm herauskitzeln wollte, hat der Kerl dichtgemacht und nichts mehr gesagt."

„Falls er an dem Nachmittag beim Arzt war, hat er ein Alibi für den Mord." Ich seufzte. „Er war es nicht."

„Es sei denn, er ist von der Klinik zum Playhouse gefahren."

Harmony las den Zettel über meine Schulter. „In der Harley Street gibt es einen Haufen Ärzte, von denen sich viele auf die eine oder andere Krankheit spezialisiert haben. Hat dieser ein Spezialgebiet?"

Victor zuckte mit den Schultern.

Ich steckte den Zettel in meine Handtasche. „Ich werde es herausfinden. Danke Victor, das ist enorm hilfreich. Ich sollte Thomas besser im Nag's Head besuchen und mich persönlich bedanken. Er hat seine Arbeit riskiert, indem er mit dem Kutscher gesprochen hat, und ich habe ihn noch nicht einmal darum gebeten."

„Ich denke, das sollten Sie nicht tun", sagte er. „Sie haben in Thomas einen Verehrer."

Ich runzelte die Stirn. „Mir ist nicht klar, wie diese beiden Aussagen in Verbindung stehen."

„Sie wollen ihm nicht zu nahe kommen."

Harmony machte die Bemerkung mehr aus als mir. „Miss Fox wird sich wohl kaum mit einem Typen wie deinem Freund einlassen, Victor. Sie ist zu klug dafür und kann es wesentlich besser antreffen, vielen Dank auch."

Victor nickte gleichmütig. „Sehe ich auch so. Ich sag ja nur, dass man bei Thomas vorsichtig sein muss. Sie wollen nicht, dass er Sie zu sehr mag, Miss Fox. Wenn Sie wissen, was ich meine."

Das wusste ich nicht. Nicht wirklich. „Ich glaube, Sie liegen falsch. Sollte er mir Komplimente gemacht haben, waren sie sehr versteckt."

„So ist er. Aber er mag Sie, irren Sie sich da nicht, sonst hätte er sich nicht schier überschlagen, um Ihnen zu helfen, ohne Aussicht auf Gegenleistung."

„Dann bezahle ich ihn für die Information, damit es kein Missverständnis gibt."

Victor rieb eine Hand über den Griff seines Messers. „Normalerweise finde ich nicht, dass man jemanden bezahlen sollte, der nicht drum gebeten hat, aber in diesem Fall könnte es schlau sein. Thomas ist niemand, dem Sie uneindeutige Signale senden sollten."

Harmony schnalzte mit der Zunge. „Ich wusste doch, dass es mit diesem Freund von dir Ärger gibt."

„Wir sind keine Freunde mehr."

Sie ging zur Tür. „Du hättest Miss Fox vorher warnen sollen."

„Ich wusste ja nicht, dass er sie anhimmeln würde", sagte Victor, der ihr folgte.

Harmony fuhr mit blitzenden Augen herum. „Und warum nicht? Sie hat viele bewundernswerte Eigenschaften."

„So meinte ich das nicht." Zum ersten Mal, seit ich ihn kannte, wirkte Victor angegriffen. Es war kurios und irgendwie süß, dass Harmony diejenige war, die sein sonst so glattes Federkleid zerzauste. „Ich meinte doch nur, dass ich nicht wusste, dass er überhaupt fähig ist, für jemanden was übrig zu haben. Wenn man den aufschneiden würde, wäre ich überrascht, wenn man in seiner Brust ein schlagendes Herz finden würde und nicht irgendein mechanisches Gerät."

Ich lachte, womit ich Harmonys wütenden Blick auf mich lenkte. „Mir ist nicht klar, was hier so lustig ist. Thomas Adams kling wie ein grässlicher Typ. Ich bin froh, nichts mit ihm zu tun zu haben. Wenn du ihn besuchen musst, Miss Fox, dann nimm noch einmal Mr Armitage mit. Ich würde mich wohler fühlen, wenn du einen Mann dabei hast."

Sie ging voraus nach draußen, hob mein Frühstückstablett auf und trat zur Seite, damit Victor an ihr vorbeigehen konnte. „Pass auf, dass dich niemand sieht."

Er salutierte und verschwand.

Mit gerunzelter Stirn sah sie ihm nach. „Der muss lernen, wo sein Platz ist."

„Und wo ist sein Platz?"

Sie schloss die Tür und folgte mir ins Wohnzimmer, wo sie das Tablett abstellte. „In der Küche, weit weg von den Hausmädchen."

Ich hob den Deckel und inspizierte den Teller mit Würstchen und Toast. „Mögen sie ihn?"

„Sie finden ihn interessant. Es ist diese gefährliche Ausstrahlung, die er hat mit seinen ganzen Messern und Narben. Du weißt ja, wie albern manche Mädchen bei solchen Männern sind."

Ich bemühte mich, ernst zu bleiben. „Du aber nicht."

„Herr im Himmel, nein!" Sie verengte den Blick. „Du bist doch nicht eine von denen, oder? Du magst doch keine gefährlichen Männer wie Thomas Adams?"

„Auf gar keinen Fall. Ich bin viel zu sensibel."

„Dachte ich mir, aber sogar sensible Frauen fallen auf Halunken und Taugenichtse herein, wenn sie auf der Suche nach ein bisschen Spannung sind."

„Dann haben wir kein Problem. Mein Leben ist dieser Tage viel zu spannend, als dass mir langweilig würde." Ich bot ihr den Teller mit Würstchen an. „Und jetzt setz dich zu mir und iss mit mir."

* * *

Die Harley Street in Marylebone musste Londons Gesundheitszentrum sein. In einer Straße befanden sich mehr Privatmediziner und Doktoren als in ganz Cambridge zusammen. Laut den Messingschildern an den Türen gab es Dermatologen und Augenärzte, Geburtshelfer und sogar einen Nervenspezialisten. Auf anderen Schildern stand lediglich Arzt oder Allgemeinmediziner. Das Schild der Nummer neunundzwanzig war unter der Türklingel angebracht. Hätte nicht PATIENTEN UND BESUCHER darauf gestanden, hätte ich nicht gewusst, dass sich dort eine Arztpraxis befand.

Eine weiß gekleidete Frau im mittleren Alter mit freundlichen Augen öffnete die Tür. „Oh. Ich dachte, Sie wären unser nächster Patient, aber das sind Sie eindeutig nicht." Sie lächelte. „Möchten Sie einen Termin ausmachen?"

„Nein. Ich wollte nur gern wissen, welche Art von Krankheiten hier behandelt werden."

Ihr Lächeln verschwand. „Ich fürchte, das kann ich nicht mit Ihnen besprechen. Guten Tag."

Ich steckte den Fuß in den Türspalt, damit sie sie nicht schließen konnte. „Aber was ist, wenn ich einen Termin ausmachen möchte? Sagen Sie es mir dann?"

„Warum sollten Sie einen Termin machen wollen, wenn Sie gar nicht wissen, was Dr. Martin behandelt? Das ist eher verkehrt herum, Miss …?"

„Warum wollen Sie nicht antworten? Es ist nur eine einfache Frage."

„Warum stellen Sie diese Frage überhaupt?"

Ich sog Luft durch die Zähne. Diese Frau war ein guter Wachhund. Etwas zu gut. Ich versuchte, an ihr vorbei zu spähen, doch sie verstellte mir die Sicht.

„Ich fürchte, ich muss Sie bitten, zu gehen." Sie drückte die Tür fest gegen meinen Fuß. Mein Stiefel bot nur wenig Schutz und ich hüpfte herum, die Zähne vor Schmerz zusammengebissen.

Die Tür wurde mir vor der Nase zugeknallt.

„Das war sehr unhöflich!", rief ich.

Lediglich eine vorbeigehende Frau bot eine Reaktion. Sie schnalzte mit der Zunge und schüttelte missbilligend den Kopf.

Ich humpelte die Stufen hinunter und nahm eine Droschke zurück zum Hotel.

Dort grüßte ich Frank an der Tür, der mich jedoch mit gerunzelter Stirn ansah. „Warum humpeln Sie?"

Ich bemühte mich, normal zu gehen. „Eine übereifrige Empfangsdame mochte meine Frage nicht."

Er nickte wissend und öffnete die Tür.

Mr Hobart lief gerade mit einem Lederordner unter dem Arm durch das Foyer und blieb stehen, als er mich sah. „Guten Morgen, Miss Fox. Waren Sie heute schon unterwegs?"

„Ich musste einen Arzt in der Harley Street aufsuchen."

„Ah. Ich dachte doch, dass Sie humpeln. Ich hoffe, er konnte helfen. Haben Sie die Vorstellung kürzlich genossen?"

„Sie war sehr gut, danke. Ich habe Ihren Bruder mit seiner Familie dort getroffen."

Er lächelte. „Davon habe ich gehört." Er sah sich um und trat einen Schritt näher. „Wo wir gerade vom Playhouse sprechen, wie laufen Ihre Ermittlungen für Lord Rumford?"

„Ich mache Fortschritte."

„Exzellent." Er räusperte sich. „Nicht, dass ich Sie drängen möchte, aber meinen Sie, Sie werden bald ein Ergebnis für ihn haben? Es ist nur so, dass er plant, am Sonntag auszuchecken, und gern wissen würde, wer hinter Miss Westwoods unglücklichem Ableben steckt, ehe er London verlässt."

„Ich tue mein Bestes, komme aber nur stockend voran. Niemand will mit mir reden, wissen Sie?"

„Haben Sie es mit Bestechung versucht?"

Ich unterdrückte mein Lächeln. Aus irgendeinem Grund erheiterte es mich, von diesem aufrechten und freundlichen Herrn zur Bestechung ermutigt zu werden. „Unglücklicherweise lassen sich Lords und Ladys nur schwer bestechen."

„Sie könnten es mit Erpressung versuchen."

„Das tue ich."

„Bitten Sie Harry noch einmal um Hilfe. Er ist sehr gut darin, mit seinem Charme Antworten aus Damen herauszulocken."

Ich zog die Augenbrauen hoch. „Ist das so?"

„Haben Sie das noch nicht bemerkt?"

„Schon, allerdings bin ich selbst noch nicht in den Genuss dieses Charmes gekommen. Er hat ihn bei mir nicht angewendet."

„Vielleicht möchte er lieber, dass Sie sein wahres Wesen kennen, mit allen hässlichen Macken."

Wo wir gerade von hässlich sprachen … „Sie wissen doch sehr viele Dinge über diese Stadt, Mr Hobart. Vielleicht können Sie mir helfen. Es gibt auf der Harley Street einen Arzt, der an seiner Tür kein Schild mit seinem Spezialgebiet hat."

„Ist er Allgemeinmediziner?"

„Es gibt noch nicht einmal ein Schild, wo das draufsteht. Seine Empfangsdame wollte mich nicht einlassen, es sei denn, ich mache einen Termin. Als ich sagte, dass ich nur wissen wolle, worauf der Arzt spezialisiert sei, knallte sie mir die Tür vor der Nase zu."

Er schaute auf meine Stiefel. „Vor der Nase oder gegen Ihren Fuß?"

„Beides."

Er rückte den Lederordner etwas höher. „Wenn eine Praxis so geheimniskrämerisch ist, dass sie ihr Spezialgebiet weder an die Tür schreibt noch Besucher einlässt, die keine Patienten sind, muss der Arzt meiner Erfahrung nach einer von der Sorte sein, der Krankheiten von sehr sensibler Natur behandelt." Er räusperte sich und bekam leicht rote Wangen. „Wenn Sie wissen, was ich meine."

„Ich glaube schon." Was Mr Hobart mir diskret zu verstehen geben wollte, war, dass der Arzt Patienten behandelte, die Beschwerden an solchen Körperteilen hatten, die sie lieber nicht erwähnten.

„Ich kenne die Namen vieler Spezialisten, von denen einige ihre Praxis in der Harley Street haben. Manchmal bitten mich Gäste, ihnen einen Arzt zu empfehlen. Manche kommen sogar nach London und wohnen im Mayfair, während sie behandelt werden. Wenn Sie mir den Namen des Arztes verraten, kann ich Ihnen vielleicht sagen, was er macht."

„Dr. Martin in Nummer neunundzwanzig."

Seine Wangen färbten sich in ein helleres Rosa. „Ah. Also das ist interessant."

„Ich höre?"

Er fummelte an seiner Krawatte herum und knabberte an seiner Lippe. Mit einem weiteren Blick über die Schulter beugte er sich näher. „Er ist der herausragendste Arzt im Land für die Behandlung von Syphilis."

Kein Wunder, dass ihm diese Information Unbehagen bereitete. Durch Geschlechtsverkehr übertragene Krankheiten waren kein Thema, das man gern erwähnte. „Ich verstehe. Danke, Mr Hobart. Das ist hilfreich. Sehr hilfreich sogar."

Ich sah ihm nach, wie er zum Fahrstuhl ging, den Knopf drückte und wartete, während ich einige Minuten unter dem mittleren Kronleuchter stehen blieb und über das nachdachte, was er mir gesagt hatte. Zwei Dinge wusste ich über Syphilis. Es war ansteckend, wurde aber nur durch Geschlechtsverkehr übertragen. Und die Krankheit war furchtbar entstellend ohne Heilmittel. Sie musste der Grund für den Ausschlag in Lord Wrexhams Gesicht sein.

„Worüber grübeln Sie denn gerade?" Goliath grinste breit.

„Ich habe über den Fall nachgedacht. Was wissen Sie über Syphilis?"

Das wischte ihm das Grinsen sofort aus dem Gesicht. „Nichts! Das schwöre ich."

„Ich hatte gehofft, Sie wissen mehr als ich." Ich senkte meine Stimme. „Erinnern Sie sich, dass einer unserer Verdächtigen Lord Wrexham ist, Pearls ehemaliger Liebhaber? Er hat die Krankheit."

Er verzog das Gesicht. „Grässliche Sache, Syphilis. Viel weiß ich nicht darüber, aber Peter vielleicht. Sein Nachbar hatte es, hat er mir mal erzählt."

Peter brütete an der Rezeption über der Gästeliste. Niemand stand am Tresen, obwohl einige Gäste sich am Postschalter leise unterhielten.

„Miss Fox möchte was über Syphilis wissen", sagte Goliath. „Ich habe ihr gesagt, dass sie sich in dieser Sache an dich wenden soll."

Peter nickte, nicht halb so verlegen, wie Goliath gewesen war. „Mein Nachbar hatte es. Der ist jetzt tot. Die Krankheit hat ihm letztendlich den Garaus gemacht."

Ich erzählte ihm von Lord Wrexhams Besuch bei Dr. Martin am Nachmittag von Pearls Tod und von der Wahrscheinlichkeit, dass er Syphilis hatte. „Ich weiß, dass es kein Heilmittel gibt, also warum sucht ein Mann mit der Krankheit einen Arzt auf? Wozu?"

„Es wird oft mit Quecksilber behandelt, das hilft aber nicht. Jedenfalls meinem Nachbarn nicht. Er nahm Quecksilberpillen und wurde immer kränker und kränker, bis er starb." Er stützte sich mit verschränkten Armen auf den Tresen. „Wenn Wrexham deswegen zum Arzt geht, wird es ihm nichts nützen. Der Arzt nimmt nur sein Geld und macht ihm falsche Hoffnungen, wenn Sie mich fragen."

„Wrexham kam mir nicht sonderlich krank vor, abgesehen von dem Ausschlag."

„Das Elend kommt später. Vielleicht erst in ein paar Jahren. Es kann ein langsamer, grausamer Tod sein."

Goliath fuhr sich mit der Hand über Mund und Kinn. „Und bis dahin mit Entstellungen."

„Was hat das mit dem Fall zu tun?", fragte Peter.

Ich trommelte mit den Fingern auf den Tresen, während ich nachdachte. „Wenn Lord Wrexham Pearl für die Krankheit die Schuld gibt, dann hat er sie vielleicht aus Wut oder Rache umgebracht. Könnte sie sie möglicherweise haben, ohne Ausschlag oder sonstige äußerliche Anzeichen zu haben?"

„Das weiß ich nicht, aber ich weiß auf jeden Fall, dass er sich nicht bei ihr angesteckt hat. Es sei denn, sie waren, äh, in den letzten Monaten zusammen." Bei meinem verwirrten Gesichtsausdruck fügte er hinzu: „Der Ausschlag tritt ein paar Wochen nach der Ansteckung auf. Wenn sie die Beziehung vor Jahren beendet haben, hat sie ihn nicht angesteckt."

„Was ist, wenn sie es damals nicht beendet haben?", fragte Goliath. „Oder die Beziehung kürzlich wieder haben aufleben lassen?"

Das war eine Möglichkeit. Sie war nach Weihnachten zu Lord Wrexham gegangen. Könnte sie ihn um Geld gebeten haben, um die Krankheit zu behandeln, die sie sich bei ihm eingefangen hatte? Oder er von ihr? „In ihrer Wohnung waren Arztrechnungen. Da stand nicht drauf, weswegen sie behandelt wurde, aber so etwas schreibt man auch nicht auf eine Rechnung, oder?"

„Ist Wrexhams Besuch in der Arztpraxis nicht sein Alibi für den Zeitpunkt des Mordes?", fragte Peter.

„Wann er genau dort war, wissen wir nicht."

Goliath schnippte mit den Fingern. „Was ist mit seiner Frau? Was ist, wenn sie die Krankheit auch hat? Wenn Sie Miss Westwood die Schuld dafür gibt, könnte sie sie aus Wut getötet haben."

Laut Thomas Adams war Lady Wrexham krank, doch Anzeichen für diese Krankheit hatte ich an ihr nicht gesehen. Wenn sie sich bei ihrem Mann mit Syphilis angesteckt hatte, war die Krankheit bei ihr möglicherweise noch nicht so weit fortgeschritten wie bei ihm. Ihr Ausschlag kam vielleicht später oder sie hatte ihn an Stellen, die man mit Kleidung bedecken konnte.

Wenn mein Mann mich mit so einer schrecklichen Krankheit wie Syphilis angesteckt hätte, würde ich vermutlich auch jemanden umbringen wollen. Ich würde die Person auf jeden Fall anschreien wollen, die mich angesteckt hat. Allerdings würde ich wohl meinen Mann anschreien, nicht seine Geliebte.

Doch ich war nicht Lady Wrexham.

„Vielen Dank Ihnen beiden." Ich beugte mich über den Tresen und gab Peter einen Kuss auf die Wange. Selbst wenn ich mich auf Zehenspitzen stellte, war ich zu klein, um Goliaths Wange zu erreichen, also begnügte ich mich damit, ihm den Arm zu tätscheln. „Sie waren eine fantastische Hilfe."

Peter lief rot an und lächelte.

Goliath folgte mir zur Tür. „Wohin gehen Sie jetzt?"

„Ich kann Lord und Lady Wrexham mit diesen Informationen nicht konfrontieren. Sie haben mir bisher sehr wenig gesagt und werden mir jetzt wohl kaum mehr erzählen. Ich statte Detective Inspector Hobart einen Besuch bei Scotland Yard ab. Es ist Zeit, dass die Polizei den Fall übernimmt."

Er wirkte enttäuscht. „Aber es ist doch Ihr Fall. Sie sollten den Ruhm für die Lösung bekommen."

„Ich bin so weit gekommen, wie ich allein kann."

„Also werden Sie einfach bei Scotland Yard hereinspazieren und hoffen, dass er Sie empfängt?"

Ich kaute auf meiner Lippe. Es klang in der Tat etwas albern, dass er mir sofort Zeit widmen würde. Und was, wenn er nicht da war? Ich wollte mit keinem anderen Detective sprechen. Ich wollte mit jemandem reden, der mich kannte.

„Ich werde Mr Armitage fragen, was ich tun soll", sagte ich, während er mir die Tür aufhielt. „Wer kennt seinen Vater schon besser als er?"

* * *

Ich fand Mr Armitage in seinem Büro vor, wo er die Wand strich. In seinem Overall mit hochgekrempelten Ärmeln und einem Farbklecks auf der Wange sah er irgendwie noch besser aus als sonst, was ich bis dahin für vollkommen unmöglich gehalten hatte.

„Was stimmte mit der vorigen Farbe nicht?“, fragte ich.

„Die war zu gewöhnlich.“

Ich schaute mir die fast fertigen Wände an, für die er ein Eierschalen-Weiß gewählt hatte. „Im Gegensatz zu diesem dynamischen Ton?“

„In der Ecke war ein alter Wasserfleck, der übermalt werden musste.“

„Der ist mir nicht aufgefallen.“

„Dann sind Sie nicht sonderlich aufmerksam. Es war ein Schandfleck.“

„Oder ist Ihnen nur langweilig?“

„Ich bin sehr beschäftigt. Durch die Zeitungsannonce kommen ständig Anfragen herein.“

Während er mir den Rücken zuwandte, öffnete ich seinen Terminkalender. „Sie haben keinen einzigen Termin eingetragen.“

„*Noch* habe ich keinen einzigen Termin.“ Er legte den Pinsel auf den Rand der Farbdose und wischte sich die Hände an einem Lumpen ab. „Sind Sie gekommen, um zu kritisieren, wie ich meine Zeit verbringe, oder brauchen Sie meine Hilfe?“

„Letzteres. Sie können Ihre Zeit verbringen, wie auch immer Sie möchten. Obwohl Sie etwas mehr Zeit auf die Wahl von Farben verwenden sollten. Wissen Sie, Flossy hat ein gutes Auge für Farben. Sie hätten sie um Rat fragen sollen.“

Er lachte. „Wenn ich das nächste Mal eine Wand streichen möchte, werde ich die Tochter meines ehemaligen Arbeitgebers fragen, der mich rausgeworfen hat. Danke für Ihren Rat, Miss Fox.“

Ich runzelte die Stirn. „Sie würde Ihnen gern helfen, denn sie respektiert Sie.“

Er zog herausfordernd die Augenbrauen hoch.

In Wahrheit wusste ich nicht, was Flossy von Mr Armitage hielt. Wir hatten nie über ihn geredet.

„Tragen Sie noch etwas unter diesem Overall?“, fragte ich.

Er warf mir ein schiefes Grinsen zu. „Kaum zu glauben, dass wir dieses Gespräch so früh in unserer Freundschaft führen.“

„Sehr witzig. Ich möchte, dass Sie mich zu Scotland Yard begleiten, um bei Ihrem Vater vorzusprechen. Ich möchte ihm meine Theorie zu Pearls Mord darlegen. Entweder Lord oder Lady Wrexham hat sie ermordet, aber keiner von beiden wird mir seine Geheimnisse offenbaren. Ihr Vater wird wissen, wie er an Antworten kommt."

„Wofür brauchen Sie mich?"

„Ich dachte, Ihre Anwesenheit könnte einen überzeugenden Einfluss darstellen."

„Warum brauchen Sie einen überzeugenden Einfluss? Hat Ihre Theorie Löcher?"

„Es ist eine sehr gute Theorie. Erinnern Sie sich an den Ausschlag in Lord Wrexhams Gesicht? Ich glaube, er wird von Syphilis verursacht, was er sich von Pearl eingefangen haben könnte."

„Ich dachte, sie hätten ihre Beziehung vor Jahren beendet. Wenn er jetzt Ausschlag hat, wurde er erst kürzlich angesteckt."

„Vielleicht haben sie ihre Beziehung wieder aufgenommen."

„Vielleicht? Wissen Sie das sicher?"

„Nun, nein."

„Und wissen Sie, ob Pearl Syphilis hatte?"

„Nein. Aber in ihrer Wohnung waren Arztrechnungen."

„Für Ärzte, die auf Syphilis spezialisiert sind?"

„Das weiß ich nicht, aber—"

„Also haben Sie keine Beweise, sondern nur Spekulationen." Er knöpfte seinen Overall auf und offenbarte darunter ein Hemd. „Ziehen Sie wieder voreilige Schlüsse, Miss Fox?"

Es war nicht fair von ihm, die Zeit hervorzukramen, als ich ihn des Mordes beschuldigt und ihn dadurch unabsichtlich um seinen Job im Hotel gebracht hatte. Ich versuchte, trotzig auszusehen, vermutete aber, dass es mir nicht gelang, denn er warf mir einen mitleidigen Blick zu.

Den Overall zog er aus und faltete ihn zusammen. Er trug nur eine Hose, Hosenträger und ein Hemd mit hochgekrempelten Ärmeln. Seine Krawatte und die Weste hingen an der Garderobe neben der Tür.

„Miss Fox? Hören Sie zu?"

Mir wurde bewusst, dass ich seine Unterarme angestarrt und

die Art bewundert hatte, wie sich die Muskeln unter der glatten Haut auf der Unterseite bewegten. „Natürlich tue ich das." Ich räusperte mich. „Frischen Sie meine Erinnerung auf."

Er grinste. „Ich sagte, Sie brauchen Beweise, wenn Sie die Hilfe meines Vaters wollen. Zunächst einmal wurde Pearl Westwoods Tod als Selbstmord eingestuft und Sie haben nicht genug Beweise, um etwas anderes zu unterstellen. Und dann hat mein Vater diese Ermittlungen nicht geleitet. Wenn Sie wollen, dass er die Einschätzung eines Kollegen über den Haufen wirft, dann brauchen Sie etwas Handfestes."

Ich seufzte. „Was ich nicht habe."

Sein Lächeln war flach. „Tut mir leid."

„Und es ist unwahrscheinlich, dass ich daran komme. Lord und Lady Wrexham sind Bücher mit sieben Siegeln und ich habe keine Autorität über die beiden."

Er lehnte sich neben mir an die Kante des Schreibtisches. „Setzen Sie sich."

Ich tat es, denn ich war neugierig, warum er plötzlich so ernst wirkte.

„Ich werde Ihnen ein Geheimnis anvertrauen."

„Sie haben meine volle Aufmerksamkeit."

„Ich verrate Ihnen das Geheimnis, wie ich mir den Respekt der Angestellten im Hotel verschafft habe, obwohl ich weder das Dienstalter meines Onkels noch den Status von Sir Ronald hatte."

„Wenn Sie mir sagen, dass es Arroganz ist, dann weiß ich das schon aus eigener Beobachtung." Als er mich böse anfunkelte, murmelte ich eine Entschuldigung und kniff die Lippen zusammen.

„Um sich Respekt zu verschaffen, benötigen Sie gar keine wirkliche Autorität. Sie müssen nur so tun."

„Ich verstehe nicht."

„Sie müssen so reden und sich so verhalten, als würden Sie über den anderen stehen. Manchmal müssen Sie es sogar glauben. Wenn Sie sich eingeschüchtert fühlen, zeigen Sie es nicht. Wenn man auf Sie herabschaut, erheben Sie sich metaphorisch gesprochen über denjenigen. Ich glaube, darin könnten Sie ziemlich gut sein. Sie besitzen bereits ein gewisses Selbstvertrauen. Sie benötigen lediglich etwas mehr Fassung."

„Wenn Sie damit meinen, dass ich mein Temperament im Zaum halten soll, dann ist das unmöglich, fürchte ich. Gestern wurde ich ziemlich wütend auf Lady Wrexham."

Er krempelte den linken Ärmel herunter. „Es ist jedenfalls etwas zum Üben."

Ich stand auf. „Danke für den Rat, aber ich glaube nicht, dass er bei den Wrexhams funktionieren wird. Egal was ich vorgebe, ich stehe nicht auf deren Stufe und das wissen die."

„Unsinn. Sie sind Sir Ronald Bainbridges Nichte. Wenn Ihnen das hier in London keine Türen öffnet, wird kaum etwas anderes es tun." Er hörte auf, den Ärmel herunterzukrempeln und sah mich mit einer Falte auf der Stirn an. „Das wissen Sie doch, oder?"

Ich zuckte leicht mit einer Schulter, hörte aber nicht wirklich hin. Wie die Erwähnung meines Onkels Lord Wrexham dazu bringen sollte, mit mir über seine Krankheit zu sprechen, erschloss sich mir nicht. Ich hatte ihn ja kaum dazu bewegt, über seine Beziehung zu Pearl zu sprechen. Syphilis war ein Schritt zu weit.

Ich verließ Mr Armitages Büro mit weniger Selbstsicherheit, als ich hingekommen war. Er hatte recht. Ich hatte keine Beweise. Noch schlimmer, ich wusste nicht, wie ich sie bekommen sollte.

Die Ermittlungen steckten in einer Sackgasse. Es war an der Zeit, Lord Rumford mitzuteilen, dass ich aufgab, dass ich nicht sicher sagen konnte, ob Pearl sich nun selbst getötet hatte oder nicht. Ich freute mich nicht darauf, ihn zu enttäuschen.

Aber worauf ich mich noch viel weniger freute, war ihm zu sagen, dass seine Geliebte nicht nur ein Kind von einem anderen Mann hatte, sondern möglicherweise auch Syphilis, womit sie ihn angesteckt haben könnte.

KAPITEL 13

Mr Hobart schlug vor, sein Büro für das Gespräch mit Lord Rumford zu nutzen. Er ließ uns diskret allein und versprach, uns nicht zu stören. Ich setzte mich auf Mr Hobarts Stuhl und betrachtete Lord Rumford über den Schreibtisch hinweg. Aus meinem Gesicht konnte er vermutlich ablesen, dass ich keine guten Nachrichten für ihn hatte.

„Sie geben auf, nicht wahr?", fragte er.

„Ich fürchte, ich habe keine Wahl. Die Leute, mit denen ich sprechen muss, wollen nicht mit mir reden."

„Und wer sind diese Leute?"

Ich verschränkte meine Hände auf der Schreibtischplatte und rückte etwas nach vorn. „Bevor ich Ihnen das sage, möchte ich Sie wissen lassen, dass ich mit Ihrer Einschätzung über Pearls Tod übereinstimme. Nach allem, was ich gehört habe, war sie glücklich, also ist es unwahrscheinlich, dass sie sich selbst das Leben genommen hat."

„Ich hoffe, Sie haben mehr erfahren als nur das, Miss Fox."

Mit einem tiefen Atemzug klammerte ich meine Hände fester ineinander. „Ich habe herausgefunden, dass Pearl vor vier Jahren im März ein Kind bekommen hat."

Seine Lippen öffneten sich. Er hatte es nicht gewusst.

„Mr und Mrs Larsen ziehen das Kind als ihr eigenes groß",

fuhr ich fort. „Hat Pearl jemals angedeutet, dass ihre Nichte ihre eigene Tochter sein könnte?"

„Sie hat ihre Nichte nie erwähnt, außer einmal ganz beiläufig."

„Nach allem, was ich herausfinden konnte, wollte Pearl das Kind nicht. Allerdings ist es möglich, dass sie kürzlich ihre Meinung geändert haben könnte."

Er schüttelte den Kopf. „Das hätte sie mir gegenüber erwähnt, wenn es der Fall gewesen wäre."

Ich bezweifelte es, sagte es aber nicht. „Möglicherweise hat sie Lord Wrexham um Geld als Unterhalt für Millie gebeten."

In seinem Gesicht erschien kein Ausdruck der Überraschung bei der Erwähnung von Pearls ehemaligem Gönner. Er hatte bereits blitzschnell Millies Alter nachgerechnet und erkannt, wer der Vater sein musste. „Sie vergessen, dass Pearl auch mich um Geld gebeten hat."

„*Nachdem* Wrexham ihre Bitte abgelehnt hatte. Aber ich glaube nicht, dass Pearl aus diesem Grund getötet wurde. Ich glaube, es hatte mit einer Krankheit zu tun, die sie sich entweder von Wrexham eingefangen oder mit der sie ihn angesteckt hatte."

Diesmal war sein Ausdruck eindeutig. Ekel stand ihm klar ins Gesicht geschrieben. „Pearl hatte keine Krankheit, Miss Fox, und Ihre Unterstellungen sind abscheulich."

„Lord Wrexham hat Syphilis—"

Er schoss auf die Füße. „Ich habe genug gehört. Wrexhams medizinischer Zustand geht mich nichts an. Wenn er krank ist, ist es nicht Pearls Schuld. Sie war seit Jahren nicht mehr in seiner Nähe."

„Das können Sie nicht wissen—"

„Das *kann* ich sehr wohl", presste er zwischen zusammengebissenen Zähnen hervor. „Pearl war während unserer Beziehung mit niemand anderem zusammen."

„Das stimmt nicht. Während ich nicht sicher bin, ob sie mit Wrexham zusammen war, weiß ich definitiv, dass sie einen anderen Liebhaber hatte, und zwar einen, mit dem sie schon seit Jahren zusammen war. Er wusste von Ihnen und von Wrexham."

Sein Mund und Kiefer arbeiteten, als könne er sich nicht

entscheiden, was er als Nächstes sagen sollte. Was ihm durch den Kopf ging, konnte ich mir nicht vorstellen. Eifersucht? Wut? Stellte er sich vor, wie Pearl ihren anderen Liebhaber mit in die Wohnung nahm, für die er bezahlt hatte?

Endlich fand er seine Stimme wieder. „Sie war nicht mit Wrexham zusammen und hatte auch keine Krankheiten. Glauben Sie mir, Miss Fox, ich würde es wissen. Die Sache bei Wrexham ist die, dass er mit seinen Geliebten gern angibt. Er ist indiskret. In gewissen Kreisen ist es weithin bekannt, dass seine neueste Liebschaft eine Tänzerin ist. Es ist außerdem weithin bekannt, dass sie vor einigen Monaten von der Bühne verschwunden ist und man spekuliert, dass sie krank ist. Wenn jemand Wrexham Syphilis verpasst hat, dann war sie es."

Bei diesem Punkt kapitulierte ich. Mir war kein Grund gegeben worden zu glauben, Pearl und Wrexham hätten ihre Beziehung wieder aufgenommen. Sie war nicht mit ihm gesehen worden, außer das eine Mal nach Weihnachten, und unter ihren Sachen waren keine Briefe von ihm gewesen. Sämtliche Berichte deuteten darauf hin, dass sie mit Lord Rumford zufrieden gewesen war. Die Beziehung aufs Spiel zu setzen, indem sie sich wieder mit Wrexham einließ, wäre dumm gewesen. Wenn sie in letzter Zeit nicht zusammen gewesen waren, konnte sie ihn nicht mit Syphilis angesteckt haben. Wrexham hätte das gewusst, was bedeutete, dass er keinen Grund hatte, sie zu töten.

Es gab allerdings noch Lady Wrexham. Möglicherweise war ihr nicht bewusst, dass ihr Mann die Krankheit von einer anderen Frau bekommen hatte.

Lord Rumford marschierte zur Tür, doch ehe er sie öffnete, wandte er sich noch einmal an mich. Sein Blick war eiskalt. „Mr Hobart hat Sie mir empfohlen und ich habe Sie entgegen besseren Wissens angeheuert. Ich hätte auf meinen Instinkt vertrauen und Sie Ihres Weges schicken sollen. Weibliche Privatdetektive tun besser daran, Schürzenjägern eine Falle zu stellen als Mördern."

Ich sah ihm nach, wie er aus dem Büro stürmte, und biss mir auf die Zunge, bis es schmerzte. Trotz der Tatsache, dass er sich eine Mätresse gehalten hatte, hatte ich Lord Rumford gemocht.

Nun, vielleicht stimmte das nicht. Es war angebrachter zu sagen, ich hatte ihn nicht *nicht* gemocht. Bis jetzt.

Mit einem Seufzer verließ ich Mr Hobarts Büro und kehrte ins Foyer zurück, wo Peter mit einem neuen Gast beschäftigt war. Goliath stand dabei und wartete auf Anweisung, in welches Zimmer er den vollen Gepäckwagen bringen sollte. Er nickte mir diskret zu, während ich vorbeiging. Mr Hobart war in ein Gespräch mit zwei Gästen vertieft und bemerkte mich nicht, wie ich zur Treppe ging.

„Miss Fox", rief Frank hinter mir her. „Hier ist ein Bursche, der mit Ihnen reden will. Er sagt, er sei Peters Bruder."

Ich folgte ihm nach draußen, wo er mir den Jungen zeigte, der einige Meter entfernt mit einem Beutel über der Schulter und einem Hocker in der Hand dastand.

„Ich kenne Sie", sagte er. „Ich habe Sie ins Haus gehen sehen."

„Mein Name ist Cleo Fox." Ich gab ihm die Hand und er stellte sich als William vor. „Bist du gekommen, um mir zu sagen, dass du aufgibst?"

„Nein, Miss! Ich wollte Bericht über die Hausherrin geben. Sie ist heute Morgen ausgegangen und ich bin ihr gefolgt."

Ich richtete mich auf. „Weiter."

„Sie ist in einen Laden in Shoreditch gegangen. Ganz kleiner Laden, der in einem Innenhof hinter einer Kneipe versteckt ist. Sie war ein paar Minuten drinnen und ist dann mit einer Papiertüte wieder rausgekommen. Danach ging sie schnurstracks nach Hause."

„Was wird in dem Laden verkauft?"

„Tränke, wenn ich es richtig sehe. Ich schätze, die Inhaberin ist eine Hexe." Er verzog das Gesicht. „Sie sah auf jeden Fall aus wie eine."

Er nannte mir die Adresse in der Sclater Street und ich bezahlte ihn für seine Mühen.

Er vergrub das Geld in seiner Tasche. „Wann immer Sie ein Haus beobachtet haben wollen, bin ich Ihr Mann."

„Das merke ich schon. Danke."

„In einem Büro oder schicken Hotel zu arbeiten, ist nichts für Kerle wie mich. Ich überlasse das Peter und Leuten wie ihm."

Ich war mir nicht sicher, was er damit meinte, und glaubte auch nicht, dass William es wirklich wusste. Er konnte nicht älter als zwölf sein. Er zwinkerte mir zu und ging pfeifend seiner Wege.

Lächelnd kehrte ich ins Hotel zurück, um meinen Mantel und Schirm zu holen. Zehn Minuten später nahm ich eine Droschke zur Sclater Street in Shoreditch. Der Laden, in den William Lady Wrexham hatte gehen sehen, war schwer zu finden. Man gelangte durch einen überdachten Durchgang neben der Kneipe in einen kleinen Hinterhof. Der Laden besaß nur ein einziges schmieriges Fenster, auf dem oben KRÄUTER stand.

Den Räucherduft von Weihrauch nahm ich schon wahr, ehe ich die Tür öffnete. Drinnen waren so viele Gerüche miteinander vermischt, dass man nur schwer einzelne unterscheiden konnte. Es sah aus wie eine mittelalterliche Apotheke. Bündel von trocknenden Kräutern, Blumen und Beeren hingen von den Deckenbalken, manche davon so weit unten, dass sie meinen Hut streiften, als ich darunter herging. Hinter dem Tresen befand sich ein großer Schrank mit kleinen Schubladen, während der Tresen selbst mit Cremetöpfchen, Seifen und Beuteln bedeckt war. Eine Messingwaage stand an einem Ende neben einem Korb voller getrockneter Hasenpfoten.

Ich beugte mich vor, um den Inhalt einer Sammlung von Gläsern auf einem Tisch zu inspizieren, nur um zurückzuschrecken, als mich ein paar tote Augen anstarrte. Die Gläser waren mit abgetrennten Tierköpfen und ganzen Körpern kleiner Kreaturen gefüllt, die in einer Flüssigkeit schwammen, um sie haltbar zu machen.

„Die stehen nicht zum Verkauf", sagte eine krächzende Stimme hinter mir.

Die ältere Frau musste aus einem Nebenraum gekommen sein, den man durch eine Tür neben dem Tresen erreichte. Sie hatte kein Geräusch gemacht. Kein Wunder, dass William sie als Hexe bezeichnet hatte. Sie hatte das klassische Märchenprofil mit der Hakennase, dem spitzen Kinn und kleinen Knopfaugen. Was noch fehlte, war der Besen und ein spitzer schwarzer Hut.

„Sie haben keinen Termin", sagte sie.

„Sie machen Termine?", fragte ich. „Wofür?"

Sie ging hinter den Tresen und zog ein großes Buch aus einem niedrigen Regalfach. „Privatsitzungen. Sie sagen mir, was Sie plagt, und ich stelle eine maßgeschneiderte Behandlung für Ihre Bedürfnisse zusammen. Die Sitzung ist kostenlos und es gibt keine Verpflichtung, etwas zu kaufen."

„Und was umfasst Ihre Behandlung?"

„Tränke, Cremes, Tees, Brechmittel ... das hängt von dem Leiden ab."

„Welche Art von Leiden können Sie behandeln?"

„Alle." Sie öffnete das Buch und fuhr mit dem Finger die Seite entlang. „Ich erwarte jeden Moment eine Kundin, aber ich kann Sie danach dazwischen nehmen, in etwa dreißig Minuten. Wird das reichen?"

„Wie lange dauert es, bis das Heilmittel wirkt?"

„Das ist unterschiedlich." Sie betrachtete mich mit schmalen Augen. „Ich sehe, Sie sind skeptisch. Das ist verständlich. Viele Leute kommen zu mir, obwohl sie Vorbehalte haben. Normalerweise bin ich die letzte Anlaufstelle. Ich schätze tief in Ihrem Inneren glauben Sie, dass die moderne Medizin versagt. Ärzte verhöhnen die uralte Wissenschaft der Kräuterkunde, aber sie hilft." Sie tippte mit ihrem knochigen Finger auf den Deckel einer Dose. „Meine Heilmittel basieren auf Rezepten, die über Jahrhunderte von den Frauen meiner Familie weitergegeben wurden. Sie versagen nicht, wenn Sie früh genug zu mir kommen."

Es war ein Verkaufstrick, wenn ich je einen gehört hatte, aber mir war klar, wie er bei jemandem funktionieren würde, der schon alles probiert hatte und verzweifelt war. Verzweiflung und Hoffnung waren mächtige Waffen in den Händen eines Scharlatans.

„Kehren Ihre Kunden nach der ersten Sitzung oft zurück?"

„Natürlich, wenn ihre Vorräte zur Neige gehen. Eine weitere Sitzung ist nicht nötig, es sei denn, es wird gewünscht."

Die Tür ging auf und eine Frau trat ein. Eine Seite ihres Gesichts war mit rotem Ausschlag bedeckt, den sie zu verstecken versuchte, als sie mich sah.

„Miss?" Die Kräuterfrau deutete auf ihren Terminkalender. „Kommen Sie in dreißig Minuten wieder?"

„Heute nicht", sagte ich.

Ich ging, wartete fünf Minuten und kehrte dann in den Laden zurück. Von der Kräuterfrau oder ihrer Kundin war nichts zu sehen. Ich schlüpfte schnell hinter den Tresen, zog den Terminkalender heraus und überflog die Spalten mit Namen. Lady Wrexham wurde nicht erwähnt, also war sie wohl nur zurückgekehrt, um ihre Kräutervorräte aufzufüllen.

Ich blätterte durch die Seiten zurück, bis ich zum fünfzehnten kam, dem Tag von Pearls Tod. Lady Wrexhams Name stand dort neben der Uhrzeit drei Uhr dreißig. Exakt der Zeitpunkt, an dem Pearl im Piccadilly Playhouse über die Balkonbrüstung gestoßen worden war.

Lady Wrexham konnte sie nicht getötet haben.

Etwas knallte gegen meinen Hinterkopf und schubste mir meinen Hut in die Stirn. Ich fuhr herum und fing den Besen ab, ehe die Borsten mein Gesicht trafen. Die Kräuterfrau entriss mir den Besen und richtete ihn auf meine Brust wie ein Gewehr.

Ihr verzerrtes Gesicht wirkte noch mehr wie das einer Hexe. „Ich wusste doch, dass an Ihnen etwas faul ist. Raus! Raus aus meinem Laden, sonst belege ich Sie mit einem Fluch!"

Mit dem Tresen hinter mir bewegte ich mich aus ihrer Reichweite und eilte aus dem Laden. Ich rannte zur Straße und hielt erst inne, als ich sicher in einer Droschke auf dem Weg nach Hause saß.

Während die ganze Angelegenheit alles andere als angenehm gewesen war, hatte sie mir doch eine ganz neue Wertschätzung für unseren freundlichen Familiendoktor in Cambridge verschafft, ebenso wie einen eindeutigen Hinweis, der Lady Wrexham von meiner Liste der Verdächtigen strich.

Das war nicht viel, aber wenigstens etwas.

Aber natürlich hatte ich den Fall aufgegeben. Lady Wrexham von der Liste zu streichen, brachte mich nicht dazu, ihn wieder aufnehmen zu wollen.

Allerdings machte es mir etwas aus, die Sache nicht abgeschlossen zu haben. Lord Rumford hatte jedes Recht, erbost zu sein, weil ich aufgab. Ich wünschte nur, ich könnte einen weiteren Ansatzpunkt sehen.

„Cleo, da bist du ja!", rief Flossy, als sie mich im Hotelfoyer erblickte. „Ich habe Harmony auf der Suche nach dir durch das ganze Hotel gejagt."

Ich zog meinen Mantel aus und legte ihn über den Arm. „Warum?"

„Es ist Zeit, sich für das Dinner bei den Caldicotts fertigzumachen, du Dummerchen."

„Ist das heute?"

Sie warf mir einen entnervten Blick zu. „Ja! Und wir müssen uns beide umziehen."

„Aber es ist erst kurz nach fünf."

Sie packte meinen Arm und zerrte mich zum Fahrstuhl, wo John, der Fahrstuhlführer, lächelnd wartete und uns in den vierten Stock brachte.

Die Tür zu meiner Suite war nicht abgeschlossen und Harmony arrangierte drinnen Dinge auf meinem Schminktisch.

„Ich habe sie gefunden", verkündete Flossy. „Sie war aus."

Sie schauten mich beide böse an, als wäre ich ein ungezogenes Kind, das sich vor seinen Aufgaben gedrückt hat.

„Machen Sie das Beste aus der Zeit, die Ihnen bleibt, Harmony."

Ich sah Flossy nach und wandte mich dann an Harmony. „Ich weiß nicht, was der Trubel soll. Wir haben über zwei Stunden, ehe wir losmüssen."

„Miss Bainbridge möchte, dass ich dir die Haare wasche, trockne und frisiere. Sie hat mich angewiesen sicherzustellen, dass du heute Abend den besten Eindruck machst." Sie runzelte die Stirn. „Werden Gentlemen dort anwesend sein?"

„Ich glaube schon."

„Dann ist es kein Wunder. Wir sollten besser loslegen."

„Bis meine Haare im Winter trocken sind, dauert es Stunden. Wir werden sie heute nicht waschen."

Harmony wartete, bis ich gebadet hatte, und half mir dann in ein schwarzes Abendkleid mit perlmuttartigen Glasperlen, die sich in Schwüngen und Trauben über die Brust und die Vorderseite hinunterzogen. Es war sehr elegant und als Trauerkleidung passend. Obwohl Flossy mich drängte, meine dunkle Trauerkleidung abzulegen, war ich dazu noch nicht bereit. Meine Großmutter war vor noch nicht einmal zwei Monaten verstorben.

Während Harmony mir die Haare mit dem Lockenstab aufdrehte, erzählte ich ihr, was ich über die Wrexhams und ihre Krankheit herausgefunden hatte, und von Lady Wrexhams Besuch bei der Kräuterfrau.

Fünf Minuten, bevor ich die anderen im Foyer treffen sollte, klopfte es energisch an meiner Tür. Ich öffnete meinem Onkel, der besorgt aussah. Harmony entschuldigte sich und schlüpfte hinaus.

„Ich hole nur schnell meinen Mantel", sagte ich zu Onkel Ronald.

„Ich bin nicht hier, um dich nach unten zu begleiten." Er betrat meine Suite und schloss die Tür. „Ich bin hier, um mit dir über etwas sehr Beunruhigendes zu sprechen."

Ich glaubte zu wissen, worauf es hinauslief, lächelte ihn aber trotzdem unschuldig an. Ich würde mich irgendwie durch die Standpauke durchschlagen müssen, die jetzt kam.

„Du weißt, dass wir sehr froh sind, dich hier bei uns zu haben, Cleo."

„Aber?"

„Aber ich habe eine Beschwerde über dich von Lord Wrexham erhalten."

„Ich verstehe."

„Du hast ihn und Lady Wrexham belästigt, wie es scheint."

„Ich habe Nachforschungen zum Tod von Lord Rumfords Mätresse angestellt."

„Was haben die Wrexhams damit zu tun?"

„Das versuche ich herauszufinden."

Er zupfte an seinen Ärmelaufschlägen, während er auf mehr wartete. Ich wartete ebenfalls. „Du musst diesen Zweig der Ermittlungen fallenlassen", sagte er schließlich. „Wrexham ist ein mächtiger Kerl. Ich will ihn nicht gegen mich aufbringen."

„Natürlich. Ich habe ohnehin keine Beweise gegen ihn. Sollte er es also getan haben, wird er damit davonkommen."

Er zuckte zusammen. „Nehmen wir einfach an, dass er es nicht war. Und jetzt zu der anderen Sache."

„Es gibt eine andere Sache? Wer hat sich denn noch über mich beschwert?" Die Wahrheit war, dass da einige Personen infrage kamen, von Mr Culpepper zu den Larsens, obwohl ich bezweifelte, dass die sich an meinen Onkel wenden würden.

„Mrs Short sagt, du gibst dich mit den Hausmädchen ab."

Ich blinzelte ihn an, da ich nicht wusste, wie ernst ich ihn nehmen sollte. Er wirkte allerdings sehr ernst. „Harmony ist meine Zofe. Sie frisiert mich und putzt mein Zimmer. Das ist alles. Ich halte sie nicht von ihren Pflichten ab."

„Mrs Short sagt, du freundest dich zu sehr mit dem Mädchen an."

„Ist das ein Problem?"

„Ich weiß, dass die Dinge in Cambridge für dich anders waren und hier alles neu ist. Aber hier freundet sich die Familie nicht mit dem Hotelpersonal an. Es ist unklug." Er schenkte mir ein mitfühlendes Lächeln. „Ich sehe, dass der Gedanke dir zu schaffen macht."

„Er verwirrt mich. Warum ist es unklug?"

Er nahm meine Hand in seine beiden und tätschelte sie. „Du bist ein gutherziges Mädchen, weswegen es nicht verwunderlich ist, dass dir der Gedanke nie gekommen ist. Aber es ist meine Pflicht, dich vor Leuten zu warnen, die sich nur deswegen mit dir anfreunden, weil sie sich etwas davon versprechen."

Ich zog meine Hand weg. Alles in mir sträubte sich gegen seinen herablassenden Ton und die allumfassende Annahme. „Das ist nicht fair. Harmony hat sich keine Gefälligkeiten von mir erbeten."

„Das wird sie. Ich werfe es ihr natürlich nicht vor. In ihrer Situation wäre sie verrückt, die Chance nicht zu ergreifen, sich mit der Nichte ihres Arbeitgebers anzufreunden, wenn sie sich ihr bietet."

Er wollte mir auf die Schulter klopfen, doch ich schüttelte ihn ab.

Er kniff die Lippen zusammen. „Ich weiß, dass du deine Freunde aus Cambridge vermisst. Das ist nur natürlich für ein so liebenswürdiges, intelligentes Mädchen wie dich. In dieser Hinsicht bist du wie deine Mutter. Sie hat es auch immer genossen, ihre Freunde um sich zu haben. Aber es ist nicht nötig, dir

Freunde unter den Angestellten zu suchen. Du hast Flossy und damit natürlich auch alle ihre Bekannten. Der Abend heute wird dir guttun. Ich habe gehört, dass die Söhne der Caldicotts sehr anständige junge Männer sind und außerdem in einem Alter, in dem sie in die nächste Phase ihres Lebens eintreten."

Mein ganzer Körper sackte in einem stummen Stöhnen zusammen. Damit konnte er nur meinen, dass sie auf der Jagd nach Ehefrauen waren. Und Flossy und ich wurden wie Lämmer zur Schlachtbank geführt.

Vielleicht dramatisierte ich es zu sehr, aber nachdem ich ein so herausforderndes Gespräch mit meinem Onkel ertragen hatte, war ich nicht geneigt, sonderlich optimistisch zu sein.

„Als Dankeschön an deine Tante und mich würde ich es zu schätzen wissen, wenn du dich heute Abend von deiner charmantesten Seite zeigen würdest. Das Dinner ist wichtig."

„Warum?"

„Sir Lawrence Caldicott ist mein Bankier." Er führte nicht näher aus, warum er sich mit seinem Bankier gutstellen musste. Ich wusste, dass das Hotelwesen kein einfaches Geschäft war, aber das Hotel war doch sicherlich nicht in finanziellen Schwierigkeiten.

Onkel Ronald begleitete mich zum Fahrstuhl und dann ins Foyer. Er fing ein Gespräch mit dem Fahrstuhlführer an und ich blendete die beiden aus. Jeder Teil von mir verfluchte die Caldicotts dafür, mich zu ihrer höllischen Dinnerparty eingeladen zu haben, und außerdem Lord Wrexham und Mrs Short für ihre Beschwerden. Lord Wrexham konnte ich ja noch verstehen, aber Mrs Short hatte kein Recht, sich einzumischen.

Warum konnte ich nicht befreundet sein, mit wem ich wollte? Es war schließlich nicht mehr das neunzehnte Jahrhundert und ich war keine Debütantin auf der Suche nach einem passenden Ehemann. Heutzutage bewegten sich die Leute ständig über die Grenzen sozialer Stände hinweg. Pearl war beispielsweise so hoch über ihren ursprünglichen sozialen Status aufgestiegen, dass sie an Partys mit Prinzen und Herzogen teilgenommen hatte.

Mir entging dabei nicht, dass Pearl dies nur erreicht hatte, weil sie die Mätresse eines Gentlemans gewesen war.

Ich seufzte. Wenn ich glaubte, dieses Jahrhundert sei anders als das vorige, war ich ein Dummkopf. Ich hatte das Glück gehabt, vom übelsten englischen Snobismus abgeschirmt worden zu sein, weil meine Eltern sich gegen die sogenannten gesellschaftlichen Regeln gestellt und geheiratet hatten, obwohl sie aus unterschiedlichen Verhältnissen stammten. Aber hier, in einem höchst elitären Umfeld, war ich von diesem Snobismus umzingelt.

Ich schob diese Gedanken beiseite oder versuchte es zumindest. Ich hatte eine Dinnerparty zu ertragen und sie erforderte meine gesamte Aufmerksamkeit. Wenn ich auch nur kurz unachtsam war, wurde ich möglicherweise mit einem von Sir Lawrence Caldicotts „anständigen" Söhnen verlobt.

Es war von Anfang an klar, dass ich dem jüngeren Sohn zugeteilt werden sollte und Flossy dem älteren, obwohl ich älter war als meine Cousine. Der ältere musste in der Erbfolge vor dem jüngeren stehen, daher war Flossy für ihn vorgesehen. Als Onkel Ronalds Nichte stand mir nur das Zweitbeste zu.

Mir war es ziemlich egal, neben welchem Sohn ich am Tisch saß. Beide waren feine junge Männer, die sich gut ausdrücken konnten und gebildet waren. Wenn sie sich nur für etwas anderes als Finanzen interessiert hätten, hätte ich ihre Gesellschaft mehr genossen.

Obwohl sie Floyd in ein Gespräch über die Börse und Immobiliengeschäfte verwickelten, vermutete ich, dass es selbst ihnen nach einer gewissen Zeit langweilig wurde. Dabei ging es während des Dinners weiter. Mein Blick traf Flossys quer über den Tisch und ich verdrehte die Augen. Sie kniff die Lippen zusammen, aber trotzdem entschlüpfte ihr ein Kichern.

Mrs Mannering, die verheiratete Tochter unseres Gastgebers, bemerkte es. „Edward", sagte sie bedeutungsschwanger zu dem jüngeren Bruder, der neben mir saß, „ich habe gehört, dass Miss Bainbridge und Miss Fox kürzlich eine Vorstellung im Piccadilly Playhouse besucht haben. Du interessierst dich doch fürs Theater."

Edward wandte sich höflich an mich, obwohl ich den Eindruck hatte, dass er lieber seinem Vater zugehört hätte, der Onkel Ronald von dem neuen Automobilunternehmen erzählte, in das er investieren wollte. „Was wird im Playhouse momentan gezeigt?"

„Katz und Maus."

„Ah, die Produktion der Verdammnis." Er wackelte auf eine Art mit den Augenbrauen, die er wohl für mysteriös hielt.

„Warum Verdammnis?"

„Die Hauptdarstellerin ist gestorben. Manche sagen, die Aufführung ist jetzt verflucht."

Mrs Mannering beugte sich vor und senkte die Stimme. „Ich habe gehört, dass ihr Geist in den Rängen spukt."

Flossys Augen weiteten sich. „Ich habe sie nicht gesehen, aber wir waren in einer der Logen."

„Das sind hervorragende Plätze", sagte Mrs Mannering. „Vielleicht meidet der Geist die Logen."

Edward nahm sein Weinglas. „Wie gefiel Ihnen die Show, Miss Fox?"

Da er mir nur mit halbem Ohr zuzuhören schien, fasste ich mich mit meiner Meinung kurz. „Sie war recht gut, obwohl ich glaube, dass die Anwesenheit eines Geistes einen Mehrwert bietet. Allerdings bin ich nicht sicher, ob die Schauspieler ein Phantom zu schätzen wüssten."

„Es braucht schon eine Sensation, um die Kartenverkäufe zu steigern. Wie ich höre, gab es nach Miss Westwoods Tod reges Interesse, aber das schwindet wieder. Es ist eine Schande. Die Show wird vorzeitig abgesetzt werden."

„Werden sie etwas anderes aufführen?", fragte Flossy.

„Haben die denn etwas anderes vorbereitet?", entgegnete Mrs Mannering. „Es kann nicht so leicht sein, mitten in der Saison eine Kehrtwende hinzulegen."

Edward schnitt in sein Rindfleisch. „Sie müssen etwas machen, sonst riskieren sie die komplette Schließung des Playhouse. Wenigstens, bis ein neuer Finanzier gefunden werden kann."

Ich runzelte die Stirn. Allmählich beschlich mich der Verdacht, dass sein „Interesse" am Theater, wie Mrs Mannering es genannt hatte, finanzieller Art war, nicht künstlerischer. „Die stecken in Schwierigkeiten?"

Er nickte, doch ich musste warten, bis er fertig gekaut hatte, ehe er antwortete. „Der Direktor hat ein Konto bei Vater. Er ist bis zum Kragen verschuldet. Wenn *Katz und Maus* vorzeitig endet und er nichts Neues bieten kann, wird er gehen müssen und alles verlieren. Bei der hohen Miete kann er es sich nicht leisten zu bleiben, wenn kein Geld reinkommt. Er wird bankrott gehen."

Der arme Mr Culpepper. Kein Wunder, dass Pearl ihn trotz ihrer Beziehung nicht um Geld gebeten hatte. Sie hatte gewusst, dass er nichts erübrigen konnte.

Der Abend zog sich hin, wurde aber angenehmer, nachdem Mrs Mannering ihre Brüder dazu gezwungen hatte, über etwas anderes als Finanzen zu reden. Sie erwiesen sich sogar als ziemlich gute Gesellschaft und wir redeten über alle möglichen Dinge, sobald die Männer mit dem Rauchen fertig waren und sich zu den Damen in den Salon gesellten.

Die Uhr auf dem Kaminsims schlug eins, als ich über etwas lachte, was Edward gesagt hatte. Ich bemerkte, wie Onkel Ronald, Sir Lawrence und Lady Caldicott mich mit einem merkwürdigen Lächeln beobachteten. Neben Lady Caldicott saß Tante Lilian, die vor sich hin starrte. Mit ihren eng an den Körper gepressten Armen und den im Schoß verschränkten Fingern sah sie aus, als würde sie sich gerade so zusammenhalten.

Ich setzte mich auf ihre andere Seite. „Ist alles in Ordnung, Tante?"

Sie berührte ihre Schläfe. „Es ist nur eine meiner Kopfschmerzattacken."

Ich sah meinem Onkel in die Augen. „Vielleicht sollten wir gehen."

„Nein", sagte Tante Lilian. „Ihr jungen Leute habt so viel Spaß. Mach dir um mich keine Sorgen. Es ist nichts." Sie lächelte, doch es überzeugte niemanden.

Onkel Ronald erhob sich und reichte seiner Frau die Hand, um ihr aufzuhelfen. „Cleo hat recht, wir sollten gehen."

Lady Caldicott nahm meine Hand und hielt mich auf dem Sofa fest. „Sie sehen aus wie Ihre Tante, als sie noch jünger war, aber da hört die Ähnlichkeit auf. Charakterlich sind Sie ganz anders. Sie sagte mir, dass Sie ganz nach Ihrer Mutter kommen."

„Das sagt man mir auch."

Sie lächelte mich mitfühlend an. „Ihr Onkel ist sehr stolz auf Sie. Er konnte nicht aufhören, von Ihnen zu schwärmen. Scheinbar sprechen Sie Italienisch."

Ich lachte. „Grundgütiger, nein. Nicht fließend."

„Edward wird dieses Jahr seine Kavaliersreise nach Italien antreten. Vielleicht können Sie ihm ein paar Worte beibringen und wenn er wiederkommt, kann er Ihnen von seinen Abenteuern erzählen."

Oje. Die Falle tat sich vor mir auf und ich musste dringend einen Schritt zur Seite machen, um nicht hineinzutappen. Glücklicherweise wurde ich von Floyd gerettet, der mir seine Hand hinhielt.

„Komm schon, Cleo."

In der Eingangshalle half er mir in den Mantel. Ich konnte den Alkohol in seinem Atem riechen, als er mir die Hände auf die Schultern legte und mit seinem Mund nahe an mein Ohr kam. „Gern geschehen", flüsterte er.

„Ich brauchte keine Rettung", flüsterte ich zurück.

„Oh? Also wärst du glücklich mit ihr als Schwiegermutter?"

„So weit würde ich es nicht kommen lassen."

„Meine süße, naive Cousine. Du hast keine Ahnung, wie schnell diese Dinge eskalieren können. Es fängt mit einem harmlosen Treffen an und als Resultat deiner Höflichkeit der Gastgeberin gegenüber endet es mit einem Tritt vor den Altar. Wenn du so darauf erpicht bist, der Schlinge der Ehe zu entgehen, wie du behauptest, musst du wachsam sein, wenn Mütter in der Nähe sind. Vertrau mir, ich weiß, wovon ich rede."

Edward näherte sich mit gerunzelter Stirn. „Welches Komplott schmiedet ihr beide denn?"

Floyd machte sich an meinem Mantel zu schaffen und strich die Falten an meiner Schulter glatt. „Ich habe Cleo nur einen kleinen Rat gegeben."

„Finanziellen Rat?" Edward nahm meine Hand und verbeugte sich. „Wenn Sie derlei Rat benötigen, Miss Fox, wenden Sie sich jederzeit an mich. Ich werde Sie gern anleiten."

„Oh, äh, danke", brachte ich heraus.

Floyd schüttelte Edwards Hand. „Nett, dass Sie es anbieten. In Anbetracht der Tatsache, dass Cleo nicht heiraten möchte, wird sie Ihren Rat zu schätzen wissen. Eine alleinstehende Frau muss für ihre Zukunft sorgen. Nicht wahr?"

Edward war sprachlos, was zweifelsohne Floyds Absicht gewesen war.

Mein Cousin schob mich hinter meiner Tante und meinem Onkel her nach draußen. „Und? Bist du jetzt froh, dass ich dich gerettet habe?"

Er half mir sowie Flossy in die Kutsche. Sobald wir alle saßen und auf dem Weg waren, stieß Floyd einen tiefen Seufzer aus. „Gott sei Dank haben sie irgendwann aufgehört, über Geld und Investitionen zu reden. Ich dachte schon, die leben und atmen nur Bank."

„Und was ist daran falsch?", bellte sein Vater. „Du könntest dir von den Caldicott Jungs eine Scheibe abschneiden."

„Wie man beispielsweise eine Frau innerhalb von fünf Minuten langweilt?" Floyd schnaubte.

Meine Tante zuckte zusammen und schloss die Augen.

Die Augen meines Onkels blitzten im Licht der Laterne auf wie kalter Stahl. „Wie man es vermeidet, seine Zukunft zu ruinieren."

* * *

Edward Caldicotts Meinung über den finanziellen Engpass des Piccadilly Playhouse war das Erste, was mir durch den Kopf ging, als ich am nächsten Morgen aufwachte. Obwohl ich mir geschworen hatte, die Ermittlungen einzustellen, wollte ich scheinbar doch weitermachen. Ich konnte nicht aufhören, über Mr Culpeppers Situation nachzudenken. Wenn die Dinge so brenzlig waren, wie Edward behauptet hatte, war Mr Culpepper nicht in der Lage gewesen, Pearl zu unterstützen, wenn sie ihn um Geld bat. Hatte Pearl es gewusst und sich gar nicht die Mühe gemacht, ihn zu fragen? Oder war sie zuerst zu ihrem langjährigen Geliebten gegangen, bevor sie Lord Wrexham aufgesucht hatte? Doch warum sollte sie erst zu Mr Culpepper gehen, wenn er nicht Millies Vater war?

Es sei denn, er war es.

Eine simple Möglichkeit bestand, es herauszufinden.

Nach dem Frühstück fragte ich Frank, wo das Standesamt war. Er rief mir eine Droschke und ich machte mich auf den Weg zum Somerset House in The Strand, wo die Geburts-, Sterbe- und Heiratsregister des Landes in einem pompösen Gebäude untergebracht waren. Nachdem ich einem der vielen Beamten am Empfang mein Anliegen vorgetragen hatte, dauerte es über zwei Stunden, ehe ich Millies Geburtsurkunde in den Händen hielt.

Pearl war als Mutter mit ihrem echten Namen Eleanor eingetragen, wie ich erwartet hatte. Der Name des Vaters ließ mich jedoch alles noch einmal überdenken. Es war nicht Lord Wrexham, sondern doch Mr Culpepper.

Wenn Pearl zu der Zeit mit beiden Männern zusammen gewesen war, konnte sie nicht eindeutig sicher sein, wer Millie gezeugt hatte. Es war allerdings bezeichnend, dass sie Culpepper Wrexham vorgezogen hatte. Die Wahl, die sie vor vier Jahren getroffen hatte, war eine Sache, die kürzlich getroffene Wahl eine ganz andere. Sie hatte sich entschieden, Lord Wrexham zu sagen, dass *er* Millies Vater war in der Hoffnung, er würde ihr Geld geben.

Ebenso wahrscheinlich erschien es mir jedoch, dass sie erst zu Millies Vater gegangen war.

Mr Culpepper hatte mich angelogen. Er *musste* gewusst haben, dass Millie seine Tochter ist.

Wenn er mich diesbezüglich angelogen hatte, worüber hatte er noch gelogen? Dass er Pearl über die Brüstung gestoßen hatte, nachdem er herausgefunden hatte, dass sie ihm Millie all die Jahre vorenthalten hatte? Oder weil er ihr keinen Unterhalt für das Kind zahlen wollte? Oder war ihm aus purer Eifersucht auf ihre anderen Liebhaber schließlich doch eine Sicherung durchgebrannt?

Er hatte das Motiv *und* die Gelegenheit. Er war schnell am Tatort gewesen. Nach Pearls Todesschrei war er gesehen worden, wie er aus dem Notausgang kam, der einen direkten Zugang zum zweiten Rang bot.

Ich musste ihn konfrontieren, aber es wäre dumm, dies allein zu tun.

KAPITEL 14

Mr Armitage trug eine zweite Schicht Farbe auf die Wände seines Büros auf. Die kalte Luft, die durch das offene Fenster strömte, verwehte den Geruch, verwandelte den Raum jedoch in eine Eishöhle. Ich behielt meinen Mantel an, als ich ihn begrüßte.

Er stieg die Leiter herunter und stellte Farbtopf und Pinsel beiseite. „Mir scheint, Sie können sich nicht von mir fernhalten, Miss Fox."

„Vielleicht sollten Sie hier einen zweiten Schreibtisch für mich aufstellen."

„Und Ihren Namen mit an die Tür schreiben?"

„Was für eine hervorragende Idee."

Er brummte und wischte sich die Hände an dem vollgekleckten Tuch ab, das über seiner Schulter lag. „Was kann ich für Sie tun?"

„Ich möchte um Ihre Begleitung bitten, wenn ich mit einem Verdächtigen spreche."

Er runzelte die Stirn. „Ein gewalttätiger Verdächtiger?"

„Er könnte gewalttätig werden, wenn ich ihn des Mordes bezichtige."

„Wenn Ihnen das Sorge bereitet, sollten Sie es lieber lassen. Sagen Sie meinem Vater, was Sie wissen, dann kann sich die Polizei darum kümmern."

„Sie haben gesagt, ich brauche mehr Beweise, sonst ist es sinnlos, zur Polizei zu gehen."

Er streifte seinen Overall ab, was ich als Zeichen wertete, dass er sich bereits entschieden hatte, mich zu begleiten. „Und ich nehme an, dass Sie diese Beweise gefunden haben."

„Es sind immer noch Spekulationen." Ich erzählte ihm davon, dass ich Mr Culpeppers Namen auf Millies Geburtsurkunde gesehen hatte und wie er mich angelogen und behauptet hatte, nichts von ihrer Existenz zu wissen. „Ich habe keinen Beweis, dass er gelogen hat, aber ich habe einen starken Verdacht. Und wenn er deswegen gelogen hat, weswegen dann noch?"

„Von Lügen zu Mord ist es ein gewaltiger Sprung."

„Aus diesem Grund will ich ihn konfrontieren. Ich brauche Antworten und ganz ehrlich fällt mir an diesem Punkt niemand anderes ein, der sie mir liefern wird. Lady Wrexham habe ich ausgeschlossen und bin mir auch ziemlich sicher, dass Lord Wrexham es nicht getan hat. Sie hat ein Alibi und er war höchstwahrscheinlich zum Tatzeitpunkt woanders. Culpepper ist mein einziger Verdächtiger. Also kommen Sie mit?"

„Ich wäre kein Gentleman, wenn ich die Bitte einer Lady ausschlagen würde."

Ich wollte mir eine pfiffige Antwort überlegen, wurde aber wieder von seinen Unterarmen abgelenkt. Sie waren wirklich sehr muskulär. Und die Art, wie sein Hemd auf seinen Schultern saß, war auch so etwas wie eine Offenbarung. Ich wusste ja, dass sie breit waren, aber ohne Weste oder Jackett konnte ich erst erkennen, wie breit.

Er schaute plötzlich auf und ich musste so tun, als würde ich etwas auf dem Schreibtisch betrachten. Leider gab es dort nichts, was in Reichweite war, außer einem Bleistift. Den ergriff ich, schaute ihn einmal von vorn und hinten an und legte ihn wieder weg.

Er nahm seine Weste und die Krawatte vom Garderobenständer, dann sein Jackett. Ehe er es anzog, holte er ein Lederholster und eine Pistole aus der untersten Schreibtischschublade.

Ich schnappte nach Luft.

„Warum so überrascht?", fragte er, während er das Holster

anlegte. „Sie haben mich gebeten mitzukommen, weil Culpepper gefährlich werden könnte." Er nahm die Pistole und lud Patronen in die Trommel. „Die hier ist nur für den Fall, dass Sie recht haben."

„Ich hatte angenommen, Sie benutzen Ihre Fäuste."

„Ich bin kein Übermensch, Miss Fox. Wenn er eine Waffe zieht, sind meine Fäuste nutzlos."

Da hatte er recht, was mich aber nicht beruhigte. „Haben Sie noch eine für mich?"

„Zum Glück nicht."

„Zum Glück? Ich wäre sehr verantwortungsbewusst und würde sie nur im äußersten Notfall benutzen."

„Haben Sie jemals eine Waffe abgefeuert?" Als ich den Kopf schüttelte, steckte er die Pistole in das Holster. „Dann überlassen Sie mir das Schießen."

„Weiß Ihr Vater, dass Sie die haben?"

Er führte mich nach draußen und schloss die Tür ab. „Wer, glauben Sie wohl, hat mir die gegeben, als ich in dieses Geschäft eingestiegen bin?"

„Weiß Ihre Mutter davon?"

„Halten Sie mich für wahnsinnig?" Er folgte mir die Treppe herunter, doch anstatt die Eingangstür zu öffnen, griff er an mir vorbei und legte seine Hand auf den Knauf, um mich aufzuhalten. „Sagen Sie ihr nichts."

„Ihr Geheimnis ist bei mir sicher."

Nach einem kurzen Marsch fanden wir Mr Culpepper an seinem Schreibtisch im Playhouse vor. Er schaute von dem Kassenbuch auf, das er schnell schloss, als er mich sah. Ich stellte Mr Armitage vor und Mr Culpepper bat uns, Platz zu nehmen. Ich tat es, doch Mr Armitage blieb neben mir stehen. Mir war die Waffe in seinem Holster ausgesprochen bewusst. Sein Jackett hatte er nicht zugeknöpft, sodass er sie schnell erreichen konnte. Es erleichterte mich, dass Mr Culpepper seine Hände auf dem Schreibtisch liegen hatte, wo ich sie sehen konnte.

„Wie kann ich Ihnen helfen, Miss Fox?", fragte er.

„Sie haben mich angelogen." Es war ein Wagnis, es ihm vorzuwerfen, ohne mir ganz sicher zu sein, aber das Wagnis machte sich bezahlt, da er nicht überrascht reagierte.

„Weswegen?“, fragte er eher ruhig.

„Sie wussten die ganze Zeit, dass Millie Ihre Tochter ist.“

Er lehnte sich zurück und legte die Hände in den Schoß, außer Sicht. Hoffentlich konnte Mr Armitage sie aus seinem höheren Blickwinkel noch sehen.

„Warum haben Sie mich angelogen?“

„Weil ich in Panik verfallen bin und instinktiv gehandelt habe“, sagte er. „Seit Jahren verleugne ich meine Vaterschaft und inzwischen ist es ganz natürlich. Ich wusste, wie es aussehen würde, wenn Sie es erfahren, und dass Sie mir vorwerfen würden, Pearl getötet zu haben, weil sie mir meine Tochter vorenthalten hat.“

„Also ist Pearl um Weihnachten herum zu Ihnen gekommen und hat Sie um Geld für Millies Unterhalt gebeten. Warum zu diesem Zeitpunkt? Hatte sie vor, Millie zu sich zu nehmen und als ihr eigenes Kind aufzuziehen?“

Er schüttelte den Kopf und beugte sich wieder vor. „Sie hat mich nie danach gefragt oder mir ihre Pläne für das Mädchen mitgeteilt. Soweit ich weiß, war sie zufrieden, sie bei den Larsens zu lassen.“

„Haben Sie Pearl jemals angeboten, sie zu heiraten und Millie gemeinsam großzuziehen?“

Er verzog das Gesicht. „Natürlich habe ich es angeboten, als ich herausfand, dass sie schwanger ist. Aber Pearl hatte kein Interesse, weder an Ehe noch an Mutterschaft. Deswegen glaube ich auch nicht, dass sie das Mädchen zurückhaben wollte. Pearl und ich wären grässliche Eltern geworden. Wir sind beide zu egoistisch und um ganz ehrlich zu sein, haben wir kein Interesse an Kindern.“

Ob ich ihn deswegen mehr oder weniger leiden konnte, wusste ich nicht. Einerseits war es gut, dass jemand sich selbst als egoistisch wahrnehmen und das Kind an ein Paar geben konnte, das der Aufgabe als Eltern besser gewachsen war. Aber wie konnte er andererseits wissen, dass er einen grässlichen Vater abgegeben hätte, wenn er es gar nicht versucht hatte? Er hätte sich in seine Tochter verlieben können, wenn er etwas Zeit mit ihr verbracht hätte.

„Wenn Pearl nicht vorhatte, Millie selbst großzuziehen, wozu brauchte sie dann Geld?“, fragte ich.

„Ich weiß es nicht. Wie ich schon sagte, sie kam damit nicht zu mir. Darüber habe ich nicht gelogen.“

„Sie wusste, dass Sie finanzielle Schwierigkeiten haben, nicht wahr?“

Mr Culpepper warf Mr Armitage einen kurzen Blick zu und nickte dann.

„Also ist sie zu Lord Wrexham gegangen, weil sie dachte, dass er, wenn sie ihm von Millie erzählt, geneigt wäre, ihr Geld zu geben.“ Ich sprach jetzt meine Gedanken aus in der Hoffnung, dass mich irgendein Geistesblitz traf. Antworten erwartete ich nicht. „Aber ihm war es egal und er weigerte sich. Die Frage ist, warum brauchte sie *jetzt* Geld?“

„Ihre Schwester warf Pearl vor, ihr Kind vergessen zu haben.“

Ich blinzelte ihn an. „Wie könnte sie denn ihr eigenes Kind vergessen?“

Er seufzte und rieb sich das Kinn. „Ich möchte nicht, dass Sie schlecht von Pearl denken. Es ist nicht so, dass sie absichtlich nicht an Millie gedacht hat, aber …“ Er zuckte mit den Schultern. „Sie war einfach kein Teil ihrer Welt. Aus den Augen, aus dem Sinn, wie man so schön sagt.“

„Woher wissen Sie, dass Mrs Larsen ihr vorwarf, Millie vergessen zu haben? Hat Pearl Ihnen das erzählt?“

Er schüttelte den Kopf. „Ich habe mit angehört, wie sie gestritten haben. Viel habe ich nicht mitbekommen, ehe sie außer Hörweite gingen, nur das. Ich weiß, dass Pearl ihrer Schwester jeden Monat etwas Geld geschickt hat für Millies Unterhalt, also hat sie es in dem Monat wahrscheinlich einfach vergessen.“

„Aber die beiden haben sich am Weihnachtstag gesehen. Sie hätte Pearl doch dann auf das Ausbleiben der Zahlung ansprechen können.“ Ich rieb mir die Stirn. Dass ich fälschlicherweise angenommen hatte, dieser Mann hätte die Frau, die er liebte, umgebracht, nervte mich.

„Wann haben sie gestritten?“, fragte Mr Armitage.

Mr Culpepper zog den Mund schräg, während er nachdachte. „Genau erinnere ich mich nicht. Mrs Larsen kam eines Tages ins Theater—"

„Was?" Ich senkte meine Hand und starrte ihn an. „Sind Sie sicher, dass sie herkam?"

„Ja. Sie war noch nie zuvor hier gewesen und wirkte beeindruckt. Sie bat Pearl um eine Tour."

Als ich Mrs Larsen das erste Mal begegnet war, hatte sie mir gesagt, sie wäre noch nie im Playhouse gewesen. Sie hatte gelogen. Und der einzige Grund für diese Lüge war die Tatsache, dass ihre Anwesenheit hier im Theater sie in den Mord verwickelte.

„An welchem Tag kam Mrs Larsen zu Besuch?", fragte ich.

„Wie ich schon sagte, ich erinnere mich nicht."

„War es am Tag von Pearls Tod?"

Er zuckte mit den Schultern. „Eventuell." Er schnippte mit den Fingern. „Perry könnte es wissen. Was solche Dinge angeht, hat er ein gutes Gedächtnis. Er kann sich auch wunderbar die Texte der anderen merken, nicht nur seine eigenen."

Er führte uns aus seinem Büro und den Flur entlang, wo Perry Alcott Dotty Clares Zweitbesetzung mit ihrem Text half. Als Mr Armitage klar wurde, dass wir die Garderobe der Schauspielerin betreten hatten, trat er zurück, obwohl die Zweitbesetzung die einzige Frau dort war und außerdem vollständig bekleidet.

Mr Alcott bestätigte, dass er Mrs Larsen im Theater gesehen hatte und dass sie von Pearl herumgeführt worden war. „Es war der Tag vor Pearls Tod."

„Sind Sie sicher?", fragte ich. „Nicht ihr Todestag?"

„Definitiv der Tag vorher."

„Wissen Sie, worüber sie gestritten haben?"

Er schüttelte den Kopf. „Ich stand auf der Bühne und konnte sie im zweiten Rang sehen, aber hören konnte ich sie nicht. Es wirkte hitzig, wobei Mrs Larsen die meiste Zeit redete. Die arme Pearl stand nur da und ließ sich von ihrer Schwester schikanieren."

Wir bedankten uns und verließen das Theater. Mr Armitage rief eine Droschke und ich gab dem Fahrer die Adresse der Larsens. Je mehr ich darüber nachdachte, desto klarer wurde mir, dass Mrs Larsen mich angelogen hatte, um mich von der richtigen Fährte wegzulocken. Sie hatte behauptet, nie im Theater gewesen zu sein. Sie hatte zu keinem Zeitpunkt zugegeben, dass Millie Pearls Tochter war. Und sie hatte versucht, Pearls Mord einem eifersüchtigen Liebhaber zuzuschieben.

Wir stiegen am Eingang des Innenhofes aus, doch Mr Armitage hielt mich am Arm zurück. Er deutete mit einem Nicken auf den verwahrlosten Karren, wo Mr Larsen mit dem Rücken zu uns neben Millie stand. Millie saß auf dem Karren und ließ ihre kleinen Beinchen in der Luft baumeln. Er schien mit ihr zu reden, doch sie starrte nur geradeaus. Man konnte unmöglich sagen, ob sie zuhörte oder nicht.

„Hat er samstags frei?", fragte Mr Armitage.

Ich war mir nicht sicher. Wenn ich so darüber nachdachte, war Mr Larsen auch bei meinem letzten Besuch zu Hause gewesen, an einem Mittwoch. Außerdem hatte er seine eigenen Stiefel repariert und Mrs Larsen hatte gebacken, vielleicht, um über die Runden zu kommen, falls ihr Mann arbeitslos war. Wenn sie in finanziellen Schwierigkeiten steckten, würde es erklären, warum sie Geld von Pearl brauchten.

„Er scheint sich hingebungsvoll um Millie zu kümmern", sagte Mr Armitage.

Ja, das tat er. Wo Mrs Larsen keine Geduld mit ihrer Tochter hatte, hatte Mr Larsen sie im Überfluss. Er liebte sie. Wenn er also glaubte, Pearl würde ihm Millie wegnehmen, hätte er möglicherweise alles Nötige getan, um sie davon abzuhalten.

Mir wurde schlecht.

Mr Armitage ging voraus, weit ausschreitend und zielgerichtet. Ich folgte zwar sehr zögerlich, kam aber am gleichen Ziel an und stellte die beiden Männer einander vor. Als ich damit fertig war, war mein Mund trocken.

„Waren Sie jemals im Piccadilly Playhouse?", fragte Mr Armitage.

Mr Larsen hob Millie vom Karren und stellte sie auf den Boden. „Nein. Warum?"

„Warum arbeiten Sie heute nicht?"

Mr Larsen biss die Zähne aufeinander. „Ich wüsste nicht, was Sie das anginge."

„Beantworten Sie einfach die Frage."

Mr Larsen nahm Millies Hand und führte sie weg.

Ich verstellte ihm den Weg. „Ich muss mit Ihnen reden, aber ich glaube nicht, dass Millie mit anhören sollte, was ich zu sagen habe."

„Dann sagen Sie es nicht."

„Muss ich aber und ich werde es jetzt und hier sagen, wenn Sie nicht von ihr weggehen."

Er schaute auf das Mädchen herab. „Bleib hier, Millie, verstanden? Rühr dich nicht vom Fleck."

Ich ging ein paar Schritte weiter und er folgte. Mr Armitage trat dazu. „Wir wissen, dass Millie nicht Ihre Tochter ist. Sie ist Pearls und Mr Culpepper ist der Vater."

Mr Larsen rieb sich den Nacken und ließ die Schultern hängen. Er war ein gebrochener Mann. „Sie ist praktisch unsere. Wir haben sie aufgezogen. Niemand weiß, dass sie nicht unser Kind ist, nur Pearl, Culpepper und jetzt Sie." Er zuckte mit den Schultern. „Was soll's?"

„Wollte Pearl sie wieder zurück?"

„Nein!"

„Brauchten Sie mehr Geld für Millies Unterhalt?"

„Ich kann für meine Familie sorgen", presste er hervor. „Sie ist nur ein kleines Mädchen. Sie kostet uns nicht viel."

„Aber Sie haben Ihre Arbeit verloren, nicht wahr?", hakte ich nach. „Haben Sie Untermieter aufgenommen? Ist deswegen Ihr Wohnzimmer abgeteilt, weil Sie dort schlafen und Ihre Untermieter das Schlafzimmer haben?"

„Ich habe Ihnen nichts zu sagen. Guten Tag."

„Dann rede ich mit Ihrer Frau."

„Die ist nicht da."

„Wir wissen, dass sie Pearl wegen des Geldes im Playhouse konfrontiert hat, und sie hat mich diesbezüglich angelogen. Sie hat mir sogar gesagt, sie wäre noch nie dort gewesen. Ich glaube, sie hat das Theater ausgekundschaftet, ist am nächsten Tag zurückgekommen, hat Pearl unter irgendeinem Vorwand nach oben in den zweiten Rang gelockt und sie dann über die Brüstung gestoßen."

Er schüttelte den Kopf, wich meinem Blick jedoch aus.

„Mrs Larsen hasste ihre Schwester, stimmt's? Sie hasste sie, weil sie schöner war, beliebter und talentierter. Sie hasste sie, weil sie für ihr Kind keine Verantwortung übernahm. Ein Kind, das Ihre Frau nicht sonderlich mag. Ein Kind, das sie als einfältig bezeichnet."

Er machte einen Schritt auf mich zu, die Hände zu Fäusten geballt. Knurrend zeigte er die Zähne. „Sie ist nicht einfältig."

Mr Armitage packte seinen Arm und riss ihn von mir weg.

„Nein, das ist sie nicht." Ich sah das Mädchen an, das vorsichtig einen Schritt machte, eine Hand nach vorn gestreckt. „Sie ist sehr musikalisch. Leider konnte ihre Frau es nicht erkennen und Pearl auch nicht. Aber Sie haben es gesehen. Sie lieben sie und wollen ihr Talent fördern. Doch dafür braucht man Geld."

„Sie kann ihre musikalischen Fähigkeiten hier entwickeln, ohne Instrumente oder einen Lehrer. Sie ist recht zufrieden und später ist auch noch Zeit für richtigen Unterricht. Ich werde dafür zahlen, wenn ich einen neuen Job habe. Sie werden schon sehen. Ich werde für ihren Musikunterricht aufkommen, und wenn ich mir die Finger bis auf die Knochen abarbeite. Wir brauchten keine Hilfe von Pearl."

Er hatte recht. Millie war jung. Sie hatten Zeit. Also warum brauchten sie jetzt das Geld? Ganz eindeutig liebte er seine Tochter, auch wenn seine Frau ihr nicht so zugewandt war. Für sie war Millie nicht ganz richtig im Kopf. Allerdings war sie nicht so einfältig, dass sie nicht in der Gesellschaft klarkommen konnte, soviel erkannte ich. Mit viel Liebe und Geduld konnte sie wie andere Mädchen aufwachsen.

Millie machten noch einen zögerlichen Schritt vorwärts. „Papa?"

Mr Larsen fuhr herum. „Millie, warte!" Er rannte zu ihr, nahm ihre Hand und brachte sie zu dem Karren zurück.

Ich folgte ihnen und beobachtete, wie Millie umher tastete. Ihre Hände fuhren über ihre Umgebung, ehe sie sich setzte. „Sie ist blind", murmelte ich.

Mr Larsen stellte sicher, dass sie sich mit einer Hand an der Kante des Karrens festhielt, ehe er sie losließ. „Ja, seit ihrer Geburt, aber wir haben viele Monate nichts davon gewusst."

Eine Frau wie Mrs Larsen, die selbstsüchtig und sicher ungeduldig war, würde ein blindes Kind als Last empfinden. Insbesondere, wenn sie das Kind nicht wie eine Tochter liebte. Lady Wrexham hatte Millie als „beschädigt“ bezeichnet, also nahm ich an, dass Pearl Lord Wrexham von Millies Blindheit erzählt und Lady Wrexham es gehört hatte. Lady Wrexham und Mrs Larsen glichen sich in ihrer Auffassung von Blindheit. Für Lady Wrexham war Millie eine soziale Belastung. Für Mrs Larsen war sie eine finanzielle.

Mrs Larsen hatte von Pearl am Weihnachtstag Geld für Millie verlangt und ich hatte den Verdacht, dass es mehr gewesen war als die übliche monatliche Summe. Und ich wusste auch, warum.

„Es gibt eine Blindenschule, zu der sie Millie schicken wollen. Sie hat es angedeutet, als ich hier war. Aber die kostet Geld, richtig?“

Mr Larsen lehnte sich mit einem schweren Seufzer an den Karren. „Die Schule selbst ist nicht kostspielig, aber wir müssten dann in eine teurere Gegend umziehen. Das können wir uns im Moment nicht leisten. Erst wenn ich Arbeit finde.“

„Und Ihre Frau wollte die finanzielle Last nicht stemmen und hat deswegen Pearl gebeten, Ihren Umzug zu finanzieren. Als Pearl nicht sofort zahlte, hat Mrs Larsen sie im Theater aufgesucht und mit ihr gestritten. Vielleicht hat Pearl ihr da gesagt, dass sie versucht, das Geld zusammen zu bekommen, aber Ihrer Frau ging die Geduld aus und sie kehrte am nächsten Tag zurück. Wissen Sie, ob es ein Unfall war? Oder hat Mrs Larsen sie absichtlich vom Balkon gestoßen?“

Mr Larsen fuhr sich mit der Hand über das Gesicht. Als er sie wegnahm, war es aschfahl. „Sie ist meine Frau. Die Mutter meines Kindes. Ich kann Ihnen nicht sagen, was passiert ist. Ich *werde* es nicht sagen.“

Ich trat näher, doch Mr Armitage blockierte mir mit seinem Arm den Weg. Er schüttelte warnend den Kopf. „Wollen Sie, dass diese Frau Millie großzieht?“, fragte ich. „Eine Frau, die fähig ist, ihre eigene Schwester zu ermorden, und keinerlei Reue zeigt?“

Er kniff die Augen zusammen und vergrub sein Gesicht in den Händen.

„Sagen Sie mir, was an dem Tag geschah, als Pearl starb", sagte ich sanft.

Schritte hallten auf den Pflastersteinen hinter mir. Ich fuhr herum und sah Mrs Larsen mit einer Glasflasche auf mich zustürmen, die sie hoch über den Kopf gehoben hatte. Ich stolperte zurück und schützte mich mit den Armen, als sie damit auf mich einschlug.

Mr Armitage fing ihr Handgelenk ab. Die Flasche war nur wenige Zentimeter von meinem Kopf entfernt.

Frustriert schrie sie auf, wie ein hungriger Falke, dem seine Beute vorenthalten wurde. „Hör auf, mit denen zu reden!"

Mr Larsen stellte sich vor Millie, die Hände bereit, seine Frau zu schnappen, sollte sie sich von Mr Armitage losreißen. Doch der hielt sie eisern fest. Er zerrte die Flasche aus ihrem Griff und gab sie mir, ehe er ihr beide Hände hinter den Rücken zwang. Sie spuckte und knurrte und verfluchte uns und ihre Schwester.

Eine Nachbarin musste den Aufruhr gehört haben und kam aus dem Haus. Mr Armitage bat sie, einen Constable zu holen. Sie hastete durch den Torbogen an dem Korb vorbei, den Mrs Larsen auf den Boden gestellt hatte.

„Nellie verdiente den Tod!", schrie Mrs Larsen. „Sie war die selbstsüchtigste, rücksichtsloseste Person, die man sich vorstellen kann. Ihre Tochter war ihr egal. Sie hatte schon einige Monate vergessen, uns den Unterhalt zu zahlen."

„Wir brauchten das Geld nicht", sagte Mr Larsen. Er klang erschöpft, aber weder überrascht noch wütend. Er hatte die ganze Zeit gewusst, dass seine Frau Pearl getötet hatte.

„Du hast deine Arbeit verloren! Es lag an mir, Pasteten zu backen, damit wir überhaupt Essen auf dem Tisch haben. Wäre ich nicht gewesen, wären wir verhungert. Nellie war es egal. Und du musstest auch noch Millie von der blöden Schule erzählen. Sobald sie den Gedanken im Kopf hatte, redete sie von nichts anderem mehr, wenn dieses idiotische Mädchen überhaupt geredet hat. Wieder und wieder, jeden Tag. Es hat mich wahnsinnig gemacht!"

„Sie ist kein Idiot."

Sie verzog das Gesicht. „Ich wünschte, Nellie hätte sie zurückgewollt. Ich wäre sie nur zu gern losgeworden."

„Das meinst du nicht so." Er nahm Millie auf den Arm und drückte sie, doch das Mädchen schien die Geschehnisse um sie herum gar nicht wahrzunehmen.

„Sie geben es zu?", fragte Mr Armitage. „Sie haben sie über die Brüstung gestoßen?"

Mrs Larsen versuchte, sich aus seinem Griff zu befreien, doch das war sinnlos. Sie knurrte frustriert und trat nach mir, da ich direkt vor ihr stand. Ich wich ihrem Fuß aus, trat zurück und traf mit meiner Stiefelspitze ihr Schienbein. Sie heulte vor Schmerz auf. Nur so konnte ich sie davon abhalten, es noch einmal zu tun.

„Ich bereue nichts", knurrte sie. „Nellie hatte alle Vorteile im Leben. Alles fiel ihr zu. Seit sie geboren war, vergötterten unsere Eltern sie, ihr hübsches kleines Mädchen. Sie haben ihr alles gegeben, was sie wollte. Sie durfte alles tun, was sie wollte. Und wie hat sie es ihnen zurückgezahlt? Indem sie Schande über sie brachte und zur Bühne ging. Die Welt ist ein besserer Ort ohne sie und dafür werde ich mich *nicht* entschuldigen."

Zwei so unterschiedliche Schwestern, doch eine war so wahnhaft neidisch auf die andere, dass es sie völlig auffraß und sie bis zur Unkenntlichkeit veränderte. Waren meine Mutter und Tante Lilian so gewesen, ehe meine Mutter fortgegangen war, um meinen Vater zu heiraten? Tante Lilian hatte mir erzählt, dass sie auf das offene, freundliche Wesen meiner Mutter neidisch gewesen war, auf ihre natürliche Haltung und Intelligenz. Wenn sie geglaubt hatte, meine Mutter hätte alle Vorzüge bekommen, wäre sie auch vom Hass zerfressen worden, hätte meine Mutter nie das Elternhaus verlassen?

Aber meine Tante war nicht wie Mrs Larsen. Sie hatte ein gutes Herz und zugegeben, dass sie ihren Neid bereute. Meine Mutter war auch nicht so selbstsüchtig gewesen wie Pearl. Man konnte die beiden Schwesternpaare nicht miteinander vergleichen.

Die Nachbarin kehrte mit zwei Constables zurück. Mr Armitage gab einen kurzen Bericht, während er ihnen Mrs Larsen überantwortete. Sie legten ihr Handschellen an, notierten unsere Adressen und führten Mrs Larsen ab.

Mr Larsen sah ihnen nach, ohne zu blinzeln. Er war blass und seine Hände zitterten, während er Millie auf dem Boden absetzte.

Sie begann zu summen, was ihn aus seiner Starre riss. „Was geschieht jetzt?“, murmelte er.

„Ein Detective von Scotland Yard wird kommen und mit Ihnen reden“, sagte Mr Armitage. „Seien Sie ehrlich, dann müssen Sie sich keine Sorgen machen.“

„Ja, aber … was geschieht jetzt?“ Er schaute auf Millie herab, die seine Hand hielt und leise vor sich hin summte. „Ich habe keine Arbeit und Nellie lebt nicht mehr, um uns jeden Monat Geld zu schicken. Und die Schule … Ich kann es mir nicht leisten, in die Nähe zu ziehen.“

„Was ist mit den Dingen, die Ihre Frau aus Pearls Wohnung geholt hat?“

„Schon verkauft, um Schulden zu begleichen.“

Ich legte eine Hand auf seinen Arm, aber nichts, was ich sagen konnte, würde helfen. Er stand unter Schock. Heute hatte er seine Frau verloren. Er tat mir leid, doch alles, was ich bieten konnte, waren leere Versicherungen, dass alles irgendwie gut werden würde.

Mr Armitage und ich gingen und ich war froh, dass er mir anbot, mich zum Hotel zu begleiten. Ich stand ebenfalls unter Schock. Auch wenn ich Mrs Larsen nicht gemocht hatte, hatte ich sie doch nicht für fähig gehalten, ihre eigene Schwester zu ermorden.

Mr Armitage half mir in die Droschke, wobei er eine Hand auf meinen unteren Rücken legte und die andere an meinen Ellenbogen. „Danke“, sagte ich, als er sich neben mich setzte. „Ich bin froh, dass ich Sie mitgebracht habe.“

Er öffnete die Luke über unseren Köpfen, um den Fahrer Anweisung zu geben, und schloss sie dann wieder. „Sie haben es geschafft, Miss Fox. Sie haben alles herausgeknobelt.“

„Aber Sie haben Mrs Larsen daran gehindert, mich mit dieser Flasche Saft bewusstlos zu schlagen.“

„Das hätte eine ziemliche Sauerei gegeben.“

Ich lachte leise, trotz meines schweren Herzens.

In der Enge der kleinen Droschke berührten sich unsere Arme. Seine Nähe war tröstlich, was ich ihm gegenüber jedoch niemals zugeben würde.

Sobald ich wieder im Hotel und Mr Armitage seiner Wege gegangen war, sagte ich Frank, Goliath und Peter, dass ich sie in ihrer Nachmittagspause im Aufenthaltsraum der Angestellten sehen wollte. Einer von ihnen gab Harmony und Victor Bescheid, sodass wir alle um halb vier zusammensaßen.

Beim Tee erzählte ich ihnen, wie die Ermittlungen geendet hatten. „Dank eurer Hilfe wurde Pearls Mörderin verhaftet."

„Wir haben doch gar nichts gemacht", sagte Peter. „Das waren ganz allein Sie, Miss Fox."

„Ein bisschen waren wir es schon", gab Goliath zu.

„Ziemlich viel sogar." Harmony warf Victor einen Seitenblick zu. „Allerdings haben einige mehr beigetragen als andere."

Victor streckte seine Beine aus und legte die Knöchel übereinander. „Das haben wir."

Ich ging dazwischen, bevor sie auf den Köder eingehen konnte, den er gelegt hatte. „Weiß jemand, ob Lord Rumford in seiner Suite ist? Ich sollte ihm die Neuigkeiten mitteilen."

„Er hat heute Morgen ausgecheckt", sagte Peter.

„Ich dachte, er würde bis morgen bleiben."

Peter zuckte mit den Schultern. „Er hat sich gegen zehn Uhr verabschiedet."

Ich sackte in meinem Stuhl zusammen. Dahin waren meine Chancen auf Bezahlung für unsere harte Arbeit.

KAPITEL 15

Die Ermittlungen und ihre Auflösung gingen mir noch durch den Kopf, was mir das Schlafen erschwerte. Über das Sprachrohr bestellte ich um drei Uhr morgens eine Tasse heiße Schokolade. Als sie nicht kam, zog ich mir einen Morgenmantel über und machte mich auf den Weg in die Küche.

Meine Kerze flackerte im Luftzug, der durch das Treppenhaus wirbelte, und zeichnete tanzende Schatten auf die Wände. Ich zog den Morgenmantel am Hals eng zusammen, doch das hielt die Kälte kaum ab. Ich hätte im Bett bleiben sollen.

Als ich meinen Fuß auf den Treppenabsatz im zweiten Stock setzte, kam eine Gestalt aus dem Flur. Wir blieben beide stehen und starrten einander an. Im Licht ihrer Kerze sah ich ihre rubinroten Lippen, ihre rosa Wangen und geschminkten Augen. Ihr Schal hing locker über ihren nackten Schultern, was ein sehr tief ausgeschnittenes Kleid und einen üppigen Busen offenbarte.

Sie war keine der eleganten Mätressen, die ich am Arm der feinen Gäste gesehen hatte und die wie Ehefrauen behandelt worden waren. Dieser Frau fehlten gewisse Qualitäten, und ihr Freier behandelte sie wie eine Hure, indem er sie mitten in der Nacht wegschickte. Mein Onkel würde nicht wollen, dass diese Sorte Frau in seinem Hotel ein- und ausging.

Sie legte einen Finger an die Lippen und kicherte. Dann ging sie an mir vorbei und eilte die Stufen hinunter. Ich folgte ihr mit Abstand und wartete am Fuß der Treppe, während sie durch das Foyer lief. Heute Abend war da kein hakennasiger Mann, kein Mr Hirst, nur James, der Nachtportier. Er öffnete der Frau die Tür und sie verschwand ohne einen Blick zurück.

Ich schaute mich prüfend um und ging dann auf ihn zu. Er schluckte schwer, als er mich erblickte, und sah sich ebenfalls um. Vermutlich suchte er nach einem Ausweg oder jemandem, der ihm zur Hilfe kam.

„Guten Abend, Miss Fox", sagte er mit einem nervösen Kieksen in der Stimme.

„Guten Abend, James. Wer war das?"

„Bitte?"

„Die Frau, die gerade gegangen ist. Wer war sie?"

„Ein, äh, ein Gast."

„Ein weiblicher Gast, der um diese Uhrzeit allein das Hotel verlässt? Kommen Sie, James, ich bin nicht dumm. Ich habe sie im Treppenhaus gesehen. Sie ist kein Gast."

Er blinzelte hektisch und machte den Mund auf und zu, aber kein Ton kam heraus.

„Ich weiß, was sie ist und warum sie hier ist", fuhr ich fort. „Sie und die anderen Frauen waren nicht diskret und ich schätze, dass diese Tatsache meinem Onkel mehr ausmachen wird als ihre eigentliche Anwesenheit im Hotel."

„Sie werden es ihm sagen?", quiekte er.

„Das muss ich. Ich kann kein Auge zukneifen, wenn der Ruf des Hotels auf dem Spiel steht. Onkel Ronald würde es mir nie verzeihen, sollte er herausfinden, dass ich davon wusste und nichts gesagt habe. Aber ich kann Ihnen das Schlimmste ersparen, wenn Sie mir verraten, wer das Kommen und Gehen dieser Mädchen orchestriert."

Selbst in dem fahlen Licht konnte ich sehen, wie er blass wurde. „Kann ich nicht. Die bestrafen mich, wenn ich rede."

So sehr James für seine Taten Verantwortung übernehmen musste, konnte ich es ihm nicht allzu übel nehmen. Vermutlich wurde ihm keine Wahl gelassen. Ihm musste gedroht worden sein, wenn er *nicht* tat, wie geheißen.

„Dann müssen wir die Verantwortlichen auf frischer Tat ertappen, damit Ihnen nicht vorgeworfen wird, geplaudert zu haben. Wissen Sie, wo Mr Hirst und dieser andere Kerl jetzt sind?"

Er zog seine Unterlippe zwischen die Zähne und knabberte daran. Schließlich ließ er sie los und nickte. „Er heißt Tucket. Die Mädchen gehören ihm."

„Gehören?"

Er zuckte mit den Schultern. „Das sagt er jedenfalls. Sie sind oben im Hotel. Es gab Ärger mit einem der Mädchen in Zimmer eins-vierundzwanzig und sie sind raufgegangen, um den Gast zu beschwichtigen, der ihre Gesellschaft angefordert hat."

Ich musste darauf hoffen, dass sie noch etwas länger dortblieben. Wenn dies klappen sollte, musste ich sie auf frischer Tat ertappen, aber nicht allein.

Ich rannte so schnell die Treppen hinauf, dass meine Kerze ausging. Bis ich an die Tür der Suite meines Onkels und meiner Tante klopfte, war ich außer Atem. Ich klopfte so vorsichtig, dass ich Sorge hatte, Onkel Ronald würde mich nicht hören, aber er öffnete einen Moment später und blinzelte mich müde an.

„Cleo? Stimmt etwas nicht?"

„Zieh dich an und beeil dich. Wir müssen Mr Hirst und einen Mann namens Tucket auf frischer Tat ertappen."

„Auf was für einer frischen Tat?"

„Sie besorgen Huren und schmuggeln sie ins Hotel."

Wäre ich mein Onkel gewesen, hätte ich auf der Stelle mehr Details verlangt, aber Gott sei Dank hinterfragte er mich nicht. Er vertraute mir.

Einige Minuten später kam er zu mir in den Flur, während er ein Samtjackett über sein Hemd zog. Wir hasteten die Treppen bis zum ersten Stock hinunter. Anstatt an die Tür von Zimmer eins-vierundzwanzig zu klopfen, warteten wir. Ich konnte gerade so erhobene Stimmen im Inneren ausmachen, eine hohe weibliche und tiefere männliche.

Als die Tür plötzlich aufging und eine Frau heraus stürmte, gefolgt von Mr Hirst und dem Mann mit der Hakennase, blieben Onkel Ronald und ich im Schatten, bis die Tür hinter ihnen geschlossen wurde. So sehr wir sie auf frischer Tat ertappen mussten, durften wir den Gast nicht in Verlegenheit bringen. Ich erwartete von Onkel Ronald, dass er ihn am nächsten Morgen diskret darüber aufklären würde, dass das Mayfair die Anwesenheit von gewöhnlichen Huren nicht duldete. Die Scheinheiligkeit, solche Frauen nicht zu dulden, aber ein Auge zuzukneifen, wenn eine Mätresse am Arm ihres Gönners aufkreuzte, entging mir nicht, aber es war weder mein Hotel noch meine Regeln.

Als Mr Hirst und Tucket an uns vorbeikamen, trat Onkel Ronald aus dem Schatten. „Kommen Sie mit. Alle beide."

Der Mann namens Tucket flitzte davon. Seine Schritte dröhnten auf der Treppe. Vermutlich würden wir ihn oder seine Frauen nach dieser Nacht nicht wiedersehen. Mr Hirst konnte allerdings nicht so leicht verschwinden.

„Ich werde Sie zu Ihrem Zimmer begleiten", sagte Onkel Ronald zu dem stellvertretenden Direktor. „Sie werden Ihre Sachen packen und augenblicklich verschwinden."

Mr Hirsts Nasenflügel blähten sich. „Werde ich ein Zeugnis erhalten, Sir?"

„Sie haben den Nerv, mich darum zu bitten? Sie können von Glück sagen, dass ich die Polizei nicht informiere."

Mr Hirsts Blick wurde hart im Licht seiner Lampe. „Das würden Sie nicht tun, Sir. So kurz nach dem Mord wollen Sie die Polizei nicht hier haben. Am Ruf des Hotels hängt alles." Überheblichkeit triefte aus jedem Wort. Er wusste, dass er recht hatte. Als er sich an mich wandte, erzitterte ich unter seinem eiskalten Blick. „Wo wir gerade von Ruf sprechen, wissen Sie, dass Miss Fox Ermittlungen durchführt?"

„Ja, und was hat das mit irgendwas zu tun?", verlangte Onkel Ronald zu wissen.

„Ist Ihnen bewusst, dass sie gemeinsam mit Harry Armitage ermittelt? Die beiden wurden zusammen gesehen und wirkten *sehr* vertraut miteinander." Er ging davon, ein verschrobenes Grinsen auf den Lippen.

Mein Onkel warf mir einen vielsagenden Blick zu, der mich warnte, dass wir später darüber reden würden. Dann folgte er

Mr Hirst die Treppe hinunter. Ich ging zurück in meine Suite und machte den Rest der Nacht kein Auge zu.

* * *

TROTZ MEINER VERSPRECHUNGEN wurde James ebenfalls entlassen. Im Rückblick war es unausweichlich, dass mein Onkel seine Beteiligung an dem Komplott entdecken würde. Ohne sein Mitwirken wäre es nicht möglich gewesen. Laut Harmony, die es von einem der Lakaien gehört hatte, wurde James zumindest von Mr Hobart ein Zeugnis versprochen, der sich um die Entlassung gekümmert hatte, nachdem er morgens zur Arbeit erschienen war.

Ich berichtete ihr, was sich in der Nacht abgespielt hatte, bat sie jedoch, niemandem sonst davon zu erzählen. Der Grund für die Entlassungen sollte geheim bleiben. „Hast du gehört, wie Mr Hirst es aufgenommen hat?", fragte ich, als sie mir gegenüber beim Frühstück saß. „Hat er etwas gesagt, als er ging?"

„Er war schon weg, bevor die Hausmädchen ankamen. Niemand außer Sir Ronald hat ihn gehen sehen."

Vermutlich spielte es keine Rolle. Er hatte genug gesagt, um meinem Ruf in den Augen meines Onkels zu schaden. Onkel Ronald mochte Mr Armitage nicht und er hatte mehr als deutlich gemacht, dass er ihn hier nicht haben wollte, und schon gar nicht in meiner Gesellschaft.

Diese Entscheidung stand ihm jedoch nicht zu und ich war fest entschlossen, ihm das zu sagen, wenn er mich darauf ansprach. Ich konnte befreundet sein, mit wem ich wollte. Hoffentlich verursachte es keinen Bruch zwischen uns.

Später an jenem Morgen verbrachte ich einige Zeit mit Detective Inspector Hobart und seinem Sergeanten in Mr Hobarts Büro. Er hatte bereits mit Mr Armitage gesprochen, wollte aber noch meine Version der Ereignisse hören, die sich bei den Larsens abgespielt hatten. Als ich geendet hatte, stand der Detective auf.

„Harry sagt mir, Sie waren wirklich außergewöhnlich, Miss Fox."

„Wohl kaum. Ich habe die Ermittlungen mehr als einmal aufgegeben."

„Aber jedes Mal wieder aufgenommen. Sie waren entschlossen und Entschlossenheit und Durchhaltevermögen sind neun Zehntel der Detektivarbeit."

„Ohne Mr Armitages Hilfe wäre es mir nicht gelungen."

„Sie geben ein gutes Team ab."

„Es tut mir nur sehr leid, dass ich ihn für seine Mühen nicht entlohnen kann. Lord Rumford hat mir nie eine Bezahlung versprochen und hat außerdem schon aus dem Hotel ausgecheckt. Ich werde ihm heute schreiben, um ihn über die Hergänge zu informieren, aber ich bezweifle, dass ich eine Antwort erhalte. Wir haben uns leider nicht einvernehmlich verabschiedet, als wir uns das letzte Mal begegnet sind. Ich fürchte, ich habe ihn dafür verurteilt, sich eine Mätresse zu halten."

Er lächelte mich dünn an. „Harry würde sowieso nichts dafür nehmen, Ihnen geholfen zu haben." Er reichte mir die Hand und ich schüttelte sie. „Guten Tag, Miss Fox. Ich hoffe, wir sehen uns bald wieder."

Ich sah ihm nach und fühlte mich äußerst ruhelos. Es war enttäuschend, dass ich Mr Armitage nicht für seinen Zeitaufwand entlohnen konnte. Er verdiente etwas, aber ich hatte nichts zu geben. Ich wollte in mein Zimmer zurückkehren, um den Brief an Lord Rumford zu schreiben, als Goliath mich zu sich neben eine der großen Vasen winkte.

„Ich habe von meinem Freund im Savoy gehört", sagte er. „Der, der gehört hat, wie ein Gast erwähnte, Lady Rumford in der Oper gesehen zu haben."

„Das spielt jetzt keine Rolle mehr, da der Fall abgeschlossen ist. Lady Rumfords Grund für ihren Aufenthalt in London hat nichts mit Pearls Mord zu tun."

„Ich weiß, aber möchten Sie nicht wissen, warum sie niemandem gesagt hat, dass sie hier ist?" Er wackelte bedeutungsvoll mit den Augenbrauen. „Es ist ein bisschen skandalös."

„Dann bin ich ganz Ohr."

„Laut dieser gleichen Dame, die mein Freund beim ersten

Mal belauscht hat, wurde Lady Rumford mit einem Mann gesehen, mehrmals."

„Sie hat einen adeligen Freund?"

„Es scheint so, aber ich glaube nicht, dass er ein Adeliger ist. Scheinbar kennt ihn niemand. Deswegen tratschen die Ladys wie verrückt."

„Was bedeutet, dass er nicht aus ihren Kreisen stammt." Vielleicht machte Lady Rumford es ihrem Mann nach—sie bezahlte einen Begleiter, um mit ihr zusammen zu sein. Ich hoffte es. Wenn sich Lord Rumford mit Frauen wie Pearl vergnügen konnte, warum sollte seine Frau nicht über ähnliche Wege Zufriedenheit finden? Ich hoffte inständig, dass sie dem Tratsch gewachsen war, der sie zu überrollen drohte.

Nachdem ich den Brief an Lord Rumford geschrieben hatte, lieferte ich ihn bei Terence am Postschalter ab. Anstatt in meine Suite zurückzugehen, ging ich zu Pearls Wohnung. Ich hatte noch immer ihren Schlüssel und wollte die Fotografie von ihr, Lord Wrexham und dem Hauptdarsteller zurückbringen, die ich geborgt hatte.

Ich steckte den Schlüssel in das Schloss und bekam beinahe einen Herzinfarkt, da die Tür plötzlich aufging. Als ich Lord Rumford sah, legte ich eine Hand auf meinen Bauch und atmete erleichtert auf.

„Sie haben mich erschreckt."

„Und Sie mich." Er runzelte die Stirn. „Was wollen Sie hier?"

Ich zeigte ihm die Fotografie. „Die hier zurückbringen. Ich hatte sie im Rahmen der Ermittlungen ausgeborgt. Darf ich reinkommen und mit Ihnen reden? Es hat eine Verhaftung gegeben."

Er stieß einen bebenden Seufzer aus und schloss die Augen. „Mein Gott. Das sind wundervolle Neuigkeiten. In der Tat wundervolle Neuigkeiten. Danke, Miss Fox." Er packte meine Hand und schüttelte sie heftig. „Danke, dass Sie drangeblieben sind, selbst nach unserer kleinen Meinungsverschiedenheit." Er zog mich hinein und schloss die Tür. „Ich hoffe, Sie können mir vergeben. Ich war an dem Tag etwas aufgebracht und habe es an Ihnen ausgelassen."

Ich unterdrückte meine Überraschung. Dieser Mann verwirrte mich an jeder Ecke. Gerade hatte ich beschlossen, ihn nicht leiden zu können, da wollte ich ihm vergeben. Er hatte kürzlich einen schweren Schlag einstecken müssen und es war verständlich, dass seine feinen Manieren gelegentlich entgleisten. Uns allen platzte hin und wieder der Kragen.

Wir setzten uns in Pearls Wohnzimmer, wo wir von Bildern von ihr umgeben waren. Es war unmöglich, sich hier zwischen ihren Sachen nicht mit ihr verbunden zu fühlen, auch wenn ich ihr nie begegnet war. Trotzdem hatte ich den Eindruck, sie in gewisser Weise zu kennen. Sie hatte sicherlich ihre Fehler gehabt, insbesondere in Bezug auf Millie, aber sie war sich ihrer Fehler bewusst gewesen und hatte sich bemüht, den Menschen um sie herum so wenig wie möglich zu schaden. Vielleicht ging es Millie bei Mr Larsen besser, als sie es bei ihren Eltern gehabt hätte, die sie nicht wollten. Er liebte sie.

Lord Rumford hörte sich meinen Bericht an, wie ich den Fall gelöst hatte und Mrs Larsen verhaftet worden war. Er wurde etwas blass, als er erfuhr, dass Pearls eigene Schwester sie getötet hatte.

„Und das alles wegen Geld, sagen Sie", murmelte er. „Grundgütiger, hätte ich gewusst, was sich abspielen würde, hätte ich Pearl das Geld sofort gegeben. Wenn man bedenkt, dass ich all das hätte verhindern können."

„Geben Sie sich keine Schuld. Mrs Larsen war etwas verrückt, glaube ich. Wenn diese Sache sie nicht angestiftet hätte, wäre es etwas anderes gewesen. Sie war neidisch auf Pearl und auch wütend. So wie sie es sah, ist Pearl durch ihr Leben geschwebt, während sie selbst das Gefühl hatte, nichts als Lasten und Nöte zu haben." Ich schüttelte traurig den Kopf. „Wenn Sie mich fragen, hatte sie viel mehr als Pearl. Sie hatte ein süßes kleines Mädchen und einen Ehemann, der bis zum Schluss an ihrer Seite stand. Hätte sie doch nur sehen können, dass ihr Leben ebenso erfüllt war wie Pearls, nur anders."

Lord Rumford nahm ein Foto von sich und Pearl, die in die Kamera starrte. Er blinzelte die Tränen weg, während er mit dem Daumen über Pearls Bild strich. „Sie war so quirlig und lieblich. Dass ihr Leben so enden musste, hatte sie nicht verdient." Er seufzte. „Jetzt wird sie für immer jung, für immer schön sein.

Für immer in meinem Herzen." Er küsste das Foto und stellte es auf den Tisch zurück.

Ich saß da und fragte mich, wie ich das Thema Bezahlung anschneiden konnte. Leute seines Standes redeten nicht gern über Geld, aber Leute wie ich konnten es sich nicht leisten, es nicht zu erwähnen. „Es tut mir leid, dass ich dies ansprechen muss, Mylord, aber da ist noch die Sache mit meinem Honorar. Ich weiß, dass wir uns am Anfang auf keine Summe geeinigt hatten, aber das ist ganz allein meine Schuld. Ich hatte Ausgaben, müssen Sie wissen."

„Natürlich, natürlich." Er nahm ein Lederportemonnaie aus seiner Innentasche und fischte einige Banknoten heraus. „Ist das genug?"

Ich lächelte, bedankte mich und stopfte das Geld in meine Handtasche. Im Gegenzug überreichte ich ihm den Wohnungsschlüssel. „Vielen Dank, dass Sie mir diese Ermittlungen anvertraut haben." Ich erhob mich und er stand ebenfalls auf. Ich gab ihm die Hand.

„Ich danke *Ihnen*, Miss Fox. Sie waren eine Offenbarung." Er folgte mir zur Tür, doch ich konnte sehen, dass ihn noch etwas beschäftigte. Schließlich kam er zum Punkt. „Wo kann ich Pearls Schwager finden?"

***

NACHDEM ICH EIN Drittel des Honorars von Lord Rumford unter Harmony, Victor, Goliath, Frank und Peter bei einer Tasse Tee im Aufenthaltsraum des Personals aufgeteilt hatte, machte ich mich auf den Weg zu Armitage und Partner. Als ich eintrat, hatte Mr Armitage die Füße auf dem Schreibtisch übereinandergeschlagen und eine Zeitung in der Hand. Eine von Luigis Kaffeetassen stand leer neben ihm.

Er nahm die Füße herunter und legte die Zeitung weg. „Verspüren Sie kein Bedürfnis mehr anzuklopfen?"

„Ich dachte, wir befänden uns bereits jenseits von Anklopfen." Ich setzte mich auf den Besucherstuhl. „Ich gehöre praktisch zum Personal."

„Nein, tun Sie nicht."

Ich öffnete meine Handtasche und reichte ihm einen Geldschein.

Er runzelte die Stirn. „Was ist das?"

„Ein Drittel von Lord Rumfords Honorar."

Er schob das Geld zurück. „Behalten Sie es."

Ich rückte den Schein wieder nach vorn. „Es steht Ihnen für all die Hilfe zu, die Sie mir haben zuteilwerden lassen."

Er nahm den Schein, kam um den Schreibtisch herum, öffnete meine Handtasche und steckte ihn hinein, ehe er mir die Handtasche zurückgab. „Wenn Sie noch einmal versuchen, ihn mir zu geben, werde ich gekränkt sein. Ich habe Ihnen geholfen, weil ich es wollte, nicht weil ich dafür eine Vergütung erwartet habe." Ehe ich protestieren konnte, fuhr er fort: „Also hat Rumford sich erkenntlich gezeigt?"

„Das hat er. Er ist nicht so übel. Pearl hat er sehr geliebt, auch wenn ich nicht glaube, dass sie es verdient hat. Sie waren beide selbstsüchtig, jeder auf seine Art, und unbedacht anderen gegenüber. Sie bei Millie und Mr Culpepper, er bei seiner Frau."

„Die tut mir leid."

„Machen Sie sich um Lady Rumford keine Sorgen." Ich lächelte verschlagen. „Sie scheint ihren Trost gefunden zu haben."

„Ach ja?"

„Wie ich höre, sieht er sehr gut aus und ist jung."

Mr Armitage lachte leise und überhaupt nicht schockiert. Als stellvertretender Direktor des Mayfairs hatte er wahrscheinlich ähnliche Arrangements zwischen reichen Frauen und jungen Männern miterlebt. Diese waren sicher diskret behandelt worden, nicht wie die Ereignisse der vergangenen Nacht.

„Ihre alte Stelle ist wieder frei geworden", sagte ich. „Mr Hirst wurde entlassen, weil er den Ruf des Hotels gefährdet hat." Angesichts seiner gerunzelten Stirn fügte ich hinzu: „Er hatte eine Abmachung mit einem Zuhälter und gestattete den Mädchen, nachts zu kommen und zu gehen, wobei ein Teil ihrer Einnahmen an Mr Hirst und James gingen."

Er setzte sich auf die Schreibtischkante und stieß ein humorloses Lachen aus. „Das erklärt, warum er so wild darauf war, seine vorige Stelle zu verlassen."

„Wie bitte?"

„Onkel Alfred hatte sich gefragt, warum Mr Hirst eine gute Stellung verlassen wollte, wo er eines Tages Direktor geworden wäre. Es war merkwürdig, dass er wieder die gleiche Stellung annahm und nicht eine höhere. Seine Referenzen waren jedoch gut und sein vorheriger Arbeitgeber hat ihn in den höchsten Tönen gelobt, also sahen Onkel Alfred und Sir Ronald keinen Grund, ihn nicht einzustellen."

„Aber sein vorheriger Arbeitgeber hat die Tatsache unterschlagen, dass er gehen musste", schloss ich. „Höchstwahrscheinlich hat man dort von der Abmachung erfahren, dass der Mann namens Tucket seine Mädchen hineinschmuggelt. Das Hotel wollte wahrscheinlich den Skandal aus den Zeitungen heraushalten und hat ihm ein Zeugnis geschrieben, damit er den Mund hält."

„Hoffentlich macht Hirst dem Mayfair keinen Ärger."

Mr Hirst ging vielleicht nicht zur Zeitung, aber er hatte mich bereits bei meinem Onkel in Schwierigkeiten gebracht. Damit würde ich Mr Armitage jedoch nicht belasten. Ich wollte nicht, dass er sich gezwungen fühlte, das Wesen unserer Freundschaft zu ändern.

Mr Armitage verschränkte Arme und Knöchel. „Zwei Fälle gelöst. Was für einen Tag Sie gestern hatten."

„Es war ein äußerst befriedigender Tag." Ich stand auf und streckte meine Hand aus. „Noch einmal danke, auch wenn ich wünschte, Sie würden eine Bezahlung für Ihre Mühen annehmen."

Er schüttelte mir die Hand. Der Druck war fest, aber nicht hart und ich konnte ihn noch spüren, nachdem er losgelassen hatte. „Leben Sie wohl, Miss Fox."

„Einen guten Tag, kein Lebewohl. Ich bin mir sicher, wir werden uns bald wiedersehen."

„Ich wüsste nicht, warum, es sei denn, Sie wissen etwas, was ich nicht weiß."

Ich lächelte nur und winkte beim Hinausgehen.

* * *

Auf dem Weg nach Hause legte ich noch einen Halt in der Fleet Street ein und verbrachte dann den Rest des Tages damit, meinem Onkel aus dem Weg zu gehen. Ich wusste zwar, dass mir eine Standpauke bevorstand, doch die wollte ich so lange wie möglich hinauszögern.

Am folgenden Morgen brachte Harmony mir mein Frühstückstablett mit der Zeitung, die ich angefordert hatte. Darauf lag ein Brief. Sie schenkte mir Kaffee ein, während ich ihn las.

„Er ist von Mr Larsen. Wie nett von ihm, mir zu schreiben." Ich überflog das Gekritzel, konnte am Ende jedoch kaum noch etwas erkennen vor lauter Tränen. „Oh. Ich werde nie wieder ein schlechtes Wort über Lord Rumford verlieren."

Harmony nahm den Brief entgegen und las ihn. Sie schnappte nach Luft, als sie den Teil erreichte, der mir Tränen in die Augen getrieben hatte.

Lord Rumford hatte Mr Larsen und Millie am gestrigen Nachmittag aufgesucht. Er hatte Mr Larsen Geld gegeben, damit er näher zur Blindenschule ziehen konnte. Millie würde dort ganztags den Unterricht besuchen, während Mr Larsen seiner neuen Arbeit als Vorarbeiter in einer Fabrik nachging. Lord Rumford als Investor der Fabrik hatte ihm den Job besorgt.

Harmony kämpfte ebenfalls mit den Tränen, als sie den Brief zusammenfaltete. „Ich mag es immer noch nicht, dass er eine Geliebte hatte. Aber ein bisschen vergebe ich ihm."

„Ich denke, das sollten wir. Es scheint, als hätte er Pearl geliebt. Jedenfalls vergnügt sich seine Frau ebenfalls mit einem Liebhaber, wie man hört. Wenn Lord und Lady Rumford mit diesem Arrangement klarkommen, wer sind wir dann, dass wir sie verurteilen?"

Sie reichte mir eine Tasse Kaffee, lehnte sich zurück und pustete auf ihren eigenen, um ihn abzukühlen. „Ich schätze, nicht alle sind durch und durch schlecht."

„Stimmt. Sogar Mrs Larsen hatte ihre guten Seiten. Ich glaube, sie wollte schon, dass Millie zu dieser Schule geht, sonst hätte sie ihre Schwester nicht um Geld gebeten."

Harmony wirkte davon nicht so überzeugt. „Ich glaube, sie wollte nur, dass sie dahin geht, damit sie Millie nicht den ganzen

Tag um die Füße hat. Es war eine Möglichkeit, sie loszuwerden. Weißt du, das ist mir an dir aufgefallen."

„Was?"

„Dass du dazu neigst, in den Leuten immer nur das Gute zu sehen." Sie hob den Deckel vom Frühstücksteller, auf dem genug für uns beide lag. Das Küchenpersonal wusste inzwischen, dass sie mehr mitgeben sollten, ohne dass ihre Vorgesetzten es merkten. „Damit solltest du vielleicht aufhören, wenn du im Detektivgeschäft bleiben willst. Du solltest jeden für schuldig halten und abwarten, bis sie das Gegenteil beweisen. Das macht die Ermittlungen leichter."

Ich verzog das Gesicht. „Nein, danke. Ich ziehe meine Art vor."

Damit nahm ich die Zeitung zur Hand und sah erfreut, dass die Lösung von Pearls Mord auf der Titelseite stand. Schnell suchte ich in dem Text nach Namen und las dann noch einmal genau, um sicherzugehen, dass meiner nirgends auftauchte. Er tat es nicht. Aber ein anderer.

Ich lächelte in meine Tasse, während ich nippte, doch Harmony bemerkte es.

„Du weißt nicht zufällig, wer dem Journalisten gesagt hat, dass Armitage und Partner der Polizei geholfen haben, den Fall zu lösen, oder?", fragte sie ach so unschuldig.

Ich trank etwas, damit ich nicht antworten konnte.

„Merkwürdig, dass nur diese Zeitung Armitage und Partner in Verbindung mit dem Fall nennt. Genau die, die du für heute angefordert hast."

„Mr Armitage hat sich geweigert, eine Vergütung für seine Hilfe anzunehmen, also musste ich kreativ werden. Es war nicht richtig, dass er nichts für seine Bemühungen bekommen hat. Auf diese Weise behalte ich seinen *und* meinen Anteil des Honorars und er erhält kostenlose Werbung."

„Ich wette, die Erwähnung in der Zeitung wird ihm auf lange Sicht mehr bringen als sein Anteil an Lord Rumfords Honorar."

Ich grinste. „Das hoffe ich."

Sie reichte mir einen Teller und Besteck. „Er wird das Gefühl haben, dass er dir was schuldet."

„Sein Dank wird mehr als ausreichend sein. Wenn er allerdings meint, er müsste sich noch auf andere Art erkenntlich zeigen, werde ich ihm vorschlagen, meinen Namen auf seine Bürotür zu schreiben. Armitage und Fox Detektivbüro klingt doch sehr professionell, findest du nicht?“

Harmony tat etwas sehr Seltenes—sie legte den Kopf in den Nacken und lachte.

Freuen Sie sich auf:
MORD IM SALON
Der 3. Band der Cleopatra Fox Mysteries

EINE NACHRICHT DER AUTORIN

Ich hoffe, Ihnen hat **Mord im Piccadilly Playhouse** genauso viel Spaß gemacht wie mir beim Schreiben. Als Indie-Autorin ist es für den Erfolg des Buches entscheidend, es bekannt zu machen. Wenn Ihnen dieses Buch gefallen hat, sagen Sie es doch bitte weiter und schreiben Sie eine Rezension in dem Shop, in dem Sie es gekauft haben.

AUSSERDEM VON C. J. ARCHER

REIHEN MIT 2 ODER MEHR BÄNDEN

The Glass Library*

Cleopatra Fox Mysteries*

After The Rift

Glass and Steele*

The Ministry of Curiosities Series*

The Emily Chambers Spirit Medium Trilogy

The 1st Freak House Trilogy

The 2nd Freak House Trilogy

The 3rd Freak House Trilogy

The Assassins Guild Series

Lord Hawkesbury's Players Series

Witch Born

EINZELTITEL

Courting His Countess

Surrender

Redemption

The Mercenary's Price

*Verfügbar auf Deutsch

ÜBER DIE AUTORIN

C.J. Archer begeistert sich für Geschichte und Bücher, seit sie denken kann, und wähnt sich glücklich, dass sie beides vereinen konnte. Sie verbrachte ihre frühe Kindheit in der dramatischen Schönheit des Outbacks von Queensland, Australien, lebt inzwischen aber mit ihrem Mann, zwei Kindern und einer frechen schwarzweißen Katze namens Coco in Melbourne.

Abonnieren Sie C.J.s Newsletter auf ihrer Webseite, um informiert zu werden, wenn sie ein neues Buch herausbringt: http://cjarcher.com/deutsch/

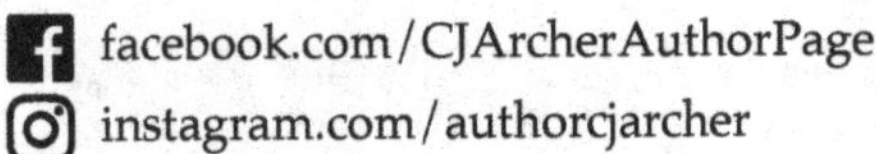

www.ingramcontent.com/pod-product-compliance
Lightning Source LLC
Chambersburg PA
CBHW010341170726
48283CB00009B/2906

* 9 7 8 1 9 2 3 2 3 1 3 2 0 *